소설 禪
2
高 銀

창작과비평사
1995

소설 禪 2

ⓒ 고 은 1995

지은이 / 고　은
펴낸이 / 김윤수
펴낸곳 / (주)창작과비평사

초판 발행 / 1995년 8월 14일
3쇄 발행 / 1995년 8월 30일

등록 / 1986년 8월 5일　제10-145호
주소 / 121-070 서울 마포구 용강동 50-1
전화 / 영업 (02)718-0541 · 0542
　　　 편집 (02)718-0543 · 0544, 714-3666
　　　 독자관리 (02)716-7876 · 7877
팩시밀리 / (02)713-2403
우편대체 / 010041-31-0518274
지로번호 / 3002568

조판 / 동국전산주식회사
인쇄 / 삼신문화사

ISBN 89-364-3326-1 03810
ISBN 89-364-3591-4(세트)

값 6,500원

소설 禪

2

차 례

9. 刑場의 이슬 ——————————— 7
10. 信心銘의 시절 ——————————— 37
11. 길에서 만난 소년 —————————— 67
12. 道信의 사람들 ——————————— 98
13. 五祖 弘忍 ————————————— 129
14. 六祖 壇經 ————————————— 158
15. 潛行과 修行 ———————————— 188
16. 曹溪山 열었나니 —————————— 218
17. 北宗 神秀 ————————————— 250
18. 六祖와 그의 사람들 ————————— 282

9. 刑場의 이슬

 "내가 대중에게 찬(璨)으로 하여금 이어받게 한 바 법통(法統)을 언젠가 밝히고자 했거니와 아직껏 밝히지 못하고 말았는데 행여 그에게 모여들 여러 역경을 조금이라도 막아주고자 해서인 것을…… 부(副)! 자네는 이미 짐작했을 줄 알고 있네. 아니, 그보다 찬이 스스로 법통을 이어가며 세상에 밝히기를 바라는 뜻도 숨어 있었거니와 법통이란 본디 그 누가 주고 누가 받는 것이란 말인가. 나는 스승 달마(達磨)의 법통을 이은 가사 한 벌 이외에도 몇벌의 가사를 가지고 있음을 자네는 진작 알고 있지 않은가. 이는 자네와 내가 한 물건을 두 물건으로 잘못 보다가 다시 한 물건으로 보는 날 저녁 하늘의 낙조가 그토록 장엄한 것 아니던가. 우리 사이가 그런 것이나 서로 누리는 사이 아니던가."

 늙은 혜가(慧可)는 이따금 지난날에 그의 어깨에 달려 있던 팔이 없어지지 않았다는 착각이 있는지 잘려나간 팔의 남은 부분을 들어올리다가 문득 그 가뭇없음에 저으기 미안해하는 것이었다.

 스승 달마 아래에서 함께 수행하던 법형제(法兄弟) 사이였건만 이제는 스승의 법을 이은 혜가를 사형(師兄)이라기보다 새로운 스승으로 섬겨야 하는 엄연함에 대해서 도부는 동행하는 총지와 함께 어떤 이의도 없다. 그런 도부가 혜가의 질문도 아니고 독백도 아닌 말에 호응했다.

"혜가스님, 지난날 업도(鄴都)성 밖의 시절 여러 무리가 모여들었을 때 그들은 소림사에서 함께 온 사람들보다 더 많았습니다. 그런데도 그들은 하룻밤을 자고 나서 서로 너나들이로 하나가 되었지요."

얼굴 한쪽이 짓이겨진 흉측한 여승 총지가 거들었다.

"하물며 우리 사이이리요."

"헤헤, 배짱 한번 잘 맞추는 세 놈이로다."

"하하."

"호."

그들 세 사람이 마치 하나의 웃음을 만들기 위해서 한두 마디 말을 주고받은 것처럼, 그 말은 바람의 방향으로 울려가는 종소리처럼 자유롭게 어떤 갈등 없는 대사(臺詞)인 것 같은 인위적인 여운을 남기지 않는 바 아니었다.

"스승께서 말씀하셨지. 이 하얀 눈을 온통 붉은 눈으로 바꿀 힘이 있다면 너는 내 제자가 되거라라고…… 내 팔 하나를 바친 육신공양(肉身供養)이 어설프게나마 스승의 마음을 움직인 것은 내 복(福) 중의 복이었지."

"혜가스님, 왜 스승 얘기만 하셔요? 지금 승찬 일행은 어디만큼 갔을까요?"라고 총지가 나섰다.

혜가의 마음은 과거로부터 당장 총지의 뜻대로 오늘로 돌아왔다.

"글쎄…… 서주땅에 발을 들여놓았겠지. 찬에 대해서는…… 승찬에 대해서는 아무 걱정도 할 것이 없어. 우리 달마의 도(道)는 그로 인하여 한살림 차리게 될 터인즉."

"스님은…… 왜 종남산(終南山)으로 가자 하시다가 이번에는 찬선사 일행을 보내고 광구사로 가는 길을 택하십니까? 누가 보기에 변덕쟁이 같지 않겠습니까?"

총지의 말은 날카로웠다.

혜가는 그 말에는 대답하지 않았다. 다만 혜가 일행과 승찬 일행의 많은 사람들이 한꺼번에 종남산으로 간다는 것은 그런 소문만을 세상에 퍼뜨리기 위한 노릇인지도 몰랐다.

그들 중의 누구도 종남산의 형편을 잘 알고 있지 않았다. 특히 그곳의 오진사(悟眞寺)는 한동안 북주 무제의 한 총신(寵臣)의 별장으로 징발된 적이 있었거니와 이런 사실도 이 숨어다니는 선객들에게는 알려지지 않았다.

혜가가 종남산을 목적지로 삼은 것은 소림사나 업도성 밖의 비원(祕院)보다 선객 60여 명 이상이 머물기에 적합하다고 생각했기 때문이다. 또한 그곳은 혜가 일행과 승찬의 대중들이 함께 지낼 수 있는 곳이라고 판단되기에 충분했다.

그런데 남조(南朝)의 영역에 있는 종남산을 향하는 그들의 먼 도보여행의 첫걸음에 낙주(洛州) 웅이산(熊耳山)에서 온 한 사람이 나서서 혜가에게 대든 사건이 있었다.

"저희들은 승찬선사를 섬기며 공부하고 있습니다. 저희들에게는 조사(祖師)까지 섬길 겨를이 없습니다. 공부는 불효(不孝)로 가능합니다. 스승의 사부(師父)까지 섬기며 어떻게 저희들 공부가 온전하다 하겠습니까?"

이 당돌하기 짝이 없는 말로 늙은 혜가는 이미 법통을 내려준 승찬의 세상에 그 자신이 장애가 된다는 사실을 깨달아야 했다.

"그렇겠구나. 실은 나도 너희들과 함께 사는 것이 작은 짐승에게 너무 큰 굴처럼 들어맞지 않는다 여기던 참이었다."

이 일로 혜가는 폐불 이후의 새로운 수행시대를 승찬에게 부촉(付

囑)하고 싶었다. 아니 그 자신의 신변에 다가오는 어떤 그늘로부터 상수제자(上首弟子)와 그 대중을 멀리 있게 하고 싶었던 것이다.
그가 승찬을 따로 불렀다.
"찬! 이제 그대는 벼·삼·대·갈대〔稻麻竹葦〕와 같은 많은 인재를 모으게 되었으니 그대의 법을 사방에 드날리거라. 나야 그대의 인재들이 무성하게 소리를 내도록 이따금 바람이나 일으켜 보내리라."
이런 사연이 그들의 작별을 만들어낸 것이다.
이제 혜가, 총지, 도부는 그들이 환공산(皖公山) 산적들의 산채 너머에 숨겨진 골짝에서 은신하고 있던 그 조촐했던 행복으로 돌아가 광구사 쪽으로 가는 길이었다.
도부가 심심풀이를 했다.
"찬선사! 그 사람은 명령(冥靈)이며 대춘(大椿)이고, 우리는 한(漢)나라 때 비장방(費長房)이오."
옛 초(楚)나라에 이상한 나무가 많이 있었는데 그 아열대 및 열대지방의 나무 가운데는 명령이라는 나무도 있었다. 5백 년을 봄, 5백 년을 건기(乾期)로 삼는 나무였다. 또한 대춘은 무려 8천 년을 봄으로 삼는 나무였다.
그런데 한나라 비장방이라는 도사(道士)는 작은 호로병 속에서 천지와 우주의 맛을 보며 살고 있었다. 아니 멀리 곤륜산맥 한 갈래의 어느 산기슭에서는 귤 하나의 그 물컹한 과육 속에서 두 도인이 태연히 바둑을 두고 있었다 한다.
도부는 이런 전설에 빗대어 그들의 처지를 말한 것이다.
"도부스님이 웬 타령이신가?"
총지가 옆구리를 쿡 찌르는 것처럼 도부의 수작을 건드렸다.
"이 세상에 길만한 덕(德)이 어디 있으리. 우리가 가는 이 길 말일세."

라고 혜가가 화제를 바꿨다.
 "길이 있어 우리에게 두 다리가 있게 된 것이야. 두 다리가 먼저 있어도 길이 없을진대 그것은 다만 젓가락 두 개였을 것이야."
 "호오…… 그러면 젓가락 여섯 개가 지금 걷는 시늉인가요" 하고 총지가 웃음을 터뜨렸다.
 "그렇기도 하겠지, 그러나 우리는 죽마고우(竹馬故友) 아닌가. 대나무 두 개에 발디디고 놀던 어린 시절의 동무! 안 그래?"
 오랜만에 이같은 아이들 시늉의 말을 주고받는 단출한 세 사람이 되었다. 누가 스승이고 누가 스승의 아래이고의 차이가 전혀 없는 그 권위 소멸의 천진(天眞)이야말로 이 세상을 한없는 동심으로 물들이고 있었다. 그토록 전쟁과 악과 빈곤이 판을 치는 아수라(阿修羅)의 세상에 그것이 있으나마나 한 것인지 있어야 하는 것인지를 떠나서 이렇게 자연스러운 형태로 있게 되는 한동안이 얼마나 어린 아이와 인형 사이의 그 순수한 친밀의 평화를 누릴 수 있게 하는 것인가.
 그들 세 사람은 그들 자신의 가정(假定)이나 장래의 일에 대해서도 어린이 시늉으로 돌아갔다.
 총지는 그녀가 세상을 떠난 뒤 뒷날에 양무제(梁武帝)의 딸로 와전되어 있는 것을 미리 내다보고 마음속으로 "어마나, 세상은 옛날에만 신화나 전설이 있는 것이 아니라 먼 후일에도 그것을 만들어야 하는 모양이구나. 내가 공주(公主)마마로 바뀌어지다니"라고 중얼거렸다.
 이런 일이 도부에게는 하나의 상상세계로 나타난 것이다.
 그는 지난날 양무제의 간청에 의해서 금릉(金陵) 개선사(開善寺)에 머물다가 세상을 떠난 자신의 생애를 상상했다. 아니 그의 고향 태원(太原) 기현(祁縣)의 왕씨였던 그의 아버지 대머리와 스승 달마의 대머리가 비슷비슷한 것 때문에 놀란 일도 떠올라서, 상상과 기억의 어느 것으로 일관되지 않는 혼재(混在)는 마치 아침 안개가 짙어서 바로 앞에 가는 사람이 유령처럼 실재와 부재의 중간에 있는 상태로 느껴지는 것과 같았다.

"이것이 마(魔)란 말이야! 이것을 쏘아 죽여야 내 삼매(三昧)의 화살이 관중(貫中)에 박혀 부르르 떨 것이 아닌가. 부르르! 부르르!"

이런 독백으로 잠겨 있는 동안 늙은 혜가의 걸음걸이가 늙은 소의 뒷발굽처럼 늑장을 부렸다.

"이놈의 다리가 말을 잘 듣지 않는구나."

"아직 쓸 만합니다"라고 도부가 격려했다.

"정녕 말을 듣지 않으면 그것이야 받아들일 곳이 많습니다. 지수화풍(地水火風)이 스님이 육신을 벗어버리기를 고대하고 있으니까요."

"그럴까. 그럼 어서 보내야 하리."

이따금 그들은 서로 주고받는 말이 되었다가 그것이 오래된 실처럼 싱겁게 끊겨버리다가 하는 것이었다.

이 처음도 끝도 없는 대지 위에서 까마귀는 어디서나 활발하다. 아침인가 하면 어느덧 저녁이 되어, 저녁 낙조의 그 시뻘건 극채색(極彩色)의 하늘속을 검은빛 몸을 황금빛이나 주홍빛으로 물들여서 날아가는 그 새를 보고 그 누가 금오(金烏)라 하지 않겠는가.

그러나 금오이든 그 금오를 날게 하는 시뻘건 낙조 전체이든 그것을 하나로 싸잡아 말하건대 한마리 금시조(金翅鳥)가 아니던가.

범어 가루다. 한역 가루라(迦樓羅). 부처님의 법을 수호하는 신들 가운데 하나이다. 그 가운데는 반인반수(半人半獸)의 인비인(人非人)도 있다.

아무튼 이 가루다라는 금시조는 두 날개의 길이가 3백 6만 리가 된다. 그렇다면 하늘 전체를 금시조라 한들 모자라지 않을 수 없어 그 하늘의 낙조는 불가불 그 이상의 미지(未知)의 하늘까지 아우르지 않으면 안되는 것이다.

　도부의 상상력은 바로 그 캄캄한 한밤중의 먼 세상을 앞서가고 있었다.

　하지만 혜가는 두 사람의 풍부한 심상(心象)과는 달리 한 평범한 늙은 나그네로서의 무념(無念)밖에는 가진 것이 없었다. 절망 속의 빈 나무바릿대〔鉢盂〕겹친 것이 서로 서격이는 소리가 등짝 쪽에서 조금씩 심심풀이로 나는 것도 그는 듣지 못했다.

　어느덧 저녁 무렵의 길은 밤길이 되었다. 최근에 시행하고 있는 오후 불식(午後不食)으로 속이 텅 비어서 배가 고팠다.

　"배야 고프거라. 고파야 거기에 채울 것이 있느니라. 달마(達磨, 法)를 채워주리라."

　드디어 수나라는 천하통일의 시기를 앞당기게 되었다. 여기서 앞당기게 되었다는 것은 그 남북조시대의 이민족과 한족의 이상한 동서(同棲)를 청산하는 일이 늦어진 뜻도 내포하지 않으면 안되었다.

　아니 천하통일은 앞당기거나 늦어진 것이 아니라 그것이 올 만한 때에 온 것인지 모른다. 천하라는 오랜 중국의 정치적 문화적 관념은 인간의 한계를 넘어서 하늘의 도(道)를 실컷 드러내는 일이기도 하기 때문이다.

　그렇다고 해서 천하가 자연 그대로의 일이 아니다. 거기에는 천하라는 이상을 구현하는 중국인의 당위가 있다. 바로 이 당위를 초인간적인 것으로 신성화한 것이 주변 세계까지를 예속시키는 천하의 관념이다.

　문제(文帝)는 우선 남조의 마지막 왕조인 진(陳)을 없애버려야 하는 천하의 사명을 낳고 있었다. 그것이 한갓 지배자의 먹통같은 야망이든 아니든 그 이름은 '천하'일 수밖에 없는 것이다.

더구나 새로운 기운에 넘치는 수나라 인구는 3백 60만 호에 지나지 않았다. 이제 수나라는 동으로 황해, 서로는 신강, 남으로는 운남·광동, 북으로는 대사막에 이르기까지 동서의 길이 약 5천 리, 남북의 길이 약 8천 리의 광대한 땅에 9백만 호, 인구 약 5천만 명의 세계 최대국가를 경영하기 위한 그 첫 단계를 내다보고 있었다.

그는 먼저 북주(北周)의 잔재를 전멸시켰다. 북주 황족 우문씨(宇文氏)는 씨를 말려버렸다. 특히 그는 선비족 고관의 딸인 황후 독고(獨孤)의 말 한마디로 좌우되는 약한 면도 보였으나 그 약한 면이 밖으로는 강한 면으로 나타났다.

황태자인 장남 양용(楊勇)의 정처(正妻) 원씨(元氏)가 죽자 그 사건을 의심한 어머니 독고황후가 황태자를 폐위시키고 차남인 광(廣, 煬帝)을 황태자로 갈아치우기까지 한 것이다.

아무튼 수나라는 강남 정벌이라는 커다란 난제를 풀어야 했다. 그때까지만 해도 몇번인가 북조의 침략을 막아낸 남조는, 북조의 호족(胡族)에 대해 한족(漢族)의 생존을 지키는 비장한 대결이었으므로 그때마다 남침을 필사적으로 막아내어 싸움에서 이길 수 있었다.

한족의 백성들은 연(蓮) 잎사귀에 밥과 오리고기를 싸 장병들을 격려했고 때마침 큰비의 홍수로 북조의 군대는 허우적거려야 했다.

이런 뼈아픈 싸움의 체험에도 불구하고, 수나라의 한촌(寒村) 무진촌(武鎭村) 출신 한족인 문제 앞에서는 사정이 전혀 달랐다.

우선 남조 진(陳) 황제는 주색에 빠진 나날로 지탱되었으니 그 난숙한 한족의 자존심 높은 귀족문화는 언제나 사치를 자랑했다. 양무제 같은 불교에의 지나친 몰입이 아니면 대개의 황제들은 잔혹한 학살을 즐기거나 주색에 둥둥 떠 있기 십상이었다.

수문제가 그의 아들 광(廣)이 아직 진왕(晉王)으로 봉해져 있을 당시 그 아들을 원수(元帥)로 삼아 군대를 이끌고 남조 진나라를 치게 했다.
 총병력 51만 8천으로 90개 총관(總管)의 통솔에 따라 각각 8로(八路)로 분산, 동쪽의 창해(滄海)에서 서쪽의 파촉(巴蜀)에 이르기까지 수륙 양면으로 진격했다. 다음해 장수 하약필(賀若弼)과 한금호(韓擒虎) 등이 요충지 건업(建鄴)을 함락하고 그 기세는 바로 남조의 복판에 육박했다.
 진의 황제 후주(後主)는 태자 시절부터 술에 빠져 있었다. 제위에 등극하자마자 임춘각(臨春閣) 결기각(結綺閣) 망선각(望仙閣)을 지었다. 그 높이 몇십 장(丈)에 몇십 간(間)이었다. 목재는 희귀목인 침수향(沈水香), 천축에서 사들인 전단향(旃檀香) 등의 향목을 써서 그 향기가 코를 찔렀다.
 그것으로 부족해서 금・진주・비취 등으로 누각을 장식하고 보옥으로 주렴을 꾸몄으며 의복과 풍류의 기구가 호화의 극치를 이루고 있었다. 각 누각의 아래에는 석축의 산을 만들고 물을 끌어들여 연못 위에는 연꽃이 피어났다.
 세월이 오는지 가는지 통 알 길이 없이 술과 미녀로 무르녹아 있는 황제는 수나라의 군대가 양자강 북안에까지 이르렀다는 급보를 받고도 여자의 가슴팍에서 손을 빼지 않은 채 "천자의 운수가 오로지 짐에게 있거늘 수나라 따위가 무엇을 어찌하겠다는 말인가" 하고 더욱 사방에 울려퍼지는 풍악소리를 크게 독촉했던 것이다.
 끝내 수나라의 선발대가 남조 진의 도읍 금릉의 주작문을 활짝 열고 들어갔다. 그때까지 후주는 두 총희(寵姬) 장여화, 공귀빈과 더불어 술에 흠뻑 취한 채 황급한 나머지 경양전(景陽殿)의 폐정(廢井)에 들어가 숨어야 했다. 실로 어처구니없는 황제의 말로였다. 아니 그것은 도저히 황제의 말로라고 할 수 없는 것이었다.
 "제발 살려주오"라는 애원에 수나라 졸병들이 "어찌 이런 자가 제위에 있었단 말이냐" 하고 배를 쥐고 웃어댔다. 후주와 두 여자는 엉겁결에 숨어 있던 그대로 반나체인 채로 생포되었다. 남조의 마지막 왕조는 이렇게 끝장났고 수나라는 바야흐로 천하통일의 시대를 열었다.

수(隋)는 본디 수(隨)였다. 수국공(隨國公) 양견의 북주시대 작위였다. 그것을 그대로 국호로 쓸 경우 그 수(隨)라는 지명(地名)은 辶이 들어 있어 달아나버린다는 뜻이 된다. 나라의 이름에 그런 뜻이 개입된다면 운세가 달아나 단명을 면치 못한다는 불길(不吉)이 있다. 그래서 수(隋)라는 새로운 글자를 만들었던 것이다.

첫 내치로는 그동안 문벌·귀족으로 공직을 석권했던 구품관인법(九品官人法)을 철폐하고 처음으로 과거제도가 실시되어 전국, 특히 산동지방의 인재들과 새 영토로 편입된 지역의 인재들이 등용되었다.

황제는 그의 외손자인 북주 마지막 황제인 어린 정제(靜帝)까지도 죽여버리고 나서 눈을 동방의 고구려로 돌려 그 원정(遠征)을 강행하기에 이르렀다.

이런 시기를 전후해서 혜가 일행은 광구사에 도착했다. 그것은 어쨌거나 분명한 목적지이므로 그 목적지에 도착한 것이 되지만 도착이라기보다 표착(漂着)에 가까운 것이었다.

완성현(莞城縣)의 광구사 삼문(三門) 밑이니 절 안으로 들어간 것도 아니었다. 맞아들인 것은 사람이 아니라 새와 짐승 그리고 벌레였다.

"자아, 여기가 먹고 살기에도 족하고 안광(眼光)을 떨어뜨리기에도 족한 곳이로다"라고 늙은 혜가는 나이를 먹을수록 그 고령(高齡)이 새로운 어린이로 돌아가는 치기(稚氣)마저 보였다. 그러나 '안광을 떨어뜨리기에도 족한 곳'이라는 것은 죽기에도 적합한 곳임을 은연중 암시하고 있는 것이다. 이 사실을 지혜가 깊은 여자 총지는 알 수 있었다. 그녀가 늙은 혜가의 말에 화답했다.

"저는 제 부모가 세상 떠나시는 것도 보지 못하였으나 스님이 세상 떠나시는 것은 꼭 보고자 합니다."

"좋을씨구, 좋을씨구."

이렇게 해서 삼문 가운데 한 문인 불이문(不二門) 밖의 널찍한 나무 밑 빈터에다 암벽의 한 날개를 처마로 삼아 그들의 처소가 정해진 것이다.

광구사 사주(寺主)는 이 사실을 알고 있었으나 그들을 불쌍히 여길 만한 비승비속(非僧非俗)의 뜨내기로 여겨서 한동안 방치하고 있었다. 더구나 그들의 좌선 수행을 듣고 "허병(虛病)에 걸린 중생들이니 그 일대의 박달나무인들 혀를 찰 노릇이로군" 하고 가소롭게 여기기를 더했다.

그뿐 아니라 절의 노복(奴僕) 한 녀석이 한밤중에 횃불을 들고 들이닥쳐 총지를 가리키며 "네년의 얼굴이 그러하다면 네년의 밑구멍도 그렇게 흉측하겠구나. 그 흉측한 것이 더 사내를 미치게 할 것이다. 어디 나와 한번 놀아보자"라고 달려든 사건이 있었다.

도부가 가슴팍을 두 주먹으로 치며 나섰다.

"이 불쌍한 여자는 내 아내인즉…… 어디 너 죽고 나 죽기로 한판 겨루어보자."

도부가 아무에게도 보여준 적이 없는 소림권법의 완력으로 그 녀석의 술기운이 차 있는 멱살을 잡아 저만치 내동댕이쳤다. 횃불도 따로 나가떨어져 그 불을 도부가 밟아버리니 달빛조차 한동안 캄캄한 바 있었다.

"썩 물러가거라. 가서 부처님의 자비를 배불리 먹어 그 자비를 베풀어야 하리."

그 녀석은 "알았습니다"라는 말을 남기고 절의 경내 밖에 있는 역방(役房) 쪽으로 맥없이 올라갔다.

총지가 까르르 웃었다.

"나 말뚝같은 사내를 품에 안게 되었는데 부선사가 괜히 나타나 내 지아비 노릇을 하였으니…… 이제 부선사가 나를 품어야 할 차례인 줄 몰라?"

이같은 당돌하기까지 한 농담이 던져졌으니 도부도 거기에 맞는 대꾸가 있을 법했다.

"아니, 그렇게도 내 몸을 안고 뒹굴어대고도 그것으로 모자란단 말이오?"

두 사람은 웃어댔다. 늙은 혜가는 그들의 장난을 아는지 모르는지 저만치 나무 밑에 가서 달을 바라보고 있었다.

총지가 그런 혜가에게 밤이 깊었으니 잠을 자야 한다고 권했다.

"먼저 잠들어요. 나는 찬(璨)과 몇마디 주고받는 중이니……"

이 말은 서주땅으로 간 승찬과의 정기(精氣)를 통한 대화를 가리키고 있다. 그들의 공간이나 시간을 벗어난 상태의 고차원적인 교류인 것이다.

"잘있다니 듣기에 좋아…… 그래? 나에게 아미타불이 가까워온다고? 그럼 내가 곧 이 세상을 떠난다는 뜻인가? 허허, 그것도 괜찮은 일인걸…… 그동안 나는 남해의 고래 심줄같이 너무 질긴 목숨이었어. 진작 거덜났어야 할 것을…… 스승께서 저렇듯이 남의 업장(業障)이 두터운 만행으로 시살(弑殺)당하신 불효막급을 뉘우치는 사신(捨身)이 있어야 함에도 법통을 잇는다는 대의(大義)를 핑계삼았으니, 겨울 암굴 속에서 잠자는 곰인들 뱀 한마리인들 어찌 나를 어여삐 여길쏜가. 찬! 그대의 어깨를 무겁게 함이 바로 내가 아닌가. 법(法)은 법이되 정(情)을 허락한다면 내 흉금(胸襟)에는 그대에게 뉘우치는 일이 들어 있네."

이미 달이 기울었다. 어둠이 참되었다. 늙은 혜가는 그 어둠 가운데서 눈물을 흘리고 있었다. 제자 승찬에게 보내는 한없는 사랑 속의 회한이리라. 큰 사랑은 그대로 큰 슬픔의 작은 열매를 맺고 있기 때문이리라.

다음날부터 이런 한가(閑暇)는 갑자기 어울리지 않았다.

왜냐하면 광구사의 세 문이 절로 들어오는 사람들로 웅성거렸기 때문이다. 그들 중에는 지방의 토호나 관리들까지 있어서 수레바퀴 소리가 제법 시끌덤벙했다.

불이문 밖의 처소에 들어가 있는 세 사람은 그들의 눈에 띄기를 저어하다가 차츰 자연스럽게 되었다. 그 무리의 한 여인으로부터 들은 바로는 변화(辨和)법사의 대승경전 열반경(涅槃經) 법회에 동참하기 위해서 완성현과 그밖의 먼 곳에서까지 모여든다는 것이었다.

"입에 법(法)이 나비 날개처럼 퍼덕이고 귀에 도(道)가 꿀벌처럼 잉잉거리는 곳이로다"라는 표현은 광구사가 초청해 온 변화법사의 능변과 그것에 귀를 기울이는 청중을 가리키는 것인지 모른다.

그뒤 도부에게 멱살을 잡혀 단단히 혼난 적이 있는 절의 노복이 다시 한번 혜가의 처소에 왔다. 어느날 새벽이었다.

그는 여기에 오기 전에 꿈을 꾸었다. 꿈속에 광구사 문 밖에 부처님이 황금빛으로 에워싸여 서 있었다. 그 꿈을 깨자마자, 지난번 불이문 밖의 추녀를 건드렸다가 그녀의 남편으로부터 혼난 뒤로 줄곧 머리가 아팠던지라 노복은 마음에 짚이는 것이 있어 달려온 것이다.

"지난번은 쇤네가 크게 잘못을 저질렀나이다. 용서하여주소서, 용서하여주소서."

이런 갑작스러운 사과를 늙은 혜가가 대강 받아들였다.

"됐소. 가서 절의 일이나 부지런히 하구려."

"간밤 꿈에서 스승님을 뵈었나이다. 쇤네 같은 어리석은 것이 부처님을 몰라뵈었나이다."

"무슨 소리요. 돌아가오."

그때 총지가 나서서 그를 데리고 나갔다.

"광구사에는 언제부터 오게 되었소?"

"쇤네의 할아버지 적부터 다른 가노(家奴)에서 사노(寺奴)로 옮겨져 줄곧 이곳에서 대를 잇고 있나이다. 소임은 부목(負木, 불목하니)과 채전(菜田) 그리고 사답(寺畓) 소출을 실어나르는 일이옵지요."

"혹은…… 경전(經典) 한권은 배울 인연이 있었소?"

"하대(下待)하소서. 쇤네 몸둘 바 없나이다. 이곳은 경전의 도량이옵지요. 그래서 쇤네 따위 노복들도 1년에 한번 경전의 강회(講會)가 따로 열리는 데 참여하나이다."

과연 나비의 도량이요 벌의 도량이었다.

"어느 말씀이 마음에 들었소?" 하고 늙은 혜가는 그 노복에게 다그치듯 물었다.

노복은 자세히 보니 나이가 많은 사내였다. 목덜미의 주름이 많이 늘어져 있었다.

"십여시(十如是) 말씀이었나이다. ……인생은 허깨비 같다, 타오르는 불꽃과 같다, 물에 비친 달과 같다, 허공과 같다, 산을 울리는 메아리와 같다, 들판에 아롱대는 아지랑이와 같다, 건달바(乾闥婆)의 성과 같다, 그림자와 같다, 거울 속의 물체와 같다, 마술사가 펴 보이는 요술과 같다라는 말씀이옵지요."

늙은 선승이 한마디의 격려를 주었다.

"과연 금강반야바라밀경의 진제(眞諦)를 터득하였겠군…… 좋을씨고."

이 말에 이어 혜가는 총지더러 느닷없는 제의를 했다.

"이 사람이 총지스님한테 마음을 품은 적이 있지? 이따금 이 사람이 오면 광구사 경내에 따라가보아요. 총지께서도 금강반야바라밀경을 터득해야 하지 않소?"

"이름이 있겠지요?"라고 총지가 노복에게 말을 걸었다.

"불생(不生)이옵지요. 큰뜻이 있음이 아니라 태어나지 말아야 할 것이 태어났다는 뜻이라 하나이다."

"아닙니다. 불생은 불사(不死)입니다."

이렇게 처음은 부자연스러운 인연이 자연스러운 것으로 바뀌었고, 총지는 머리에 보자기를 쓰고 불생을 따라 경내에도 이따금 드나들 수 있게 되었다. 이러구러 세월은 가만히 있지 않으므로 흐르는 물이거니 쏜 화살이거니 아니 저 남방 만족(蠻族)이 그들의 날랜 손이 아니라 입으로 쏜 화살이거니 그렇게 빨리 흘러갔다.

옛날 천태산(天台山)에 깊숙이 들어가 복숭아를 따 먹은 유신(劉晨)과 완조(阮肇)가 반년을 달콤하게 보내고 그들의 본가로 돌아온즉 시대는 이미 10대(代) 3백여 년이 흘러간 뒤였던 것처럼 빨리 흘러가는 것이 세월이었다.

그 세월을 어찌 세 사람이 공으로 보냈겠는가. 선(禪)이란 이 세상에 몇억만의 선으로, 사람 각자와 산 목숨 각 보체(保體)에게 살아있는 깨달음이었으므로 혜가, 총지 그리고 남조에 가서 60여 세를 일기로 죽었다고도 전해지고 있는 도부에게 더욱 빛나는 세월이었던 것이다.

고대 진(秦)의 시황제에 의한 최초의 천하통일에 이어 다시 한번 천하통일을 이룬 수문제는 그가 세운 나라가 영속될 것을 확신했다. 그런 확신이 불교에 의지하는 것으로 나타나니 천하는 다시 사리탑이 즐비하게 세워지고 대규모의 불교행사가 국가의 주요한 일거리였다.

하지만 이같이 눈에 보이는 불교는 융성한 바 있으나, 눈에 보일 까닭이 없는 마음의 행위인 선은 그것을 불법화(不法化)하지 않을 뿐이지 여러 종지(宗旨)들의 경쟁 밖에서 어디에 남아 있는지 모를 지경이었다.

이미 북조 북도파(北道派)의 보리류지와 남도파의 광통율사는 그 세속적 영달이 국통(國統)에까지 올라갔다가 저세상의 사람이 되었다. 하지만 그의 후예들은 폐불 이후 다시 부흥했다.

개황(開皇) 12년 문제의 놀라운 개혁이 성공을 거두었다. 그 개혁은 불교의 번영과 맞물려 있었다. 그런데 다시 세상에 내로라 하고 군림하는 불교계는 사방을 휘둘러보아 제 뜻을 거스른다고 생각되는 세력들을 타도의 대상으로 삼았다. 특히 남방의 이 산 저 산에 짐승처럼 숨어 있는 달마의 제자들에 대한 저주는 치열했다.

혜가와 승찬 들은 세속의 권위에 대해서도 고개를 숙이지 않지만 황제와 결탁해 있는 불교의 여러 지도자에 대해서도 전혀 외경(畏敬)의 뜻을 품지 않았다. 그러기는커녕 마치 그런 사람들의 설법 따위는 억지 생떼에 가까운 헛소리나 다를 바 없게 여기고 있었다.

이제 혜가는 1백살의 극노인이 되었다. 그러나 그의 눈은 서산머리의 낙일(落日)처럼 빛났으며 그의 허리는 굽지 않아 뒤로 휘어진 것처럼 유연했다. 이따금 입 가장자리로 젖먹이 아기처럼 침을 흘리는 일이 없지 않지만, 요컨대 그를 눈여겨본 완성땅의 한 늙은 지주의 첩은 "왜 여자들이 저런 영감을 저버리고 있는지 모를 일이로다. 팔 하나가 없는 병신이 밤에는 무서운 장사인 법인데…… 낮에는 남 보듯 밤에는 임 보듯 하는 여자들아, 여기 암굴 속에 보배가 들어 있음을 모르는가" 하고 그녀의 경륜으로 혜가의 만년 청춘을 알아보는 것이었다.

실지로 늙은 혜가는 새삼스레 단식 절식(節食) 따위를 내걸지 않고도 자주 삼사 일씩 혹은 칠팔 일씩 굶기 일쑤였다. 그러고도 1일 2식의 사람과 하나도 다르지 않은 평상의 건강으로 정진을 하고 도량을 비로 쓸고 암벽의 거미줄도 걷어냈다.

그 자신도 언제 이렇게 나이만 먹었는지 모른다고 웃으며, 여느 사람의 쉰이나 예순 나이만큼이나 정정한 것을 약간 계면쩍어하는 것 같았다.

"밥버러지밖에 아닌 것을…… 허공의 숨 도둑밖에 아닌 것을……"

다음해에 들어서 광구사는 일찍이 그런 규모가 없었던 커다란 강단(講壇)을 차렸다. 변화법사가 백일기도를 마친 뒤의 그 회심(回心)의 대열반경 설법을 하게 된 것이다.

좀 과장해서 말하자면 황하와 양자강 사이의 사람들이 다 모인다는 법회였다. 그도 그럴 것이, 광구사 주지가 그의 옛 친지인 한 자사(刺史)의 힘과 완성현 호족들의 후원으로 3년 전부터 사세(寺勢)를 주(州) 제1급으로 높이기 위해서 준비해온 법회였던 것이다.

소승의 열반경과 달리 대열반경은 하나의 철학이다. 말하자면 석가모니 부처님이 이 세상을 떠난 사건 중심이 아니라 그가 남긴 최후의 사상적인 전개에 역점을 둔 것이다.

첫째 불신(佛身)의 상주(常住), 둘째 열반의 상주, 셋째 일체중생의 실유불성(悉有佛性)이 그 요지이다.

늙은 석가가 천축 쿠시나가라성 아지타바티이강 기슭의 사라나무 숲 속에서 이 세상 최후의 설법을 한 내용인데 그날 2월 15일 낮과 보름달이 뜬 밤의 하루 동안에 남긴 것이다.

애초 동진(東晉)과 북량(北凉)에서 번역한 것을 강남땅으로 옮겨다가 혜엄(慧嚴) 혜관(慧觀)이 시인 사영운(謝靈運)과 함께 36권 25품으로 만든 것이 이른바 남본(南本) 열반경이다.

변화법사는 이제까지 소승 열반경의 부처님 마지막 유행(遊行)과 발병(發病), 금은세공 순타가 바친 공양, 마지막 유훈(遺訓), 부처님 열반 직후의 제자들의 비탄과 부처님 사리를 여덟 군데로 나눈 일 따위를 구성지게 설파함으로써 열반경의 생불(生佛)이라고 이름을 떨치고 있었다.
 그런데 그런 소승으로 만족할 수 없는 그의 야심이 이윽고 대승의 철학적인 열반경의 세계에 도전한 것이다.
 그러나 그 계획에는 차질이 생겼다. 왜냐하면 이제까지의 대중은 철학보다 사건 중심의 설법을 좋아했기 때문이다. 그런 단계에 대고 갑자기 철학으로서의 대열반경을 설법한다는 것 자체가 모험이기 십상이었다.
 처음에 대중은 모여들었다. 그야말로 그 무리가 바다를 이루었고 구름떼로 모여드는 바〔衆海雲集〕였다. 그러나 그 7일 동안의 연속 강단에서 청중은 차츰 빠져나가는 것이었다. 그 대법회가 끝나기 이틀 전에는 듣는 자가 겨우 2백여 명이었다. 그들도 거의가 각 현령(縣令)이 동원한 말단관리거나 어용(御用) 승니들이었다.
 "쳇, 백성은 적고 벼슬아치만 많음은 지난날 북조의 폐(弊)와 같구나. 여기도 크게 혁파할 일이야. 대중이 흩어지는 법회는 이 광구사의 기운이 쇠하였다는 증좌이겠지…… 일에도 절기(節氣)가 있어 어거지로 안되는 노릇이야."
 그런데 뜻밖의 사태는, 불이문 밖의 암굴에서 한두 마디씩 굼뜬 소리를 하는 백로(百老) 팔병신 혜가라는 선객에게 흩어진 사람들이 거의 다 걸려들어 그곳 암굴 마당이 때아닌 대집회를 이루고 있는 것이었다.
 "뭣이? 그 늙은 거지에게 모여든다고?" 하고 주지가 펄쩍 뛰었다.
 "가서 듣고 오너라. 해괴한 소리로 혹무(惑誣)하는 늙은 것을 징치할 일이로다."
 그러나 주지가 보낸 젊은 제자까지 혜가의 말 한두 마디에 발바닥이 땅바닥에 늘어붙는 것이어서 절로 돌아오지 않았다.
 "이런 괘씸한 놈이 있나! 내가 몸소 그 늙은 거지놈의 수작을 보고 오리라"고 말한 뒤 주지는 속인 복장으로 변장하고 젊은 왈짜중 서넛을 따르게 하여 내려가보았다.

과연 광구사 위쪽에서 흐르는 갈래의 계곡 물이 한줄기로 모여들어 광구사를 지나쳐 그곳의 깊은 못〔淵〕을 채우는 것과 똑같이 광구사를 찾아온 사람들이 그곳에 다 와 있는 것이었다.

혜가의 말에는 어떤 요설(饒舌)도 없었다. 어떤 화려한 수사(修辭)도 없었다. 어떤 달변의 재능도 없었다. 그런데 그의 말 한마디 한마디가 사람의 마음을 움찔움찔 움직이는 것이었다.

"이 늙은이는 여기 모인 여러분을 여러 사람으로 여기는 바 없습니다. 마치 여러분 한분 한분과 이 늙은이가 마주앉아, 지는 잎새에 앞서 진 잎새처럼 마음이 편안함을 누리는 것입니다."

"마음이 편한 도리가 무엇이겠습니까. 잔나비가 울고 싶을 때 울고 늙은 돼지가 제 새끼들을 까마득히 잊어버린 것과 같습니다."

"이제 돌아가 집안일을 보살피시오. 산은 높을 뿐이지 산이 온전한 바가 아닙니다."

"이 늙은것은 마음 하나를 꼭 붙들었다가 그것을 천강(千江)의 물에 다 내던지는 일을 전할 뿐입니다."

"이제 돌아가시오. 돌아가시오. 여기에 왔으니 저기에 가야 하지요."

대체로 이런 얘기를 숨을 골라가며 잇는 것이었다.

말의 내용으로 보자면 별로 이끌릴 만한 것도 아니지만 늙은 혜가의 몸에서 우러나오는 그 한오리 거짓도 없는 설법은 이미 법을 설하는 것이 아니라 법 그 자체였던가. 사람들은 그들의 의식으로도 짐작할 수 없게 혜가가 지남철이 되어 거기에 잔 쇠붙이처럼 늘어붙었다.

이같은 현상으로 광구사와 광구사 밖의 암굴이 역전되었다. 아예 암굴의 수행인들은 사람들을 맞아들이는 일로 좌선보다 행선(行禪)을 하지 않을 수 없었다.

말이나 말 아닌 것이나 움직임이나 그렇지 않고 가만히 있음〔語默動靜〕이나 그 어느 것인들 삼매의 경지를 낳는 어머니 아닌 바가 없다 할 것이 바로 광구사 밖 혜가굴(慧可窟)의 주지(主旨)로 되어갔다.

그 해가 가기 전에 주지가 나서서 혜가를 해치려는 것을 제지하고 변화법사 스스로 수나라 재상 적중간(翟仲侃)에게 탄원을 보내어 혜가를 조목조목 따져 모함했다.

우선 수나라의 불교는 일단 국가불교이다, 강남 열반학(涅槃學)을 능멸한 죄는 역적에 버금가는 것이라 했다. 그것은 전(前) 왕조나 수나라에서도 그 유덕(遺德)을 기리고 있는 천태지의(天台智顗)의 열반학에 대한 모독으로 몰아붙이려는 것임에 틀림없었다. 또한 혜가는 수나라의 5중(五衆) 또는 25중(二十五衆)의 불교 각 종파의 지도자에 들어 있지 않은 방외(方外)의 떠돌이라 했다.

승려를 '중'이라 부르는 연유가 된 이 중(衆)은 그 위에 중주(衆主)를 받들어, 수나라 각 중주 혜원(慧遠)·혜장(慧藏)·담연(曇延)·승휴(僧休) 등은 5대덕(五大德) 3대덕으로서 대륙의 교계에서 그 이름이 하늘에 닿아 있었다.

바로 그런 곳의 중에 끼여 있지도 못한 늙은 잡배가 하는 사술(詐術)을 없애야 한다는 것이었다.

마지막으로 천하를 통일한 보살황제의 불교를 거슬러서 저 혼자 사악한 신행(信行)을 고집한다는 것이었다. 이것이야말로 천자의 나라에 대한 부도(不道)가 되는 큰 죄목이었다.

이같은 모함은 앞 시대의 보리류지, 광통, 도항 들의 달마선종 숙청 전략을 잇는 것으로 교계의 세력이 더욱 악랄해진 것을 뜻한다. 변화법사 역시 천태 열반학파에 속한다고 스스로 자랑하는 사람인데 그가 천태의 가문인지는 확실하지 않다.

재상 적중간은 처벌해도 별로 난처하지 않겠다는 판단을 내렸다.
"그 고목(枯木)을 잘라내거라"라는 명령이 간단하게 떨어졌다.

 기원 593년(開皇 13년) 음력 7월, 열대야(熱帶夜)의 무더위가 기승을 부리는 밤 늙은 선승 혜가는 열두 명의 지방군 특무병사들에게 포박당했다.
 "왜 그럽니까?" 하고 총지가 나섰다.
 한 병사가 "이건 뭐야. 문둥병 계집년 아냐?" 하고 횃불에 비친 총지의 얼굴 한쪽을 보고 따귀를 갈겨대려다가 발길로 차버렸다. 그녀는 저만치 나가떨어져 항의할 수 없었다.
 도부의 눈과 혜가선사의 눈이 어둠속의 횃불 속에서 마주치는데 한 병사가 도부의 뱃구레를 쇠주먹으로 내질렀다.
 "함께 갈 테야?"
 그러나 도부도 나가떨어져 한동안 정신을 잃었다.
 "역적치고는 시시한 거지떼로군! 이걸 역적이라니……" 하고 특무병사의 지휘자가 투덜댔다.
 "꽤 늙은 것이니…… 끈에 매달고 끌 수 없다. 어가(御駕)에 태워라."
 어가란 중죄인을 호송하는 함거(檻車)를 빈정대어 말하는 것이었다. 막대기로 엉성하게 엮은 우리인데 바닥은 옹이가 달린 나무토막 그대로여서 엉덩이가 성할 수 없게 된다.
 혜가는 완성현 밖의 지방군 영창(營倉)에 갇혀 있다가 요즘 들어 시력이 급격하게 줄어든 눈조차 가려진 채 단단히 포박된 몸으로 어디론가 송치되어 갔다.
 그는 스승 달마가 말한 천축의 명상법이 떠올랐다.
 한바탕 서로 웃고 나서 시작되는 그 명상은 지난날 혜가에게는 여간 매혹적인 것이 아니었다. 처음에는 북을 한번 친다. 이것이 명상을 알리는 신호이다.

명상의 첫번째는 지버리쉬. 이것은 아무런 의미도 담기지 않은 소리를 지껄이면서 마음속의 광기를 토해버리는 것이다. 두 팔을 흔들며 말이 되지 않는 해괴망측한 소리로 떠들어댄다.

두번째는 침묵으로 주시(注視)하는 일이다. 한군데에서 눈을 떼지 않고, 입은 시체의 입처럼 아무런 소리도 내지 않는다.

세번째는 휴식이다. 벌렁 누워버린다.

네번째는 일어나 앉는다.

그 뒤로 스승이 "만 명의 부처를 축복할 수 있겠는가?"라고 묻고 "예, 그렇습니다"라고 명상 수행자는 대답한다.

달마는 이같은 인도의 명상법 하나를 슬쩍 흘려주었으나 혜가는 처음의 매혹으로부터 떠나서 스승이 새로 개척한 관법(觀法)으로 수행해온 터였다.

그런 혜가가 아무런 뜻도 없는 소리를 냈다. 호송자들이 우리에 갇혀 있는 늙은이를 칼집으로 내질렀다.

드디어 1백세가 넘는 고령의 선승 혜가는 그에게 붙은 종교적인 위엄을 송두리째 박탈당한 채 자주(滋州)땅 밖의 황량하기 짝이 없는 처형장에 도착했다. 아침해가 떠오르고 있었다.

혜가는 햇빛이 어리벙벙하게 눈부실 따름이었다. 과거의 한토막이 훨씬 선명했다.

"나는 일찍이 스승의 뜻을 받들고자 팔을 잘랐거니와 그렇지 않았더라도 내 팔은 산중을 드나드는 사람으로서 짐승한테 내주지 않으면 안 되었으리라…… 아니 내 손가락 두어 개가 문드러져 없어진 바도 화화삼매(化火三昧)로 손가락을 불로 지폈던 고행 덕분이 아닌가."

"담림(曇林)도 나처럼 팔 하나를 도적에게 잘렸었지. 그러고도 뛰어난 스승의 제자 가운데 하나가 아니었던가…… 향거사(向居士), 화공(化公), 언공(彦公), 화선사(和禪師), 나선사(那禪師)…… 그들은 지금 어디어디에 잘있겠지. 나선사! 그는 상주땅에서 상여 메고 똥통 메면서 두타행으로 수행을 하고 보살행을 한다지."

"스승으로부터 받은 능가경은 찬이 잘도 간수하였겠지. 그러나 그것이 4대 뒤에는 그저 이리 새기고 저리 새기는 데 떨어지고 말 것이야. 이 얼마나 비통한 일인가. 스승의 산 능가를 죽은 능가로 만들어가는 죄로도 나는 큰 죄인이구말구."

"우리 달마 가문이 강경(講經)과 창사(創寺) 그리고 불상이나 새기는 공덕과 기복 중심의 행사에 몰두하는 가람불교(伽藍佛敎)를 뽐내는 황실 칙원(勅願) 따위와는 달리, 그런 나라의 권세의 이면인 신앙과는 달리 세상의 진심(眞心) 가운데서 나고 죽으니 이 얼마나 좋은가. 이것만으로도 나라로부터 들판에 일어난 불온(不穩)으로 지목될 일이기도 하겠지."

"이제 나 같은 뱀 허물을 벗고 난 찬과 다른 도반(道伴)들이 있으니 내 시절이 다함이 헛된 바와 헛되지 않은 바 둘이었다가 도로 하나로 돌아갈 일이겠지."

사형 집행은 가혹한 형으로 되었다. 사형의 방법까지 변화법사의 주청을 들어준 것이었다.

먼저 고목의 밑동을 썰 것!

이것은 혜가의 두 발을 톱으로 써는 잔학한 형이었다.

"그래 맛이 어떠하냐?"라고 그 톱질한 집행자의 하나가 혜가에게 물었다.

혜가의 대답이 없었다.

다음에는 고목의 가지를 잘라낼 것!

이것은 혜가의 두 손목을 칼로 천천히 잘라내는 형인데 한쪽 팔이 없어서 한쪽 손목만이 극심한 아픔으로 잘려나갔다. 차라리 단번에 잘라내면 나을 것인데 잘라내는 시간이 아주 느릿느릿하게 지나갔다. 아픔의 긴 여행이었다.

그때였다. 그 비공개 형장의 저쪽 숲 가녘에서 변화법사가 거기까지 와서 혜가의 최후를 직접 목격하고 있었다.

그때 사형 집행의 우두머리가 술 취한 얼굴을 찡그리며 "더이상 생명을 연장시키지 말라. 당장 고목 늙은이를 요절내라"라고 외쳤다.

이 말은 몇단계의 고통이 더 남은 것을 생략하라는 뜻이었다. 처형에 이골이 난 우두머리조차 늙은 중에 대한 혹형(酷刑)이 싫었던 것이다.

젊은 집행자가 혜가의 염통 부근을 창으로 쿡! 찔렀다.

"…… 내…… 옛…… 빚은 갚았도다…… 억!"

이것이 혜가의 마지막 말 한마디였다. 일러 빚을 갚은 것(償債)이라는 뒷날의 전설이었다.

그 사형집행장에는 혜가뿐 아니라 며칠 전에 처형당한 사체가 썩어가는지 파리떼가 시글거리고 악취가 남아 있었다. 그뿐이 아니었다. 연고 없는 것들이 오랜 풍우에 씻기어 해골바가지로 되어 여기저기 소리없이 웃어대고 있는지 아우성을 내지르는지 언제까지나 해골 주둥이를 벌리고 있었다.

벌써 솔개가 저만치 이깔나무 위에 내려와 앉아 있고 까마귀도 몇마리 조심스레 이쪽저쪽을 엿보고 있었다.

"젠장! 떠나자!"

집행자들과 집행의 증인 따위가 말 엉덩이에 채찍을 쳐 그곳을 도망치듯이 물러갔다. 물론 변화법사도 자취를 감춘 뒤였다. 말발굽의 먼지가 한무리 일어났다가 가라앉았다.

그때 까마귀 따위를 쫓아내고 두 마리 솔개가 혜가의 시신으로 다가

왔다. 시신이래야 팔 하나, 발 둘 그리고 머리 달린 몸뚱어리뿐인 늙은 육신이라 결코 솔개의 맛있는 음식이 되지 못했다.

먼저 감기지 않은 눈알을 파먹었다. 그 다음은 창날이 들어갔다 나온 피투성이 염통 속으로 부리를 넣어 진지하게 찍어먹고 있었다. 염통의 연막(軟膜)이 제법 미각(味覺)에 맞는 모양이었다.

문득 이런 솔개의 공양과 함께 혜가의 두런거리는 말소리가 공중의 살랑이는 바람속에서 나는 것 같았다.

그의 경쟁자였다가 제자가 된 향거사는 나무껍질을 씹고 흐르는 물로 목을 축이는 수행자였다. 그가 보낸 글 "그림자는 형상에 의하여 일어나고 메아리는 소리에 따라 일어나는바 그림자를 버리고 형상을 좇는 것은 형상이 그림자의 근본임을 모르기 때문이오, 소리를 내면서 메아리를 없애려 함은 소리가 메아리의 뿌리임을 모르기 때문이니…… 얻어도 얻은 바가 없고 잃어도 잃은 바가 없음을 알고자 하나 나아가 뵈올 겨를이 없으므로 애오라지 이 글월을 올리오니 바라옵건대 회답하여주소서"에 대해 혜가가 필생(筆生)에게 불러주던 그 회답이었다.

"보내는 글의 뜻을 살펴보니, 모두가 여실하다. 참되고 그윽한 이치가 조금도 다르지 않다. 본래는 마니주(摩尼珠)를 잘못 알아 자갈이라 하였으나 활연히 깨고 보니 진주임에 틀림없다. 무명(無明)과 지혜가 차별없이 같으니 만법(萬法)이 모두 그런 줄 알아라. 두 소견(所見)의 무리가 가엾게 여기어 부르는 말 쓰게 하여 이 글을 짓노니, 몸과 부처가 다르지 않음을 보면 남음 없는 열반은 굳이 찾아서 무엇하리."

혜가의 처형 소식이 서주의 태호현(太湖縣) 사공산(司空山)과 그 부근의 임산(臨山) 사이의 여러 선방을 도는 승찬에게 전해진 것은 몇달 뒤였다.

지난날 승찬이 머물던 상주(相州)의 은밀한 처소 아래에 있는 융화사(隆化寺) 언저리에서 노숙하던 혜만(慧滿)이 그 비보를 용케 알아다가 승찬에게까지 건네준 셈이었다.

혜만은 진작 상주에서 승찬의 가르침으로 출가해서 오로지 검약(儉約) 하나에 뜻을 두어 바늘 두 개를 가지고 다니며 겨울에는 누더기 깁기를 하고 있었다.

마음에 두려움 없고 몸에 이(虱)가 없고 잠속에 꿈이 없는 사람이었다. 결코 한곳에서 이틀을 머물지 않으며 항상 걸식으로 살았다. 만약 절에 가서 하룻밤 지내게 될진대 그 절의 장작을 한무더기 패어주거나 대중의 신발을 삼아주었다.

바로 이 한 소식을 얻은 혜만이 그동안 그의 소재도 밝히지 않고 있다가 달마 법통인 혜가선사의 "빚을 갚기 위해서 악형(惡刑)을 피하지 않았다"라는 전갈을 보낸 것이다.

승찬은 두 사람의 수행자와 함께 자주땅으로 향했다.

"스승께서 가셨도다!"

"스승께서 가셨도다!"

"스승께서 가셨도다!"

"스승께서 가셨도다!"

이 말만 되풀이하기를 몇십 리 지경까지였다가 그 다음부터는 "가셨도다!"만을 되풀이하기를 몇십 리였다.

그런 뒤 "가셨도다!"가 "오시도다!"로 바뀌어 또 몇십 리를 이어갔다.

수행자 두 사람이 행여나 승찬선사가 오랫동안 지극정성의 마음속에 섬기는 스승의 비보로 얼이 빠지거나 실성(失性)을 한 것이 아닌지 의아해하기에 이르렀다.

"스님! 먼길이니 쉬어 가시지요" 하고 넌지시 떠보았는데 "이제 몇 걸음 남지 않았다. 그냥 가자"라는 가장 정상적인 대답뿐이었다. 그런 다음 다시 "오시도다!" "오시도다!"를 외워대는 것이었다.

수행자의 한사람이 이런 승찬의 연속독백을 막기 위해서 후진(後秦) 때의 승조(僧肇)「부진공론(不眞空論)」의 한구절을 큰 소리로 외쳐댔다.

"도는 멀리 있는가? 부딪치는 일마다 진리인 것을. 성인은 멀리 있는가? 체득하자마자 바로 신인 것을(道遠乎哉 觸事而眞 聖遠乎哉 體之卽神)."

물론 이 말은 본마음이 곧 부처〔體心卽佛〕라는 선지(禪旨)에 이르는 앞시대의 말이며 심지어는 축도생(竺道生)이 말한 바 "천제(闡提, 부처를 비방하는 자)도 부처가 될 수 있다(闡提得佛)"라는 말에도 잇대어지게 마련이다.

이로써 승찬선사가 그의 스승에 바치는 뜨거운 일념(一念)을 조금이라도 식혀보거나 쉬게 하고자 하는 것이다.

그 시도가 적중한 것일까. 승조의 한구절 뒤에 승찬은 얼굴에 두 줄기 눈물줄기가 거의 직선으로 흘러내릴 뿐 입을 다물게 된다.

승찬으로서는 아마 이때의 슬픔으로 인하여 가장 인간적인 면모를 거의 유일회적(唯一回的)으로 드러냈을 터이다.

그는 그 자신도 정체를 모르는 근본 없는 떠돌이 고아였다. 고향이 어디인 줄도 모르고 아비와 어미가 누구인 줄도 몰랐다. 게다가 문둥병까지 앓고 있었으므로 이미 사람들의 세상에는 발을 들여놓을 수 없는 일이었다.

하루하루가 온몸 가득히 절망의 나날이었다. 아이들이 돌멩이를 던져 "야, 문둥이 놈아, 어서 저쪽 무덤에 가 뒈져라"라고 욕설을 퍼부었을 때 그가 그 무덤에 가보았더니 엊그제 강상죄(綱常罪)로 매맞아 죽은 계집의 송장을 누군가가 캐간 폐분(廢墳)이었다.

그는 그 무덤에 누워서 하룻밤을 지내는 동안 커다란 별똥을 본 새벽에 다시 죽을 생각을 고쳐 먹고 무거운 몸으로 길을 떠났던 것이다.

그 길의 끄트머리에서 스승 혜가를 만나 업도 밖의 비원 별채에 수용되어 비로소 사람으로 대접받은 것이다.

어디 그뿐인가. 스승의 결곡한 가르침으로 공부를 하게 되었고 끝내는 꿈에도 상상할 수 없게 비밀의 법통까지 이어받아 달마—혜가—승찬에 이르는 가문의 적자(嫡子)가 된 것이 아니던가.

바로 이러한 오늘의 승찬이 있게 한 스승의 비참한 입적(入寂)에 어찌 비통하지 않을 수 있겠는가. 그는 몸속의 수분을 모조리 눈물로 만들어내는 듯이 두 줄기 눈물을 내내 얼굴에 달고 있었다. 아니 그 눈물은 가슴팍 옷을 흥건히 적셔 소나기라도 맞은 것같이 옷이 몸에 늘어붙어 있었다.

자주땅에서 좀더 험악한 산길을 숨이 차서 올라갔다가 그 내리막 끝의 처형장을 찾을 수 있었다. 살풍경은 고사하고 세상에 이런 음산한 곳도 있구나 할 만한 그런 버림받은 땅이었다.

승찬은 무턱대고 그 형장으로 짐작되는 골짝에 대고 오체투지(五體投地)의 큰절을 세 번 드렸다.

"어서 내려가자" 하고 승찬이 저 자신부터 다그쳐 마치 네발짐승처럼 달려내려갔다.

이미 시신은 짐승에 의해서 엉망이 되었고 해골에 걸친 옷으로 그것이 스승 혜가의 시신임을 확인할 수밖에 없었다. 아니 잘린 팔 하나가 저만치 내던져진 채 있었다.

시신의 남은 살에는 구더기가 생겨 있었으나 이제는 시신의 악취 따위는 사라졌다. 승찬은 그 시신의 뼈와 말라붙은 것을 천으로 싸서 어깨에 메었다.

해가 잔뜩 흐린 구름장을 뚫고 빛나기 시작했다. 그가 부르짖었다.
"여기 빛을 마시는 수승(殊勝)하신 존자〔飮光勝尊〕가 나아가시도다!"

본디 빛을 마시는 존자는 마하가섭(摩訶迦葉)을 말한다. 빛을 마신다는 것이 얼마나 찬란한 경지인가.

바로 그 제1조의 가섭의 화신이 곧 혜가라는 칭송인 것이다.

"내 입이 모자란다. 내 입이 더럽다"라고 말한 뒤 그는 다시는 어떤 말도 하지 않은 채 스승의 유골을 어깨에 얹고 그곳을 이내 하직했다.

우선 자주(滋州) 옥양현(鋈陽縣) 동북쪽 70리 밖 산기슭에 이르러 승찬은 눈물이 나오지 않을 만큼 지쳐버렸다.

수행자 하나도 풀썩 주저앉았다. 독사 두 마리가 서로 꼬여 있다가 풀어지며 대가리를 공중으로 치켜들었다. 수행자의 눈이 독사의 낼름거리는 혀와 마주쳤다.

두 독사가 슬슬 저쪽으로 사라졌다. 수행자가 전혀 딴전을 피웠다.

"스님의 시신은 역적의 누명을 쓰셨기 때문에 관가의 허락이 있어야 옮길 수 있는 것을…… 그저 여기까지 모셔오시느라고……"

"괜찮도다."

"………"

승찬은 어깨에 얹은 것을 내려놓지 않고 그 일대를 둘러보았다. 산세가 장중하고 물이 마르지 않아서 시내가 저쪽으로 흐르고 있었다.

흡사 전(前) 왕조 남조의 대시인 사영운(謝靈運)의 산수시(山水詩) 경지에 걸맞은 풍광이었다. 그의 「산거부(山居賦)」는 "도서 담당벼슬을 지냈던 노자, 해자 위에서 노닐던 장자(柱下老子 濠上莊子)"를 노래하고 있지만 사실인즉 선학(禪學)의 이치에 그 의도가 스며 있는 것이다.

맑고 고요한 산 속에 있으니
온갖 분란 저절로 끊기었다
귀 기울여도 들리는 것 없고
이치를 얻으니 즐거움 그들먹하다
(山居兮淸寂 群紛兮自絶 周聽兮匪多 得理兮俱悅)

승찬은 해가 구름속에 다시 파묻힌 뒤 퍼뜩 제정신으로 돌아왔다. 그가 말했다.

"여기에 모시도록 하세."

두 수행자가 저 아래 나무꾼의 빈 산막으로 가서 땅을 파기에는 마땅치 않은 연장을 가져왔다. 그것으로나마 흙을 파기 시작했다. 그러나 땅속이 순하지 않아서 단념할 수밖에 없었다.

꺼뭇꺼뭇한 애저녁 무렵에야 승찬은 권차(權借)로 결정했다. 그것은 영구적인 분묘가 아니라 다음 기회에 길상(吉祥)의 땅이 정해지기까지 가매장하는 것이었다. 하지만 말이 권차이지 다만 덕장으로 처리할 수밖에 없었다.

수행자들이 나무를 잘라 오고 싸리를 엮어서 작은 초옥(草屋)을 만들었다. 그 옆의 땅을 다시 파고 거기에 유골을 싼 것을 어떤 절차도 없이 묻었다. 승찬이 시 한구절을 지어 읊었다.

"둥글기가 큰 허공 같아 모자람도 없고 남음도 없거늘(圓同太虛 無欠無餘)."

뒤에 그의 사언절구(四言絶句) 1백 46행의 '신심명(信心銘)'의 한구절이 될 것이 미리 그 밤중의 세상에 나온 것이다.

마침내 제자는 스승의 시대를 이어가기 시작했다.

10. 信心銘의 시절

　승찬 일행은 스승 혜가의 시신을 비밀리에 옮겨다가 자주(滋州) 땅에 우선 초분(草墳)으로나마 장사 지낸 뒤 구름속을 들락이는 달빛에 길을 물어가며 그곳을 총총히 떠났다.
　가을이 깊어가고 있었다. 잔나비 울음소리가 구슬프게 들리다가 그친 그 적막한 밤은 웬일인지 벌레소리조차 끊어진 채였다. 그러자니 구름 뒤의 달빛이 소리까지 도맡아서 하늘과 땅 사이의 커다란 공간을 빛으로 소리치는 것이었다. 세상의 소리를 보는 일도 법(法, 道)이라면 빛이 빛으로 소리를 내는 것도 법이기 십상이다. 승찬과 그를 따르는 수행자들은 그런 달빛의 소리를 흠뻑 머금고 있었다.
　자주 옥양현(釜陽縣) 산기슭을 벗어나니 대지 전체가 하나의 수동체(受動體)로 되어 달빛을 받아들이는 깊은 밤이었다. 이렇게 해서 자주에서 서북쪽을 향하는 걸음을 재촉한 다음 일행은 새삼 안도의 숨을 내쉬게 되었다.
　바야흐로 수나라는 지난날의 진나라 한나라의 천하 경영(經營)을 능가하고자 하는 천자의 의지를 드러냈다. 그것이 바로 황하와 회수(淮水), 양자강을 횡단하는 대운하의 토목공사였다. 실로 엄청난 사업이 아닐 수 없었다.

　그동안 중원(中原)땅의 백성들은 너무나 오랜 세월을 각 세력의 각축에 의한 갖은 신고(辛苦) 가운데서 누구 하나 제대로 살아본 적이 없었다. 중국에 불교가 들어와 급격하게 전파된 것도 이러한 사회적 불안과 고통으로부터 벗어나고자 하는 데서 그 이유를 찾을 수 있다.

　그들은 곡식을 심되 다 징발당했다. 어제까지 군림하던 세력이 물러가면 새로운 세력이 나타나 그들의 궁핍하기 짝이 없는 촌락사회를 분탕(焚蕩)질의 초토로 만들어버리는 것이었다.

　이런 난세의 5호 16국시대와 남북조시대를 지나 천하가 하나로 된 수의 시대에 대한 백성들의 기대는 무척 큰 것이었다. 그러나 그 기대는 기대불안(期待不安)이었다가 드디어 산산이 부서지는 기대에 지나지 않았다. 대운하 공사에 총동원의 대상이 됨으로써 농가의 세대주는 나라의 노역을 절대 의무로 삼아 군량 운송이나 운하 노역에 몸을 바쳐야 했다.

　이런 시절에 승찬 일행의 여행은 자유로운 것이 아니었다. 우선 젊은이들이 군정(軍丁)과 부역을 피하여 승단(僧團)에 잠입하는 경우가 적지 않았다.

　승찬은 얼마 동안 그런 부류의 젊은이들을 받아들였다. 그러나 수행과 신행(信行)에 철저한 단련을 요구함으로써 웬만한 사람은 스스로 떠날 수밖에 없었다.

　이제 승찬이 거느리는 사람은 70여 명이었다. 거기에는 스승 혜가와 자별하게 지낸 오랜 선승도 있고 그 뒤로 득도(得度)한 젊은 수행자들도 있어 다양했다. 혜가와 함께 지내던 총지와 도부는 혜가가 처형된 뒤 광구사 산문 밖에서 겨우 몸을 추스려 자취를 감춰버렸다.

　두 사람은 혜가를 체포하던 완성현 지방군 특무병사에게서 심한 충격을 받은 몸이었는데 이어서 광구사 중들한테 몰매를 맞아 기동이 어려운 지경이었다. 그들에게 질질 끌려서 산문 아래 골짝에 내버려진 것을 사노(寺奴) 불생이 밤중에 몰래 와서 먹을것을 주고 가는 정성을 거듭했다.

두 사람이 그곳을 떠날 무렵엔 비가 억수로 퍼부었다. 도부가 말했다.

"이런 꼴로 찬(璨)수좌한테 가지 맙시다."

그런 뒤 두 사람이 세상에서 문득 자취를 감추었으니 그들을 찾던 승찬 쪽의 몇사람은 한동안 이곳저곳을 찾아다니다 단념하고 말았다.

이제 승찬은 스승이 떠난 뒤의 태풍에 지붕이 날아가버린 것 같은 허망한 상태를 그 자신의 치열한 수행과 덕행으로 메우지 않으면 안되었다.

"스승께서는 달마조사(祖師)를 한없이 그리워하며 내 마음 가운데서 스승이 자라나신다고 말하신 적이 있거니와…… 이제 내 마음 가운데서 스승 혜가가 어린 아기로부터 어른으로 우쭉우쭉 자라나고 계시다오."

승찬은 어떤 간절한 감정도 일단 객관적인 절제를 거쳐서 전혀 담담한 것으로 만들기 일쑤였다. 특히 혜가 이후의 그로서는 말 한마디에도 함부로 어떤 이물질이 끼여드는 것을 허용하지 않도록 단정한 위엄을 길러내고 있었다. 공중을 나는 새가 어느 화살에 맞아 그의 발 앞에 툭 떨어져도 조금도 놀라는 기색이 없이 그것을 슬쩍 피해서 발을 떼어놓는 것이었다.

뒷날 방관(房琯)의 비문(碑文)에 의하건대 승찬은 마음이 커서 사소한 일에 구애가 없는 경지의 사람이었다. 또한 그 비문은 승찬을 암암리에 유마거사의 후신으로 그리고 있다.

이런 사람임에도 불구하고 승찬은 스승 혜가를 얼굴로 삼고 그 자신은 언제나 그 뒤에 숨어 있는 것으로 하루하루를 보냈다. 그동안 그가 스승과 헤어져 안경도(安慶道) 독산 그 황량한 바윗덩어리 산의 굴 안이나 초가에서 수행을 하는 동안에도 대중에게 스승 혜가의 말을 달달 외우도록 하는 등 오로지 스승을 섬기는 것을 으뜸으로 삼았던 것이다.

그래서 성깔이 있는 선승이 그의 묵언(默言)을 깨뜨리고 나서 "우리는 승찬선사와 더불어 사는 것이 아니라 혜가선사의 그늘에서 살고 있다. 이것은 어떤 경지인가" 하고 하루 세 시간밖에 자지 않는 정진 기간의 잠든 사람들을 난데없이 깨우는 사건도 생겼다.

어쨌거나 이번 스승의 처참한 시신을 묻고 난 뒤 승찬 일행은 그들의 근원이 되고 있는 숭산(嵩山) 소림사(少林寺)로 머리를 트는 여행으로 발전했다.

그들은 가는 도중에 7일이 되는 날마다 스승에 대한 추모를 저버리지 않았다. 반드시 흐르는 물가에서 그 물을 발우(鉢盂)에 가득 따라 놓고 그것을 스승의 위패로 삼아 온몸을 땅에 엎드리는 큰절 90배(拜)를 하는 것이었다.

발우의 물에 흰구름이 내려와 있으므로 그 구름과 물로 흐르는 법(法)을 삼고 그것으로 수행의 세월을 담자 그 발우의 물에 문득 스승의 모습이 떠오르는 것이었다.

이렇게 해서 승찬은 이 세상을 떠난 스승 혜가의 모습과 만날 수 있었다. 승찬뿐 아니라 그의 대중 가운데는 실로 빛나는 수행자들로 삼엄했다. 그들도 혜가의 위용(偉容)을 그 한그릇의 물 위에서 만나는 것이었다. 그런 심오한 추모행사를 마치고 나면 사람들은 여름의 한낮처럼 진땀으로 가슴팍이 젖어버리게 되었다. 한사람이 말했다.

"우리가 이렇게 땀을 흘리거늘 바위인들 가만 있겠는가."

그리고 본즉 그 발우가 놓였던 바위 위쪽에 이른 아침이 아닌데도 함초롬히 이슬이 서려 있었다. 이 사실을 승찬에게 알렸다. 그러나 승찬은 아무렇지도 않은 바로써 반응을 삼았다.
 "그런 일을 이적(異蹟)으로 삼으면 그 이적의 굴레를 벗어날 수 없음이오. 이적과 평상이 도무지 둘이 아님이 우리 집안의 이치이니 그리 알기 바라오."
 "………"
 "우리는 여주(廬州) 독산이 물 없는 산인데도 거기서 잘 살았소. 물이 없는지라 마른 바위 골짝에 향(香) 한줄기를 사르며 물을 빌었더니 물이 메마른 바위를 뚫고 솟아나와서 우리의 목을 축이지 않았소? 그것을 이적으로 말하는 것이 바로 중생의 차별이겠지요. 그러므로 저들의 지평선을 아득히 바라보면 그 너머의 보이지 않는 것들도 차츰 보이게 되는 것도 특별한 경지가 아니오. 어서 저 지평선을 향해서 갑시다."
 그들의 여행은 워낙 긴 도보여행이므로 처음에는 다리가 뻣뻣해지는 것이었으나 이제는 그렇지 않았다.
 지난날 환공산(皖空山)에 숨어든 시절, 그 산중에 맹수들이 들끓어 산 아래 백성들의 피해가 많은 사실을 알고도 거기밖에 폐불의 어두운 시대를 견딜 만한 곳이 없었다. 승찬의 지극한 신행에 의해서 맹수들이 그 산을 떠나 한 대열을 이루어 다른 곳으로 가는 광경을 월(月)선사가 보고 감격한 사실이 있었다.
 "이 일은 승찬스님의 법력 아니고는 안되는 일입니다."
 그때 승찬은 스승 혜가가 미치광이 노릇을 한 것처럼 갑자기 입에 거품을 물고 히히덕거리는 미치광이 시늉을 했다. 굳이 말하자면 미치광이 시늉만이 살 길임을 알려준 것이었다. 그때의 월선사, 정(定)선사, 암(巖)선사 그리고 환(皖)선사들은 이제 퍽이나 늙수그레했다.
 바로 그들의 여행이 마치 지난날 환공산의 열 가지 맹수들이 산을 떠나는 광경을 떠올리게 한 것이다. 그때 암선사가 외쳤던 말도 떠올랐다.
 "……달마조사께서 법통을 전승해주신 이래로 승찬공이야말로 찬란한 보주(寶珠)입니다. 선정(禪定)과 지혜가 고루 어울려 그 깊은 경지는 함부로 범접할 수가 없습니다."
 그들은 지난날에 대한 기억이 여행의 힘이 되는 사실을 잘 알고 있었다. 과거는 과거의 어떤 형체가 아니라 그들에게 현재로서의 재생인 것이다.
 숭산의 세 봉우리와 그 산을 이웃한 산이 시야에 나타났다. 승찬은 그 산의 원경(遠景)을 향해서 오른손만을 올려 공손히 배례했다. 한 사람이 물었다.
 "무슨 예법(禮法)이십니까?"
 "스승 혜가선사께서는…… 알다시피 왼쪽 팔이 없으셨지요. 스승께서 합장하실 적에 언제나 한쪽 손만을 올리셨지요. 그러므로 나도 스승의 합장 예법을 따르는 것이오."
 그러자 일행 70여 명이 일제히 오른손만의 합장으로 숭산 소림사에 대고 망배(望拜)하는 것이었다.
 소림사는 달마조사가 선풍(禪風)을 처음으로 날린 곳이다. 바로 그 선의 연원으로 돌아감으로써 그들 자신의 수행을 재확인하는 것이 목적이었다. 그 뒤로 소림사에서는 사람과 사람 사이의 인사가 으레 오른손만의 합장으로 되었다. 바로 이 합장법이 소림권법의 대결 첫머리에서도 있게 되는 것이다.
 승찬 일행이 소림사에서 약 2개월을 지내는 동안 달마와 혜가의 조사제(祖師祭)를 경건하게 마칠 수 있었다. 물론 소림사에 모여든 사람 가운데는 이제 혜가선사 또래는 없었다.
 그뿐 아니라 총지와 도부가 거기에서 보이지 않는 것도 어쩌면 당연한 일이었다. 나선사, 화선사 등도 잊혀져 한줄기 저녁 연기로 사라진 것이나 다름없었다.

  승찬 일행이 곧 소림사를 하직함으로써 소림사는 다시 적적해졌다. 이제 법통은 승찬에게 있음이 확실하고 승찬이 가는 대로 법통도 가는 것이었다. 그러니만큼 소림사 수선(修禪) 도량은 뱀이 벗어놓은 허물처럼 달마 가풍의 알맹이가 없는 형편임에 틀림없다.
  아니, 달마의 관법(觀法)을 이어가기보다 천축에서 들여온 갖가지 소승(小乘)의 관법들이 이 사람 저 사람의 폐쇄적인 주장으로 과시되고 있기까지 했다.
  승찬은 그들을 쉽사리 바로잡을 수 없다고 판단하자마자 그곳에 더 이상 머물 까닭이 없으므로 떠난 것이다. 큰 빛 아래 이런 망상들이 다투고 있을 줄이야라고 그는 그답지 않게 개탄했다.
  그들이 고집하는 관법에는 백골관(白骨觀)이 있다. 세상과 육신의 부정(不淨)을 내세우는 수행관법이다. 9상관(九相觀)의 하나이다. 또한 수식관(數息觀)이 있다. 드나드는 숨을 세어서 마음을 가라앉히는 방법이다. 5정심(五停心)의 한가지이다.
  9상관은 육체에 대한 애착을 버리기 위해서 시체가 썩어가는 과정을 9종류로 나누어 관찰하거나 상정(想定)하는 것이다.
  5정관(五停觀) 혹은 5정심은 부정관(不淨觀, 탐욕의 마음을 멈추기)·자비관(노여움을 멈추기)·인연관(어리석음을 멈추기)·계분별관(界分別觀, 我見을 멈추기)·수식관(흐트러진 마음을 멈추기) 등이다.
  일관(日觀)은 관무량수경(觀無量壽經)에서 말하는 16관의 하나로 해 넘어가는 광경을 관찰하는 것이다. 월관(月觀)은 마음이 깃들인 밝은 달을 관찰하는 것으로 본래 밀교(密敎)에서 행하는 관법이다.
  누대관(樓臺觀)은 16관의 한가지인데 누대 안에 천상계의 음악이 울려퍼지는 가운데서 3보(三寶)를 관찰하는 것이다. 이어서 지관(地

觀)도 16관의 하나인데 극락정토의 못 둘레에 1백 가지 보옥(寶玉)빛 새들이 지저귀는 가운데서 3보를 찬양하는 모습을 연상하는 관법이다.

불관(佛觀)은 관불삼매(觀佛三昧)를 말하는 16관법의 제9에 해당한다.

또한 열병에 걸린 자에게는 냉상관(冷想觀)을 수행시켜 대증요법(對症療法)을 우선하고 동상에 걸린 자는 열상관(熱相觀)을 수행케 한다. 색욕(色慾)에는 독사관(毒蛇觀)이나 부정관(不淨觀)을 행하게 하고 좋은 음식에 집착하는 자에게는 사저관(蛇蛆觀)을 행하게 하고 비싼 옷에 집착하는 자에게는 뜨거운 쇠가 몸에 달라붙어 떨어지지 않는 관법을 행하게 한다.

능가경(楞伽經) 제7권의 한 시는 다음과 같이 노래하고 있다.

"수행자가 선정(禪定)하는 중에 해와 달의 모양이나 연꽃 또는 공중에 뜬 불꽃, 그림 같은 갖가지 모습을 관찰하게 된다면 외도(外道, 異端)의 행위로 타락하노니……"

말하자면 승찬은 능가경의 이같은 경종을 그들에게 은연중 울려준 것이다.

승찬이 떠나자 소림사의 소승 관법으로 달마의 가풍과 어긋나 있는 그들이 당황한 것은 야릇하다. 그들의 여러 주장을 다 들어주며 새로운 제안을 할 줄 알았던 그들에게 승찬의 미련없는 작별은 허를 찔린 것이 되어서였다. 수식관의 늙은 수행자가 투덜댔다.

"실로 백년 만에도 만날 수 없는 조용한 스승을 잃었도다."

또는 월관의 수행자는 그의 잘생긴 이목구비의 얼굴을 찌푸리며 "내가 날마다 토론을 할 수 있는 대상이 없어짐이니 이는 나에게 공부하는 복이 크게 감해진 것이 아닐 수 없어. 아, 분한 일이 아닌가"라고 벌써 승찬 일행이 떠난 뒤의 길을 바라보고 있을 뿐이었다.

"정 그렇다면 왜 찬선사를 뒤따르지 않았소?"라고 비아냥거리는 축도 없지 않았다.

소림사 세 봉우리의 까마귀들이 몇백 마리씩 떼를 이루어 공중 바람을 일으키며 승찬 일행을 전송하고 있었다.

이제까지 승찬은 손에 붓을 들어본 적이 없었다. 지난날이야 문둥이 손에 웬 붓이겠는가 하고 아예 단념한 것이지만 그가 천형(天刑)의 문둥병으로부터 거뜬히 자유로워진 수행 이후에도 붓과는 먼 생활이었다. 더욱이 그동안 폐불시대의 박해를 피하는 은거(隱居)의 지하생활에서는 글씨 따위를 남기는 일이 매우 위험한 흔적이 되기 십상이었다.

"내가 망상을 일으켜 붓을 놀리고 싶소."

이 말이 떨어지자 그를 수행하는 젊은 수좌 몇사람이 지필묵을 구해 온 것은 다음 숙박지인 풍혈산(風穴山) 밖의 저강(低江)에서였다.

갈대 줄기가 단단해서 그것으로 붓대를 만드는 고장이었고 대운하에 남자가 몽땅 징발되어서 거의 부녀자만 남아 있었다. 그래서 뜻밖에 남자가 많은 승찬 일행이 그곳에 나타나자 과부와 유부녀들까지 침을 꿀꺽꿀꺽 삼키는 남자구경으로 일행 중의 젊은 수행자들을 대담하게 건드리는 것이었다.

승찬은 그 저자에서 좀 떨어진 언덕으로 갔다. 숲의 윗부분을 지붕으로 삼았고 언덕의 마른 푸나무서리를 방으로 삼았으니 거기까지 따라오는 부녀자는 다행히 없었다.

"지극한 도(道, 眞理)는 어렵지 않다(至道無難)"라고 승찬은 먹을 갈아서 그 먹물을 담은 호로병에 세필(細筆)의 붓을 담갔다가 글씨를 쓰기 시작했다.

언제 그가 글을 익혔는가. 언제부터 글씨를 쓸 줄 알았던가. 아니 언제 이렇게 초서(草書)를 능란하게 갈겨쓸 수 있었던가. 엄선사와 환선사가 그들의 지도자 승찬의 붓글씨 때문에 무척 놀랐다. 아닌 밤중의 잠자리에 사슴 한마리가 뛰어들어도 이처럼 놀랄 일은 아니었으리라.

"도무지 생각이 미치지 못할 지경이구려."

"그저 혜가스님을 마음으로 이어오시는 것으로만 알았는데……"

"아무래도 달마조사의 이입사행론(二入四行論)을 앞지르는 것이 아닌가 생각되는데……"

"첫줄부터가 심상치 않아요."

"찬공(璨公)께서 얻으신 경지가 저러할진대 우리 공부는 무엇이겠는가. 여기서 한걸음 뒤지면 그 털끝 차이가 하늘과 땅같이 멀어질 터…… 어찌 찬공을 따라잡을 공부에 하품할 입이 있으랴."

"우리가 이렇게 주고받는 말의 시간도 만겁(萬劫)의 일이거늘 아예 입을 꿰매둘 일이야."

"그러세나."

"그러세."

그들은 갑자기 추운 바람을 맞은 듯 온몸에 소름이 쫙 퍼지며 제자리로 돌아갔다.

승찬은 숙박지에서는 반드시 글을 썼다. 그것은 산문이 아니라 시문(詩文)이었다. 예스러운 4언절구(四言絶句)로 되어 여행중에 끊었다 잇고 끊어졌다 이어지는 것이었다.

과연 그가 혜가의 인가를 받자마자 그동안 속인으로 수행하던 삶을 청산하고 복광사(福光寺)에 가 정식으로 구족계(具足戒)를 받는 과정에서 그의 뛰어난 재질로 익힌 것이 글이었던 것이다.

"방편일진대 문자도 도반(道伴)이 아니겠는가"라는 수계사(授戒師)의 승낙이 있었다.

그런지라 끝내는 승찬의 4언절구 1백 46구(句)는 의리(義理)뿐만 아니라 격외(格外)의 도리가 갖추어진 운문(韻文)이다. 이것이 세상에 차츰 알려지자 비단 선종(禪宗)이 아닌 쪽에서까지 이제까지 몹시 싫어하던 생각을 고쳐 "……이는 문자로서는 최고의 문자가 아닐 수 없도다"라고 크게 상찬하는 사람들이 나타난 것이었다.

"지극한 도는 어렵지 않음이오"에 이어지는 바가 "오직 간택함을 싫어할 따름이니(唯嫌揀擇)"이다.

여기서 말하는 지극한 도란 대도(大道)를 일컫는다. 바로 이 대도는 어려운 것이 아니다. 도가 어디에 있느냐고 묻는 것 자체가 큰 잘못이다. 도 따위는 어디에도 없다. 바로 도 가운데 살고 있는 것이 사실인즉 너요 나이다. 그러므로 도가 어렵다 함은 도와 나를 차별하는 것이다.

오직 간택(揀擇)함을 싫어한다는 것은 이것이 좋다, 저것이 좋다 하는 분별의 간택을 하지 말라는 뜻이다. 간택이란 취하고 버리는 것을 말함이니 그런 간택의 마음이 있으면 지극한 도는 양변(兩邊), 즉 변견(邊見)에 떨어져 마침내 중도의 바른 견해[正見]를 모르는 것이 된다.

심지어 세간의 법[世間法] 혹은 자연법(自然法)을 버리고 부처님의 법[佛法]만을 따른다 해도 그때는 부처님의 법 또한 참다운 법이 아니게 된다. 불법조차도 다른 법에 대한 차별일진대 어찌 그것이 불법이겠는가. 과연 승찬은 이처럼 빗발치는 선언을 하면서 그의 핵심이 되는 것을 말하고 있었다.

이 시문 「신심명(信心銘)」이 쓰어지기는 지금이지만 이것을 구상한 것은 환공산 은거시대였다. 그 수난의 세월에 갖은 수고를 무릅쓰면서 관가의 기찰을 피한 수행이야말로 불교를 타도한 북주 무제의 야만을 이겨내는 아픔 자체였을 것이다.

"둘은 하나로 말미암아 있음이니/그 하나마저 지키지 말라(二由一

有 一亦莫守)."

여기서 둘이란 무엇이던가. 이미 알다시피 이것이 좋다, 저것이 좋다 하는 분별의 작동(作動)이다. 하지만 이 분별로서의 둘도 끝내는 하나에 의해서 존재하는 것이 아닌가.

흔히들 둘은 버리고 하나를 취하면 된다고 생각하게 마련이지만, 두 가지 분별로서의 변견(邊見)은 하나 때문에 나는 것이고 둘은 반드시 하나를 전제로 하고 있다.

바로 이 하나도 버려야 하는 것이다.

하나란 무엇인가. 하나란 절대라든가 허무라든가 공(空)이라든가 하는 것이다.

승찬은 여기서 대담하기 짝이 없다. 그 하나도 지켜서는 안된다! 하고. 지킨다는 것은 집착을 의미하고 있다. 그러므로 이것이 부처다, 이것이 절대다라고 지키면 그것은 부처에 집착하고 절대에 집착하는 것으로 된다.

그렇게 되면 첫째, 허무주의에 떨어지기 십상이다. 아무것도 없고 아무것도 필요없다. 모든 가치는 무의미한 것이 된다. 둘째, 하나만 지킨다면 그것은 악평등(惡平等)이 된다. 악평등이란 차별을 무시하는 것이다. 중생은 태어날 때의 능력이나 환경으로 보아도 갖가지 특색의 차이가 있다. 이런 차이의 현실을 숫제 무시한다면 굳이 정진하거나 힘을 쏟 노릇이 아니게 된다.

하나를 지킨다는 것은 사상적으로 저 혼자 높다는 독선이다. 산중에서 현실을 초월하는 생활로 백성들의 세속에 대해서 고답적인 위세를 발휘하는 것이 그 하나의 의식이겠다.

하나에 투철한 다음 그 하나까지 내버리고 세계 안에 사는 선(禪)의 경지야말로 승찬 「신심명」의 주지(主旨)인 것이다.

「신심명」은 대대(對對)를 40대(四十對)로 말하고 있다. 미워함과 사랑함〔憎愛〕, 거슬림과 따름〔逆順〕, 옳고 그름〔是非〕 따위의 상대개념 즉 변견(邊見)으로부터 벗어난 중도법을 지향하고 있다. 아니 중도라는 것조차도 그것을 지켜서는 안되는 통연(洞然, 無碍)인 것이다. 그래서 "미워하고 사랑하지 않으면 통연히 명백하네(但莫憎愛 洞然明白)"라고 노래하고 있지 않은가.

주관은 객관을 따라 소멸하고/객관은 주관을 따라 잠겨서/객관은 주관으로 말미암아 객관이요/주관은 객관으로 말미암아 주관이니/양단(兩端)을 알고자 할진대/원래 하나의 공(空)이라/하나의 공은 양단과 같아/삼라만상을 함께 포함하되/세밀하고 거칠음을 보지 못하거니/어찌 치우침이 있겠는가/대도는 본체가 넓어/쉬운 바 없고 어려운 바도 없거늘/좁은 견해로 여우 같은 의심을 내어/서둘수록 더욱 더디어지네.

이런 논리의 치열성과 함께 "눈에 만약 졸음이 없으면 모든 꿈 저절로 없어지고(眼若不睡 諸夢自除)"와 같은 절묘한 시정(詩情)을 빚어내기도 한다.

이와 함께 한 생각〔一念〕이 만년(萬年)이라든가, 시방(十方)이 눈앞〔目前〕이라든가 하는 상대적인 경계가 끊어진 상태〔忘絶境界〕는 그의 조사인 달마의 논장(論藏)을 가히 뛰어넘는 법손(法孫)의 우렁찬 이로(理路)가 아닐 수 없다. 승찬은 이 시 끄트머리를 "말의 길이 끊어져 과거·미래·현재가 아니라네(言語道斷非去來今)"라고 장식했다.

어찌 여기에 선의 비범한 기운으로 한번의 칼날에 맞은 허공이 피를 뿜어대지 않을 것인가. 승찬의 「신심명」 1백 46구가 이번의 여행에서 어렵지 않게 끝났다. "이 장난 하나 마쳤소"라고 그가 동행자 한사람에게 그윽이 말했다.

그때 동행자 뒤를 따르고 있던 소년 도신(道信)이 승찬 앞에 대드는 것처럼 서서 오른손만의 합장으로 배례했다. 그가 늦가을의 열매들처럼 어여쁜 목소리로 스승 승찬에게 말을 걸었다.

"쉬어가고 쉬어가니 절름발이 자라요, 눈먼 거북이지요(休去歇去 跛鼈盲龜)."

기껏해야 희미한 미소밖에는 없던 승찬의 입에서 처음으로 웃음이 모란꽃 송이처럼 피어나왔다.

"허허, 우리 신(信)이 어느새 익은 감이 되어 함박눈을 맞고 있소."

다음날 새벽부터 떠난 여행은 첫눈이 내리는 가운데 그 눈을 피할 데가 없는 들녘의 행렬이어서 무척이나 더디어졌다. 일행 속의 한사람이 걸어가다가 쓰러진 채 그대로 눈을 감았기 때문이다. 사람들이 아직 얼지 않은 땅을 파서 평토장(平土葬)으로 묻는 시간에 단 한마디의 말도 없었다. 소년 도신이 그 무덤 둘레를 몇바퀴 돌고 나서 행렬의 가장 꼴찌에서 눈 맞은 눈썹 그대로 걷고 있었다.

그는 아직 어리기 때문에 첫눈치고는 푸짐하게 내리는 상주(相州) 들녘 가장자리에 따라오는 숲을 눈여겨 관찰하기도 했다. 숲이라고 해야 전쟁이 휩쓸고 지나간 곳이어서 많은 나무가 넘어져 고목이 되고 있었는데, 바로 그런 땅 밑으로 다람쥐들이 숨겨둔 먹을것을 찾아 먹으려고 다른 짐승 몰래 달려가다 멈추고 달려가다 멈추는 것을 보고 재미있어했다. 바로 거기에서 '쉬어가고 쉬어가니……'라는 구절이 만들어진 것이었다.

수(隋)의 개황(開皇) 12년이었다. 열네살짜리 행자(行者)가 승찬에게 찾아왔다. 그가 오기 전날에는 스승 없이 초선(初禪)의 단계에 올랐다고 자부하는 수행자 다섯이 찾아와 귀의한 바 있었다.

"어제도 오늘일진대 그대가 여섯번째 손님이시네" 하고 승찬이 기뻐했다. 승찬은 어느 누구에게도, 개나 들닭에게도 함부로 해라 마라 하는 하대(下待)를 한 적이 없다. 어린 도신이라도 마찬가지였다. 도신은 나타나자마자 승찬에게 단도직입으로 말했다.

"스승이시여, 자비를 베푸시어 부디 해탈의 법을 일러주소서. 해탈하고 싶사옵니다."

말투만은 어른이 다 되어 있었다.

"누가 그대를 결박했던가?"

도신은 승찬의 이 말이 엉뚱한 반문(反問)이라고 생각했다.

"아무도 저를 결박하지 않았사옵니다."

"그렇다면! 정녕 그렇다면 굳이 무슨 해탈을 구한단 말인가?"

바로 이 말 한마디에 소년 도신은 초선의 단계에 이르렀다는 수행자를 넘어 2선(二禪)의 자연에 노닐 수 있었다. 굳이 인도의 카트바리디야나니(四禪)를 말한다면 그것은 번뇌를 끊고 모든 공덕을 낳는 네 단계의 근본선정(根本禪定)이다.

초선은 악과 불선(不善)을 대치(對峙)하는 것으로서 번뇌와 욕망의 간섭을 끊고 시끄러운 세속으로부터 벗어나는 희열의 단계이다. 2선은 초선의 희열이 점차 순수해지며 자연의 속성으로 되는 상태이다.

3선은 외재(外在)에 속하는 2선의 희열이 없어지고 내재적인 자연, 즉 평정(平靜)과 적의(適意)의 경지가 된다. 마지막 4선은 일체의 정념(情念)과 희비(喜悲)가 없어지는 경지로서 투명한 지혜 가운데 있게 된다. 이 위없는 경지는 뜻으로만 알 수 있을 뿐 말로는 전할 수 없다.

이 4선의 단계로써 천상(天上)의 귀에 이르러 일체의 소리 영역을 꿰뚫어 멀고 가까운 말, 일체의 착한 말과 악한 말 그리고 짐승과 귀신의 말에 이르기까지 듣지 못할 것이 없는 천이통(天耳通)이나 일체

법계의 원근(遠近) 내외(內外) 주야(晝夜)와 공간을 초월하는 일체만상을 볼 수 있는 천안통(天眼通)을 얻게 된다.

때와 곳에 따라 크고작은 몸을 뜻대로 나타내어 자유자재로 날아다니는 여의통(如意通)의 신통력과 타인이나 다른 생명체의 마음속에 일어나고 있는 모든 생각 따위를 다 알아내는 타심통(他心通), 그리고 전생(前生)의 일을 다 알 수 있는 숙명통(宿命通)이 있는데 이것들도 4선의 단계에서 가능해지는 것이다.

선의 기초단계에서 시간은 심성(心性)의 상상과 기억의 작용이다. 그래서 굳이 선정에 들지 않는 상태의 묵상(默想)에서도 지난날의 일들이 마치 지금 당장의 일처럼 생생한 것이다.

그러나 이런 체험을 넘어서 선정에 들 때 단계적인 수련이나 즉각적인 수련 결과로서의 진여(眞如)에 이르는 것이 선의 목적이다.

도신은 그의 당돌하기까지 한 동정(童貞)의 직관으로 자주 연장자들을 허수아비로 만드는 경우가 없지 않았다. 그 연장자 가운데 니불(泥佛)이라는 수행자가 있었다.

다음은 니불과 도신이 주고받은 말이다.

"정녕 숙명통에 이르렀는가?"

"그까짓 숙명통은 전생에 다 버리고 왔습니다."

"그렇다면 무엇하러 이 회상(會上)에 얼쩡거리는가? 저 마을로 가서 네 또래 아이들과 팽이나 쳐서 세상을 수만 번 돌고 돌 일이지."

"헤헤. 무슨 통이니 무슨 통이니 하는 그 요사스런 말장난을 버리고자 여기에 끼여들었습니다."

"내가 쫓아내도 여기 있겠는가?"

"이미 나는 쫓겨서 여기에 왔는데 어디로 더 쫓겨간단 말입니까?"

"허허······ 됐다, 됐어. 아이의 몸속에 늙은 부처가 꽉 들어찼구나."

이들의 말을 들었는지 승찬이 나타나서 시침을 떼고 있다가 "신(信)! 어서 저쪽 자리로 가서 밥 푸는 일을 거들어줄 일이오"라고 도신을 떼어냈다.
 승찬이 니불에게 한마디 건넸다. 그 말은 그 자신의 독백인지도 몰랐다.
 "지난날의 사공산(司空山)과 오늘의 사공산이 다를 것이 없거늘…… 그렇게도 숨어 사느라고 사람이 두더지와 다를 바 없었으니 과연 중생이 중생다운 시절이었지요. 부처를 다 없애고 중을 잡아가는 시절의 공부와 지금 이렇게 당당해진 시절의 공부가 다르다면 어찌 그것이 부처의 법이리요. 눈이 내리니 삼계(三界)가 다 넉넉하고 오로지 나 혼자서 배가 고프오."
 그 말에 니불은 아무런 대꾸도 없었다. 대꾸가 막혔는지 대꾸를 삼간 것인지는 아무도 알 길이 없었다. 승찬은 줄곧 어린 도신에게 마음이 쓰였다.
 "신(信)은 제 몸에서 빛을 내는 문수(文殊, 文殊菩薩)의 화신이거니와 그것이 큰 기쁨이기도 하고 걱정거리이기도 하오"라고 니불에게만 알아들으란 듯이 가만히 말하는 것이었다.
 "동방의 고구려나 백제 신라에라도 한동안 보내면 안될까요?" 이것은 니불의 제안이었다. 그러고 보니 승찬은 수행집단의 화합(和合) 문제가 있거나 수행을 통한 대화가 잘 풀려나가지 않을 때는 자주 니불의 그 불편부당한 성품이 돋보여 그에게 의논해온 처지였다.
 니불이 자신의 제안을 수정했다.
 "고구려는 우리나라의 영토 요하(遼河) 서쪽 산해관 쪽에 전운(戰雲)을 일으킬지 모르는 세력이라 안되겠습니다. 그 대신 백제는 나라 안에 불살생계(不殺生戒)를 선포해서 불법의 자비를 실현하는 나라이고, 신라는 담육(曇育)이라는 스님을 우리나라에 보내어 공부를 시키는지라…… 백제나 신라가 적합한 곳이겠습니다."

승찬은 도신을 바다 건너로 보낸다는 사실을 생각해본 적이 없을 뿐더러 사랑하는 소년 제자를 그의 곁에서 떨어져 있게 하고 싶지 않았다.

"이제 나이 열여섯살이니 한번 새로운 도량(道場)에 가보는 것도 괜찮겠으나 신은 여기를 떠나지 않을 것이오"라고 니불의 제안을 없던 일로 돌려버렸다.

"하기는 천자께서 불법을 흥륭케 하는 조칙(詔勅)을 내려 수(隋)나라의 연꽃들이 활짝 피어날 때인지라 이런 때에 도신수좌도 여기 있어야 하겠습니다."

수문제 개황(開皇) 14년의 일이다.

2년 전 승찬이 환공산에서 사공산으로 건너가던 도중 어린이 하나가 길 복판에 서서 승찬 일행을 막아선 채 그 매혹적인 천진난만의 웃음을 아리따운 미소년의 얼굴 가득히 담고 있었다. 누구냐고 묻지 않았으니 누구라고 대답하지도 않았다. 승찬이 멈춰 섰다. 그랬더니 어린이가 갈라진 길로 가버렸다. 야릇한 느낌이 일어났다. 그 뒤로 다섯 수행자에 이어 승찬을 찾아온 어린이가 바로 도신이었던 것이다.

니불의 제안이 있은 뒤 승찬은 도신을 곁에 두고 이것저것을 시켜보았다. 아무리 새로 시키는 일이라도 도신의 손에 익숙한 것이 되었다. 성은 사마씨(司馬氏)이고 이름은 음(音)이었다. 하내(河內) 심양현(心陽縣)에서 태어나, 기주(蘄州)의 광제현(廣濟縣)으로 이사한 부모에 의해 길러졌다. 총명하다는 말도 도신을 칭찬하기에는 부족했다.

승찬은 그런 소년 도신을 마치 정교한 세공(細工)의 장인처럼 한치의 실수도 없이 하나의 작품으로 만들어갔다. 그렇다고 해서 도신은 누구에 의해서 만들어지는 개체도 아니었다.

그는 스승의 정신을 흠뻑 받아들이는 깊은 밑바닥을 가진 정신의 호수였다. 아니 그 스스로 정신을 받아들이기 위해서 정신의 운동을 하는 주체였다. 바야흐로 16세 소년은 그의 변함없는 동심에도 불구하고 아무도 함부로 맞설 수 없는 강렬한 눈빛의 힘 때문에 겨울 이른 아침의 그 추위와도 같은 위엄이 온몸 주위에 서려 있게 되었다.

이런 제자의 시봉(侍奉)을 받고 있는 나이 지긋한 승찬은 그의 눈썹 없는 맨얼굴에 아무런 희로애락의 표정도 없었다.

"신! 천자는 자연을 거스르는가? 아닌가?"

어느날 스승 승찬이 제자에게 법명(法名)을 도신(道信)이라 부른 뒤 문득 질문을 던져보았다.

그것은 수문제가 천하통일을 한 뒤 북쪽의 백하(白河)로부터 황하 회수 양자강을 거쳐 전당강(錢塘江)에 이르는 길고 긴 대운하를 남북으로 연결시켜 중앙 정부의 전용수로로 삼게 된 것을 빗댄 질문이었다. 문제는 그 운하에 배를 띄워 호화찬란한 어전풍류(御前風流)를 즐겼다. 운하 연안의 지방관이나 백성들이 그 수로를 이용하는 것이 엄금된 것은 물론이거니와 그곳에 허드렛물을 버리면 그 죄는 장독(杖毒)으로 죽어나가야 하도록 무거웠다.

그러므로 대운하는 그 엄청난 규모에 입이 막힐 지경이나 그곳에 천자와 천자의 명을 받는 사람만이 배를 띄울 수 있는 것 때문에 원성이 일어나기 시작했다. 얼마나 많은 남자들이 그 운하의 토목공사 때문에 죽어갔던가. 그래서 양주(楊州)의 운하 기슭에서는 밤마다 죽어간 원귀들이 무더기로 나타나 새벽 닭이 울 때까지 흉흉히 울부짖는다 했다.

이런 대운하와 관련된 일을 곧이곧대로 지적하지 않고 그것을 남북으로 통하게 만든 수로의 인공(人工)이 자연에 역행한 것인가라고 물었던 것이다.

중국대륙의 큰 강들은 거의가 서에서 동으로 흘러가는 횡류(橫流)

이다. 그것은 대륙의 오지에 솟아오른 곤륜산(崑崙山)이 모든 물의 흐름을 서쪽에서 동쪽으로 향하게 만들었기 때문이다. 그것이 중국의 자연이다.

태고시대를 그리고 있는 신화에 의하면, 여행의 신(神)인 수(修)의 아버지 공공(共工)이 화신(火神) 축융(祝融)과의 큰 싸움에 지고 난 뒤 홧김에 제 머리로 부주산(不周山)을 들이받았다.

부주산이 바로 곤륜산이다. 곤륜산이란 히말라야산으로 추정될 수 있다. 그 산의 꼭대기에는 하늘과 접해 그것을 받치고 있는 천주(天柱)가 있고 그 산허리에는 천주를 대지에 묶어두는 땅의 밧줄〔地維〕이 있다.

그런데 공공의 화풀이로 그 천주가 부러지고 땅의 밧줄도 끊기고 말았다. 그러자 그때까지 수평을 유지하던 천지가 기울어져 하늘은 서북, 땅은 동남으로 기울고 또한 그 때문에 하늘의 일월성신(日月星辰)은 동남에서 서북으로 굴러가게 되었다.

어디 그뿐인가. 땅 위의 하천이나 먼지는 서북에서 동남으로 흐르기 시작해 대혼란이 일어났다. 큰 구멍이 뚫린 하늘에서는 비가 억수로 쏟아지고 하천에는 도도히 흐르는 물이 불어났다.

이런 커다란 자연의 위기에 즈음해서 여와(女媧)가 나타나 하늘의 구멍을 막고 바닷속의 거북을 잡아 그 네 발을 뜯어내 천주 대신 하늘을 떠받치는 네 개의 받침대를 삼고, 물가의 갈대를 베어 불태워 만든 재로 강물의 홍수를 막았으며, 사나운 악수(惡獸)와 흉조(凶鳥)를 죽여 사람에게 해를 입히지 못하게 했다.

그럼에도 불구하고 여와는 천지의 경사만은 본래대로 복구할 수 없어서 그것은 서북과 동남 즉 서에서 동으로 기울어진 그대로 굳어진 것이다. 과연 여와의 보천(補天) 신화 이래 중국의 자연인 서에서 동으로 흐르는 물로 하여 물을 다스림을 정치의 뜻으로 삼게 되기에 이르렀다.
  그런데 수문제의 야심인 대운하는 이런 중국의 자연에 대해서 인간의 의지를 반영하고 있는 남북의 인공운하를 만들어놓은 것이다. 이를 두고 승찬이 도신에게 말을 시켰다.
  "천자가 자연에 따르는 때는 두 번이옵니다. 그가 아기로 태어나 울음을 터뜨렸을 때이고 장차 그가 눈을 감을 때이옵니다."
  "말이 너무 모질지 않은가?"
  "이만하면 되리라 생각하옵니다."
  "어서 내가 마실 물을 떠오도록."
  "차를 달일까 하옵니다."
  "아니, 흐르는 물을 마시고 싶다네."
  스승은 도신에게만은 이따금 따뜻한 반말이었다. 이런 담담한 문답 밖에는 제자를 단련시키는 데 도리어 말이 필요하지 않았다. 스승이 몸으로 실행하면 스승의 실행을 본떠 그 실행의 곱절로 정진하는 것이 도신의 일과였다.
  그는 늙은 수행자와 병든 수행자의 옷을 빨아주고 신을 삼아주기까지 하는 것이었다. 대중이 아침 저녁으로 이빨을 문지르기 위한 자디잔 치목(齒木) 가지도 몇다발씩 만들어 처소의 출입구에 두는 것이었다.
  중국이란 땅은 실로 광대한 사회로 이루어졌다. 그것도 여러 종류의 사회가 천하를 한없이 채운 것이다. 이런 땅에서는 어떤 일의 시작에서 그것의 성행(盛行)까지의 시간은 1백년 단위를 넘기까지 한다.
  그럴진대 수나라를 세운 문제의 천하통일이 10년을 훨씬 넘겼건만 아직도 제국이 분열되고 이방인이 득세하던 잔재는 사회의 말단일수록 상당한 규모로 남아 있고, 새로운 통제도 그 말단에서는 당초의 의도와는 달리 민폐의 기승을 부려 백성은 난세에나 통일된 천하에서나 고통의 질(質)이 조금도 변하지 않은 그대로였다.

그런 백성이 어둠속에서 한숨을 내쉬는 소리를 진리의 소리로 삼는 수행을 도신은 바라고 있었다. 장차 그가 남쪽지방의 세상으로 도량을 옮기게 된 것도 그같은 농경사회의 백성들과 함께 있고자 하는 의도 때문이었던 것이다.

하지만 그는 아직 스승 승찬의 시하(侍下)에 있었다. 스승을 받들고 있는 한 스승의 규범에 따라야 한다. 스승은 제자 도신을 달마 이래의 가풍에 어떤 시련에도 무너지지 않는 불멸의 터전을 이룩하도록 향도(嚮導)하고, 제자는 그것을 구현하는 일로 합치되어 있었다.

지난날의 폐불 이래 불교의 각 세력은 이번에는 어떤 폐불의 수난에도 견뎌낼 수 있도록 암굴(巖窟)의 불상과 암굴의 도량 그리고 경전까지도 암굴에 새겨서 불멸의 것이 되도록 염원한 바 있었다. 용문산(龍門山) 석굴도 오랜 세월에 걸친 이런 염원의 소산이다. 승찬과 도신 사이의 심전(心田)에도 이런 염원이 깔려 있는 것이다. 이것까지가 두 사람 사이에 걸친 치열한 수행의 크기이다. 승찬이 입을 열었다.

"신! 내일은 구름이 걷히겠는가?"

도신이 즉각 대답했다.

"내일은 해가 나와 사람들의 두꺼운 옷을 벗기겠사옵니다."

"벌써 몇년이나 보냈는가?"

"네. 스승을 모시고 함께 있으니 몇년이 어제 하루와 같사옵니다."

"됐네."

그때 도신이 어깨에 와 앉은 박새를 귀여워하며 쫓았다. "나는 일을 해야 하니 너는 저리 가 있거라"라는 소리를 그 박새가 알아듣고 선당(禪堂) 앞의 오동나무 빈 가지로 건너갔다.

도신이 그의 스승으로부터 받은 축복은 하나 둘이 아닐 터이다. 그 가운데서도 "누가 묻더라도 그대의 입에서 행여 무슨 말이 나오지 않도록 하오"라는 비밀스럽기까지 한 간곡한 계훈(戒訓)이 있었다. 그 것은 승찬 자신의 신분을 세상이 모르고 있는 것과도 같은 맥락인지 모른다.

승찬의 가계(家系)나 고향 그리고 생년월일 따위가 전혀 비밀에 싸인 것이나 다름없는 것과 그 자신의 일에 대해서 몇십 년 동안 입을 열지 않는 것이 그대로 제자에게 전해지고 있는 셈이었다.

그런데 여기서의 비밀이란 세상으로부터 안전을 도모하려는 것만으로는 설명할 수 없다. 물론 달마와 혜가가 살해되어 그들의 권속으로서는 신변의 위협에 대한 도생(圖生)의 뜻이 있음에 틀림없다. 그것이 비밀을 길러낸 원인이기도 했던 것이다.

하지만 이같은 형편을 떠나서 지극한 수행의 사람〔至人〕은 꿈이 없는 사람이기도 하고 사물의 자취야말로 대도(大道)에 누(累)가 된다고 여겼던 것이므로 그런 수행의 도인은 그 자신의 마음까지도 잊어버려야 하는 것이었다.

아니, 그가 받드는 가풍이나 종지(宗旨)마저도 잊어버려야 하는 것이었다. 심지어 제 이름 따위도 잊어버려 그것을 말하지 않는 경지만이 처절하기 짝이 없는 도의 세계가 아니던가.

"참된 마음만을 갈고 닦아/몸과 이름을 모두 버리니/후세에 무덤조차/아는 이 없네(精一其誠 身名俱捨 後世丘墳 猶無知者)."

소년 도신의 수행은 이토록 철저한 스승의 가르침을 뼈에 새기고 살에 뒤섞어, 그 가르침은 어느덧 도신의 것이 되고 말았다. 어찌 세월이 이러한 진지한 소년에게 딴청을 부리겠는가.

어느덧 소년이 청초한 젊은 수행자가 되어, 그 눈빛은 푸른 기운을 뿜어내어 한밤중에도 별빛에 부딪쳐 서로 수많은 빛의 파편을 어둠 가운데 터뜨리고 있었다.

한동안 도신은 스승으로부터 떠나서 그의 동료 두 사람인 일석(日

釋), 수관(水觀)과 함께 투자산(投子山)의 암굴에 들어가 살았다. 뒷날의 사람들이 30년 동안 겨드랑을 방바닥에 대본 적이 없는 정진으로 일관했다고 전하고 있는 찬사는 그때부터 만들어졌다. 그는 앉아 있는 것을 가장 편한 상태로 작정했다. 그는 누워 있는 것을 가장 불편한 것이라고 믿음으로써 사람들의 고정관념을 철저하게 물리친 것이다.

암굴 속에서 단단한 짚방석에 앉아 있는 상태야말로 어머니의 자궁 안에 들어 있는 태아의 편안한 행복과 둘이 아닌 사실에 철저히 길들여지기 시작했다. 일석수좌가 그런 도신의 1백일 좌선 정진에 대해서 한마디 하지 않을 수 없었다.

"신공(信公)께서만 그렇게 눕지 않는 장좌(長坐)로 일관하시면 소승들은 어찌합니까. 열흘을 감당할 수 없어서 누워야 하는 것이 소승들입니다. 함께 가야 하는 것이 아닙니까?"

"그래야겠지요. 함께 가야 하겠지요. 그러나 앞으로 나아갈 때 함께 가는 것이 도반(道伴)이지 뒷걸음질칠 때 함께하는 것은 악우(惡友)이겠지요…… 함께 가야 하겠지요. 함께 갑시다."

이 말에 일석과 수관의 입은 다시 열릴 수 없이 도신의 정진에 어렵사리 함께하는 것이었다.

그들에게는 오늘이 어제와 다를 바 없고 어제가 오늘과 다를 바 없는 변함없는 나날이었다. 또한 그들의 내일 역시 오늘과 다를 바 없을 것이 틀림없을 터였다. 미래까지도 현재 가운데 포함됨으로써 그들의 수행은 물이 흐르는 것처럼 진행되고 있었다.

그들이 내쉬고 들이쉬는 숨 한번도 우주의 기운 가운데 속해 있는 운동이므로 좌선 자체가 흐르는 물과 일치하는 것이었다.

이같은 암굴의 수행은 비단 달마 가풍의 선(禪)만이 아니었다.

진작 불교경전을 모방해서 노장철학에서도 도경(道經)을 만들어, 그 도교의 구겸지(寇謙之)는 그의 친척집 하인 성공흥(成公興)을 스승으로 섬긴 이래 숭산 소림사 위의 동굴 속에서 20여 년을 은거 수행한 사실이 있다.

이같은 암굴 수행은 특히 세속적인 교세(敎勢)에 집착하지 않는 수행 중심의 사람들에게 최고의 의무로 되어 있다. 그럴진대 도신과 그의 동료 두 사람이 몇해 동안 다른 도반들과 격리된 정진에 몰입한 사실도 그다지 드문 일은 아니다.

그동안 세상은 나라 안팎의 큰 사건들로 결코 천하통일이 곧장 태평성대로 이어지는 것이 아닌 현실을 몇번이나 통감하지 않을 수 없게 하였다.

수문제 개황 18년에는 수·육군 30만 명으로 요하를 건너 고구려를 쳐들어갔다. 요하의 서쪽과 동쪽의 지세나 기후를 철저히 파악하지 않은 채의 낯선 정복전쟁이었으므로 당장 장안을 떠난 원정(遠征) 부대는 물과 식량이 부족한데다가 요하 일대의 풍토병에 걸린 병사가 무더기로 나타났다.

그 풍토병은 막기 어려운 설사로 시작해서 아무리 건장한 장정이라도 사흘 뒤에는 그야말로 피골이 상접한 허약자로 만들어버렸다. 그런즉 변변히 싸움다운 싸움 한번도 치르지 못하고 열에 여덟 아홉의 전사자를 내는 참담한 패배로 귀국하지 않으면 안되었다.

이런 통일 이후의 사회에서는 다시 종교에 의한 불안 해소를 목적으로 하는 신앙이 깊어지게 되었다. 불교는 이미 종파(宗派)의 세력으로 각각의 체계를 이루기 시작했다. 가장 먼저 천태종(天台宗)이 천태지의(天台智顗)에 의해서 북방의 선학(禪學)과 남방의 의학(義學)을 흡수하여 지관(止觀)의 수행을 내세웠다. 지(止)는 좌선이요 관(觀)은 그 이론이었다. 그 뒤에 화엄종(華嚴宗) 법상종(法相宗) 등도 잇따라 세워졌다.

이 무렵 선종도 아직 종파라고는 말할 수 없으나 승찬을 따르는 무리들이 갑작스러운 증가를 보이는 것이었다.

어떤 수행자가 이런 무리를 두고 "달마 자손이 이렇게 많아짐은 황하와 양자강의 범람과 같고…… 서경(西京)의 태창(太倉), 동도(東都)의 함가창(含嘉倉) 낙구창(洛口倉), 화주(華州)의 영풍창(永豐倉), 섬주(陝州)의 태원창(太原倉)을 채운 천만 석에 견주지 않을 수 없고…… 장안 낙양과 태원의 곳간에 쌓인 포백(布帛) 수천만 필과 버금가는 바이겠다. 그것으로 천자의 나라가 향후 60년은 끄떡없이 먹고 입을 수 있는 부(富)가 된다면, 달마의 후예 몇백 명 내지 1천 명 이상은 벌써 중외(中外)의 수행을 도맡은 것이나 다름없음이로다"라고 허풍깨나 섞어가며 자랑하기에 이르렀다.

또한 서역의 비경(祕境)이라 할 만한 돈황(敦煌)의 막고굴(莫高窟)에 수굴(隋窟) 1백여 개를 파들어가며 불상 보살상과 천왕(天王) 역사(力士)의 상들이 그 어둠속의 암벽 돋을새김이나 암벽 조형물로 장엄한 세계를 이루기 시작했다.

도신 일행은 환공산의 스승 승찬에게 돌아갔다. 스승과 제자의 재회는 어느때의 만남보다 큰 기쁨을 나누는 자리였다. 스승은 그의 방 벽장 속에 그동안 저축한 시주(施主)의 물건들을 다 꺼내어 그것으로 대중 전체가 먹을 수 있는 음식을 장만케 했다.

간혹 잠꾸러기가 잠을 실컷 자지 못하다가 도망간 일도 있었고 성깔이 있는 사람이 호식(好食)이 전혀 없는 그곳에 대해서 분노를 터뜨리고 그 회상의 원로인 월(月)선사의 얼굴에 침을 뱉고 나가버린 일도 있었다.

"아나! 실컷 달마의 해골 흉내나 내다가 뒈져라. 이 어리석은 버러지들 같으니라구! 너희들이야말로 헛된 봉황(鳳凰)을 꿈꾸는 허황한 앉은뱅이에 지나지 않는다구!"라는 장황한 욕설을 남긴 채.

이 욕설 속의 봉황은 일찍이 공자의 『논어(論語)』 자한(子罕)편에 나온다.
 "공자께서 가로대 봉황이 이제 날아오지 않는도다. 그리고 황하에서 하도(河圖)가 나오지 않으니 내 이제 그만이로다."
 봉황은 화려한 광채를 내는 꿩과 공작을 함께 닮은 새이다. 선사시대엔 덕망이 높은 통치자에게 하늘이 호의를 보이기 위한 징표로 그 새를 내려보내어 궁전의 정원에서 노닐게 만들었다 한다. 수컷은 발이 세 개인데 태양에서 살고 있었던 새라 한다. 바로 이런 봉황도 중국에 불교가 처음으로 전래된 전한(前漢) 왕조 직후 왕망(王莽) 정권 당시의 유물론자 왕충(王充)에 의해서 부정되었다.
 이제 승찬은 늙을 만큼 늙어버렸다. 한밤중 승찬이 몸소 철야의 정진으로 선정에 든 제자 도신의 어깨를 잡아 일으켰다.
 "밖으로 나가 별 구경이나 하세"라고 스승이 속삭이고 먼저 나갔다. 이어서 도신이 홑옷 그대로 밖으로 나갔다. 추운 밤이었다. 하늘 속의 별들이 그 추위 속에서 얼어 있었다.
 "그대 춥겠어"라고 스승이 가사와 옷 한 벌을 주었다.
 "입어요."
 도신은 입었다. 스승은 이어서 칠기(漆器) 발우를 풀숲 가운데 숨겨두었던 것을 내놓았다. 발우를 싼 보자기가 폭 젖어 있었다.
 "장차 여기에 밥을 담아 먹으면 공부하는 힘이 더 나올 것이오."
 "스승이시여!" 하고 도신은 모든 것을 알아차렸다. 스승은 가사와 옷 그리고 발우를 전해주는 것이 새삼 법통을 잇는 것이라는 사실을 아주 자연스럽게 숨기고 있었다. 마치 어른이 겨울 감나무에 한두 개 달린 홍시를 장대로 후려쳐서 아이에게 주는 것처럼 법을 전한 것이다.
 "스승이시여!"
 "........."

스승 승찬은 끝내 말 한마디도 남기지 않았다. 다만 시 한 수의 즉흥이 있었다.

　　꽃과 씨앗은 땅에 의하고
　　땅에 의하여 씨앗과 꽃은 나거니와
　　씨앗 뿌리는 이 없으면
　　꽃도 땅도 나지 않는다오
　　(華種雖因地 從地種華生 若無人下種 華地盡無生)

　과연 한나라 초기의 위대한 치적에 버금가는 수문제의 이른바 개황기(開皇期)는 중국대륙의 번영을 외관상 최대한으로 성취하고 있었다.
　그는 남조의 황제 누이인 선화(宣華)를 투기심이 많은 독고황후의 눈치를 살피면서 지극히 사랑해 마지않았다. 독고황후도 그녀에 대해서만은 이상하게 관대했다. 그녀는 아름다웠다.
　그녀가 장안의 신시가지에 솟아오를 칙원(勅願)의 대사원에 천자와 함께 나타날 때는 그 절의 젊은 사미승들이 온통 선화부인의 아름다움 때문에 정신이 나가버릴 지경이었다. 이런 아름다운 후궁 선화부인에 관한 소문은 환공산 선당의 방선(放禪) 시간에까지 한창 혈기가 왕성한 수행자들의 입에서 입으로 전해졌다.
　"장안의 젊은 중들은 밤마다 부처님 대신 선화를 껴안고 잔다고 하지?"
　"우리 달마 집안도 장안으로 가서 우리의 공(空)을 그곳의 색(色)과 맞바꿀까부다."
　"허어, 어느 공이 색과 바뀌고 어느 색이 공과 바뀐다 하는가. 본디 공과 색이 하나이거늘."

"하나 하나 하다가 두 마리 토끼 다 놓치고 빈손이겠어."
"그 빈손이야말로 진공(眞空)일세."
"진공묘유(眞空妙有)라."
"선화 즉 부처라!"
"관세음보살이 선화부인의 몸으로 온 것이야."
그때 승찬의 방에서 호위를 맡고 있는 60대의 수행자가 나타나 발을 굴렀다.
"허허, 이 집안도 헛소리가 널려 있는 누더기 빨래와 같구려."
이같은 꾸짖음에 사람들이 쉬쉬쉬 흩어졌다.
수나라 천자는 연호(年號)를 개황에서 인수(仁壽)로 바꿨다. 이제 수나라는 한 황제의 세월로 말미암아 너무 급하다시피 난숙해졌다.
태산(泰山)으로 황제가 찾아가 하늘에 나라의 제사를 크게 지낸 지 벌써 몇해가 되었던가. 둘째아들 광(廣)을 태자로 정했고 북부의 돌궐족을 어느정도 귀속시키기까지 한 것이다. 그러는 중에 수도에는 인수궁(仁壽宮)을 낙성하니 천자는 새로운 궁궐을 몹시 좋아했다. 바로 그 궁의 이름을 연호로 삼은 것이다.
이 즈음 바다 건너 한반도는 삼국이 극도의 불화관계를 드러내서 서로 치고받는 싸움으로 나날을 보냈거니와 혹은 백제가, 혹은 신라가 수나라에 고구려를 쳐 달라고 청하기를 되풀이했다. 백제와 신라 사이에도 싸움이 빈번했다.
수나라가 고구려를 칠 명분은 컸다. 고구려가 요하 서쪽을 자주 건드리기 때문이었다. 그런데 이런 내외 정세가 심상치 않게 돌아가는 때에 승찬은 나부산(羅浮山)으로 떠났다. 도신이 물었다.
"왜 그곳으로 석장(錫杖)을 옮기시려 하십니까?"
스승이 대답했다.
"옛날에 내 스승 혜가대사께서 나에게 법을 전하신 뒤 바로 업도(鄴

都)로 가서 교화하시다가 참혹하게 세상을 떠나셨거니와, 나는 그대를 만나 전할 것을 다 전했으니 어찌 여기에서 허물만 남아 바람에 뒤척이겠소. 나는 잠시 여기를 떠나야겠소."

승찬이 환공산을 떠난 뒤 수문제는 앓아 누워버렸다. 천자는 독고황후가 세상을 떠난 이래 선화부인과의 사랑은 물론이거니와 다른 미인들과도 매일 음락(淫樂)을 즐겼다. 말하자면 그가 의지하던 독고황후가 세상을 떠나자 그를 지탱해주던 대상이 아무것도 없어졌다.

인수 4년. 문제가 병상에 누워 있게 되자 태자 광은 부황(父皇)의 사후를 대비하는 일을 서둘렀다. 그 사실을 병상에서 알고 태자를 제거하려 했지만 태자 쪽에서 먼저 부황의 측근들을 제거하였으며, 끝내는 태자의 심복 장형(張衡)이 침전에 들어가 천자를 죽였다. 피가 솟구쳐 병상을 둘러친 병풍에 뿌려졌다.

그런 다음 태자는 아버지를 죽인 그날 밤 아버지의 애인 선화부인을 제 여자로 삼아 밤새도록 사랑했던 것이다. "그날 밤 태자는 윗사람을 범했다(其夜太子蒸)"라는 기록에서 '증(蒸)'은 음란과 사통(私通)을 뜻한다.

승찬은 나부산에 가서 무위(無爲)의 나날을 보내다가 곧 환공산으로 돌아가기를 재촉했다. "한 사람이 세상을 어지럽힌다!"라는 개탄이 늙은 승찬에게서 흘러나왔다.

그는 환공산 산곡사에 돌아와 며칠 동안 누워 있었다. 서주 일대뿐 아니라 여러 지방에서 사람들이 몰려왔다. 어떤 사람은 두 달이나 걸려서 오기까지 했다. 그토록 말을 삼가던 승찬이 그 1만 명이 넘는 대중에게 입을 다물 사이 없이 마음속의 종지(宗旨)를 쩌렁쩌렁 건너편의 산자락이 울리도록 펼쳤던 것이다.

수양제 대업 2년 이윽고 승찬은 큰 나무 밑에서 그의 스승 혜가의 한쪽 손 합장처럼 오른손만의 합장으로 마침내 입적(入寂)을 보였다.

11. 길에서 만난 소년

　승찬에게는 그가 세상을 떠나기 전 마음에 둔 한가지 일이 있었다. 사람들의 눈을 피해 초분을 만들어 임시로 장사 지낸 스승 혜가의 유체(遺體)를 그 자주땅에서 다른 곳으로 수습하는 일이 그것이었다.
　그는 법통을 이어준 제자 도신조차도 모르게 혜만수좌를 시켜, 아직 살아 있다는 소식을 들어서 반가웠던 승나(僧那)선사와 향(向)거사 그리고 다른 옛 수행의 벗들에게 제2조인 스승 혜가의 본격적인 장례를 수습하도록 했다.
　승나선사는 워낙 정통(正統)이나 종풍(宗風) 따위를 굴레로 여겨 들녘의 사람으로 자처하는 무서운 두타행자(頭陀行者)였다.
　심지어 스승 혜가조차도 생전에 "승나는 내 제자가 아니라 내 산 밑의 스승이야"라고까지 극찬했다. 바로 그 승나는 수행의 동지인 18명의 치열한 젊은 구도자들을 데리고 스승을 찾아간 것으로 그의 선승 생활을 시작했던 것이다.
　손에 붓을 잡아본 적이 없고 책을 들어본 적이 없었다. 옷 한벌에 밥그릇 하나로 하루 내내 한자리에 앉아 있었으며 그의 밥그릇에는 하루에 딱 한번의 밥이 담겼다.

천축의 단식법이 건너와 중국 선종에서 일종식(一種食)으로 정착된 것이 이때부터라고 할 수 있다.

이런 선사에게 질세라 머리와 수염을 아무렇게나 길러서 사람들에게 미친 자로 내몰리기도 하는 향거사는 얼룩얼룩 숲속의 그늘에서 나오지 않고 나무뿌리나 껍질을 조금씩 먹으며 숫제 관법(觀法)의 복식호흡으로 몸을 지탱하고 있었다.

그도 스승 혜가의 인가를 극비리에 받았으나 승나와 마찬가지로 스스로 방계(傍界)에 물러나 숲속의 도인이 되었다.

승찬의 간곡한 분부를 받은 혜만에게는 절 집안의 숙부에 해당하는 삼엄한 야승(野僧)들을 찾는 일의 시작부터가 어려운 것이었다. 승나 선사나 향거사는 이미 실재하는 사람이라기보다 사람들의 끊임없는 추앙에 의한 전설의 사람이었으므로 그들의 거처나 흔적은 묘연했다.

  사람을 찾아갔으나
  사람은 없고
  안개만 가득한 산중이어라

라는 시 한 구절이 절로 나와야 하는 탄식이 혜만의 집요한 탐방(探訪)을 굴절시켰다.

그가 두 분의 도인과 다른 선배들을 찾았으나 그들을 만남으로써 조사 혜가의 장례를 치를 수 있기는 어렵다고 판단한 때가 승찬의 만년 약 2년 뒤였다.

그런 나머지 혜만은 단독으로 자주땅에 가기로 결심했다.

"내가 가서 천축의 풍습대로 다비(茶毘, 燒身·火葬)로 모시든지 봉분으로 모시든지 할 것을 스승께서는 분부하신 것인지 모르지…… 내가 가서 그곳의 인연 있는 사람들을 모아 일을 마칠 노릇이야…… 아,

하늘을 나는 새는 그 어디에 제 무덤이 있으랴."

 어느 편이냐 하면 혜만은 진리란 그것을 알고 있는 사실조차도 숨겨야 한다고 믿는 때가 있었다. 그것은 반드시 불교가 처절하게 탄압받았던 지난 시대의 경계심이 반영된 것만은 아니었다. 그런 생각은 썩은 물에서 줄기를 밖으로 내민 연(蓮)의 연분홍빛 흰빛의 꽃봉오리에서 느끼는 순수한 욕정과도 같은 것이어서 어떤 상황윤리도 개입하지 않은 상태의 것이었다.

 이런 점에서 그는 고대인도의 각종 수행자들이 일정한 지혜를 터득한 기쁨이나 법열을 누렸을 때 그 사실을 저 혼자서만 은밀하게 묵수(墨守)하는 수행의 관례를 매우 좋아했다.

 그럴진대 석가가 새벽의 진리를 깨달은 뒤 21일 동안의 침묵 끝에 드디어 그의 진리를 세상에 펼치기로 한 결단에 기울어짐으로써 수많은 말과 행적을 남긴 것 자체를 어느정도 못마땅해한 적도 있었다. "과연 마음의 법이 아무리 그 마음과 하나로 된 것이더라도 몇마디 말로 나타낼 수 있단 말인가. 경전들이 '참으로 묘하도다'라는 찬사로 끝맺는 경우가 적지 않은데 그것이 바로 말 이외의 마음이 아니겠는가."

 대체로 이런 생각을 하는 시기에 혜만의 수행은 새 기름을 부은 데서 사위어가던 불길이 다시 치솟는 그 공포와 같은 경지의 우렁찬 정진으로 사람들의 입을 다물지 못하게 만들고 그 다물지 못하는 입에서 어설픈 찬탄 따위도 나오지 못하게 만들었던 것이다.

 그런 혜만이지만 이제는 더욱 난숙한 도의 경지에 들어서서, 이를테면 화엄경에서 말하는 10지(十地)의 상위에 들어선 무애(無碍)의 사람이 되어 있었다.

 회수(淮水) 하류의 바닷바람까지 쏘이며 황해 기슭을 찾아다니던 길에서 자주까지 가는 데는 결코 하루 이틀의 거리가 아니었다. 느린 소걸음으로는 한달 남짓이요, 날리는 갈기로 달리는 가라말의 말발굽으로는 사흘길이나 됨직했다.

　회수 하류에서 초주(楚州) 호주(濠州)를 지나서 자주에 이르러서도 2조 혜가의 숨겨진 초분을 찾는 데는 며칠이 걸렸다.

　어쨌거나 그는 스승 승찬의 마지막 비원이기도 했던 혜가의 무덤에 대한 사명감으로 마침내 마치 살아 있는 조사(祖師)의 경건한 기침소리라도 들리는 것 같은 환청에 에워싸여 그 무덤 앞에 서게 되었다.

　"오오, 할아버님이시여!"

하고 혜만은 온몸을 풀밭에 던져 절했다. 세 번의 절을 끝내고 그는 약간 상기된 설렘과 긴장이 뒤섞인 감정으로 마치 세속의 젊은 아낙네라도 된 듯이 가슴 두근거리며, 삭아버린 초분 안으로 한걸음을 들여놓았다.

　찬 기운이 부챗바람처럼 그의 얼굴을 막았다.

　"?"

　초분 안은 이미 삭은 풀더미에 구멍이 나 있어서 온전한 어둠도 보장되지 못하고 늙은이의 눈이 침침한 것 같은 그런 어둠으로만 고여 있었다.

　"?"

　혜만의 눈이 번쩍 빛났다. 혜가의 시신이 담긴 관이 그 안의 어디에도 없었다.

　"아니·이럴 수가!" 하고 그는 당황했다. 바로 초분 밖으로 나와보았다. 그 일대의 어디에도 조사의 유체에 관련된 아무런 기색이 있을 리 만무했다.

　"잘못 찾아온 것인가?" 하고 그는 상세하게 그려진 닥종이 위의 세필(細筆) 약도를 재확인했다. 틀림없는 곳이었다.

　그런데 빈 무덤뿐이라니 그 연유를 알 길 없었다. 부근의 파밭은 흉작으로 오히려 잡초밭이나 다름없었다.

밭 주인이 전란이나 급변으로 밭을 제대로 가꾸지 못한 형편이 뚜렷했다.

그때 혜만은 걷잡을 수 없는 실망 때문에 그대로 서서 어떤 동작도 내지 않은 채였다. 따라서 그의 생각도 아무런 가닥이 잡히지 않은 채 막연할 따름이었다. 실망이 해 뜨자 가야 할 길처럼 길었다.

그렇게 반나절을 서 있다가 혜만은 아주 서투르게 그 일대를 여기저기 거닐어보았다. 초분에서 숨 이삼백 번쯤 내쉬면 당도할 만한 거리에 널조각 두어 개가 풀섶에 들어 있는 것을 발견했다.

번개치는 것같이 한 생각이 스쳐갔다.

"누군가가 조사의 법체(法體)를 옮겨간 것이 틀림없으리. ……어찌 그분을 마음으로부터 지극히 섬기는 분이 하나 둘이겠는가. 틀림없으리. 틀림없으리."

차라리 혜만은 두 손바닥을 털어내는 하루의 일을 끝낸 농부의 마음이 되었다.

"스승님께 돌아가 무엇이라고 여쭈올지…… 다만 그 일이 공(空) 가운데 있음인즉……"

이런 말 끝의 흐름은 저물어가는 하늘가의 아무것도 없는 그 멍든 푸른빛이 섞이기 시작하는 붉은 노을을 더욱 까마아득하게 했다.

그에게 새로운 강다짐이라도 하는 것처럼 어떤 생각이 떠올랐다. '강남 4백 80사(寺)'라는 말이 먼저였다. 그것은 왕족 귀족들이 불법의 진의와 묘체에는 그다지 관심이 없는 대신 웅장하고 화려한 석굴, 불상 그리고 사원을 축조하는 폐단을 뜻하는 말에 가까웠다.

텅 빈 하늘의 어둑발을 향해서 즐비한 사원들의 저녁 종소리들이 여기저기서 울려퍼지며 그 울림끼리 부딪치기도 하는 벅찬 광경을 상정한 것이었다.

그 다음으로는 갈홍(葛洪)의 『포박자(抱朴子)』에 들어 있는 한 얘기가 떠오른 것이다.

　얘기인즉, 장광정(張廣定)이라는 사람이 전쟁으로 말미암은 피난도중 걷지 못하는 네살짜리 어린 딸을 다급한 나머지 구덩이를 파고 그 안에 넣어두었다. 네살짜리가 먹을 수 있는 음식도 얼마쯤 넣어두었다.

　아버지의 참담한 비정(非情)이었다.

　"네가 여기서 숨을 거두면 언젠가 돌아와 네 어린 뼈라도 모아 무덤을 쓸 터이다. 부득이 네 오빠와 언니들만을 데리고 떠나는 이 못된 아비를 용서해 다오."

　이 말이 그 아이를 생매장한 조사(弔辭)인 셈이었다.

　3년 세월을 보내고 나서 전쟁이 끝난 뒤 아버지가 돌아와 그 구덩이를 파보았다. 그런데 그 구덩이 안에는 네살짜리가 일곱살짜리보다는 덜 된 정도이기는 하나 기적으로 살아 있었다.

　아버지가 울고불고 한 회한과 기쁨은 더할 나위가 없었다. 그 아버지가 살아 있는 딸에게 물었다.

　"네가 어떻게 살아 있었느냐? 이는 반드시 하늘의 조화가 아니고는 가능한 일이 아니리라."

　그러나 그 아이는 고개를 저었다.

　"저는 먹을것이 다 떨어져 굶주리고 있었는데 제 곁에서 살아 있는 짐승이 이상한 몰골로 숨을 쉬고 있었습니다. 그래서 저도 그렇게 했더니 목숨이 이제까지 이어졌습니다."

　이 말에는 상고시대 이래의 한 확신을 증거하는 뜻이 들어 있는지 모른다. 즉, 태고시대로부터 거북이는 먹지 않고 목숨을 부지하는 영물인데 그 영물의 기운을 사람이 얻을 수 있다면 고통을 잘 견디는 인고의 초인(超人)이 되고 몸이 가벼워져서 나는 듯하는 경신(輕身)을 얻어 마침내 거북이처럼 장수하는 구수(龜壽)를 누릴 수 있다 하는 것

11. 길에서 만난 소년

이다.

그래서 선인(仙人)의 가벼운 몸과 긴 수명의 비결로 거북이의 숨쉬는 법〔龜息法〕을 터득하고 거북이의 사촌인 자라의 기운을 먹는 별기탕(鼈氣湯)을 즐기기도 하는 사람들이 적지 않았다.

이런 생존의 기적과 관련된 일에 생각이 잠겼던 혜만은 2조 혜가의 법체가 감쪽같이 사라진 사건을 더이상 추구할 수 없었다. 얇은 소나무관의 부스러기로 짐작되는 것이 있다 하더라도 그것이 어떤 단서가 되지 않았다.

"차라리 조사께서 자취를 감춘 것은 아주 잘하신 일이지. 코끼리는 그의 전생도 다 아는 영물이라 하는데 그 코끼리가 죽을 때가 되면 아무도 모르는 곳으로 가서 아무도 몰래 죽으므로…… 코끼리의 시체를 본 사람은 몇천 년 동안 하나도 없었던 것이지…… 어쩌면 이런 사연을 세상을 떠나신 스승께서도 자작 잘 납득하시고 계시었던가……"

그는 난데없이 수행할 곳을 옮기기로 작정했다.

"내가 조사의 무덤을 찾으러 다닌 것은 결국 내 공부할 처소를 바꾸는 일이 되었어…… 이같은 일도 퍽이나 그윽한 일이 아닐 수 없어."

그는 사람들의 소문이 닿지 않는 곳을 찾기 시작했다. 그것은 마치 혜가의 법체가 없어진 그 행방불명이나 실종과 다를 바 없었다. 그의 걸음이 늙은 짐승을 피하기라도 하는 것처럼 서둘러졌다.

도신은 아직 젊은 선승이었다. 강의 하류나 바다에 이르는 하구의 물처럼 수행의 무리들이 많아진 가운데서 나이로 척도를 삼을진대 도신과 같은 나이로는 결코 그 무리의 지도자가 될 수 없었다.

거기에는 초조 달마시대의 늙은 선승도 있고 혜가시대의 사람도 있었다. 아니 승찬의 동료들도 수두룩했다. 그러므로 벌써 한 교단의 규모로 대중의 수행 회상(會上)을 이룬 데서 젊은 도신으로 인하여 그 기풍이 새로워질 수밖에 없었다.

그러나 그 무리 가운데 새로운 기풍이 수행의 방법을 하나로 만들기까지는 더 많은 시간이 걸려야 할 만큼 아직도 각양각색의 사람들이 많았다.

우선 선 수행을 말하더라도 여러 방법들이 은연중 제 방법만을 내세울 여지가 없지 않거니와, 선 자체도 선의 종지(宗旨)로서 달마 이래의 능가경을 표방하지만 화엄경과 반야부의 경전, 법화경, 유마경 등의 주지(主旨)를 흡수하기도 한다.

"부처란 곧 마음이며 마음 밖에 따로 부처가 없다(佛卽是心 心外便無佛)."

이 명제를 좀더 풀어나가자면 "가르침에 도움받아 근본을 깨쳐라. 그리고 부처와 범부(중생)와 모든 생명체의 참된 성품이 한가지일진대 다만 바깥 먼지(번뇌)에 덮여 온전히 드러나지 못하고 있음을 굳게 믿으라. 만약 망령된 것들을 버리고 진리에 의지하여 정신을 모아 멈추고 벽을 바라보면 나와 남이 없고 범부와 부처가 같게 되리니 거기에 굳게 머물러서 옮겨가지 말라……" 등의 대범하되 준절한 수행규범에 이르는 것이다.

어쨌거나 선승 또는 처사와 여인들에 대해서 도신은 어떤 주장만을 강요하지 않았다. 그는 스승 승찬만큼도 능가경을 떠올리지 않았다.

이를테면 전한(前漢)의 유학이나 그 뒤의 삼현(三玄, 주역·노자·장자)에 대해 해박한 사람이었던 은중감(殷仲堪)이 "도덕경을 사흘만 얘기하지 않아도 혀가 굳어지는 것 같다"라고 말하는 따위와는 전혀 다른 자유를 주고 있었다. 아니 도신의 종교적인 천재는 자유를 준다기보다 차라리 방치함으로써 수행 방법들의 충돌을 미리 막아버리는 허망을 제공하는 셈이었다.

일찍이 도안(道安)의 조식선(調息禪)을 주창하는 것이나 그의 제자인 고승 혜원(慧遠)의 염불선(念佛禪)을 받드는 것이나 천태가문(天台家門)의 혜문(慧文) 혜사(慧思)의 일심삼관(一心三觀)의 실상선(實相禪)을 내세워 정진하는 것들이 달마선의 가풍 가운데도 스며들었던 것이 사실이다. 이같은 사실은 아직 선정(禪定)의 수행이 계(戒)·정(定)·혜(慧) 삼학 가운데 하나인 정에만 기울어진 현상도 말해주고 있었다.

그것이 정과 혜가 합일되는 이론으로 발전되는 선종(禪宗)에는 아직 미달상태였는데 바로 이 점에 대해 젊은 지도자 도신은 작위적으로 대응하지 않았다.

예로부터 입에 자주 오르내리는 우언(寓言) 가운데 "싹을 잡아당겨 자라기를 재촉한다(苗助長)"는 것이 있다.

이런 말에 보이는 태도, 즉 참외가 익으면 꼭지는 절로 떨어진다는 태연한 기다림의 태도가 바로 도신을 통해서 두드러지게 나타난 것은 놀라운 일이 아닐 수 없다.

그는 젊었다. 젊은 피는 뜨겁다. 젊은 피의 순환은 빠르다.

그럼에도 그런 열정만으로 사람들을 대하지 않는 도신의 흐트러짐 없는 태도의 자연스러움이야말로 여러 주장들이 내포된 대중 위에 겨울 달빛처럼 냉엄한 정신을 투사시키는 것인지 몰랐다. 아무튼 그에게 나이 차이나 성 차별 없이 사람이 새로 모여들어 그들이 입고 온 풀먹인 옷의 풀냄새가 가득 차기까지 하는 것이었다.

그는 조사의 법통이 비밀리에 전승되면 될수록 그것의 절대성도 한층 더 강해지는 것을 알았다. 또한 그 법통 때문에 그것을 이어받지 못한 뛰어난 수행자들이 세속적인 방계가 아니면 소외자로 일탈되는 경우의 손실도 알고 있었다.

그래서 달마의 제자들 가운데 아직 살아 있는 고령의 수행자나 승찬의 도반(道伴)과 법우(法友) 들을 도신 스스로 찾아가 받드는 행각도 게을리하지 않았다.

 그럴 경우 그는 진실이든 방편에 불과하든 "진법(眞法)은 법통 밖에 있는 밤바람소리외다"라는 말도 서슴지 않았다.

 그뿐이 아니었다. 그는 실로 대담했다.

 "연꽃을 집어드니 가만히 웃었다는 그 일만이 우리 공부꾼들의 본분사가 아니외다"라는 말에 이르러서는 그 말을 듣는 사람들이 웅성거릴 정도의 파격이기도 했다.

 그 일이 본분사가 아니라면 조도(祖圖, 祖師系譜)의 으뜸을 부정하는 일이 아닐 수 없었다. 왜냐하면 석가모니의 연상(年上)의 수제자 마하가섭을 제1조로 삼는 사실에 큰 타격이 되기 때문이었다.

 어느날 마가다국 독수리봉 집회에서 석가가 연꽃을 말없이 드니 가섭이 빙그레 웃음을 띤 사건인 염화미소(拈華微笑)야말로 마음과 마음 사이로 전하는 진리의 전달체계이거니와 바로 이 사실의 권능을 벗어난 것이 도신이었다.

 사실인즉 석가와 가섭 사이에 고도의 정신을 주고받은 이같은 극적인 일은 이에 앞서서 이미 여러 형태로 이루어지고 있었다. 먼저 근본의 경전인 화엄경은 "우주 만법이 한 마음이고 한 마음이 우주 만법이다(萬法是一心 一心是萬法)"라고 말하고 있다. 이와 엇비슷한 이론들도 적지 않았다.

 그뿐 아니라 후한의 안세고(安世高)나 그뒤 위진(魏晉)시대 구마라습(鳩摩羅什)과 같은 뛰어난 역경자(譯經者)들은 선에 관한 경전을 통해서 마음의 해방──해탈을 부르짖은 바가 적지 않았다.

 "문자를 사용하지도 않고 문자에 집착하지도 않는다"는 경전의 말이나 "안으로 증득(證得)하는 바가 말이나 문자로 표시되지 않으며 일체의 언어 경계를 초월한다"는 경전의 말도 이미 말의 세계를 벗어나 있는 것이다.

그렇다면 굳이 선종 제1조의 가섭에게 선의 근원을 두는 것도 하나의 상징일 뿐이기 십상이다. 그것이 아니라면 집착이기 십상이다. 여기에 젊은 도신이 연꽃과 미소의 사건에 대한 지엄한 의미를 해체한 진의가 있는지 모른다.

그런 도신이 사람들을 가장 두렵게 한 것은 그의 파격적인 말씀씨에 있지 않았다. 그의 쉴 줄 모르는 좌선의 정진이야말로 사람들이 이렇다 저렇다 하고 함부로 대들 수 없게 만드는 그 무엇과도 바꿀 수 없는 폭우와도 같은 힘이었다.

이제 수나라는 제2대 양제(煬帝)가 아버지 문제(文帝)를 제거함으로써 천하의 정권을 손아귀에 쥔 세월로 접어들었다. 황실의 권력은 호화의 극을 달리고 있었고 백성들은 여기저기서 신음소리를 내지 않을 수 없었다. 연호는 대업(大業)이었다.

무엇이 커다란 사업이란 말인가. 대운하의 남북을 잇는 용선(龍船)의 선유놀이가 그것인가. 고구려 원정이 그것인가. 아버지의 25년 집권을 그의 집요한 뜻대로 낚아챈 양제는 단 하루인들 자기가 존재한다는 과시 없이는 존재할 수 없는 사람이었다.

과연 대운하에 그가 탄 배의 행렬은 중국대륙에 오직 그것만이 인공적인 절대에 도달할 만큼 호화찬란했다. 운하의 양쪽 기슭에서 배를 끄는 사람만 해도 8만 명 이상이 동원되었다.

이미 낙양성에 새로운 대도시를 조영(造營)해서 그곳을 사실상의 수도로 삼았다. 그런 뒤 그의 아버지가 집권할 당시부터 시작한 야심작 대운하가 완공되자 "옛 시황제는 만리장성을 시작하였으나 짐은 대운하를 열어 남북을 뚫어놓았노라"라고 장담했다. 아니 그 자신은 그것으로도 모자라 시황제 이래의 장성을 수축(修築)하기까지 했다. 과연 그는 어느 황제보다 권력을 최대한으로 확대함으로써 그의 뜻을 바람 잔 뒤 내려앉는 먼지만큼이라도 거스르는 자가 있다면 그것이 간

(諫)이든 모(謀)이든 단 한번도 용서한 적이 없는 폭군이었다.

대운하는 우선 그의 유락(遊樂)에 전용되었다. 몇십만 명에 이르는 황실의 관리와 금위군 그리고 전국에서 뽑혀온 아리따운 궁녀들을 높이 45척 너비 50척 길이 2백 척의 4층짜리 용단선(龍丹船), 황룡선(黃龍船), 적함(赤艦) 그리고 아스라한 누선(樓船) 등의 금·은으로 장식된 크고작은 선박 몇천 척에 나누어 타도록 함으로써 양제의 마음은 흡족할 수 있었다. 그 배의 행렬이 2백여 리에 이어지고 울긋불긋한 색깔의 깃발과 장대가 장식되고 군대의 갑옷과 무기조차도 전투용이기보다 장식용으로 화려했다.

황실의 또다른 금위군은 강의 양쪽 기슭을 따라 배의 기나긴 행렬을 경호했으며 대운하가 지나가는 각 주현의 5백 리 안의 모든 지방관은 음식을 바쳤는데 그것이 산해진미가 아니면 큰 화를 입어 마땅했다.

배 위에서 먹다 남은 음식이 하도 많아 그것을 땅속에 깊이 파묻는 담당자가 각 고을마다 있어야 했다.

이런 행차에 이르기까지의 공사에는 몇백만의 인명이 희생되었는데 끝내는 늙고 병든 자나 아낙네까지도 강제노역에 동원되었다.

황제에게는 최고의 낙원이지만 백성에게는 최대의 지옥이었던 그 시대의 불교 역시 황실의 장려로 폐불 이래 외형상의 갑작스러운 발전을 보게 되었다. 낙양 신도시의 불교 건축물들은 물론 승니(僧尼)의 날개 달린 신분상승도 이만저만한 것이 아니었다.

이런 현실 속에서 선(禪)의 한 집단을 이끌고 있는 도신은 오직 수행 자체에만 눈을 뜨고 있었다. 대중 가운데서 양제의 학정에 관련해서 "차라리 지난날의 폐불시대가 훨씬 불법이 살아있었던 게야"라고 말하는 사람도 있었다. 또한 양제가 혜일사(慧日寺) 법운사(法雲寺) 등의 절에 지방관청의 관할을 벗어나 황실과 정부에서 모든 것을 직접 공급하는 일에 대해서도 어떤 사람은 "이 지나친 우대 또한 폐불시대의 참극만 못한 것이 아닌가"라고 역겨워하기도 했다.
 선황(先皇) 이래 수도 장안의 큰길가에 우뚝 선 대흥선사를 두고 언제 그 대사원의 불상이 끌어내려질지 모른다는 걱정 또한 없지 않았으나 양제는 특히 천태산의 지의(智顗)에의 지극한 귀의로 일관했다.
 그토록 권세의 영달만을 추구하는 황제가 지의에게 총지(總持)라는 법명을 받고 그것으로도 모자라 지의에게 지자(智者)라는 호(號)를 봉헌한 일은 쉽사리 이해될 수 없다.
 1천 명의 승니를 모은 법회나 경전 강술(講述)을 듣기 좋아하던 양제를 지의는 그러나 썩 탐탁하게 여기지 않았다. 특히 백성들의 얼굴에 웃음이 사라진 처참한 현실에 대해서 분노한 그는 끝내 폭군을 등지고 숨어버렸다.
 "장안 1백 20개 칙원사(勅願寺)가 다 허깨비야."
 "지의선사는 목을 바쳐서라도 천자의 마음을 돌려놓아야 자비의 문인(門人)일 것이야. 아니 그는 폭군이 보내는 것으로 부처님을 치장하는 짓거리를 당장 그만두어야 하지. 황실에서 보내는 것들이 다 백성의 피눈물인 줄 왜 몰라."
 이런 말도 방선(放禪)의 여가에 수군거려졌다. 도신이 그것을 모를 리 없었다.
 그러나 그는 대중 속의 이런 말들을 귀머거리 호랑이처럼 모르는 척했다. 오로지 천태산으로 숨어버린 지의선사의 마하지관(摩訶止觀)의 수행법에 버금가는 그의 정진만을 지키고 있었다.
 그런 나머지 도신에게는 하나의 결단이 일어났다. 그 결단은 실로 오랫동안 깊이 묻어둔 항아리 속의 명주(銘酒)처럼 익을 대로 익은 뒤의 것인지 몰랐다. 그렇지 않고서야 대중의 오랜 성토를 반영하는 이번의 결단이 있을 까닭이 없었다.
 도신은 새삼스럽게 천자의 음란(淫亂)에 대한 소문을 들은 적이 있었다. 40여 개의 이궁(離宮) 가운데서 단연 호화의 극치인 강도(江都) 양주(楊州)의 이궁에서 미녀를 발가벗겨 엎어놓고 그 궁둥이를 밟고 걸어가다가 미끄러지면 바로 그 미끈미끈한 궁둥이의 미녀와 밤을 새우고 나서 다시 다른 궁둥이를 밟기를 거듭한다는 소문이 그것이었다.

젊은 니승 하나와 머리를 땋은 수행낭자가 배추 한무더기를 거친 암염에 절이는데 배추 한포기가 그녀들의 손에서 툭 빠져나가는 것을 보고 있던 달마선 수행의 모범자 서오(西悟)가 말했다.

"허허, 천자의 미녀처럼 잘도 미끄러져 빠지는 놈이로다."

이 말은 배추 한덩어리를 두고 한 말임에 틀림없으나 도신에게 들으라는 말이기도 했던 것이다.

그동안의 묵과와는 달리 도신은 서오를 냉큼 불렀다.

"여인들의 일에 견주는 말이 너무 먼 것이 아니오, 서오화상?"

"멀고 가깝고 하는 차별도 공부이겠지요."

"그 차별을 공부로 삼아 보면 그것이 헛공부임을 알게 되겠거니와 …… 나는 배추 한포기는 배추 한포기일 뿐이라는 말을 한 것이오."

"과연 배추 한포기는 배추 한포기말고는 다른 것이 될 수 없겠지요."

"암 그렇지요."

"소승 물러갈까요?"

"아니, 내가 먼저 물러가겠소."

도신이 먼저 서오와 마주 서 있던 후원(後園)을 떠났다.

그는 선당 안에 들어갔다. 찬물에 씻은 손이 차가웠다. 한 손바닥이 다른 한 손바닥에 닿아서 그것이 합장이 되었다.

이제 2조 혜가의 한쪽 손 합장은 없어졌다. 그의 결단이 한마디 독백이 되었다.

"떠나야 하리."

 그들이 서주 일대에 그 수행자들의 일부를 남기고 떠나야 할 이유가 반드시 양제의 독선적인 신심에 의존하고 있는 많은 승도(僧徒)와 교계에 대한 저항에 있는 것은 아니었다.
 수나라의 천하 도처에서 바야흐로 구름 한점 없는 아침 하늘의 햇살처럼 펼쳐지고 있는 불교의 발흥 가운데는 실로 많은 사상과 신행(信行)이 넘쳐나서 거기에 되비치는 다양한 광채는 소경이 눈을 뜨게 되고 눈 뜬 자는 소경이 될 만큼 눈부신 바였다.
 산중에는 황종조(黃鐘調)의 범종소리가 장중하게 울려퍼졌고 각 도시의 한복판에는 우뚝 치솟은 탑파가 그 꼭대기 상륜(相輪)이 보이지 않을 만큼 아스라했다. 아니 대륙의 오지에 있는 웅장한 암벽이나 그 암벽을 뚫고 들어간 동굴들의 캄캄한 벽면에는 어느새 불보살의 초상과 경전 속의 극적인 광경들이 살아 있는 것처럼 그려졌고 새겨져 있었다.
 이같은 외형의 불교시설과 함께 거기에 상응하는 승단의 높은 학덕과 수행으로 천자는 물론이거니와 세상사람의 더없는 경의를 받기에 알맞은 승단의 위엄있는 지도층도 많았다.
 폐불의 시대에는 이제 중국땅의 어디에도 불교의 자취가 남아 있을 수 없다고 여겼던 실의(失意)의 극한에서 불교만이 이 세상을 가득 채우는 득의의 극한으로 바뀐 것이다. 그런데 도신은 바로 이같은 번영에 편승하지 않고 그들의 달마 가풍에 따라 독자적인 삶을 다져 지키는 것으로 그의 팽팽한 정신의 노선을 보여주었다.
 이제 도신의 회상에는 5백 명에 육박하는 사람들이 모여들었다. 일찍이 한사람에게 이렇게 많은 수행자들이 모여든 것은 처음 있는 일이었다. 새로운 시절을 만난 기운이 서주땅 일대의 여러 산중에 산재한 선사(禪社)들을 채우고 있었으니 그 정신의 절경(絕景)은 세속의 사람들에게 너나없이 직접 간접으로 마음의 지주가 되기에 충분했다.

비단 그들만이 아니었다. 북쪽 장안과 낙양의 황하 기슭 이북에서 이름을 떨치는 선의 고승 승조(僧稠)나 장홍산(章洪山)의 지순(智舜) 그리고 수도 장안의 화도사(化度寺)에 머무르고 있는 승옹(僧邕)도 남쪽의 천태산 지의에 못지않았다. 바로 이같은 행복한 환경임에도 불구하고 도신은 이런 행복에 취하지 않고 도리어 그동안의 터전을 박차는 결단을 낸 것이다.

스승 승찬을 시봉하며 마음 닦기를 12년이 지나 스승의 법을 이어받았으니 이제 승찬의 옷과 밥그릇이 도신의 것이 된 지 오래였다.

며칠 뒤 도신 일행을 따르기로 한 3백여 명은 남은 사람들과 헤어져 길주(吉州)로 향하는 한줄의 긴 행렬이 되어 길이 없으면 길을 만들어 가며 떠났다. 워낙 행렬의 중간에 있는 도신의 가장 자연스러운 묵언(默言)의 행선(行禪)이 일관되게 이어지는지라 다른 사람들도 절로 걸음걸이까지 조심스러웠다. 길가의 황무지가 된 밭터에서 후루룩 날아간 장끼 한마리가 그들이 오는 소리를 듣지 못하고 있다가 놀랐을 정도였다.

양자강은 언제나 물이 낭창낭창하게 강의 깊이와 너비를 혹은 바다인 양 혹은 제대로의 강인 양 채우고 있었다. 그런 물은 북쪽의 황하에서는 볼 수 없다. 황하는 상고시대 이래로 그 물을 다스리는 일이 정치의 기본이게 했다. 그래서 진리와 도의 세계나 세속적 규범을 뜻하는 글자가 법(法)이 되어 물이 잘 흐르는 것으로 나타난 것이며 그래서 다스린다는 것을 뜻하는 치(治)가 정치야말로 물을 잘 이끌어가는 데서 정의되어야 했다.

황하의 갈수기에는 숫제 강바닥이 늙은 짐승이 벌렁 뒤집혀진 것처럼 흉한 몰골로 드러난다. 그와 반대로 비라도 쏟아지는 날이면 황하 유역은 대홍수로 가옥과 전답을 망가뜨리는 것은 물론이거니와 사람의 목숨도 마구 앗아가버리는 것이었다.
 그러므로 격양가를 부르는 농사꾼의 신명은 그 강기슭에서는 오랜 시련과 시련 사이의 한토막 신명에 지나지 않는 것이었다. 그뿐 아니라 그 강의 상류 중류 하류의 풍토나 농작물이 서로 전혀 다른 것이어서 그 불안이 바로 정치의 불안과 직결되는 경우가 허다했다. 농민의 봉기가 역대 왕조의 역성혁명(易姓革命)으로 발전한 것도 이같은 불안에 바탕을 두고 있는지 모른다.
 이에 대해서 남쪽의 장강인 양자강은 물에 관한 한 거의 걱정이 없었다. 그래서 손 차양의 눈으로 바라다볼 때의 그 끝없는 수전(水田)의 세계야말로 천하를 먹여 살리는 곡창인 것이다.
 길주에 이르는 동안 바로 양자강의 그 탁 트인 들녘과 들녘 사이를 도도하게 흐르고 있는 장강의 위대성이 그들 일행의 마음 가운데 반영되었다.
 "여기 물가에서 한 십년 앉아볼 만하군"이라고 누군가가 입을 열었다.
 "그런 바보가 될 것인가? 차라리 이 물에 떠내려가는 나뭇가지 하나가 되어야겠지."
 뒤의 사람이 그들의 등짝을 탁 쳐서 그 대화는 끊어지고 말았다.
 그들은 이동 도중 한 성 안에 들어갔다. 갑작스러운 비바람이 사나웠으므로 그것을 피하기 위해서였다. 그런데 그 성 안에는 서역으로 실려가는 진기한 물화들이 북쪽으로 가다가 지체하고 있었다. 수나라의 명신 배구(裵矩)가 서역으로 수출하는 것들이었다. 배구는 중국이 서역과 서역 밖의 세계와도 교역하는 것을 구상하는 사람이었으므로 양제의 야심을 활용해서 그 자신이 위험을 무릅쓰고 서역 각국을 순방하고 돌아온 적도 있었다. 그는 국내의 특산물을 서역으로 보내어 서역의 특산물과 물물교환의 거래를 하는 중이었다.
 그런데 남쪽 산중의 산적 괴수가 이 사실을 알고 성을 들이치려고 포위한 것이다. 성 안의 병력으로 산적을 막기에는 어림없었다. 그때 성주가 책임을 통감하고 자결하려는 것을 도신이 만류했다.
 그런 다음 도신은 수행자들에게 능가경을 읽게 하니 성 밑의 산적들에게는 성 안에 갑자기 늠름한 병사들이 포진한 것으로 보였다. 그뿐 아니라 몇개의 위협적인 화살이 날아가 산적 소두목 몇사람을 골라서 쓰러뜨렸다.
 이 때문에 괴수는 퇴각하게 되었다.
 이를 두고 성 안에서는 도신의 법력이 그같은 신병(神兵)의 화신(化身)을 보였고 화살 몇개조차 실제의 것이 아니었는데도 사람을 쓰러뜨린 것이라고 여겨 모든 사람들이 도신 일행을 드높여 지극정성으로 받들었다.
 "떠납시다"라고 도신은 그런 환대를 물리쳤다.
 "우선 형악(衡岳)으로 향합시다. 그곳이 우리를 부르는 것 같소."
 다음날 일행은 이 세상의 어디에도 애착을 두지 않은 나그네의 행렬로 형악을 향해 걸어갔다. 성주가 마차 몇대를 내주는 것도 사절했다.
 사흘 뒤 강주(江州)의 구강(九江)에 이르렀을 때 그곳의 농민 출신 출가승과 재가 수행자들 1백여 명이 마중나와 대림사(大林寺)에 머물러 달라고 호소하는 것이었다.
 "형악이 부르는 것이나 여산(廬山)이 가로막는 것이나 매한가지이겠지요. 한번 여기 앉아봄직하오"라고 도신은 그들의 소청을 쉽사리 들어주었다.
 정작 그들 일행은 목적지 형악을 단념하고 대림사에 머무르게 된 것을 뜨악하게 여겼으나 그것을 간절히 바라던 그곳 대중들은 몹시 기뻐하지 않을 수 없었다.

도신으로서는 그곳 여산 대림사에 꽤 넓은 경작지 내지 개활지가 있는 것에 유의한 것이다. 앞으로 5백여 명의 수행공동체를 유지하는 데는 이만한 규모는 소의 목덜미와 멍에가 들어맞는 찰진 인연이었다.
 혜만이 한마디 꺼냈다. 실로 오랜만에 입을 연 것이다. 그의 묵중한 하루하루는 거의 말이 필요하지 않았다. 그렇다고 해서 묵언의 수행만을 굳이 고집하는 것도 아니었다.
 하루에 한두 마디 아니면 서너 마디로도 충분히 살아갔다. 그 어느 날은 숫제 벙어리로 지내기도 했다. 그것은 저 천축국 서쪽 큰 바다를 건너가면 나타난다는 대륙에서 사는 어느 토인 종족이 일곱 가지 빛깔 이름이 하나밖에 없어서 빨강과 노랑, 파랑, 검정 따위를 몽땅 같은 뜻으로 아는 것과도 다를 바 없었다. 아니 그 원시종족은 일생 동안 겨우 낱말 몇개만으로도 불만이 없는 삶을 사는 것이라 했다.
 그런 혜만의 말인지라 그것은 마치 그의 몸속 소장(小腸)의 한도막이라도 깊은 곳에서 꺼내는 것처럼 새삼스러웠다.
 "여기서 십년은 보내야겠소이다."
 바로 이 말이었다.
 "십년이라! 혜만대덕(大德)께서 그러자 하시면 그대로 해야지요. 우선 대중들로 하여금 이 겨울을 난 뒤 나무를 심도록 해야겠습니다. 저 산 한쪽이 여간 허술해지지 않았어요. 지난번의 전란이 스쳐간 자국이겠지요."
 "그런가 봅니다."
 "빈 잔을 채워야 그것이 이름 그대로 한잔의 차(茶)이겠지요."
 이렇게 해서 여산시대가 열렸다. 진작 이곳 여산 대림사는 굳이 종풍을 말하건대 삼론종(三論宗)의 도량이다. 삼론종이란 대승불교의 대사상가인 용수(龍樹)가 지은 중론(中論)과 십이문론(十二門論) 그리고 제바(提婆)가 지은 백론(百論)을 소의경(所依經)으로 삼고 일어난 종지(宗旨)로서 중국에서는 구마라습에 이르러 크게 바람을 일으켜 삼론종의 인물이 배출되었다.

그것이 선종에 의해서 쇠약해지기 시작하는데 바로 이 대림사도 법랑(法朗)의 문하인 지개(智鍇)가 삼론현의(三論玄義)를 강술하다가 선종에게 도량을 떠넘겨주는 형국이 되지 않을 수 없었다.

도신은 이곳에서 무척 행복한 나날의 공부를 했다. 그의 뜻이 제대로 펼쳐졌다. 오전의 좌선, 오후의 작무(作務)로 인해서 늙은 수행자들도 몸이 한층 더 유연해졌고 네 사람을 하나로 뭉친 것 같은 엄청난 뚱보인 피덕인(皮德引)이라는 사람의 몸집도 1년 뒤에는 세 사람쯤의 그것으로 체중을 덜게 되었다.

작무는 완만하게 비탈진 밭이나 매는 정도가 아니라 개활지의 구석에 박힌 웬만한 너럭바위를 떠내는 일까지도 마다지 않았다.

이렇게 시작한 밭농사와 함께 논농사까지 해내었다. 수전에 볍씨를 뿌리는 갈대삿갓의 농사꾼들이 다 도신 문하의 수행대중임을 안 주(州)의 자사(刺史)가 사람을 보내어 치하하기도 했다.

북쪽의 어용불교에 대해서 양자강 유역의 자립불교가 실현된 것은 바로 이같은 선풍(禪風)이 농업노동과 일치된 데에 있는 것이 틀림없다.

뒷날의 『능가사자기(楞伽師資記)』는 도신의 사상을 한가지 일에 몰입〔一行三昧〕하는 데 있다고 말한다.

그는 능가경과 문수설반야경(文殊說般若經)의 교설을 받들어 그 가운데서 일행삼매를 추출해낸 것이다.

그것을 어중이의 말로 풀어보자면, 수행자는 한적한 곳에 있으면서 흐트러진 마음을 떼어버리고 마음을 부처님께 집중시켜 한결같이 부처님 명호를 외워 몸을 바르게 한 채 한마음〔一念〕 한마음을 상속한다면 그 한마음 속에 과거 현재 미래의 모든 부처가 다 나타나는 바이다.

일러 부처를 보는 것〔見佛〕이 곧 일행삼매이다.

부처를 본다 함은 자기와 부처가 오직 하나로 되는 것이다. 그것을 삼매 중의 왕삼매〔三昧王三昧〕라 한다. 이같은 일행삼매의 경지에 들면 부처와 자기, 자기와 부처의 구별이 없어지며 아주 사소한 마음과 몸의 움직임〔身心方寸〕, 발을 드는 것도 나아가는 것〔擧足下足〕도 그것이 바로 깨달음의 표현 아닌 바가 없는 것이다.

도신은 이 남쪽지방에서 일어난 삼론종이나 천태지의의 '마하지관(摩訶止觀)'의 수행론을 달마의 선지(禪旨)로 깡그리 배척한 자리에 그의 정진을 자리잡게 한 것이 아니다. 그는 이왕의 두 종지와 다른 것들까지 아울러 마침내 양자강이 모든 지류를 받아들여 한층 더 큰 강물을 이루는 것처럼 포용의 덕을 넓혀나갔다.

그는 오직 정진하는 사람인가 하면 어느새 가장 능숙한 조직자였다. 조직자인가 하면 다시 정진에 몰두하는 사람이었다. 바로 이같은 도신에 의해서 선종의 체계가 이루어진 것으로서 이러한 점에서 장차 동산법문(東山法門)의 초조(初祖)가 되는 홍인(弘忍)을 만나게 되는 것이다. 동산법문이란 황매산(黃梅山)의 법문을 말한다.

아니나다를까 여산 꼭대기 가까이 올라간 능선에서 바라보노라면 멀리 양자강 북쪽으로 황매현 쌍봉산(雙峰山)이 바라다보인다. 그 산을 한편으로 파두산(破頭山)이라고 부르기도 하는데 그 산에는 도신이 바라보는 동안 항상 자색 구름이 산봉우리를 감고 있었다.

"나그네를 어서 오라고 눈짓하는 미녀로다. 한번 저 미녀의 품 안에 빠지면 어찌 헤어날 나그네 있으리. 나그네란 언제나 머물던 곳을 떠나야 하거늘."

이 말은 도신이 한 것이 아니라 요즘 정진에 두각을 나타내는 눈에 번갯불이 나는 선승 무안(無眼)이 던진 것이다. 그것은 도신에게 자주 황매 쌍봉산을 바라보는 버릇이 있음을 일깨워주려는 뜻이 분명하게 담겼을지도 모른다.

　도신은 특히 초심자에게 관법의 방법을 시집 가는 딸에게 낱낱이 타이르는 친정어머니처럼 가르치기를 게을리하지 않았다. 그는 수식관(數息觀)부터 가르쳤다.
　처음에 몸을 단정하게 하고 앉은 뒤 옷을 느슨하게 하고 띠를 풀어 몸을 너그럽게 한다. 그런 다음 몸을 스스로 일곱 번이나 여덟 번 흔들어 뱃속의 공기를 토해버리고 나면 투명한 경지에 이르게 된다. 그 경지에서 숨을 고르게 하고 숨을 아끼면서 한마음에 들어간다.
　이같은 수식관은 도교의 태식법(胎息法)과도 합치되고 있다.
　이러한 초심에 역점을 둔 수행의 독려가 결코 도신 자신의 정신을 약화시키지 않는 것이 사람들의 놀라움을 불러일으키고 있었다. 특히 그의 무르익은 수행사상이 도달한 바 "하나를 지킴으로써 이리저리 옮겨가지 않는 정진〔守一不移〕"이 그것이다.
　거기에는 밤낮의 구별도 없다. 어떤 경계에도 움직임이 있을 까닭이 없다. 천 갈래 만 갈래로 움직이고 옮겨다니는 마음을 하나의 것으로 귀결시키는 이 부단의 행이 바로 그런 정진인 것이다. 실로 핏방울이 떨어지는 처절한 싸움의 곳〔血滴滴地〕의 수행으로만 그런 정진이 가능하게 된다.
　이른바 도신의 다섯 가지 마음의 법〔五種看心〕의 마지막이 바로 이 하나를 지키는 일이다. 마음의 본체가 곧 부처의 성품임을 관(觀)하여 동(動)과 정(靜)의 2변에 옮겨다니지 않는 한결같은 경지이거니와, 이것이 도신의 선사상에서 핵심을 이루는 것이다.
　이같은 수행과 학습의 나날이 먼지처럼 쌓여 10년의 세월이 흘러갔다. 누가 늙어가는지도 모르게 늙을 만큼 세월이 갔고 그 세월만큼 어느덧 늙어 있었으니 그들이 심은 나무가 벌써 사람의 키를 훨씬 넘어서 제법 늦여름의 세찬 매미소리 쓰르라미소리 가운데서 느릅나무의 그늘을 만들고 있었다.
 다시 도신과 그 수행자들 5백여 명은 남아 있어야 할 1백 명을 두고 항상 그들을 손짓하던 황매 파두산을 향하지 않으면 안되었다.
 대중 가운데 좀 특이한 머리를 가진 점쟁이 비슷한 난쟁이가 있었다. 그의 얼굴은 늙었으나 작은 키의 팔다리와 몸통은 열살 안팎의 어린이처럼 유연했다. 그가 머리가 아프다고 뒹굴다가 어떤 환영을 본 것이었다.
 "어린 아이가 걸어옵니다"라고 그가 입에 게거품을 물고 말했다.
 "이 도인아! 헛것에 걸려들지 말아라. 거미줄에 나방이로다."
 "헛것일진대 어찌 거미줄이오?"
 "아따 그 도인 말대꾸가 제법이로고. 아무튼 헛것을 말할 겨를이 어디 있는고?"
 "아무튼…… 아무튼…… 그 아무튼…… 어린 아이가 걸어옵니다."

 이런 대화와 굳이 상관없이 한달 뒤엔가 도신은 기어이 대중의 두번째 이동을 결단한 것이다.
 "황매 쌍봉으로 가서 또 세월을 삼켜보기로 합시다. 거기 일념(一念)의 도량으로 가서……"
 그들은 양자강의 너비가 가장 좁은 곳을 찾았으나 헛수고였다. 강물이 어린 아이의 눈에나 어른의 눈에나 똑같이 바다처럼 드넓었다. 그 강의 고기잡이 마을로 가서 매어둔 거루와 돛배 다섯 척으로 몇번이나 왕래하여 5백여 명의 수행단은 황매현으로 건너갈 수 있었다.
 항상 멀리 자색 구름에 감긴 파두산 쌍봉의 풍경과 그것을 바라보던 여산은 이제 서로 그 위치를 바꾸어 돌아다보는 여산이 차츰 먼 곳의 풍경으로 되었다. 그 사이에 강이 흐르고 있었다.

그렇다면 이 풍경과 현실의 도치된 사이에 있는 강이야말로 어느 것이 현실이든 어느 것이 먼 풍경이든 아무런 상관없이 실재하는 중도(中道)가 아니던가.

수나라의 국운은 어느 왕조나 무궁하기를 바라는 것 이상으로 영속되기를 바라는 황제의 무자비한 포부에도 불구하고 벌써부터 기울어지는 징조를 내보이고 있었다.
양제가 등극한 지 3년째 되던 해 동쪽 섬나라 왜(倭)의 쇼오또꾸(聖德)태자의 사절 오노노(小野妹子)가 국서(國書)를 가지고 멀리 대륙에 이르렀는데 그 국서 안에는 불법의 흥륭을 말한 뒤 "해 뜨는 곳의 천자가 해 지는 곳의 천자에게 편지를 보내나니……" 운운의 방자한 내용이 있어 양제의 노여움을 샀던 일이 있었다.
과연 수나라는 '해가 지는 나라'로 저물어가는가.
너무 엄청난 토목공사를 일으켜 몇백만 명을 죽음으로 몰아넣었고 서북쪽으로 돌궐을 눌러두고 남으로 월남 임읍(林邑)과 대만의 바다까지 그 판도를 넓혔으나 그 초강대국의 황제는 그것으로도 모자랐던가.
여기저기서 군도(群盜)가 일어났다. 백성들이 더이상 견딜 수 없는 지경에서 도적으로 변하는 일은 가을에 이어 겨울이 오는 것만큼이나 자연스러운 이치이기도 했다.
그것뿐 아니다. 금은보화의 사치, 미녀를 장작더미처럼 쌓아놓은 황음(荒淫) 따위를 일삼은 황제는 아버지가 총애하는 여인에게 간절한 '구애의 글〔同心結〕'을 썼고 그녀가 1년 뒤 시름시름 앓다가 죽자 크게 상심한 나머지 '신상부(神傷賦)'를 지어 그 죽음을 애도한 시인이기도 했는데 이제는 더이상 아무것도 기대할 것이 없는 막판의 폭군이었다. 그가 지의대사를 사부로 섬기던 신앙조차도 전혀 도움이 되지 않은 바를 확인시키는 일에 지나지 않았다.

 몇만 개의 지름 3척짜리 목재들이 양자강 남쪽의 밀림에서 베어져 북쪽으로 운반되는 행렬이 1천 리를 넘었다. 목재 하나를 운반하는 데 인부 2천 명, 운반비 몇만 전이 들었다.

 만리장성의 수축(修築), 동경(東京)의 건설과 국도의 확장 개척에 총동원령을 내리는가 하면 문제 이후의 대운하 공사와 화려하기 짝이 없는 별궁 조영(造營)은 이미 백성의 마음을 떠난 자의 유일한 위안일 뿐이었다.

 게다가 이런 사실을 얼버무리기 위한 고구려 3회 원정으로 1백 20만 대군에게 1천 리 이상의 행군 출병을 강행시켜 본국의 각 진영을 떠났다. 첫번째 원정은 참패로 끝났다.

 이른바 천하무적을 자랑하는 달군(獺軍)이었다. 물과 뭍에서 자유자재로 싸우는 특전부대였다. 뭍에서는 족제비이며 물 속에서는 수달, 바다에서는 해달이었던 것이다. 그런 수륙 특전병력도 고구려의 명장 을지문덕의 유인전술에 걸려들어 살아남은 자가 겨우 2천 7백 명이었다.

 다음해 다시 원정을 강행했고 그 다음해 다시 원정을 강행했다. 그 동안 수나라의 달군은 말뿐이게 되어버렸다. 도망자가 늘어나고 병참군의 반란이 있었다.

 이런 혼미의 시대에 도신은 황매 쌍봉산으로 갈 것을 작정한 것이다. 마침 여산의 대림사 도량 역시 그 지역에서 일어난 백성의 봉기 때문에 지방군과의 격전장이 되기 십상이었다. 도신과 그 일행 5백여 명은 거의 달리다시피 해서 도신이 그렇게도 자주 바라보던 쌍봉으로 건너간 것이다.

 이때 양제는 강도(江都) 양주(楊州)에 가서 걸주(桀紂)조차도 혀를 찰 행락에 빠져 있다가 각지에서 봉기한 1백 30여 군웅들의 무장민병과 거기에 합류한 관군의 위세 때문에 본궁으로 돌아갈 여지가 없게 되었다.

이윽고 중신(重臣) 우문화급(宇文化及)이 황실 근위병을 포섭해서 먼저 양제의 어린 태자를 양제 앞에서 죽였다. 아들의 피가 아버지의 옷에 뿌려졌다.

양제는 독약을 가져오라고 명령했으나 누구 하나 그의 말을 들어주는 사람이 없었다. 우문화급이 황제가 입은 비단옷 자락을 찢어 그것으로 황제의 목을 졸라 죽였다. 그의 나이 49세, 집권 14년째 되는 3월 11일 먼동 틀 무렵의 일이었다.

양제가 죽고 태원유수(太原留守) 이연(李淵)이 각지의 군웅을 진압한 뒤 칭제(稱帝)하여 당(唐)나라를 세운 사실을 들은 것은 도신 들이 황매현 쌍봉 파두산에 도착한 이래 이제까지 없었던 대중 전체가 동참하는 정진 21일을 마친 뒤였다. 21일 동안 하루에 물 한그릇 이외에는 먹지 않고, 허리를 방바닥에 대고 잠자는 일이 없는 정진이었다.

늙은 니승 수묘당(水妙堂)이 말했다. "정진 한번 하고 나서 천하가 바꾸어지니…… 이것이 무상(無常) 무아(無我)의 묘체니라."

이로부터 도신은 당나라의 선승이었다. 수나라에는 아첨하는 신하만 남아 있었으나 당 고조(高祖) 이연은 강력한 신하들을 그의 주위에 밀착시킴으로써 수양제로 인한 고통을 없애는 것을 그 천하 경영의 주조로 삼았다.

이 무렵 도신은 새로운 시대에 접어든 몇군데를 순력한 뒤 다시 파두산으로 돌아왔다. 그는 중국 남부를 매우 중요시했다.

"여기만한 곳이 곧 여기밖에 없도다."

황매현으로 돌아오는 길에서 그는 한 어린이를 만났다. 수려한 아리따움이 그 얼굴과 몸을 에워싸고 있었다.

나이 지긋한 도신이 그 어린이를 보자 가늘게 떴던 눈이 더 가늘어 졌다. 아니 시디신 것을 맛본 것처럼 감은 눈이 파르르 떨리고 있었다. 말을 던져보았다.
 "이 녀석! 성(姓)이 무엇이던고?"
 어린이의 대답이 빨랐다.
 "성은 있으나 드문 성입니다."
 "어떤 성이길래?"
 "네, 부처의 성품인 성(性)입니다."
 "그래? 그렇다면 네 성은 없단 말인고?"
 "성품이 공(空)하기 때문입니다."
 도신의 옆에 있던 재가(在家)의 선객 화(化)거사가 "어디서 한철 공부를 해본 아이 같습니다" 하고 말했다.
 도신이 조용히 말했다. "한철이 아닐세. 몇철인지 헤아릴 수 없는 아이일세."
 도신이 당돌한 어린이에게 말했다.
 "네 집이 어디인고?"
 그때는 여느 어린이로 돌아가서 손가락질로 가리켰다.
 "저 마을이어요."
 도신은 화거사를 시켜 그 어린이의 집에 가게 했다.
 어린이의 아비는 지난번 수말(隋末)의 민병에 가담해서 어느 전투에서 죽었는지 살았는지 모르게 실종된 처지였다. 어머니만이었다.
 화거사는 단도직입적으로 그 어머니에게 말했다.
 "이 아이를 우리가 공부시키고자 합니다. 바라건대 우리에게 맡겨주시오."
 그녀는 아무런 대답도 없었다.
 화거사가 다시 한번 말했다.

"우리에게 맡겨주시오."

"이미 당신들한테 가 있는 아이를 맡기라고 청할 까닭이 있습니까? 우리 아이는 이미 당신들을 만나려고 저문 길 위에 있었지요. 내가 우리 아이를 먼 데 심부름 시킨 것도 당신들을 만나게 하기 위한 까닭이었구요."

"아."

화거사는 어린이의 어머니를 다시 한번 유심히 쳐다보았다. 비록 농투성이 아낙이건만 그녀의 어깨는 여자의 것이 아니었고 키가 남방 여자답지 않게 훤칠했다. 눈썹이 짙고 눈빛이 그 사나운 힘을 슬쩍 감추고 있어서 누구를 똑바로 보지 않는 데 익숙해 있었다.

"부인의 아들답게 공부를 시키고자 합니다."

"우리 아이는 네살 때부터 시를 지었는데 여섯살에 지은 시를 마을 부자가 쌀 한말에 사가지고 가서 그 부자가 지은 것으로 자랑삼았다오. 그 뒤로는 통 글공부는 그만두고 바람을 좋아하고 공중에 나는 새를 좋아하였지요."

귀머거리가 아닌가 했는데 한번 입을 열자 막혔던 물이 흘러가는 것 같았다.

"그럼 이 아이도 우리가 쌀을 바치고 사 갈까요?"

"우리 아이가 장차 먹을 쌀이면 그것도 비싼 값이오. 그냥 데려가보오."

화거사의 말은 마음을 놓은 덕담이었으나 어린이의 어머니가 하는 말은 진담이었다. 서슬이 퍼렇기까지 것이었다.

"아이의 성을 알고 싶습니다."

"이제 세상의 아들인데 굳이 아비의 성을 따져 물을 까닭이 있습니까?"

"알겠습니다. 알겠습니다."

아낙은 어린 아들을 한번 안아주지도 않고 무덤덤했다.
"엄마! 가겠어"라고 어린이가 작별인사를 했다. 어머니의 고개가 한번 끄덕여졌다.
전혀 어머니와 어린 아들의 고통스러운 헤어짐이 아니었다. 거기에는 실로 놀라운 무정(無情)의 본질이 우러나오고 있었다.
그리하여 어린이는 성도 이름도 없는 채 그의 집을 떠날 수 있었다. 그때 이웃집의 한 또래 어린이가 "야, 어디 가니?"라고 외쳤는데 그 외치는 소리 이전에 이름을 부른 것을 화거사가 듣지 못했다.
어린이는 다시 도신에게 돌아왔다.
"이제부터 우리랑 살 수 있겠지?"
어린이가 불빛에 눈을 반짝거렸다.
날이 꽉 저문 초저녁이어서 그들 일행 5백여 명의 행렬은 볍씨를 뿌린 논 가운데 있는 농막 여기저기에 들어가 있었던 것이다. 뜸부기가 울다가 만 밤에 어린이는 그들에게 바로 익숙한 아이가 되어버렸다.
"저 아이가 우리와 산 것이 천 번도 더 되는 인연이라오"라고 도신이 흐뭇하게 말했다.
이렇게 해서 도신은 그 어린이에게 홍인(弘忍)이라는 출가 법명을 붙여주었다.
"불성이라는 성(性)은 여기 있는 모두와 법계에 살고 있는 모두의 성(姓)이기도 하지. 그러니 널리 보살의 계위(階位)에 응하는 여섯 가지 법인(法忍)에 뜻을 둘 것이야! 이제 네 이름은 없으되 그 없음에 집착하지 않고자 홍인이라는 혹 하나를 달고 다니거라."
"네, 제 이름은 홍인입니다."
"부디 이 회상(會上)의 일각수(一角獸)가 되어라."
일각수란 상서로운 징조를 나타내는 고대 중국의 초자연적인 네 가지 동물 중의 하나이다. 사슴의 몸통에 소의 꼬리, 말의 발굽을 가지고 있다. 이마에 난 뿔은 살이 변해서 된 것이다. 등의 털은 다섯 가지 색이 섞인 것이고 배의 털은 황갈색 혹은 황색이다.

결코 풀밭을 밟지 않고 다른 짐승에게 해를 끼치는 일도 없다. 그런 일각수가 나타나는 것은 어진 임금이 나타난다는 징조라 전해온다. 수명은 1천여 년이나 된다 하는데 바로 이런 전설에 빗대어 도신은 어린 홍인을 격려한 것이다.

도신은 황매현 파두산으로 돌아오는 길에서 이 대망(待望)의 어린이를 만난 것을 이따금 기이하게 떠올리는 것이었다.

"실로 천진난만을 만난 것이지. 세상에 천진난만만한 법이 어디 있는가. 입법계경(入法界經)에 남천축 순례의 어린이 선재(善財)가 나오는 것도 천진난만이 법을 체득할 수 있음을 뜻하는 것이 아니고 무엇이겠는가…… 내가 어린 홍인의 스승이 아니라 홍인이 내 스승이기도 하지."

이제 당나라의 새로운 세상이 되었으므로 사회는 오랜만에 안정을 찾을 수 있었으나 그것은 우선 마음의 안정이었다. 아직도 평정해야 할 각 지역의 병력들이 있었다. 당고조 이연의 창업은 거기에 다 바쳐져야 했다. 수나라는 결국 당나라를 있게 한 과도기였는지 모른다.

당나라에서 수나라 황제의 시호를 지어줄 때 양제의 양(煬)은 "예(禮)를 버리고 중(衆)을 밀리하다"를 뜻하는 글자였다. 또한 "하늘을 거스르고 백성을 강압하다"라는 뜻을 가진 글자이기도 했다.

그같은 양제의 손자뻘이 되는 유(侑)를 한동안 천자로 옹립하는 무리가 있었으나 바로 그 허수아비 천자 공제(恭帝)를 폐해버린 당 고조는 이렇게 새로운 시대를 열고 있었다.

마음의 세계란 이같은 새로운 시대나 난세를 막론하고 무릇 사람과 중생들의 삶과 죽음에 대한 지혜를 실현하는 데 없지 못할 것이다. 마음이라고 말하면 그 마음이야말로 시작과 끝 없는 세계의 만상을 아우르는 것이다. 마음은 공(空)의 힘이다. 어디에 마음이 보이던가. 그러나 어디에 그 보이지 않는 마음이 없다고 할 것인가. 그래서 선은 이 마음을 만나고 이 마음을 전하는 일이 아닐 수 없다. 풀 한포기인들, 다람쥐와 청설모 한마리인들 어찌 그것이 마음의 목숨 아니던가.

  부처일진대 어찌 석가모니 하나만이 부처일 것인가. 만약 석가 하나의 부처라면 그런 놈의 부처를 산산조각으로 깨뜨리는 것이 마음이 아니던가.

  선은 실로 헤아릴 수 없는 부처를 본래의 자리에 돌아가게 하는 수행일 따름이다. 어린 홍인의 하루하루도 이렇듯이 단 하나의 부처를 죽이고 수없는 부처를 만나는 일로 채워지기 위한 분주한 나날이었다.

  파두산 선원 뜨락에서 바라보노라면 멀리 여산의 넓은 풍경이 한판 꿈결인 듯 있다가 없다가 했다.

12. 道信의 사람들

『경덕전등록(景德傳燈錄)』제3권 어느 대목은 "60년을 근근(僅僅) 정진한 도신대사…"를 추앙하고 있다.

과연 그의 군말 없는 정진은 가뜩이나 선조차도 여기저기서 갖가지 주장들을 낳게 되어 장차 사자(獅子)의 몸속에 기르는 사자충이 사자를 죽이게 되는 사태에 이르게 될 가망 앞에서 오직 입을 다문 수행으로 일관하는 것이었다.

입이 있는 것이 무섭지 않고 입이 없는 것이 이토록 무서울 줄이야.

일찍이 서주 환공산 시절에 도신이 이끄는 승단에 들어왔던 수나라 중랑장(中郞將)에 이르는 장군 출신 지암(知巖)도 혀를 내두르며 말하기를 "저 분이 어찌 사람인가. 바위 등성이에 앉아 있는 대호(大虎)지. 아니 대호가 떠나간 바위 등성이지"라고 도신의 묵묵부답으로 일관된 무서운 정진에 바짝 손을 들어야 했다.

지암은 나이 40세에 이르도록 수나라와 당나라에 복무해야 했던 평탄치 않은 장군이었는데 동료 장군 두 사람의 만류도 뿌리치고 선문에 들어온 사람이다.

그가 도신의 정진에 경탄하고도 도신에게서 법을 받지 않고 도신의 후학 법융(法融)에게 법을 받는 묘미도 도신의 정진으로부터 슬쩍 이탈한 것을 의미하고 있다.

기주땅 황매현 쌍봉 파두산의 나날은 새로 얻은 소년제자 홍인에 대한 도신의 집중적인 교육에 바쳐졌다.

다른 사람들도 그런 집중과 상관없이 대중 5백 명의 회상에서 저마다의 수행에 게으를 수 없었다. 하지만 선의 지도자 도신은 가능한 한 한밤중의 어둠속에서도 눈에 파란빛을 뿜어대어 마침내 소년의 눈빛에서도 그런 빛이 뿜어나와, 서로 눈빛끼리 맞부딪쳐 마치 두 칼날이 엉겨붙어 힘껏 움직일 줄 모르는 것 같은 사생결단의 극단을 주고받는 것이었다. 도에는 한오리 자비가 없다.

그런 눈길을 거두노라면 그때에야 소쩍새 소리도 그동안 멈추었다가 조심스레 들리기 시작하는 것이었다.

양자강 북쪽 파두산에는 많은 선승들이 이렇게 앞서거니 뒤서거니 그들의 경지를 행여나 동료한테 뒤질세라 드높이고 있었다. 어쩌다 황매현의 지방관이나 그 지역의 선비가 선풍이 고조된 그곳에 당도할라치면 첫 체험이 마치 깊은 동굴 속의 허허로운 공간을 채우고 있는 것 같은 그 신비스러운 냉기였던 것이다.

그만큼 그들의 세계는 욕계의 화기(火氣)로부터 멀리 벗어난 높은 하늘 속의 추위와도 같은 정신의 냉엄한 결정체들로 채워져 있었다.

"빌어먹을! 여기가 싫다. 당장 내려갈 일이야"라고 기주 자사 한순(韓舜)이 선의 기운에 못 견디고 돌아간 일도 있었다.

그만큼 도신과 그의 회상 남녀노소의 수행이 밀도를 더할수록 그것은 세속에 대한 이질성으로 나타나기도 하였다.

바로 이 점에서 자기극복의 고행이기도 한 선의 의의가, 세상살이와 함께 어우러지는 삶 가운데서 이루는 수행의 빛이 아니고 다만 그들만의 대내적인 독존(獨尊)의 누에집에 갇혀 자만한다는 비난으로부터 벗어나기 어렵게 되기도 했다.

그래서 도신은 "달마조사의 수행은 혜가조사의 수행보다 높지만 혜가조사가 달마조사를 이겼으며 승찬조사도 혜가조사를 이겼으며 장차 나는 여러 법우와 후학에게 꼼짝할 수 없으리라. 그리하여 지난날의 한 달마는 장차 5백 년을 거치는 동안 몇백 몇천의 달마들로 퍼져나가 선은 비로소 세상의 넓은 바다로 파도치리라. 어찌 이것이 나만이 가진 것인가. 가질 것이 없어 이 묵언좌선이나 가졌다고 헛되이 세월을 보낸단 말인가"라고 꽤 장황한 의견을 꺼낸 적이 있었다.

한순이 산을 내려가는 길에 방선 뒤 산중의 이곳저곳을 오르내리던 장군 출신 지암과 맞닥뜨렸다.

"그놈의 도(道)꾼들을 벗어났다 하였더니 아직도 도꾼이 나타나는군…… 그래 선사께서는 요즘 도가 어느 지경에 있소이까?"

한순의 이 인사치레에는 여간 서슬 퍼런 비아냥이 들어 있는 것이 아니었다. 떡벌어진 무골다운 체통에도 불구하고 이미 선당의 적(籍)에 실린 몸이라 지암의 말씨는 사뭇 느긋했다.

지암이 대답 대신 되질러 물었다.

"그래, 요즘 어느 쪽이 이기고 어느 쪽이 지고 있습니까? 당나라가 중원의 사슴을 차지하였나요? 아니면 우문화급 형제나 왕세충, 두건덕 들이 아직도 하북 하남에서 각축을 일삼고 있나요?"

이 정도로 세상 형편을 상세하게 묻는 사람이라면 예사 중이 아닐 터였다. 아닌게아니라 지암을 한번 홀겨본즉 자사 한순 쪽에서 슬슬 오금을 못쓰게 되며 지질리는 것이었다.

"괜히 이런 곳에 얼씬거리지 말고 어서 내려가사이다."

기어이 지암의 호통이 겁도 없이 터져나오고 말았다.

세속의 지방장관으로서야 산중 선승 따위는 초개에 불과하거늘 도리어 그 초개한테서 옴짝달싹 할 수 없게 물러가야 했다. 수행하는 중군

(中軍) 젊은 교위(校尉) 하나가 칼자루에 손을 대는 것을 한자사가 "아서라" 하고 제지했다.

지암의 반문은 위협이 아니라 그 한순의 오만방자한 말투에 대한 선문답이기도 했다. 도의 경지가 어떠냐고 물은 것에 대해서 세속이 어떠냐고 되물었으니 그것은 받은 공을 받자마자 다시 되돌려보낸 것이다. 이 도의 왕래를 자사는 난데없는 봉변으로 알아서 물러나고 만 것이다.

하기야 황매현의 사정도 아직 불안하기 짝이 없었다. 왕세충은 다름 아닌 수나라 말 지방장관으로 군사를 일으켜 야망을 달성하려고 우문화급 쪽을 치는 중이었다. 그러자니 그의 잔인성은 싸움터뿐 아니라 점령지에도 뜨르르 알려져 세상을 벌벌 떨게 만들었다. 특히 그는 양자강 건너 남쪽 평야에서 봉기한 반란 농민군에 대해 항복하는 자는 죽이지 않겠다고 약속한 뒤 그의 말을 믿고 항복한 농민 20만을 황간정 골짝에 몰아다 생매장으로 처치해버렸다. 일러 "수십 리 깊은 계곡이 시체로 덮였다"라 했다.

바로 이런 왕세충의 입김에 닿아 있는 기주의 자사벼슬인지라 파두산에 올라온 것도 겉치레와는 달리 그 산중에 어떤 세력의 거점이 있는 것인지 은밀히 알아보기 위함이었다.

그러던 차에 지암의 그 우렁우렁한 무골을 만난 것이다. 과연 선의 직관은 문보다 무에 걸맞았다. 그래서 낙양과 장안의 문물의 홍수와는 다른, 온몸의 정신을 하나의 표적에 적중시키는 무사의 칼끝이나 화살촉과 같은 직지인심(直指人心)의 중심이야말로 지암의 무골이 선의 기운으로 다가온 것인지 몰랐다.

아직도 황매현이 왕세충의 입김이 닿는 곳이라면 그 고을 자사라는 벼슬자리도 언제 어떤 꼬라지가 될지 모르는 일이었다.

한 천하가 다른 천하로 통일되기까지의 과정이 중국대륙에서는 여러

지역의 군웅이 할거함으로써 오늘의 합의가 내일의 적의로 되고 내일의 원수가 그 다음날의 원군으로 되는 일을 엎치락뒤치락하기까지 했다.

우문화급, 지급 형제와 화급의 아들 승기, 승지도 두건덕에 의해 참패당한 즉시 댕강댕강 목이 잘렸다. 특히 수양제의 아들을 볼모로 전권을 휘둘렀던 우문화급의 잘린 목은 보자기에 싸여 멀리 돌궐의 의성공주에게 보내졌다.

의성공주라면 수나라의 공주로 돌궐의 계민극한과의 강제 정략결혼에 이용된 여자였다. 그 남편인 군주 계민이 죽자 그곳 풍속에 따라 아들 처라극한의 여자가 되었다. 그 뒤 처라가 죽어 기구하기 짝이 없게 처라의 동생 힐리극한의 아내로 된 것이다.

그녀는 모국 수나라를 멀리서 그리워하면서 수나라를 괴롭히려는 돌궐을 수나라 편이 되어 몇번이나 마음 돌리게 한 일도 있었다. 실로 기구하기 짝이 없는 그녀에게 수나라의 말로를 재촉한 우문화급의 목은 마음속에 숨겨둔 원한에 대한 큰 선물이었던 것이다.

당고조 이연이 천하를 얻었다 하지만 우선 다른 군웅들과의 수많은 격돌이 남아 있었다. 왕세충의 독재정권은 두건덕의 그것과 함께 이연에게는 커다란 부담이었다.

심지어 옛 남조의 양나라 황족 후예인 소선까지 일어서는 판이라 실로 몇십 세력이 점령과 대결을 되풀이하는 판이었다. 서북지방의 설거부자, 감숙 서쪽 하서의 이제, 산서 북부에서 돌궐의 지원을 받은 유무주 그리고 하북의 불교승려 고은성 등이 각기 황제를 칭하고 할거했다.

산동반도라고 예외가 아니어서 서원랑이 일어났고 소금장수 출신의 도적 괴수 고개도 역시 그의 부하에게 죽음을 당하기까지 제왕을 자칭하고 있는 판이었다.

이런 판에 당고조 이연은 자신보다 그의 아들 삼형제 중에서도 특히 둘째 이세민(李世民)의 지략과 용맹 그리고 그 지칠 줄 모르는 혁명의 의지에 의해서 차츰 당나라의 터전을 굳혀갈 수 있었다.

나이 40세에 갑자기 중이 된 지암도 본디는 상당한 세력의 우두머리 이밀 휘하의 장군이었다가 왕세충의 휘하에 속해서 난세의 무훈을 세우던 차에 죽은 병사의 목에 걸린 염주를 벗겨 건 뒤 갑자기 중이 될 작정을 한 것이다. "칼과 활을 버리자! 거기에 내 새로운 무사의 길이 열린다"라고 그 자신을 다그쳤다.

그는 본디 아곡(阿曲)에서 태어났다. 성은 화씨(華氏). 7척 6촌의 장승이었다. 항상 활 끝에 물주머니를 달고 다니며 활을 쏘고 물을 마시는 버릇이 있었다. 그러던 그가 도신의 회상에 갑작스럽게 들어온 것이다.

도신은 그의 무골다운 몸집과 도량을 간파하고서 모르는 척했다. 그뿐 아니라 그를 보월(寶月)을 통해서 득도(得度)하도록 했다.

그 뒤로도 도신은 산에 들어오는 사람들을 다른 동료들에게 마치 평등보시(平等布施)처럼 골고루 나누어주어 각자의 제자로 삼게 하였다. 지암이 그런 도신의 내막을 먼저 간파해서 도신과 거리를 두었던 것이기도 하다. 기묘한 회피였다.

"아이 하나도 벅찬 어미인 것을!"이라고 도신은 소년승 홍인조차도 선뜻 그의 법통을 잇는 대상으로 삼을 뜻이 없었다. 그것을 뒤집어놓은 것이 바로 홍인 쪽이었다.

말하자면 스승이 제자를 받아들인 것이기보다 제자가 스승을 점지한 셈이었다. 그만큼 소년승 홍인의 영혼에는 방금 바윗덩어리에 던진 유리가 깨어지는 것 같은 소리가 쨍그랑! 하고 들어 있었다.

도신의 늙수그레한 제자 법융(法融)이 바로 지암의 스승이 되었다.

법융은 윤주(潤州) 연릉(延陵) 사람이었다. 19세에 유교의 경사(經史)를 익힌 나머지 대부반야(大部般若)를 구해서 열람하던 중 진공(眞空)의 도와 만난 터였다.

그것은 가장 노련한 맹수가 이 산과 저 산 사이의 절벽으로 대치된 아슬아슬한 협곡을 태연히 도랑물을 건너뛰는 것과 같이 한 바를 뜻했다.

"유(儒)는 지극한 법이 아니로다. 나는 세상을 벗어나는 배를 타고 물을 건너가고자 한다."

그는 우선 모산(茅山)에 숨어들어 한 선승에 귀의했다. 그 선승이 "그대는 내 옆에 있지 않아도 되니 가고 싶은 데 있거든 어디든지 가 있을 일이로다"라고 그의 자유를 베풀었다.

이런 광경은 무척이나 도신과 닮았다. 도신은 사람 하나하나에 집착하지 않았다. 가르침은 은밀히 하되 그것을 멀리, 가지 않은 데 없게 펼치는 것이었다. 이런 도신에게는 제자와의 작별도 작별이 아니라 그들 사이의 진리를 확대하는 일이 되었다.

법융이 우두산(牛頭山) 연봉의 한자락에 파묻힌 유서사(幽棲寺) 북쪽 암굴에 들어가 앉으니 많은 산새들이 꽃잎과 열매를 봄 가을로 물어 나르는 상서(祥瑞)가 있었다.

바로 이런 축복의 선 수행에 여념이 없을 때 도신이 멀리서 이곳의 기운을 눈여겨 관찰했다. 그것은 뒷날의 사람들이 망원경으로 먼 곳을 더듬어 가다가 한군데로 고정시켜 어떤 정세를 면밀하게 파악하는 것과 같고, 뒷날 아닐진대 눈이 밝아 백리 밖을 내다보는 짐승이 산너머 산너머 먼 아지랑이 속을 뚫고 여기저기 두리번거리다가 이윽고 귀가 쫑긋 세워지고 꼬리가 한바퀴 감겨지며 한군데의 표적에 눈길이 박혀 그 머나먼 곳과 이곳 사이의 거리를 한순간에 없애는 놀라움과 같아야 했다.

"나 다녀올 데가 있다"라고 말한 도신이 어느새 "여기에 도인이 있느냐?"라고 말하자 소년승 홍인이 "아마 스님 문하에서 다시 한가닥 뻗어나갈 듯합니다"라는 인사를 했다. 이 말은 떠나는 스승에 대한 단순한 인사말이 아니었다.

이에 대해서 도신은 "잘있어라. 나는 강동(江東)으로 건너가리라"라고 말했다. 이런 작별이 있고 난 뒤 며칠이 지났는지 아니면 몇식경(食頃)이 지났는지 도신은 어느덧 유서사 산문에 서 있었던 것이다. 도대체 유서사에는 쓸 만한 그릇이 통 보이지 않았다. 그래서 "여기에 도인이 있느냐?"라고 물었던 것이다.

그 질문에 대꾸도 심심치 않았다. "산중에 들어와 공부하는 사람이라면 도인이 아닌 사람이 누가 있겠습니까?" 이 대꾸에 다그쳐서 다시 "누가 도인인가?" 하고 물었을 때에야 유서사 중의 입이 열릴 수 없었다.

그 중이 살만 남은 쥘부채를 접은 것으로 산 위쪽을 가리켰다.

"저 산중으로 십리쯤 들어가면 게으름뱅이가 하나 있는데 사람을 보아도 아는 척하는 법이 없고 누워 있다가도 일어나는 법이 없는데⋯⋯ 이름은 나융(那融)이라 합니다. 몸에는 너덜너덜한 베옷 한벌만 내내 걸치고 있는데 혹시 그 게으름뱅이가 도인이 아닌가 합니다."

이어서 그가 말했다.

"나는 법화경에서 열고 보이고 깨닫고 듣게 한다고 한 말에 의해 도를 살리고 도를 죽이고 있습니다."

이 말에는 도신 일행에 대한 익살스럽기까지 한 조롱이 보였다. 하지만 도신은 군말없이 십리를 올라갔다.

과연 도신의 위엄 앞에서도 그 게으름뱅이는 꼼짝하지 않았다. 한 가지 틀린 것은 그가 누워 있는 것이 아니라 단좌(端坐)하고 있는 일이었다.

늙은 도신이 물었다.
"여기서 뭘 하는가?"
게으름뱅이가 앉은 채 고개를 비틀고 말했다.
"마음을 관찰합니다."
이어서 그의 입이 닫혀지지 않았다.
"관찰하는 자는 누구인가? 마음은 누구의 물건인가?"
이 말은 게으름뱅이 귓속의 고막을 찢을 듯이 큰 소리로 확대되어 들렸다. 바로 그 소리가 여느 소리와 다른 것에 게으름뱅이가 놀랐다.
그가 벌떡 일어섰다.
"스승께서는 어디서 온 누구이십니까?"
"나야 여기저기 다니는 유행객(遊行客)일 뿐."
"그러면 저 환공산 사공산 그리고 여산과 파두산을 주름잡고 계시는 도신선사를 아십니까?"
"어째서 그를 묻는가?"
"한번 뵈오려는 생각을 하고 있었습니다. 그분을 뵙기 위하여 곧 여기를 떠날 것입니다."
도신이 다시 한번 그의 귀에만 큰 소리로 들리는 소리로 말했다.
"바로 내가 도신이라네."
그가 놀랐다.
"어떻게 여기까지 오셨습니까?"
"그대를 보러 왔다네. 그런데 이 굴말고는 다른 처소는 없는가?"
"작은 암자가 저쪽에 있습니다. 모시겠습니다."
그 암자 둘레에는 호랑이와 이리 여러 마리가 모여앉아 있었다. 또 한 그런 맹수에 겁도 없이 사슴떼까지 사방에서 뛰놀고 있었다.
도신은 두 손을 들면서 우선 호랑이들을 무서워하는 시늉을 했다. 그때 게으름뱅이 나융이 도신을 물고 늘어졌다.

"아직도 그런 두려움이 남았습니까?"
도신이 그 물음을 맞받아 되물었다.
"지금 무엇을 보았는가?"
나융이 대답을 할 수 없었다.
도신이 돌 위에다 글자 같은 것을 손가락으로 쓰고 앉아서 나융에게 물었다.
"아직도 이런 것이 남아 있는가?"
어떤 영문인지 몰랐다. 어느 만큼 큰지 모르는 스승 도신 앞에서 송구해할 뿐이었는데 이런 물음이 건너온 것이다. 나융은 고개를 숙였다.
두 사람은 그로부터 방금 살을 갈라내어 핏덩이가 쏟아지는 것 같은 말을 주고받았다.
도신의 첫번째 말은 다음과 같았다.

  백천 가지 가르침이 다 마음으로 돌아가는도다. 항하(恒河)의 모래인 양 많은 공덕이 다 마음의 근원으로 돌아가는도다.
  온갖 규범과 수행의 가르침이, 온갖 지혜와 해탈의 가르침이, 온갖 신통변화가 다 갖춰져서 그대의 마음을 저버리지 않는도다.
  온갖 번뇌와 업장이 본디 텅 빈 것이어서 인과가 모두 꿈일 따름이도다.
  3계를 벗어날 것도 없고 굳이 보리(菩提)를 구할 것도 없도다. 사람과 사람 아닌 것이 성품과 형상으로 차별없고 길은 넓어서 생각이 다 끊어졌도다. 이런 법을 그대는 벌써 얻었도다. 조금도 모자람이 없으니 부처와 무엇이 다르겠느뇨.
  다시 딴 법이 있지 않으니 그대는 그저 마음대로 할지어다. 관찰과 행도 쌓지 말고 마음도 더 맑히지 말고 탐욕도 마음대로 부려볼

지어다. 어디 한곳 걸릴 데 없으니 선을 짓지도 말고 악을 짓지도 말지어다.

이런 긴 말에 나융은 막 내달려와서 멈춘 아이처럼 숨찬 말로 질문의 폭죽을 터뜨리는 것이었다.

다음날 아침나절에야 도신은 지팡이를 짚고 일어나면서 "그대는 해탈하였으니 그대 뜻대로 할지어다. 바람이 이는도다"라는 마지막 말을 남기고 쌍봉으로 돌아갔다.

게으름뱅이 나융이라는 이름 대신 법융이라는 이름이 그 우두산 선승에게 주어졌다.

그 뒤 법융에게 차츰 모여드는 사람이 생겨났는데 그들을 먹일 양식이 떨어지면 늘 삼십리 밖 단양(丹陽)까지 가서 잡곡을 화주(化主)해다가 한섬 여덟 말도 등에 지고 돌아오는 것이었다.

그렇게 3년 남짓 지낸 뒤 그 해박하기 이를 데 없는 학승이자 해박한 학식을 몽땅 폐기한 선승인, 지난날의 나융이자 새로운 이름의 법융은 도신이 넘겨준 사람 지암을 제자로 삼은 것이었다. 도신이 홍인에게 전한 법통말고 또하나 법융에게 전한 법통은 무엇인가.

그것은 이미 법융이 익혀놓은 술항아리의 술이었으므로 처음부터 술을 담아준 것도 아닌 터였다. 다만 도신이 그에게 담담히 말한 회고 가운데 그 뜻이 스며 있었다.

"이미 관찰을 허락하지 않으셨으니 경계가 일어날 때는 어떻게 해야 하옵니까?"라는 법융의 물음에 대한 대답에서였다.

"…… 내가 내 스승 승찬조사로부터 이 법문 돈오(頓悟)를 받았는데 이제 그대에게 전하니 그대는 잘 받들어 이 도를 번성케 할지니…… 뒷날 다섯 사람이 그대 뒤를 이어 끊이지 않게 될지니…… 나는 돌아가리라."

이 말에 의해서 법융에게 옥의 티로 남아 있던 번뇌의 끄트머리가 송두리째 없어지고 그때부터는 귀신들이 가지고 오던 공양이 끊어지고 그 자신이 공양을 지어 먹었다.

"거북의 털! 토끼의 뿔! ……그것은 없다는 것이야. 그렇지. 스승께서 거북의 털이라 한 것은 거북의 털이 없다고 한 것이지 거북까지 없다 한 것이 아닌즉…… 과연 거북은 도에 견주어지고 털은 나에 견주어짐이로세. 깨달으면 도만 있고 나가 없으며 그렇지 않으면 도가 없고 나만 있음이야. 나에 집착하다니, 집착하다니. 여기 큰 잘못이로세"라는 법융의 말은 사실인즉 스승과의 새벽 대화 속에서 튀던 불꽃의 한 결실이었다.

법융은 스승 도신이 떠난 빈 자리 앞에서 오래 흐느껴야 했다. 슬픔도 아닌 것이 기쁨도 아닌 것이 그런 울음의 동심을 불러일으켰다. 새들과 산짐승들이 그를 달래는지 함께 지저귀고 끙끙댔다.

그러나 호랑이들은 온데간데 없었다.

파두산 선사(禪寺)로 돌아온 도신은 하나의 법통을 더 이어주어서인지 돌아오자마자 몸져 누워야 했다. 그로서는 큰 제자를 만났던 것이다. 크기 때문에 도신에게도 버거운 바 없지 않았다. 뒷날 달마 가풍에서 자랑하는 벽관(壁觀)의 수행에 대해서 법융의 절관(絶觀)의 행(行)이 대응되는 것으로 보아 가히 중국대륙의 초조(初祖) 달마와도 맞서는 자리를 지향했는지도 모른다.

법융은 저서 『심명(心銘)』과 『절관론』을 남겼다. 그는 공(空)을 가지고 노는 교학을 버리고 스스로 공이 되어버린 것이다.

그래서 뒷날 누군가가 공이 도의 으뜸이라 하는데 어찌 성인은 중생에게 불(佛)을 염(念)하라 하느냐고 물었을 때 범부를 위하여 불을 염하라 했을 뿐 그 진의인즉 실상을 보게 한 것이다, 실상이 곧 공이다라고 명쾌하게 말했다.

스승 도신이 관(觀)도 버려라 한 가르침을 그는 완성한 것이다.

바야흐로 수도 장안의 불교는 이를테면 현장(玄奘)의 유식법상학(唯識法相學)이거니와 도신으로 비롯된 동산법문(東山法門)은 중국 남부 일대의 백성사회 언저리에서 홍인과 법융으로 이어지기 시작했다.

여기서 새삼스러운 지적이 있어야겠다.

그것은 달마─혜가─승찬으로 이어지는 단일법통의 체계가 달라지는 데 있다. 물론 달마나 그 뒤의 지도자들이 오로지 한 제자만을 애지중지한 것은 아니었다. 법통을 잇기 위해서 전했을 뿐 정작 법통을 잇고도 남을 만한 높은 경지의 선사들이 하나 둘이 아니게 적지 않았다.

실지로 권(權)보다 야(野)가 더 빼어난 시절이었다.

이 점에서 혜가나 승찬도 그들을 능가할지도 모르는 높은 경지에 대해서 한시각도 방일(放逸)하지 않았던 것이다. 야(野)에는 그만큼 삼엄한 정신의 세계가 자유분방한 것과는 달리 권(權)의 법통은 그 자체가 해방된 세계이기보다 규범적인 세계이기 때문이었다.

어쨌거나 도신의 황매 동산법문에 이르러서는 이같은 법통의 적자와 방계로 구분되어지기보다 아예 법통의 적자들이 연이어서 몇사람이고 나올 수 있었다.

우선 그런 현상이 홍인과 법융이 아니던가. 소년 선승의 놀라운 수행과 법융의 심오한 학문과 지식 위에서 독창적인 선을 내세우는 수행 어느 하나도 방계로 삼지 않고 우물 속을 똑같이 오르내리는 두 두레박 노릇을 시켰다.

이런 일은 그 이전에 없었던 도신의 다양한 신념이 만들어낸 것이어

12. 道信의 사람들

서 그 뒤의 선맥(禪脈)이 수많은 가지를 쳐 발전하는 연원이 되는 것이다.

그러나 이같은 자유와는 달리 세상이 어지러운 때나 기강이 무너졌을 때는 여축없이 산문에서도 그런 현상과 하나도 남남일 수가 없었던지 이른바 사도승(私度僧)의 잡배들이 들끓었다. 사도승이란 스승의 엄숙한 득도와 법통을 이어받지 않고도 제멋대로 머리를 깎고 치의(緇衣)를 걸친 나머지 절의 풍속이나 조금 엿들어 몸에 익힌 잡승들을 가리킨다.

뒷날 고대사회 체제가 어지러워진 동방의 신라말에 당취(黨聚)의 승려집단이 타락해서 땡초로 되는 일과 엇비슷했다. 아니 천축이나 중국, 해동 삼국과 섬나라 왜국의 승려 가운데는 차라리 무사승(無師僧)이 훨씬 고매한 품성의 향기를 내뿜어서 백성들의 찬탄을 받는 일이 많았다.

도신의 회상에도 백정이 들어오는가 하면 학자도 장군도 들어왔다 나가는 즉시 한군데 가풍을 열어 개산조(開山祖)에 가까운 위세를 보이기도 했다. 그런가 하면 그런 일에는 침도 뱉기 아깝다 하면서 죽어 시체를 들짐승에게 맡기는 보시승(布施僧)도 있었다.

도신은 병석에서도 자리보전을 하기보다 잠깐 누워 있다가도 "아이구 내가 헛디던 발을 빼내지 않고 그대로 두었구나" 하고 벌떡 일어나 결가부좌로 앉았다. 그럭저럭 그의 병은 나을 수밖에 없었다. 워낙 병을 병으로 삼지 않았기 때문인지 도신은 그 병 뒤로도 그저 무탈하기만 했다.

아무런 말도 없던 그의 입이 오랜만에 헤프다 싶게 열렸다.

마침 도신에게는 사숙(師叔)뻘이 되는 극로(極老)의 선승들이 그를 찾아왔기 때문인지도 몰랐다. 과연 2조 혜가는 도신의 스승 승찬뿐 아니라, 혜(惠) 성(盛) 나(那) 단(端) 장장사(長藏師) 진법사(眞法師)

왕법사 선사(善師) 풍(豊)선사 명(明) 호명(胡明) 대총(大聰) 도음(道蔭) 충법사(沖法師) 안(岸)법사 총(寵)법사 대명사(大明師) 들을 낳았다. 어찌 그뿐이랴.

그들 중의 나선사는 제자 실(實) 혜(惠) 광(曠) 홍지사(弘智師)를 두었고 명선사도 가(伽)법사 보유(寶瑜) 보영(寶迎) 도형(道瑩) 들의 준족(駿足)을 두었던 것이다.

그러니까 늙은 도신에게 늙은 조사나 사숙 그리고 당대의 노승들 가운데서 아홉 사람이나 한꺼번에 여러 곳에서 온 것은 그들이 오랫동안 짜맞추기를 한 뒤 온 것 같았다. 그러나 그것은 기연(奇緣)일 따름이었다. 그들 서로가 어디에 살고 있는지도 모를 경우가 허다했다. 아니 그들도 황매현 산중에 와서야 죽었다는 소문이 헛소문이었다는 사실을 알게 되기까지 했다.

나선사의 제자 가운데서 홍지가 입담이 좋았다.

"날마다 보는 부처 낯짝보다 이렇게 아주 오랜만에, 아니 처음으로 만나는 집안 어른이나 동도(同道)의 식구들이 지극히 반갑구려."

홍지는 도신에게는 한자리 건너 사숙뻘이 되는 사람이지만 수나라 문제 인수 초년(601년)에 도신 회상이 절을 배속받은 데가 길주(吉州)지방의 길주사였을 때 그곳에서 함께 지낸 적이 있었다. 길주사는 절이라기보다 지방의 관사(官寺)였다.

바로 그곳이 아직 진압하지 못한 지방 군벌에게 포위된 적이 있었다. 성 안의 무력으로는 어림없는 처지여서 그 위난을 도신의 법력으로 물리친 사실을 홍지는 잘 기억하고 있었다.

그때 홍지가 관사의 불상한테 달려가 "부처님! 당신이 이런 때 우리를 돕지 않으면 나무토막 깎은 것에 지나지 않아요. 당신 낯짝이 영 보기 싫지 않게 해주시오"라고 강짜를 부렸던 것이다. 바로 그때를 연상시키는 말본새였다. 이런 홍지의 야승(野僧)다운 풍모가 오랜만의 정숙을 뒤흔들어주었다. 도신도 빙그레 웃음을 웃다가 지워버렸다.
 어찌 이들만인가. 한참 뒤에 형주(荊州) 사층사(四層寺) 법현(法賢)과 신산사(神山寺) 현석(玄奭), 형악(衡岳)의 선복(善伏) 들도 거의 동시에 들이닥쳤다.
 기주의 파두산은 쌍둥이 산으로 되어 있었다. 그래서 쌍봉 또는 쌍봉산이라 하기도 했다. 소나무보다 여러 종류의 활엽수들이 듬성듬성 나 있었다.
 그것은 나무들이 수령 몇백 년에서 1백 년 이상이어서 한 그루의 영역이 크게 자리잡은 나머지 빽빽할 수 없기 때문이었다.
 그래서 그 숲속에는 수행처의 공간이 많이 있었고 정작 멀리서 보면 온통 나무로 덮여 있는 것으로만 보였다.
 그 파두산 서봉(西峰)과 동산(東山)이 쌍둥이인데 바로 동산의 선당(禪堂)을 홍인의 수행처로 지정했다. 어린 아이로 들어온 홍인이 해가 지날수록 성장해서 이제는 제법 어른 구실을 했지만 그런 젊은이에게 선뜻 동산의 선당을 맡기는 스승 도신도 여간 대담한 것이 아니었다.
 "인(忍, 弘忍)은 이 동산에서 세상에 법의 수레바퀴를 굴려나갈지니라."
 이 한마디에 젊은 홍인은 머리가 불타는 것처럼 도를 구(求)하는 수행에 들어간 것이다.
 그런데 도신은 달마 가문의 고승들과 스승의 다른 제자들이 파두산에 기약없이 모여든 뒤 한꺼번에 그들을 홍인의 처소로 인도하는 것이었다.
 "구경거리가 하나 있소이다"라고 도신은 어울리지 않는 농담으로 그들 일행의 마음을 풀어주었다.
 무려 20여 명의 일행이 동산의 선당에 다다르자 그런 인기척도 모르고 깊은 묵념 가운데 몰입하고 있던 일행삼매(一行三昧)의 홍인은 그들 모두에게 가장 이상적인 대상으로 되었다.

때마침 늦여름철이라 문을 열어 두 문짝을 추녀 끝의 고리에 걸어두었으니 방 안의 공기와 바깥 공기가 둘이 아니었다. 거기에 매미소리는 자지러지게 들렸으나 홍인의 좌선에는 아무런 소리도 들리지 않는 벙어리만이 촘촘히 머물고 있었다.

"인(忍)선사!"라고 하얀 눈썹의 고승 총법사가 아직도 쩌렁쩌렁 울리는 목청으로 좌선중인 홍인을 불러댔다.

한동안이 흘렀다. "인선사!"를 세번째 부르는 소리 뒤에야 젊은 홍인은 눈을 떴다. 그 눈 안에 몇십 개의 토우(土偶)들이 들어왔다. 말하자면 그를 찾아온 많은 손윗어른으로서의 노승과 고승들이 모조리 토우로 보이는 것이었다.

"흙부처들께서 오셨습니다. 물을 지나면 다 없어질 흙부처들께서……"

"………"

"아니라면 진시황의 송장과 함께 부장(副葬)된 토용(土俑)이란 말인가."

그때 스승 도신이 나섰다.

"인사올릴 일인즉."

이 말이 있고 나서야 홍인은 달마 이후의 노승들에게 언제 그랬더냐는 듯이 일체의 선풍을 재워 공손히 고개 숙여 "빈도(貧道)의 마음을 바치나이다"라고 인사를 드릴 수 있었다.

"허어."

"허어."

"허어."

여러 노승의 입에서는 홍인의 인사에 이상한 외경감을 일으킨 감탄사가 흘러나오지 않을 수 없었다.
 문득 도신은 그런 제자에게서 그 자신이 진작에 사숙했던 부대사(傅大士)라는 세속의 도인을 떠올렸다.
 "꼭 부대사와 방불한 데가 있으니……"
 그러나 도신은 그가 인도한 노승들의 감탄에 부대사 생각을 끊었다.
 "허어, 이보다 좋은 구경거리가 어디 있겠소? 도신 대덕의 덕택이 밑바닥 없는 배[無底船]이시구려."

 양자강 중간의 본류와도 슬쩍 끈을 대고 있는 동정호(洞庭湖)는 춘추전국시대의 무한3진(武漢三鎭)의 처절한 피비린내 나는 인간사보다 차라리 그 자연의 커다란 비경으로서 어디에도 견줄 수 없게, 활짝 가슴 찢어버리고 그 끝간 데 모를 바다와 다를 바 없는 수평선에 눈길을 못박고 있으면 그렇게 선 채 살이란 살이 다 내려서 백골의 촉루(髑髏)가 되어도 원통하지 않을 것 같은 그런 매혹의 경치이다.
 동정호의 남쪽 홍주(洪州) 땅에서 북쪽으로 바라보면 어디가 물의 끝인 줄 짐작할 수 없다. 다만 하늘을 나는 새떼만 멀리 날아가 시계(視界)의 소실점에서 없어진 뒤 오로지 그 새들만이 그 너머를 알 수 있겠거니 할 따름이기 십상이다.
 동정호는 정녕 아름다운 곳이다. 그러나 아름답다기보다 커다란 곳이다. 그저 커다란 곳이라고 말해도 그 표현이 미달이다. 바로 이 동정호 북쪽 여산(廬山)에서 동정호의 일부분만 보아도 그것만으로 더할 나위 없는 행복을 누리는 것이다.
 바로 여산 대림사에서 동정호를 건너갈 배를 구하지 못해서 양자강을 택할 수밖에 없는 사람들이 있었다. 그는 수염 따위를 기르고 싶어서 기른 것이 아니라 길어지는 대로 두었기 때문에 수염을 달고 다니는 것 같았다.

그 검은 수염의 남정네는 서른이 넘었건만 아직 씩씩했고 그 뒤를 따르는 남루한 낭자 하나도 하도 많은 길을 걸어다녀서인지 이골이 난 씩씩한 걸음걸이였다.
"이 고장에서는 배를 타야 하지. 배가 없으면 다른 고장에 닿을 수 없어. 마치 옛 천축 황불(黃佛) 일행이 걸핏하면 항하의 수많은 갈래들을 건너다니는 40년 세월을 다하고 나서 길가에서 눈감았듯이…… 우리도 이런 물이나 건너다니는 배도 타다가 걷다가 하다가 이승에 온 데간데 없이 되어야 하겠지."
이런 말에도, 건들바람에 잎새만 흔들려도 까르르 웃어야 하는 낭자의 감각은 깊은 물속으로 빠져버렸는지 웃음은커녕 대꾸 하나 내보이지 않았다.
하지만 그 낭자의 입술은 흔한 형용으로 앵두알 같았다. 워낙 가다듬을 처지가 아니어서이지만 목욕이라도 제대로 시키고 나서 새 옷을 입힌다면 그 아리따움이 까치나 까마귀의 부리로 다 쪼아먹고 싶은 지경일지도 모르는 터였다. 그들은 부녀 사이도 아니었다. 그렇다고 부부 사이는 더욱 아닐 것이었다.
그럼에도 불구하고 나이로 따지는 사이가 아닌 동등한 사이인 것이 틀림없었다.
"기주땅으로 가면 그곳 신임 자사가 법융을 극진히 받드는 사람이라 하거니와 우리도 그곳으로 가보세."
"………"
두 사람은 끝내 동정호를 건너는 큰 체험을 실행할 수 없으므로 강을 건너가기로 했다.
이제 세상은 평정을 되찾았다. 되찾았다는 말이 맞는 것일까. 평화가 정상이고 전란이 이상이나 비상일진대 되찾았다는 말이 맞다. 하지만 세상이 어디 평화로만 생사의 일로 삼았던가.

12. 道信의 사람들

 손꼽아보자면 전란이 평화보다 훨씬 길고 많았다. 그것이 이 끝없는 대륙의 역사라 할 것이다. 그러므로 평정을 되찾았다 함은 사람들의 마음에 채워진 평화에의 간절한 염원까지 더할 때에야 맞게 되는지 모른다.
 당나라 고조 이연은 나라를 세운 창업주이지만 여러 숙적(宿敵)과 여기저기서 불쑥불쑥 튀어나오는 군웅들의 거병에 천자로서의 태평성대를 누릴 수 없었다. 더구나 세상을 어느정도 평정하고 나자 이번에는 당연한 일로 그의 자식들이 사슴고기 한접시를 서로 다투어 먹으려 드는 극심한 왕자의 혈투에 접어든 것이다.
 양자강을 건너는 선개(뱃삯)가 무척 올랐다. 두 사람은 그들의 선개를 다 채우지 못해서 낭자의 머리를 잘라 내라는 강요를 가까스로 넘기고 얼렁뚱땅 한폭의 돛배를 탈 수 있었다.
 그런데 두 사람은 강 건너 기주땅 불명진(不鳴津)에서 두 사람의 정처없는 나그네와 동행하게 되었다. 그들은 형이거니 아우거니 하는 젊은이들이었다.
 "어디를 가시오?"라고 젊은이가 물었다.
 "유서사라는 절이 있다는데……"
 "에잇! 우리가 거기 가는 길이니 수염하고 댕기머리는 다른 곳으로 갈 일이오."
 "왜 그런가?" 하고 검은 수염의 남정네가 눈을 부릅뜨고 말했다.
 "유서사에서는 여자를 받지 않습니다. 바느질도 남정네의 일입니다."
 "어찌 그런 일을 자세히도 알고 있는가?"
 "아무튼 다른 곳으로 가시오. 황소 두 마리 같은 산이 나타날 것이오…… 거기에 가면 여자도 차별하지 않는다 하니……"
 두 젊은이의 걸음이 저만큼 앞장섰다. 그들의 뒷모습은 이제까지의

말투와는 달리 아주 신령스러웠다. 뒤에 알려진 치열한 선승 도기(道
蓁)와 도빙(道憑)이 바로 그들이었다.
 그들이 우두산 북실(北室) 아래 띠집을 짓고 촌음을 버리지 않고 정
진을 하는데 한밤중에 한마리의 짐승이 들어와 엉! 하고 소리지르며
두 사람을 차 넘어뜨렸는데도 그들은 눈썹 하나 움직이지 않고 태연히
일어나 앉아서 다시 정진을 계속했다. 그러자 달려들었던 짐승도 마당
의 어두운 데로 나가 혼자 놀다가 이른 아침에야 떠났다 했다.
 바로 그들에게 따돌림을 받았던 검은 수염의 남정네와 낭자는 황매
현으로 접어들었다. 유령이나 잡귀들이 자주 나타난다는 황매현 달고
개를 넘어가는데 잡귀 대신 초적(草賊) 한패거리가 나타났다.
 "가진 것 내놔라!"
 "........."
 "내놓지 못하면 목숨을 내놔라."
 그때 겁에 질려 있어야 할 남루한 낭자가 앞으로 나서며 뜻밖에 과
감했다.
 "낮에는 사람, 밤에는 귀신이 나오는 법이거늘 이런 대낮에 사람도
아닌 것이 귀신도 아닌 것이 나와 있을 줄이야……"
 "뭣이라고! 네 이년의 위 아래에 쇠말뚝을 박아주겠다!"
 "쇠말뚝이든 흙말뚝이든…… 어디 마음대로 박아지는가 볼 일이야."
 험한 가운데서도 이제까지 몰라보았던 낭자의 당찬 자세가 초적의
턱주가리를 맞받아치자 저쪽 뒤에서 소두령인 듯한 말쑥한 자가 나섰
다.
 이번에는 검은 수염의 남정네가 정중한 말씨로 말했다.
 "우리는 도(道)밖에 가진 것이 없소."
 소두령이 그 말을 받았다.
 "도밖에 가지지 않았다고? 그렇다면 그 도를 내놓아보구려."

"황매현 쌍봉에 두었으니 거기까지 함께 갑시다. 기꺼이 도를 내주겠소이다."

"하하, 이 진귀한 나그네 한쌍이 제법 혓바닥에 여의주를 굴리고 있군."

"........."

초적들은 잠시 궁리하다가 두 사람을 그저 보낼 수밖에 없었는지 "어서 그놈의 도가 있는 곳으로 가보아. 그 죽은 개불알 같은 놈의 아무짝에도 쓸모없는 도인지 무엇인지⋯⋯ 세상이 하수상하니 우리는 녹림처사가 되었고 너희들은 얼이 빠져 도니 허깨비니 하고 떠돌아다니는군"이라고 처음에 나섰던 턱주가리가 내뱉었다.

두 사람은 놓여났다. 산길이라고 하지만 부담마도 다니는 길이었던지 풀속에 수레바퀴 자국도 얼핏 나 있었다. 그 산길의 내리막길이 훨씬 가팔랐다. 남정네가 다리 하나를 삐끗해서 힘줄이 놀라 절룩거려야 했다.

낭자가 한번 입을 연 뒤여서인지 한마디 꺼냈다.

"필시 도적만이 아닌 것을⋯⋯ 저 도적 가운데 진승(眞僧)이 섞여 있을지 몰라. 옛날 북위시대 불법을 엄금했을 때는 도가 높은 수행자들이 도적이나 거지가 아니면 미치광이 행세를 하고 다니며 몸을 숨긴 적이 많았지요. ⋯⋯청맹과니처럼 눈을 뻔히 뜨고도 못 보는 소경이 아니라 아예 성한 눈을 감아버리고 소경으로 행세하기도 하였지요. 아직도 그런 무리가 이 당나라 세상이라고 다 사라질 까닭이야⋯⋯"

"그렇겠구려⋯⋯"

"그 도적들의 말솜씨가 예삿것이 아니었지요. 도의 무위(無爲)를 나무라는 것이야말로 진정 도를 말하는 것인지 모르지⋯⋯"

두 사람이 쌍봉 파두산의 선사에 이른 것은 마침 도신이 방선 뒤에 장작 패는 일에 여념이 없을 때였다. 도신이 그런지라 다른 선승들도 각자가 맡은 작무에 땀을 훑어낼 틈도 없애고 있었다.

"문안드립니다"라고 남정네가 평범한 인사를 했다.

아무도 그의 낯선 인사를 받지 않고 있었다.

그러자 이번에는 어린 낭자가 당돌하게 나섰다. 그것은 커다란 짐승 코끼리가 성난 곳에 들토끼 몇마리가 잘못 나타난 것 같았다.

선사 아래의 일터는 꽤 널찍했다. 그곳에서 각자 제 작무에 여념이 없는 사람들에게 작은 짐승으로도 위급한 지경에서는 사방 오리 십리까지 들릴 수 있는 앙칼진 소리로 낭자가 말했다.

"약왕보살(藥王菩薩)의 얘기를 들었습니다. 약왕보살이 수행을 하는 동안 기뻐서 부처님께 보답하고 싶은 나머지 하늘에 올라가 만다라꽃을 구해다가 바치고…… 향 가운데 으뜸인 전단향을 구해다 바치고 그것으로도 성이 차지 않아 하늘에 올라가 상서로운 구름을 구해다 그 구름 덩어리를 바쳤다 합니다. 그것으로도 모자라 보살은 마침내 제 몸을 바치기로 하고 몸에 향유를 바르고 하늘에서 구한 얇은 옷을 겹겹으로 둘러 거기에 다시 향유를 발라 그 몸을 불태웠습니다. 그 소신공양(燒身供養)의 빛이 80억 항하의 모래알 수와 같은 세계 하나하나를 다 비추었다 합니다……"

이 예기치 않은 법화경 약왕보살본사품(藥王菩薩本事品) 얘기를 그 하잘 것 없는 낭자로부터 들은 늙은 선승 하나가 일손을 멈추고 그녀에게 귀를 기울였다.

"그 보살처럼 저희들도 몸 바쳐 도를 구하고자 합니다."

도신도 저쪽에서 장작을 패면서 낭자의 영롱한 말소리를 들었다. 그래서인지 그는 나무를 헛 찍어서 나무껍질 부분이 튀어가 낭자의 앞에 떨어졌다.

"어디 마음을 맞대어보세그려"라는 도신의 허락이 있었다.

그들의 귀의가 이렇게 실현됨으로써 도신에게 빛나는 두 제자가 더

보태어졌다. 수염쟁이 남정네에게서 수염이 없어지고 낭자에게도 댕기머리가 없어져서 그것이 그들의 진면목을 보여주는 것이었다.

늙은 도감(都監)이 빈정대는 말에는 뼈가 들어 있었다.

"문둥병자가 약왕보살을 말하니 약왕보살도 문둥병에 걸릴 만하지…… 어쨌거나 달마 가문에 문둥병자가 벌써 두 사람이나 들어와 몸을 바꿀 수 있었구나."

이 말은 낭자가 다름아닌 어린 문둥병자임이 밝혀진 것을 뜻했다. 그녀의 법명은 그래서인지 나묘(癩妙)였다. 남정네의 법명은 등짝에 사마귀〔黑子〕하나가 있어서 일흑(一黑)이었다. 그들은 뒤에 홍인(弘忍)의 무서운 수행에 바짝 따라붙은 적이 있어서 별명이 각각 붙어 있었다. 홍묘(弘妙)와 홍흑(弘黑)이었다.

천태산 지의선사의 천태종(天台宗) 지관(止觀)으로 공부한 법현의 꿈에 "기주땅으로 가거라. 그곳에 너를 맞을 스승이 계시다"라고 말하는 이승(異僧)이 나타난 일도 천태지관과 도신의 수행방법이 서로 대립되기보다 융합할 소지가 많은 것을 보여주는 일이다. 또한 선복이 여산의 혜원에 의한 정토사상을 흠모하고 우두산 법융 계열의 지암에게서 무생관(無生觀)을 익혔다가 도신에게 돌아온 것처럼 그들은 닮았다.

왜냐하면 도신은 일흑이나 나묘와 같은 근본이 없이 떠도는 자까지 여기저기에 얼씬거리며 익힌 수행을 그의 회상에 받아들였기 때문이다. 과연 도신은 바다였다.

모든 강물을 다 받아들여서 바다 가득히 파도소리를 내게 해도 그 파도소리가 시끄러운 것이 아니라 바다 위의 멈출 줄 모르는 화음이 될 수 있었다.

하지만 이런 바다로서의 도신일지라도 논증에서는 엄격했다.

우선 그는 도교의 양생술(養生術)로서의 수일설(守一說)을 단호히 내버렸다. 거기서 말하는 '1(一)'은 결코 노자와 장자의 것이 아니다.

노자 제21장이나 장자 제물론(齊物論)에 대해서 도신은 "유일한 것 역시 유일한 것으로 남아서는 안된다. 그것은 분별을 깨뜨리기 위한 것일 뿐이다. 지혜 없는 사람은 유일한 것을 어디까지나 유일한 것으로 생각한다"라는 인용으로 초월적인 유일의 이법(理法)을 부정했다.

노자의 말 "그림과 같이 어둡지만 그 속에 정(精, 힘)이 있다"라는 대목에 대해서도 도신은 "밖으로 생각하지 않는다. 하지만 안으로는 여전히 마음이 존재하고 있다"고 지적하며 도의 실재성을 비판했다.

그래서 도신은 화엄경이나 유마경에서 말하는 "마음은 안에 있는 것도 아니고 밖에 있는 것도 아니며 그 중간에 있는 것도 아니다"를 인용하여 그 자신의 논증을 귀결시키기에 이르렀다.

요컨대 그는 1(一)에 집착하지 않는 경지를 구현한 것이다.

그때까지는 선사상과 노장철학이 외형상 상사(相似)한 것이고 심지어는 중국의 선이 중국 노장사상의 산물이라고 주장하는 것에도 별 이의가 없었다. 바로 그것을 일거에 타파한 것이 도신의 실천적인 선지(禪旨)였다.

마치 원숭이가 일념으로 밤을 후벼 먹는 것처럼 오로지 일념으로 정진할 것을 그는 권했다. 그러나 그 일념조차도 아주 멀리 벗어날 때가 다가오는 일념이 아니면 안되었다.

여기에 도신의 엄연한 모습이 나타난다.

실로 수많은 야망들이 아직도 대륙의 여기저기에서 꺼진 뒤의 먼지로 남아 있는 시대였다.

당고조 이연은 본디 수양제와 이종사촌간이었다. 어머니 독고씨(獨孤氏) 자매가 그들을 각각 낳은 것이다. 그 이연은 우유부단한 성격임에도 아들과 부하들의 열렬한 지원으로 그가 지휘권을 가진 태원부(太原府) 총독 휘하의 병력 3만으로 일어나 3개월 미만에 20만 명의 혼성군을 만들 수 있었다. 거기에는 특히 돌궐의 병력이나 농민조차 뒤섞였으나 의외로 군율은 정연했다.

그들이 달려가는 곳마다 양제의 이궁(離宮)이 있었다. 그 이궁에는 뽑혀온 지방 미녀들이 언제 양제가 나타날지도 모르는 상태로 처박혀 있었는데 이연은 그 미녀들을 해방시키면서 그 자신 그 미녀들로 전진(戰塵)의 객고를 풀기도 했다.

그렇게 해서 진양성 장안성에 이르는 등극의 길을 다한 뒤에는 후계문제에 직면하게 되었다. 여기서도 그의 뜻대로 뚫고 나가지 못하는 우유부단이 드러났다. 그에게는 황태자 건성 이외에도 차남 세민, 삼남 원길이 있었다. 하나는 어렸을 때 죽었다. 그리고 딸 평양공주가 있었다. 정실(正室) 두황후(杜皇后) 소생 이외에 즉위 이후 후궁들에게서 낳은 아들이 19명이고 딸이 18명으로 불어났다.

이런 왕자의 숲속에서 당나라를 세우는 데 군사적인 업적이나 정치의 여러 계략에서 그 누구도 따를 수 없는 차남 세민은 황태자로 책봉된 형 건성과 아우 원길을 결국 암살해버리고 아버지인 고조까지 양위하도록 밀고 나갔다. 물론 형과 아우의 아들인 10명의 조카들도 죽여버렸다.

장안성 북문인 현무문에 아버지의 명령을 받고 입성한 황태자와 왕자는 이세민의 매수자에 의해 성 밖에 병력을 둔 몸으로 피투성이 시체가 된 것이다.

이로부터 당나라는 모든 권력을 한사람에게 집중시키게 됨으로써 어떤 정적(政敵)도 존재할 수 없었다. 이른바 정관(貞觀) 연호(年號)가 열리고 고대사회에서 가장 완벽한 율령(律令)체제에 접어들었다.

이같은 파란만장의 정치변동이 현무문의 핏자국을 절정으로 한 새로운 시대에 대해서 장안이나 낙양의 불교도 매우 긴장상태에 있었다.

심지어 장안 주작로의 높이 솟아오른 대탑 아래에서 한 늙은 학승이 "허어, 누란(樓蘭) 50년에도 이르지 못하고 망한 나라들을 어찌 책에 다 기록할 수 있단 말인가. 그런 무상(無常) 가운데서 한 제국이 일어 났으니 이 나라는 몇백 년이나 존속될꼬!" 하고 탄식한 적이 있다.

하지만 남쪽 양자강에는 북방에서 한철을 보내면서 새끼까지 불어나서 그 겨울철을 피해서 돌아온 제비들이 하늘 가득히 날고 있는 수전(水田)지대의 평화가 꿈인지 생시인지 모르게 이어졌다. 그것은 그 동안의 난세에 대한 확실한 보상인지도 몰랐다.

바로 쌍봉 파두산에서도 도신의 회상은 6백 명에 이르는 수행자들로 그득먹했다. 그렇다고 해서 그곳 파두산의 각 선당들의 분위기가 시끌벅적하지는 않았다.

선이 무엇인가. 첫째 입을 함부로 열지 않는 것이고 잠든 숨소리인들 제멋대로 낼 수 없는 것이다. 그래서 잠꼬대가 심한 자가 이곳에 들어오면 대중처소에서 한달을 지내면서 밤의 취침시간 5시간 동안 그토록 지붕과 방바닥이 함께 들썩일 만큼 골던 코와 심한 잠꼬대가 싹 없어지기도 했다.

그래서 그들은 "구자국(龜玆國)의 무쇠와 마사사(麻射寺)의 옥(玉)과 견포(絹布)와도 바꿀 수 없는 새로운 보배로 태어난 귀공자"라는 칭찬을 듣기까지 했다.

여기서 말하는 구자국의 무쇠는 진작 4세기 중국불교를 개척한 석도안(釋道安)의 「석씨서역기(釋氏西域記)」에도 보인다.

"……굴자(屈茨, 龜玆國)의 북 2백리에 한 산이 있다. 이 산은 밤에는 불을 뿜어대지만 낮에는 연기만 보인다. 사람들은 이 산의 석탄을 캐어 이 산의 쇠를 주야(鑄冶)하여 늘 36국의 수요에 대고 있다."

여기서 36국이란 타림 분지의 여러 곳을 가리키므로 그 무쇠는 사막의 모든 오아시스 국가들에 공급된 것이다. 석탄 역시 마찬가지이다.
 도신 직전의 구도승(求道僧) 현장(玄奘)의 기록에도 이름난 옥(玉)의 산지에는 중국으로부터 몰래 뽕나무 씨를 숨겨 가지고 가서 상잠(桑蠶)을 실현한 전설이 보인다.
 그곳에서 중국은 동국(東國)이었다. 그곳 왕이 꾀를 내어 중국의 공주를 자신에게 출가(出嫁)시켜 달라고 자청해서 그 공주에게 모자 속에 뽕나무 씨를 숨겨 가지고 오게 한 뒤 양잠이 가능케 되었다 한다. 바로 그 왕비가 세운 절이 마사사였다 한다.
 아무튼 누란의 사막 한복판은 죽을 고비를 수없이 겪으며 총령(葱嶺)을 넘고 나서도 끝간 데 모를 사막을 건너야 하는 구도자들에게 하나의 강렬한 체험을 하게 만들었다.
 그것은 사라진 나라 누란의 혼적이기도 하다. 사방을 둘러보아야 사막의 벌판과 언덕뿐인 그 텅 빈 곳에, 밟고 밟아 굳어진 점토질의 흙 위에 서 있는 탑의 잔재는 풍식(風蝕)으로 인해서 산처럼 되어 있었다. 사라진다는 것은 이런 처절한 폐허의 잔재로 더 강조된다.
 어쨌거나 쌍봉의 도신 회상은 세월이 흐를수록 선종 초기의 그 끊임 없는 모함과 공황(恐慌)의 연속으로 초조 달마와 2조 혜가의 참혹한 피살사건 따위가 있었던 것과는 달리 이제는 그 일대의 곡창지대의 평화와 함께 새삼 진지한 것이었다.
 당태종 정관 2년에 이르러서야 당나라는 마지막 적대자를 처치한 뒤 비로소 명실상부한 천하통일을 이루었다.
 이제 세월이 흐르는 것이 두드러졌다. 온갖 시련과 간난이 끊임없는 난세에는 세월이 가는 것인지도 몰랐으나 이른바 정관의 태평연대는 오직 세월만이 그 덧없게 흘러가는 바를 먼 데까지의 강물처럼 잘 보여주었다.
 도신 60세라면 당태종 정관 14년이다. 그동안 그는 너무 오랫동안 누워서 자는 일 없이 앉아서 입정(入定)하고 앉아서 잠을 잤다. 그것은 아무나 할 수 있는 일이 아니지만 그렇다고 해서 아무도 할 수 없다는 과시도 용납될 수 없는 순수한 일상이었다.

몇번인가 새로운 동참자는 도신을 쓸데없는 경외의 대상으로 삼아 혀를 내둘렀다. 그러나 도신의 그 일상에 대해서 더이상 주목할 필요가 없었다. 그것은 나무가 서 있는 것처럼, 나뭇가지가 바람에 흔들리는 것처럼 도신의 가장 자연스러운 상태였기 때문이다.

도무지 도신의 일행삼매(一行三昧)의 철저한 수행은 어떤 남다른 고행이나 특별한 정진이 아니었다. 그저 봄날의 꽃에 나비가 날아드는 것과 다름이 없었으며 수레 끄는 소가 걸어가며 똥을 싸는 일과도 다르지 않았다.

도신뿐이 아니라 도신의 선배와 동료 그리고 그의 수많은 제자들도 각자의 자유로운 수행의 나날을 보내고 있었다. 그것은 철두철미 그들 자신에 의해서 발전된 생활이었다. 천태산의 이름난 고승 지의가 수양제의 각별한 후원으로 그의 회상을 유지하다가 그 뛰어난 제자들을 해산시키게 되었다. 도신은 그런 지의의 제자들까지 넉넉하게 받아들였고 지의의 수행론까지 받아들여 천태산을 쌍봉의 동산법문의 것으로 녹여내기까지 했던 것이다.

중이 먹는 것은 중이 지어야 했다. 중이 입는 것은 중이 벌어서 사 입어야 했다. 결코 누구의 후원에 의존하는 일이 없었다.

이따금 도신에게 귀의한 기주 자사나 다른 귀족 그리고 장안의 중앙정부에서 파견된 고관들의 정성어린 뜻이 없지 않았는데 그런 뜻은 백성들의 조촐한 뜻과 함께 어느정도 받아들였다. 하지만 한끼니의 두부 공양이나 찹쌀밥 공양이 아니면 비단과 보석 따위는 냉엄하게 사절해 보냈다.

이런 환경에서 남다른 정진을 거듭하고 있는 제자 홍인도 이제는 어엿한 출격장부(出格丈夫)였다.
 "저 사람은 나보다 세 곱은 더 세상을 넓혀야 제 그림자를 깔아놓을 수 있을 것이야"라고 도신이 쌍봉산에 머물기 30년이 가까워오는 어느 날 말한 적이 있다.
 그런 다음 "내가 역적(逆賊)질을 해야겠어. 붓을 잊은 지 오래인 내가 그것을 손에 쥐는 역적질 말이야"라고 옆에 있는 동료에게 의견을 묻는 발언을 했다.
 동료 임각당(林覺堂)이 그 말을 듣자마자 소매 속에서 붓 한자루를 꺼내놓는 것이었다.
 "어찌 된 연유요?"라고 늙은 도신이 궁금히 여겼다.
 "지금 하신 말이 소승의 간밤 꿈속에서도 그대로 하신 말이어서 아침에 마련한 것입니다."
 "그럼 각(覺)선사와 내가 함께 하는 역적질이 되는구려."
 "이왕이면 그것이 좋은 일입니다."
 "허어, 동산의 소나무 밑에 솔잎만 떨어진 것이 아니라 바늘도 떨어져서 내 손끝을 찌르는구려."
 "바늘이나 터럭이나 매한가지…… 아무튼 그 터럭으로 만든 붓인지도 모르지요. 이것이!"
 "과연 그렇기도 하겠습니다."
 "어서 앉으시지요. 이미 이즈막에는 오히려 희귀한 죽간(竹簡)도 구해 왔습니다."
 그러니까 닥나무 따위 껍질로 만든 종이가 발명된 지 몇백 년이 되지만 우정 임각당은 황매현의 어느 옛집에서 죽간을 구할 수 있었던 것이다.
 지난날 수양제에게 반기를 든 가장 강력한 영웅 중의 하나였으며 이연의 술책으로 한때의 동지이기도 했던 이밀이 양제의 열 가지 죄목을 각지에 띄우는 격문에서 나열할 때 "남산의 대나무를 전부 잘라서 그 죄상을 써도 다 쓸 수 없는 것이고 동해(황해)의 물로 그 죄를 씻는다 해도 악행을 지울 수 없는 것이다"라고 한 규탄에도 대나무 얘기가 나온다.

푸른 대나무를 베어다가 쪄서 기름을 빼고 만든 죽간에 글을 썼으므로 그런 죽간에 역사를 쓰는 일에서 바로 청사(靑史)라는 이름이 생겨난 것이다. 아직 종이에다 쓰기보다 죽간에 쓰는 일이 더 경건하게 여겨져서 임각당은 종이의 가벼움을 싫어하고 죽간에 더 무게를 두었는지 모른다.

바로 그 죽간 꾸러미에 도신의 수행 교과서 두 가지가 아무런 기교 없는 필체로 써어진 것이다.

홍인이 스승의 이런 일을 의외라는 듯이 굽어보았다.

"다 읽게 하시렵니까?"

무턱대고 물었다. 제자는 스승과 뜻이 늘 몸속의 피가 순환되는 것 이상으로 쉬지 않고 교류되고 있으므로 앞뒤에 수식 따위가 잘려나가고 없었다. 그저 무뚝뚝하다시피 할 말만 한도막 나오는 것이었다.

"드시지요."

"들어가시지요."

이런 말이었다.

제자가 붓으로 쓰는 글을 사람들에게 다 읽게 할 것이냐고 묻는데 글을 쓰는 스승의 대답도 제자의 말투 그대로였다.

"그냥 두어라."

"........."

"그냥 두려고 쓴다."

창 밖에 어쩌자고 진눈깨비가 내리는데 그것이 내리는 소리는 통 없었다. 방 안에서도 글 쓰는 데서 어떤 소리도 없었다.

13. 五祖 弘忍

　처음부터 말과 문자가 있었던 것이 아니다. 처음에는 묵언이었고 숫제 허공 속의 백지(白紙)였다. 그럴진대 교(敎)에 앞서 선(禪)이 단연 도를 세웠다.
　그런 나머지 그 선의 세계를 나타내는 말과 문자의 경론(經論)과 교학(敎學)이 있게 된 것이다. 석가가 하루에 좁쌀 한알을 밥으로 삼은 고행이나 숨조차 백 번 내쉴 것을 열 번으로 줄이는 고행을 6년 동안 이어갈 때에도, 아니 좁쌀 한알조차 끊어버리고 살갗이 뼈마디마다 딱 늘어붙은 해골이 되도록 오직 깊은 명상에 빠질 때에도 거기에 한마디 말이 있지 않았다.
　그런 고행을 때려치울 때 그 고행의 동료이던 다섯 비구로부터 "배반자다! 파계자다!"라는 격렬한 규탄을 받으면서 강기슭의 처녀들이 주는 우유죽을 얻어먹을 때에도 문자 하나 있을 까닭이 없었다.
　엉금엉금 기어 건기의 마른 니련선하(尼蓮禪河) 강바닥 모래밭을 건너서 황막한 부다가야 벌판에 이르렀을 때에도 거기에 누가 있어 말을 주고받았겠는가.
　늙은 보리수나무에는 구멍이 뚫려 거기에 코브라가 살고 있어도 그

긴 짐승과 어떤 문자를 주고받았겠는가. 범어(梵語) 이전, 팔리어(巴利語)의 문자 이전이었다.

그 나무 아래에 앉아 새벽 금성의 그 잠깨어 눈부신 강한 별빛이 마치 어떤 시력 감퇴의 늙은이의 눈에 먼 곳의 사물이 여러 개로 겹쳐 보이듯이 여러 개의 빛살을 발휘하고 있을 때의 중도(中道)에 의해서 석가는 마침내 우주의 철리(哲理)에 통효(通曉)하기에 이르렀으니, 그 부처 이룬 바에 한갓 티끌로서도 말이 있을 턱이 없었다.

그러나 석가의 자아완성 이래 근본경전(根本經典)의 화엄(華嚴)세계가 말로 그려지기 시작하여 석가의 40년 설법이 펼쳐진 것이다. 능가경 역시 마찬가지였다. 하지만 석가의, 나는 일찍이 한마디도 말한 바 없다고 지난 40년을 부정한 최후는 또 무엇이던가.

그런 의미심장한 설법의 각 부문들이 경전의 이름으로 천축을 떠나 하늘에 닿는 총령 너머 중국대륙에 넘어오는 동안 얼마나 많은 난관이 있었겠는가. 구자국(龜玆國)의 천재 구마라습(鳩摩羅什)도 그 길의 난관을 이겨내고 중국에 끌려와서 꿈속의 신인(神人)에게 머리를 바꿔 달라 해서, 다른 나라 말과 글을 잘하는 신인의 머리로 한자를 배워 범어로 결집된 경전들을 한문으로 번역하기에 이르렀다.

그런데 중국의 여러 시대를 지배한 각 도읍의 불교계에는 이같은 경전의 해석과 비 온 뒤의 풀처럼 무성한 이론들이 발전했다. 바로 거기에서 진리의 핵심인 말 이전의 소식이 죽고 말의 총림(叢林)을 이루고 있는 현실을 타파하는 선의 세계가 새로 꽃피기 시작했다.

그것은 말이나 문자로 된 것이 아니라 마음속의 칼을 뽑아 내려치는 무(武)의 세계이기도 해서 초조(初祖) 달마와 2조 혜가가 타살된 비극을 낳기도 한 것인지 모른다.

아무튼 당태종의 시대에 와서야 선도 그 존망의 위기를 벗어나게 되어 양자강 유역의 선문에 많은 사람이 들어올 수 있었다.

이제 도신은 그의 치열한 수행에 바탕을 둔 지도력의 행사를 황매현 파두산 동산(東山) 회상에서 마칠 때가 가까워졌다.

기원 642년, 태종 이세민의 이른바 정관지치(貞觀之治)가 본격적으로 무르익은 때였다. 어디 정치만이겠는가. 남방의 선도 무르녹기 시작했다.

단 한번도 장안 구경을 한 적이 없는 도신의 수행이 장안에까지 소문이 자자하게 알려졌으니 황제의 귀에도 들어가게 되었다.

과연 주변의 여러 민족으로부터 '하늘 같은 임금〔天可汗〕'이라는 칭송을 받는 황제로서는 그의 시대가 실로 모든 영역에서 전성기를 맞고 있는 것을 기꺼워하였다. 그토록 난세였던 시절, 땅 위의 여기저기에서 야심을 품은 군웅들이 할거했건만 이제는 그런 것들의 자취가 어느 곳에서도 보이지 않는 태평의 시절을 구가하고 있었다. 한쪽에서는 풍류가 넘치는가 하면 멀리 로마에까지 이어지는 개방과 자유로운 언론이 사람들의 닫힌 흉금을 활짝 열어놓았다.

열다섯살 소년은 화살 하나로 두 마리 호랑이를 꿰뚫는 기상으로 가득했으며 시인들은 천금(千金)이 있으면 그것을 하룻밤 술상머리에서 다 써버려야 했다. 그래서 값비싼 얼룩말〔五花馬〕과 희귀한 털가죽옷〔千金裘〕을 술집에 갖다 주고 술을 마셔대기도 했다.

또한 장안의 상가에는 서역의 물화가 쌓였으며 장바닥과 성 밖에서는 닭싸움, 경마, 도박, 공차기 등이 하루도 적막한 날이 없게 만들었다. 사냥에서 잡은 맷돼지 요리는 지나가는 나그네에게도 입안이 번드르르하도록 나누어졌다.

남자는 가슴팍이 떡벌어지고 여자의 몸매는 풍만해졌다. 아니 아랍 계집이나 로마에서 도망쳐 온 눈이 큰 여자가 몸을 파는 곳도 공인되고 있었다. 이런 세상인지라 산중의 수행인들 나뭇가지에 가만히 앉아서 제 날개나 접은 새이겠는가.

늙은 도신의 웅장해진 정신의 힘은 장안의 불교는 물론 도교와 유학, 그밖의 분야에서 떼어버릴 수 없는 외경의 대상이 되었다.

태종은 어전 조회(朝會)에서 정식으로 도신의 장안 입성을 중신들에게 하명했다.

"짐이 한가지 바라는 바가 있소. 저 남쪽땅 기주의 산중에서 여기까지 빛을 보내고 있는 선승 도신을 만나보고자 함이 그것이오."

한가지 불행이 있었던 그였다. 그의 전성기에 한점의 검은 구름이라고나 할까, 바로 태자 승건(承乾)이 아버지 태종을 밀어내고 천자의 자리에 오르려는 시해(弑害)의 모반이 발각되어 태자를 서인(庶人)으로 폐해버린 일이 그것이다.

그래서인지 그는 페르시아승(僧) 아라본(阿羅本)이 경교(景敎)를 당나라 수도에 전해왔지만 그 아라본의 알현을 사절하고 있었던 무렵이었다.

시랑(侍郎) 벼슬의 유진지(柳震之)가 자청하고 나섰다.

"제가 가서 도신선사를 동반해 오고자 하옵니다."

그러자 태종은 "가서 기주자사와 함께 의논하여 정중하게 모셔올 일이오. 나이가 많은 사람이니 오는 길에도 숙식에 유의하도록"이라고 자상하게 일렀다.

시랑의 직책으로 원격지까지 출장하는 일은 극히 드문 일이었다. 유진지 일행의 기마행렬이 기주땅에 닿은 것은 일주일이 넘었다. 채찍을 휘두른 질주였는데도 그렇게 되었다.

천자의 조서(詔書)답지 않게 곡진한 사연으로 된 초청장을 받은 늙은 도신은 시랑 유진지와 기주자사, 황매현령 등속의 으리으리한 벼슬아치들 앞에서 "좀 기다려주어야겠소이다"라고 말하고 방안으로 들어가버렸다.

늙은 도신은 임각당(林覺堂)에게 붓과 종이를 꺼내오게 했다. 그는 좀 흐린 글씨로 천자에게 보내는 표(表)를 썼다. 글 쓰는 일이 없어진 지 오래인데도 글은 종이 위에서 돋아나는 움처럼 싱그러웠다.

그러나 그 표는 간단한 것이었다. 요컨대 이 변방 산중을 떠날 수 없음을 헤아려 달라는 내용일 따름이었다.

"이것을 가지고 가시는 것이 나를 데리고 가는 것이나 다르지 않소이다."

"함께 가셔서 천자의 용안도 우러러보시고 장안의 은성한 문물에도 접하여보시지요"라는 간절한 권고가 거듭되어도 그는 정진 시간을 알리는 경쇠〔磬〕두들기는 소리가 나는 것과 함께 동산 암굴 속으로 들어가버렸다.

유진지가 도신의 심중을 간파했다. 한번 불응한 일을 두번 다시 바꾸지 않는 도신의 심중을.

그는 천자의 명을 받아들고 올 때의 당당하던 표정과는 달리 아무런 권세도 없는 선승한테 거절을 당한 채 풀이 죽어서 돌아갔다. 태종은 다시 한번 다른 사람을 시켰다. 그것도 실패였다. 세번째는 중추부의 환관장(宦官長)을 은밀히 보내었다. 그것도 실패였다.

그러자 천자 태종은 한편으로는 괘씸하다는 생각이 일어나면서도 더욱 도신에 대한 경의가 깊어져가는 것을 어쩔 수 없었다. 네번째에는 무공을 떨친 장군 출신의 좌복야(左僕射)를 보냈다. 그의 일행은 숫제 칼과 창으로 무장한 대열이었다.

그는 특별한 명을 받고 떠난 것이다. "그 사람이 자리에서 일어나지 않거든 목을 베어 가져오라"는 것이었다.

좌복야는 "도신노사(老師)! 노사는 우리와 함께 가야 하겠소"라고 이제까지와는 다른 서슬 퍼런 엄포를 놓았다. 그러나 이런 판에도 도신은 "나는 이 산중에서 있어도 천자의 용안을 이미 알현하고 있소. 그러니 굳이 장안에 갈 까닭이 없소이다"라고 말했다.

"좋소. 그렇다면 폐하의 지엄하신 하명(下命)대로 노사의 목을 가져가야겠소."

"좋도록 하오" 하고 도신은 그의 목을 칼 앞에 내밀어주었다. 지극히 태연자약했다. 그런 도신의 위엄 앞에서 칼을 빼어든 장군 출신의 중신은 저절로 칼이 칼집에 들어가는 것을 어쩌지 못했다.

그는 자사에게 가서 급히 장안으로 장계(狀啓)를 올렸다. 칼 앞에서도 응하지 않는다는 것과 칼날이 떤다는 것을 말하고, 천자 앞에 산 도신을 가져가지 못하고 죽은 도신의 목을 가져가는 죄가 크니 그 자신이 돌아가 대죄(待罪)하겠다는 사뭇 처절한 내용이었다.

이 장계를 통정국(通政局)을 통해서 올려 받은 황제는 한동안 묵연하지 않을 수 없었다.

당연히 진노가 있어야 할 터인데 그렇지 않았다. 오랜 침묵 끝에 마치 숨긴 상처에서 흐르는 피가 겉옷에 배어나오는 것처럼 그의 얼굴에는 쓸쓸하기까지 한 미소가 머금어졌다.

"과연 큰 도인이로다. 짐으로서도 구하지 못하는 바가 이것이로다. ……그저 멀리서 흠모할지언정 다시는 그 도인을 불러 올 생각은 그만두어야 하겠도다. 저 서역 밖에서 가져온 비단 한 필을 보내도록 하라. 하기야 도인에게 비단인들 감은 눈을 뜨게 하겠느냐"라는 명과 함께 비단 싼 보자기 하나가 다섯번째로 도신을 찾아간 것이다.

하늘에 견주어지는 가장 위대한 황제 태종에게는 그의 힘이 미치지 않는 데가 없었으나, 단 한가지 도신을 만나볼 수 없었던 사실과 고구려 원정에서 한쪽 눈을 화살에 맞아 애꾸가 된 사실만이 그의 힘 밖에 있었던 것이다.

『구당서(舊唐書)』가 쓰고 있는 한마디 "천년[千載]에 한 사람이라 칭할 만할 따름…"이라는 찬미는 태종을 위한 수식어만이 아니었다.

그가 등극한 해에는 온 나라가 극심한 기근에 빠져 쌀 한 말이 비단

한 필의 값으로 뛰어올랐으며 다음해는 중국 천지가 온통 메뚜기 피해로 폐허가 되었다. 그 다음해는 황하를 비롯한 여러 하천이 큰 홍수로 범람했다.

이때의 황제는 그야말로 발을 벗고 나서서 백성 가운데서 그 재난을 이겨냈다. 그런 나머지 등극 4년째에는 거꾸로 큰 풍년이 들어 쌀 한 말이 3, 4전(錢) 정도로 헐값이었으므로 동쪽 바닷가에서 서쪽 오령(五嶺)에 이르기까지 어느 집도 사립문을 닫아 걸지 않아도 되었다. 그 해의 사형수가 겨우 19명에 지나지 않았으니 바야흐로 천하는 갑작스럽게도 나그네가 양식을 휴대할 필요가 없게 풍족하고 민심이 후했다. 과연 국운의 반전(反轉)이었다.

그는 현명한 신하 방현령(房玄齡)이 병기 부족을 상주(上奏)했을 때도 수양제가 망한 것은 무기 부족이 그 원인이 아니었다, 이로부터 덕의(德義)로 보좌해 달라고 대답했다.

그런 태종이지만 후계자 문제의 고충은 컸다. 게다가 만년의 세번째 고구려 원정의 실패가 그의 생애 끄트머리를 결정적으로 재촉했다.

아무튼 도신은 천태가 수양제와의 깊은 관계를 유지하다 그만둔 사실을 교훈으로 삼고 있는지 몰랐다. 그가 그처럼 태종의 간청을 뿌리친 것도 산중의 선문이 천자나 권력과 결연되는 일이 얼마나 위험천만한 것인가를 잘 알고 있기 때문이었다.

막내아들 치(治)를 태자로 삼아야 하는 궁여지책으로 태종이 세상을 떠난 뒤 제위에 오른 고종은 아버지의 그늘을 벗어날 수 없었다.

그런 고종 2년 가을, 유난히 물이 잘 든 단풍 가운데서 도신은 대중들에 에워싸여 일체법이 다 해탈이라는 말을 남기고 좌탈입망(坐脫入亡)으로 굳어졌다. 수행자에게 죽음이란 큰 의미가 없어도 되었다. 갈 것이 간 것이었다. 사흘 뒤 앉아 있는 시신을 넣은 탑을 파두산 동산에 세웠다. 이따금 그 탑 안에서 죽은 도신의 소리가 흘러나오기도 했다.
 이제부터 젊은 선의 후계자 5조 홍인(五祖弘忍)의 시대가 열린 것이다. 한 시대는 앞의 시대가 가는 것을 뜻하며, 또한 한 시대는 전혀 알 수 없는 미래로부터 내달려오는 낯선 사명으로 가득 찬 것을 뜻한다.

> 스님은 미소지으며 말하였네
> 독한 약을 써서 무엇하랴
> 어거지 이름만 짓지 않는다면
> 본래부터 병은 없는 것이네
> (師微笑曰 何必眩瞙 但勿强名 自然無病)

 나이 일곱살에 어머니를 떠나 도신 문하에 들어온 홍인은 무엇이나 두 번 묻는 일이 없게 총명했다.
 그런 어린 선 행자(行者)가 어느덧 청년기를 다 보낸 세월에 스승 도신을 영결한 것이다. 산골짝 어디선가 구슬피 들리는 잔나비 울음소리로 가을이 깊었다. 실로 치열한 정진으로 채운 스승의 생애가 끝나자 거기 닫혀 있던 문이 떨어져나간 채 문 안팎이 없어진 듯했다.
 바로 그런 썰렁해진 홍인의 마음 가운데 전생(前生)과 금생(今生)의 사연이 두런거리는 두 나그네처럼 나타난 것이다.
 전생의 홍인은 이 파두산 쌍봉의 동산——일명 빙무산(憑茂山)——이 아니라 여기서 멀리 떨어진 서주땅 사조산(四祖山)에서 소나무를 솎아내거나 산불 뒤 소나무를 심거나 하는 근본 없는 날품팔이였다.
 그 전생의 나이 90세임에도 웬일인지 몸뚱어리 하나는 질겼다. 그를 일러 글자를 아는 측에서는 재송도자(栽松道者)라 한 것도 그의 일과 무관한 것이 아니다.

바로 그 나이에 소나무숲 아래에서 도신을 만날 수 있었다. 아니 그의 귀에도 도신의 수행 소식이 들려와서 언젠가 한번 그 사람을 찾아가겠다는 생각을 하고 있던 중이어서 관솔의 진이 잔뜩 묻은 손을 씻을 겨를도 없이 숲 아래의 산길로 달려간 것이다.

"스님을 뵙고 싶었습니다."

"........."

도신은 방금 병든 선객을 위문하고 돌아가는 길이었다. 그가 90세 노인을 바라보았다. 제대로 옷을 입은 것도 아니었다. 배꼽이 드러나 있었고 얼굴도 주름과 수염투성이였다.

"보고 싶었다면 실컷 보시구려. 그러나 이 몸이나 보아서 무엇을 하겠다는 것이오?"

거기에서 노인은 대답이 목구멍에 급히 삼킨 떡이 걸려 있는 것처럼 꽉 막혀 헐떡거려야 했다.

가까스로 숨통을 튼 노인이 "아닙니다. 아닙니다"라고 돌아서버렸다.

도신과 그 일행도 떠났다. 노인은 "아닙니다"라는 자기부정과 함께 그 자신을 발견할 수 있었다. 이를테면 그가 소나무 심고 솎아내면서 남몰래 세상의 이치에 눈떴다는 자만이 얼마나 미숙한 것인가를 도신을 만나는 순간 깨달은 것이다.

"다시 태어나야 하지!"라고 그는 만만치 않은 결심을 했다.

그것은 늙은 목숨을 끊고 새 목숨으로 태어나려는 비원(悲願)이기도 한 것이다. 그는 소나무 숲속으로 깊숙이 들어갔다. 거기서 물 한 모금 마시는 일 없는 금식으로 15일을 넘긴 다음 스스로 숨을 멈춰서 죽는 데 성공한 것이다.

과연 그의 비원이 이루어져서 기주땅 황매현 주씨(周氏) 가문을 평계삼아 그 농가에 태어날 수 있었다. 빛이 하늘을 꿰뚫는 신기한 태몽을 꾼 노처녀인 어머니에 의해서 태어나고 자라났다. 그 어린이가 마을 앞길에서 도신 일행의 편력(遍歷) 행렬을 만나게 되어, 여산에서 황매현으로 가는 길에 스승과 제자의 관계가 전생의 원력(願力)으로 성립될 수 있었다.

말하자면 90세 소나무 일꾼이 죽어 7세 동자의 새로운 정신으로 꽃피어나 그의 스승 도신을 다시 만날 수 있었던 것이다.

성을 주씨로 삼았는데도 아예 성이 없다 했고 성(姓)이라면 부처라는 성(性)이 있을 뿐이라고 퉁명스럽기까지 한 통쾌한 어린이의 대꾸가 가능했던 것도 다시 태어난 7년 동안의 정진이 그 천진난만한 동심의 세계에서 진행되었던 사실을 떠올려준다.

그런 홍인이 스승의 법통을 이어받아 바야흐로 선의 활발발지(活鱍鱍地)의 경지를 드러내는 역할을 맡게 되었던 것이다.

누가 추대하지 않고도, 그 자신이 먼저 나서지 않고도 아주 자연스럽게 스승의 회상을 떠맡아 그 회상을 발전시켜야 했다.

사실인즉 그는 스승의 생전에 이미 그의 가풍을 마른 빨래처럼 펄럭이고 있었다. 스승은 파두산 쌍봉에 머물고 있었고 홍인은 주로 청소년층의 수행자들을 모아 동산인 빙무산의 선당에 있었던 것이다. 이같은 스승과의 별거는 스승의 배려이기도 했다.

현색(玄賾), 지선(智詵), 현약(玄約), 혜안(慧安), 혜장(慧藏), 법여(法如) 등 많은 사람들이 눈빛을 쏘아대고 있었다.

그러던 것이 스승을 탑에 묻고 난 뒤 홍인은 사방풍(四方風)을 다 불러들여 그의 손아귀에 쥐락펴락하기 시작했다. 도신의 정진과 홍인 자신의 신기(神氣)를 합쳐버린 돌연한 추상의 극치에 홍인의 경지가 우뚝 솟아 있었다.

하지만 그는 이처럼 방금 간 칼날과 같았다가 차츰 오랫동안 갈지 않은 칼처럼 무디어서 살을 베는 일이 없게 될 지경으로 원만한 덕행을 갖추게 되었다. 바로 이것은 그의 전생 90세의 소나무 일꾼 시절의 그 산과 같고 숲과 같은 천연의 덕망을 터전으로 한 것인지 모른다.

그는 쌍봉산의 원로들이나 오랜 수행의 경륜을 쌓은 경건한 환경에도 자주 건너가 머물렀다. 말하자면 그 서산(西山)은 노승의 세계이고 동산(東山)은 청년승의 정예로 구성된 세계였던 것이다. 가뜩이나 의기가 지나치게 활달한 동산의 수행자들에게 홍인은 "서산의 어른들께 가서, 너무 눈부신 새벽 금성보다 보일락말락하는 수성(水星)의 적광(寂光)에 자신을 비추어볼 일이야" 하고, 노승들의 게으르지도 않고 조급하지도 않은 방하착(放下着)의 수준을 일깨우기도 했다.

또한 홍인의 회상은 해가 중천에 있는 동안은 거의 노동에 충실했다. 약초를 캐거나 밭곡식의 김을 맸다. 심지어 그 대중 처소의 많은 배설물을 돼지에게 먹이지 않고 그대로 저장해두었다가 거름으로 퍼낸 뒤, 똥통을 어깨에 걸치는 막대 끝에 달아매고 산비탈을 힘겹게 오르내리기도 했다.

그들에게는 기주의 행정 중심지에 가면 즐비하게 걸려 있는 개, 고양이, 쥐 그리고 뱀요리 사갱(蛇羹), 용호회(龍虎會)의 재료인 생사(生蛇)도 있을 수 없었다. 어쩌다가 큰 공양에는 마파두부(麻婆豆腐)와 돼지고기가 빠진 된장볶음 따위가 입맛을 간지를 때가 있을 뿐이었다.

오직 입으로 불면 날아갈 것 같은 진기 없는 쌀밥 한공기나 속이 없는 만두나 찐빵(包子)에 국물이면 그 점심의 간식 정도로 만족했다. 본디 선가의 음식이란 부족한 양과 조식(粗食)을 만족으로 삼고 있다. 그러므로 그들에게 오미팔진(五味八珍)의 산(酸), 고(苦), 감(甘), 신(辛), 함(鹹) 따위에 혓바닥의 미각을 자아낼 여지가 없는 것이 당연했다.

세상을 떠난 도신이 낯모르는 신참 수행자를 만나서 "밥 먹었느냐(吃飯了嗎)?"라고 물었을 때 그 말이 정진을 잘했느냐는 뜻인 줄 모르고 "아직 때가 안되었습니다"라고 대답하면, 그 대답의 뜻도 밥 먹을 때가 아니라 한 소식을 깨칠 때가 안되었다는 것으로 알아들었다.

다행히 파두산 남쪽 기슭에는 향초(香蕉, 바나나), 복숭아, 귤, 소나무 열매 등의 과일이 잘 되었고 목이(木耳) 은이(銀耳) 등의 버섯 종류는 송이버섯보다 많이 났다. 그 가운데서도 감자(土豆)는 거의 주식이다시피 하여 감자농사를 많이 지었다.

본디는 육식 채식의 구분이 없다가 바로 도신 시대에 와서 채식 위주로 선당의 음식이 확정되었던 것이다. 장군 출신 지암이 한동안 그가 즐기던 구운 오리고기 생각이 간절해서 오리가 걸어가는 것을 달려가 잡다가 놓치는 꿈을 여러번 꾸었던 일은 유명하다.

도신이 "간밤엔 오리 몇마리나 잡았는지?" 하고 묻는 것이 장승처럼 큰 키의 지암에게 보내는 관심이기도 했다.

이런 도신 시대를 이어서 홍인 시대는 훨씬 파두산 쌍봉이나 동산의 절 살림이 풍족해졌다. 하지만 그것은 정부의 지원에 힘입은 바가 결코 아니었다.

오직 그 선 수행자들의 선·농 일치의 생활에서 나날이 먹을것이 곳간에 쌓이게 된 것이다. 곳간에 곡식이 쌓이자 쥐가 늘어나고 쥐가 늘어나자 고양이가 있게 되어 이따금 묵언 정진의 고요 가운데 고양이 소리가 사람들의 묵조(默照) 관법(觀法)을 깨기도 하는 것이었다.

특히 홍인은 그 자신의 정진도 정진이지만 다른 사람들의 정진을 바로잡아 촉진하는 데 애를 썼다.

『능가사자기(楞伽師資記)』의 "입을 도려다가 시비(是非)의 마당에 달아매어라"라는 말은 대중 속에서 남을 헐뜯는 어떤 말도 엄격히 금지한 바를 알려주고 있다. 그만큼 남을 매도하기는커녕 남을 위한 음덕을 쌓는 일이 바로 선사의 기간(基幹)을 이루었다. 그런 음덕에서 앞서고 있는 홍인은 언제 터득했는지 모르는 해박한 교학에도 불구하고 그야말로 '묵식(默識)'으로 일관하고 있었다.

그는 "……소연(蕭然)히 정좌(靜坐)하고 문기(文記)를 내지 않았다"라는 뒷날의 묘사 그대로였다.

오직 그에게 한마디 말이 있다면 "일자(一字)를 보라"였다.

이제 확고하게 자리잡은 좌선 수행에 대해서 홍인은 젊은 초학자들에게 "그대들이 앉았을 때는 평면에 몸을 단정히 하여 정좌하고 느슨하게 심신을 관방(寬妨)시켜 공제(空際)를 다하여 멀리 일자(一字)를 보라"라고 가르쳤다.

그것은 스승 도신의 오문설(五門說)을 실천에 옮기는 일이기도 했다. 관무량수경(觀無量壽經)의 마음이 곧 부처[卽心卽佛]라는 구절을 인용한 그 오문설은 다음과 같다.

부처라고 하는 것은 마음이다. 마음 밖에 다른 부처가 있을 수 없다. 첫째 마음의 본체가 본디 청정(淸淨)이므로 부처와 동체인 것을 알라. 둘째 마음의 작용이 법(法)을 낳는 것이며 어떤 작용도 본디 정적이므로 일체의 번뇌가 이와같은 정적에 다름아닌 것을 알라. 셋째 마음은 항상 깨달아 있으므로 눈뜨기를 그만둔 일이 없으니 스스로 깨닫는 마음은 언제나 따로따로 이루어진 모습이 아닌 것을 알라. 넷째 항상 몸이 정적하게 되어 안과 밖이 한결같으므로 이내 몸과 법계가 막힘 없이 서로 어우러지는 것을 알라. 다섯째 한가지를 굳게 지켜 흔들림 없음으로써 동(動)과 정(靜)이 모두 안정을 얻으면 누구나 부처를 보고 그 안에 들어갈 수 있는 것을 알라.

홍인도 그가 말한 바 「수심요론(修心要論)」에서 스승 도신과 똑같이 관무량수경을 인용한다.

"처음으로 좌선을 배우는 사람은 관무량수경에 의거하는 것이 좋다"는 허두로부터 그는 눈 감고 입 다물고 마음을 집중시켜 하나의 태양에 대한 생각을 짓는 것을 권한다. 어떤 의식에 머물지 않도록 숨도 조절해야 한다. 그래서 마음속의 수많은 경계가 나타나는 일을 물리쳐야 한다. 자기 자신이 특수한 체험을 하거나 몸에서 난데없는 빛이 난다거나 심지어 부처의 모습이 나타나는 따위가 얼마나 공허한 망상인가를 강조함으로써 그따위 기적 체험에 대해서 마음을 꼭 붙잡아두게 한다.

이른바 일상관(日想觀)이 그것이다. 관무량수경에서는 극락정토의 관상(觀想) 16종 가운데 하나로 이 일상관이 있거니와, 지평선의 저쪽에 멀리 지고 있는 저녁 태양을 마주한 채 마음속에 서방정토의 극락세계를 생각하며 그곳의 아미타불을 그리는 일인데 홍인은 그것을 선의 삼매경으로 현실화한 것이다.

"허공 저편의 시야가 다하는 곳에 멀리 '一'이라는 글자를 바라보라."

여기서 말하는 '一'은 반드시 문자로서의 一이 아닐 터이다. 하늘과 땅 혹은 하늘과 바다나 호수가 만나는 저 멀리 가로로 뻗쳐 있는 하나의 지평선 혹은 수평선 그것이기도 하다.

그 지평선의 一이야말로 끝내 하나인 것, 둘이 아닌 것, 유일한 것으로서 불교의 일승(一乘)으로서의 부처를 선연하게 표상하고 있는지 모른다. 지는 해가 장엄하게 만들어내는 하늘 전체의 장엄한 낙조와 지상의 낙조 사이가 불타는 듯한 한줄의 지평선으로 그어지는 그 형용할 수 없는 감동이야말로 마침내 추상으로서의 '一'자가 되지 않겠는가.

장차 홍인은 빼어난 용모를 지닌 대장부 신수(神秀) 등 10대 제자의 불꽃 튀는 정신의 경쟁 가운데서 그 자신도 함께 불꽃 튀는 나날을 보내게 되는 것이었다. 어느 쪽이 스승이고 어느 쪽이 제자이겠는가. 하지만 그의 입에서 말이 나오려면 그 말이 나오기 전에 마당 앞의 나뭇가지에 앉은 새가 대신 날아가는 일로 말하는 것이었다. 아니 산꼭대기에 있는 샘물이 저절로 가득 차서 흘러 넘치는 것으로 홍인의 입을 열어주었다.

실지로 파두산의 동산 빙무산(憑茂山) 산꼭대기에는 항상 사화산(死火山)의 움푹 파인 데서 태고적 불 대신 샘물이 솟아나오고 있었는데 그 물은 넘치는 일이 드물었다. 넘치려 할 때는 넘칠 만한 높이에 옛날부터 뚫려 있는 화산토(火山土)의 틈이 나 있는지 몰랐다.

홍인은 제자 한사람을 무작위로 손짓해서 데리고 그 산꼭대기에 올라가 아무런 말도 하지 않고 물을 손으로 떠 마시고 곧장 내려오기도 했다. 후줄그레 땀에 젖은 몸으로 그곳에 올라가면 이내 오싹오싹 한기를 느끼게 되는데 그때의 재채기가 말을 대신하는 것인지 몰랐다.

그래서 대중들에게 "감기(感氣) 얻으러 간다"고 하는 말은 곧 그 산꼭대기 샘물에 올라가는 뜻으로 통하게 되었다. 그 재채기야말로 마음보다 앞서서 나오는 말인지도 몰랐다.

홍인의 참다운 게송(偈頌)은 5언(五言, 五言絶句)에 있지 않고 그런 재채기에 있는 것인가.

이제 홍인 회상은 상주 인구가 7백 명을 넘겼다. 거기에 한철의 수행을 위해서 머물거나 먼 곳에서 찾아오는 구도자들의 출렁거리는 물까지 합한다면 8백 명을 웃돌고 있는 형편이었다.

임각당이 그의 독방의 창호지 문으로 지나다니는 그림자를 보고 "여기는 소나무 잣나무 산중이 아니라 사람의 산중이 되어버렸군"이라는 불평을 할 정도였다. 하기야 그는 대중 속의 정진보다는 그 자신만의 정진에 길들여진 외톨의 사람이었다.

 그토록 많은 대중이기는 하지만 그렇다고 그런 외톨의 불평만큼 왁자지껄한 것은 아니었다. 물 가운데 많은 고기들이 결코 혼란을 일으키지 않고 각자의 자유로운 유영(遊泳)을 즐기다가 누군가가 거기에 돌멩이라도 풍덩 던지노라면 모든 고기들이 놀라서 혼란상태에 사로잡히는 것인데 이 황매현 홍인 회상에는 지난날의 산적 잔당들이 나타나더라도 어디서 니승(尼僧)의 새된 비명소리 하나 나지 않았다.

 그만큼 대중의 거조(擧措)는 늘 정연했다. 특히 교수사(教授師) 신수의 확고부동한 수행의 기상은 다른 사람들의 수범(垂範)이 되기에 충분했다.

 그런 나머지 스승 홍인은 입을 다물고 있되 봄바람이 감돌고 신수의 말 한마디에는 이른 아침 서리가 내린다는 말이 황매현 현령의 귀에까지 들어가, 봄바람은 가인(佳人)과 더불어 맞이하고 아침 서리는 한낮에 녹기를 기다릴 노릇이다라고 제법 풍류객다운 반응을 보이기도 했다.

 그 무렵 황매현 현령이 느닷없이 홍인에게 도자기 택청취(澤青翠)를 이속(吏屬)들을 시켜 보내왔다. 월주(越州)에 파견 근무를 하고 있는 지방 병단 교위(校尉) 하나가 현령과 어린 시절 공부를 함께 한 사이였던 것이다.

 월주의 청자 택청취는 얼음과도 같고 옥(玉)과도 같다는 칭송을 받는 명품인데 그것은 형주(邢州)의 백자는 은(銀)과도 같고 눈(雪)과도 같다는 칭송에 대비되는 것이었다.

 그 명품을 받은 홍인은 단 한마디도 감사하다는 답례를 전하지 않았다.

 "누가 저 금이 간 그릇 속에 삼천대천세계를 담을 수 있는가"라고 말하자마자 그 청자의 세련된 형자(形姿)가 당장 쪼개어져버렸다. 그것은 이속들이 가져오는 도중 부딪쳐서 금이 가 있었던 까닭이었다.

"실로 좋은 선물이었다"라고 그때에야 50대 후반의 홍인은 목구멍 깊은 데서 한마디를 꺼내는 것이었다. 좋은 선물이라고 한 것은 그것이 명품이어서가 아니라 그것이 깨어져버린 일을 지적하고 있었다.

깨어짐으로써 우주를 담을 수 있다는 것인가.

홍인은 더이상의 말을 덧붙이지 않았다. 다만 홀(笏)을 들어 어깨를 두들기다가 목 뒤의 옷 속으로 넣어 등을 좀 긁적거렸을 뿐이다. 이런 청자 택청취가 깨어진 일을 목격한 키 8척의 신수는 새삼스레 스승의 말 한마디에 감전되는 것처럼 꼼짝달싹할 수 없었다. 다른 사람들에게는 가히 바람일지 모르지만 신수에게는 청천벽력과도 같은 공포감을 일으켰던 것이다.

"스승은 오늘도 내일도 만 길 벼랑 끝에서 내려다보는 깊은 물이다. 두렵도다, 두렵도다."

신수는 이 회상에서 두드러진 존재였지만, 수행의 어느 단계에서 스승 앞에서 그동안 쌓아온 것이 익은 열매가 아닌 사실이 확인될 때마다 남모르는 절망을 감수해야 했다. 그것도 스승의 경책(警策)이기보다 스승 앞에서는 그 자신의 어떤 자만도 거품으로 돌아가는 데서 깨닫는 아픔이었다.

그래서 그를 지지하는 사람들의 칭송에 노상 감미로울 수만은 없었다. 때로는 그의 짙은 눈썹과 큰 눈 그리고 아무도 그의 앞에서 나댈 수 없는 삼엄하기조차 한 풍모에 빛보다 그늘이 더 진하게 되어 매혹의 우수에 이른 까닭이 거기에 있었다.

하남(河南) 위씨현(慰氏縣)에서 태어난 그는 유학의 경(經)·사(史)와 노장의 현지(玄旨) 그리고 서(書)와 역(易)은 물론, 심지어는 언어학에까지 널리 해박한 지식인이었다. 그가 낙양 천궁사(天宮寺)에 들어가 삭발한 것도 세상 탓이기는 하나 누구의 감화에 의한 것이 아니라 그 자신이 경론(經論)을 공부하는 동안 스스로 결행한 것이었다.

이런 신수가 북쪽에서 남쪽으로 온 것은 그의 엄청난 학식을 다 팽개치고 빈 마음 하나만을 지니는 새로운 삶을 뜻하는 것이다. 과연 홍인은 몇해 동안 그를 두고 본 다음 "내 집에 많은 사람들이 있지만 널리 비추는 데는 신수를 따를 사람이 없다"라고 그를 평가하게 되었다. 그러므로 7백여 대중 가운데서 그가 단연코 상좌에 자리잡아도 누구 하나 그것을 거스를 나위가 없었다. 바로 이런 신수의 절대적인 기반이 스승 홍인을 통해서 무너질 때마다 신수 자신의 마음에 우수가 담기는 것을 어쩔 수 없었다.

하지만 스승말고는 아무도 이런 사정을 짐작하는 사람이 없었다. 과연 신수의 크기는 뒷날 그의 유심(唯心) 철학을 낳을 만큼 사람들을 허우적거리게 할 따름이었다.

그 무렵 장안의 관찰(官刹)에서 신수를 초치하려는 목적으로 파두산 동산에 사람들이 왔다.

지금 장안에는 천축과 서역 각지에서 오는 학승과 동해――황해――건너 3국에서 건너오는 구법승(求法僧)들이 실로 다양하다 했다. 장안뿐 아니라 각처의 산중에서도 화엄학이니 삼론종이니 법화·열반종이니 하는 교학들이 찬란한 종풍을 일으키고 있다 했다. 바로 그런 국제적인 교계에서 신수의 위풍당당한 도력을 떨쳐달라는 것이었다.

그러나 신수는 고개를 저어 보이지도 않은 채 그들을 한마디로 돌려보냈다. "남쪽의 귤이 그곳에 가면 탱자가 되는 법인 줄 그대들도 모를 리 없건만"이라는 사절은 냉랭하기조차 한 것이었다.

태종은 말기에 그의 연호 정관(貞觀) 연대의 내정(內政)과는 달리 전쟁을 자주 일으켰다. 메뚜기 재난 때문에 농토가 황폐해지자 친히 나가서 메뚜기 몇마리를 나뭇잎에 싸 들고 "백성들이 곡식으로써 목숨을 보전하거늘 너희들이 다 먹어버리니 차라리 짐의 폐와 창자를 갉아 먹어라"라고 말하고 삼켰던 지난날의 자기현시적인 황제가 이제는 그런 행태조차 걷어치울 만큼 전혀 달라진 것이다.

그가 낳은 아들이 17명이나 되었으나 어느 아들 하나 변변치 못했다. 태자를 폐하고 다시 책봉하는 등의 우여곡절이 끝난 뒤로는 바로 고구려 친정(親征)에 나선 것이다. 그는 수나라가 망한 것을 교훈으로 삼아야 한다는 재상과 중신들의 간언도 마다하고 그 자신 깊이 후회한 철수 뒤 다시 원정을 서두르다가 병이 도져, 아리따운 궁녀 미랑(媚娘)의 품에서 세상을 마쳐야 했다. 미랑은 지극히 아름다웠다. 그녀 역시 태종의 마지막 총애를 입어 한 남자에게 온몸을 바쳤던 것이다.

그런 일과는 달리 태종은 동방 원정군의 식량을 실어내기 위해서 멀리 사천·운남 오지의 서남방 백성에게까지 배를 만들게 했다. 지정된 시일까지 납품하기 위해서 백성들은 그동안 애써 가꾼 전답을 팔고 제 아내와 자식까지 팔아야 했다.

더구나 중국 서남부나 남부의 농촌은 제법 농촌다웠다. 가령 밭갈이의 깊이를 조절할 수 있는 농기구 곡원려(曲轅犁)가 보급되어 소·말·당나귀 등의 가축 노동력을 절약할 수 있었고 생산도 증대시킬 수 있었다. 수리사업도 이제까지의 형편과는 다른 관개시설을 확충할 수 있었다.

각지의 사창(社倉)에는 많은 식량이 저장되었고 낙양 부근의 함가창(含嘉倉)의 경우 4백리 곳간에 4백만여 석의 곡식을 저장할 수 있었다.

이런 농경지대의 하나인 기주땅에서도 태종 말기의 현물과 노력 부담으로 농민들이 갑자기 피폐해지기 시작했다. 그래서 황매현 동산의 회상에서도 몇해 동안 1일 1식으로 식량을 아껴 쓰고 거기서 남은 것을 황매현의 빈한한 집에 나눠주기까지 했다.
 멀리서 바라보는 곳이 들녘과 마을인데 그 마을에서 저녁 연기가 나지 않을 때의 처절한 굶주림이 어찌 수행자의 평상심을 가로막지 않겠는가. 특히 신수와 자별한 도반 현색 현약 혜장 들이 발벗고 나서서 공부를 멈추고 밀과 잡곡을 우차에 싣고 여러 향(鄕)·이(里)·보(保)·인(隣) 단위의 마을들을 찾아다녔던 것이다.
 이런 세월을 지나서도 당나라 고종 연간의 측천무후(則天武后)가 지휘하는 원정은 계속되어 백제와 고구려를 없앤 그 점령지에 도호부를 두었던 것이다. 그런데 이에 앞서 현장(玄奘)이 전설처럼 천축으로부터 돌아와 수도 장안 일대에서는 그가 가지고 온 불교 유식학(唯識學)이 식자층을 중심으로 열광적으로 받아들여졌다.
 일찍이 양자강 유역의 천태종이나 삼론종까지도 그 영광을 장안의 귀족불교에 흡수시켰으니 차라리 남쪽의 황매 선종은 고즈넉할 뿐이었다. 홍인은 실로 이같은 선종 가풍을 오로지 발전시키는 데 비범했다. 그 비범의 한가지가 장안이나 어느 지역의 그것처럼 권력의 중심부에 다가가서 융숭한 대접을 받는 일을 몸서리치도록 거부하는 그의 솔선수범하는 산중 규범에 있었다.
 이미 태종의 초치를 네 번이나 사절한 스승에 이어 그도 달마 이래 발전되고 있는 체제의 순수한 선풍을 어떤 것으로부터도 독자적인 것으로 다지기 위한 의지의 표현이 그렇게 나타난 것이다. 그는 황제가 추대하는 국사(國師) 따위에 진정한 도가 있지 않고 그들 자신의 마음과 마음이 전하는 것에 도가 살아 있음을 수호하는 데 그 누구보다 열렬했다.
 그것은 초조와 2조가 오직 마음의 진리를 지키기 위해서 피투성이로 희생되었던 정신의 계승자이기 때문에 더욱 그런 것인지도 몰랐다. 또한 갖은 고초를 무릅쓴 은신과 잠행으로도 그 생명을 중단하지 않은 3조의 정신을 계승한 것이기 때문에 그런 것인지도 몰랐다.
　홍인이 처음 동산에 들어와서 21일 동안 침식을 물리친 정진을 끝마치고 굳어진 무릎을 펴지도 못하고 있을 때 스승 도신이 그 무릎을 천천히 풀어주면서 눈물을 흘린 적이 있었다.
　"이제 공부할 만하구나. 하늘 아래 마음을 펴고 공부할 만하구나."
　이런 감회 어린 말에 이어 "장차 그대는 이 길말고는 다른 길을 가지 않을 일이로다. 다른 길을 가려거든 네 두 다리를 잘라버리고 갈 일이로다"라고 결연히 못박았던 것이다.
　바로 여기에 홍인은 선문(禪門)을 지키는 일이 선의 수행과 똑같은 가치인 것, 아니 선문을 지키는 일과 선정에 드는 일이 둘이 아닌 것을 하루하루의 시간으로 삼게 되었다.
　그 무렵 홍인은 스승 도신에게 또하나의 제자이며 그와의 쌍벽이었던 법융(法融)이 우두산(牛頭山)에서 세상을 떠났다는 소식을 들었다. 그날로부터 한달 이상을 밥은 물론이고 마시는 물도 삼갔다.
　"큰사람이 인연을 다하였구나! 초조 달마의 벽관조차 타파하는 큰사람이 다하였구나. 그의 절관(絶觀)이라니!"라고 나직하게 말하는 늙은 홍인에게 처음 보는 눈물이 흘렀다.
　"……어디에도 마음을 둘 곳이 없다. 어디에도 마음 둘 곳이 없으면 빈 것이 절로 드러나니…… 가고 옴이 모두가 평등하리라."
　"……온갖 반연(絆緣)을 다 잊으면 몸과 마음이 안정되나니 앉은 자리에서 일어나지 않아도 텅 빈 방안에서 편안히 잠들리라."
　이 말들은 법융의 말이거니와, 어느새 이 말은 멀리 눈감고 죽은 법융으로부터 이곳 홍인의 살아 있는 입으로 와서 중얼거려졌다. 어쩌면 그 두 사람은 궁극적으로 한 사람이기도 한 것인가.
　어느덧 홍인이 환갑에 이르렀다. 7세의 어린이로 도신 문하에 들어

온 이래 그에게도 세월이 비켜가지 않은 것이다. 수많은 새소리를 남방의 우거진 숲속에서 들었건만 그 새소리들도 세월의 저쪽으로 흘러가는 물이었다.

그런 세월 속에 아무런 말도 없는 한동안 잠잠한 바가, 그의 위엄에 찬 양구(良久, 언어와 생각이 끊어진 설법의 묵시)가 끼여 앞과 뒤의 정신을 이어주는 것인지 몰랐다.

그런 홍인의 조당(祖堂)에 웬 남루한 젊은이가 찾아왔다. 누군가가 그의 접근을 막았으나 인사만 드리고 가겠다는 듯이 막무가내였다.

"어떤 젊은이가 찾아왔습니다"라고 객승 담당이 홍인에게 알렸다. 그 순간 홍인의 오른쪽 갈비뼈 밑에 돌연한 통증이 일어났다가 없어졌다. 마치 칼 끝으로 살갗을 찔렀다가 찌르자마자 빼낸 것 같았다.

비록 낯은 물에 씻었고 새옷을 입었다 하나 그 젊은이의 남루한 바는 숨길 수 없었다. 무턱대고 늙은 홍인 앞에 다가가 넓죽이 예배한 뒤 나가라고 해도 나가지 않을 것처럼 무릎을 꿇은 두 다리가 방바닥에 늘어붙었다.

"너는 어디서 왔느냐? 여기에는 무엇하러 왔느냐?"

"저는 영남(嶺南) 신주(新州) 땅에 사는 백성이온데 멀리 여기까지 와서 인사드리는 까닭은 오직 부처님이 되기 위해서일 뿐 다른 일로 오지 않았습니다."

그때였다. 한동안 잠자코 있던 홍인에게서 통명스럽게 꾸짖는 말이 나왔다.

"네가 영남 오랑캐인데 어떻게 오랑캐로 부처가 된단 말이냐!"

이 말은 마치 사나운 계모가 전실 자식을 신랄하게 닦달하는 것처럼 거기에 사나운 가시가 달려 있었다.

그러나 그 젊은이도 지지 않았다.

"비록 사람에게는 남북이 있으나 부처의 성품에는 본래 남북이 없으며, 스승님의 몸과 제 오랑캐 몸은 같지 않사오나 두 부처의 성품에야 무슨 차별이 있사오리까?"

홍인은 희끗희끗해진 눈썹을 한번 꿈틀거렸다가 객승 담당과 그밖의 시자(侍者)에게 눈짓을 했고 이어서 그 머리숱이 많은 젊은이를 향해서 "저 사람들을 따라나가 실컷 일이나 해보아라"라고 말했다.

겉으로는 네가 여기서 부처가 되겠다 하는데 그런 뜻은 가소로운 일이니 선사 안의 울력이나 하라는 투였다. 말하자면 어정쩡한 사노(寺奴)로 지정해준 것이다.

그런데도 그는 바로 물러나지 않았다.

"삼가 아룁니다. 제가 알기로는 마음이 항상 지혜를 내어 스스로의 성품(自性)을 여의지 않는 것이 복밭(福田)이온데…… 어떤 일을 하라 하시는지요."

그때 홍인이 객승 담당에게 큰 소리로 말했다.

"이 오랑캐놈의 근성이 너무 날카롭구나…… 잔소리 말고 선사 뒤안의 방앗간에 가서 방아 찧는 일이나 시켜보아라."

그 젊은이는 뒤안으로 인도되었다. 거기에 가자마자 그와 한또래인 것 같은 행자가 그에게 장작을 패는 일과 방아 찧는 고된 일을 귀찮은 물것이라도 쫓는 것처럼 불친절하게 시켜대는 것이었다.

"한놈이 왔으니 내가 좀 편하게 되었군."

이렇게 해서 그 젊은이는 동산 홍인의 선사에 들어와서 절간 막일을 시작한 한나절을 보내고 나서야 저녁의 거친 음식을 먹을 수 있었다. 그나마 배고픈 것을 때워서 다행이었다.

이렇게 시작한 방아 찧는 일이 8개월이 지나서야 저 위의 조당에 있는 홍인이 지나치다가 문득 들르는 것처럼 대중처소의 뒤안에 나타났다.

때마침 다른 사람이 없었다. 홍인이 젊은이에게 조용히 속삭였다.
"네 성명이 무엇이냐?"
"노혜능(盧惠能)이라 하옵니다."
"내가 네 소견이 쓸 만하다고 생각하나 다만 다른 사람들이 너를 해칠까 저어해서 너와 만나지 않는 것을 네가 짐작하느냐?"
방앗간 노복이 된 혜능도 그 말을 맞받았다.
"저도 스승님의 뜻을 짐작하옵기에 저 위의 조당에 가지 않고 여기서 눈에 띄지 않게 공부하고 있사옵니다."
"됐다. 나는 간다."
이 짧은 만남은 홍인에게나 혜능에게나 극적인 것이었다.

선사의 당우(堂宇)는 7백여 명의 상주 수행자들을 수용할 만큼 산기슭의 광범위한 곳 여기저기에 붙어났다.
그 가운데서 가장 큰 요사(寮舍) 뒤안에 바로 그 많은 대중의 밥을 대는 곡식을 찧는 방앗간이 있었다. 연자방아와 디딜방아에 몇사람이 늘어붙어 진땀을 훑어내며 방아를 찧어야 했다.
방아꾼 혜능이 동산 뒤안의 노복으로서 방아를 찧은 지 3년째가 되는 7월이었다. 어디 방아뿐이랴. 장작도 실컷 빠졌던 것이다.
그때 홍인은 대중을 큰 처소에 모이라 했다. 절 밖에 볼일이 있어 나간 사람이나 행자 노복 따위를 제외하고 수행자들이 모두 모여들었다. 실로 그 큰 방 안이 고조된 정신으로 충만했다. 이런 정신의 공간이라면 웬만한 사부(師父)로는 감당할 수 없게 됨으로써 대중을 제압하지 못하기 십상이다. 홍인의 침묵 좌정이 그렇게 대중을 물 끼얹은 마당으로 만들어놓았다. 숨소리조차 낼 수 없도록.
한동안이 흘러갔다. 그의 입에서 화를 내는 것처럼 숨겨둔 소리가 힘차게 나왔다.

"그대들에게 이르노라. 세상 사람에게 생사(生死)가 가장 큰일인데 그대들은 하루 내내 다만 밭만 갈기에 여념이 없으니 생사를 벗어날 생각은 하지 못하고 있다. 만약 자성(自性)이 미혹(迷惑)하다면 복을 가지고 생사를 어찌 벗어나겠다는 것이더냐. 그대들은 돌아가 스스로의 지혜를 살피고, 저마다의 본마음인 반야(般若)의 성품으로, 각자 게송(偈頌) 한편씩을 지어 오너라."

"………"

"만약 큰뜻을 깨친 사람이 있으면 내 가사(袈裟)를 전하리라. 이것이 내 법을 물려줌이니…… 어서 돌아가 머뭇거리지 말라. 생각으로 헤아리면 안되느니라. 일언지하(一言之下)에 성품을 볼 수 있거니와 …… 칼 휘두르는 싸움터에서도 그래야 할 것인즉."

큰 방의 사람들은 스승의 이 엄청난 통고를 다 듣고 나서 잠깐 웅성거렸다. 그들은 하나 둘씩 방을 나섰다. 누구 하나가 더이상 입을 놀릴 것이 없어하다가 운을 뗐다.

"우리는 굳이 마음을 새삼 맑게 하여 게송을 지을 까닭이 없소. 설사 게송을 수백 편 지어 스승께 바친다 한들 그것이 무엇이겠소."

사람들이 그 말을 듣고 고개를 끄덕이기도 했다.

그가 다시 힘을 얻어 말했다.

"우리에게는 신수(神秀)선사가 계시지 않소. 그분이 지어서 가사를 받을 것이 틀림없는데 우리가 공연히 헛수고만 할 것이 아니오."

그가 여러 사람에게 물었다.

"어떻소?"

그러자 사람들 가운데서 과묵하기로 이름난 심이(心耳)가 나섰다.

"우리가 다 신수선사에게 의지할 터인즉 번거롭게 군더더기를 늘어 놓을 것이 없겠소."

"그렇소."

"정녕 그러하오."

이렇게 여기저기서 합의를 보게 됨으로써 오직 신수만이 결단을 내릴 수밖에 없게 되었다.

7월 7일은 속세에서나 어디서나 챙겨둔 옷가지를 햇볕에 쪼여 거풍(擧風)하는 날이기도 했다. 이날에 부자는 능라(綾羅)와 금수(錦繡)를 보란 듯이 자랑삼아 긴 줄에 받쳐올려 내거는가 하면 가난한 집의 옷은 누더기나 허드레옷이라 낮은 줄에 걸어서 땅에 닿기 십상이었다.

동산에서도 옷을 내거는 날이어서 한벌의 여벌옷을 내걸고 있는데 한 호방한 수행자가 가슴과 배를 드러내놓고 햇볕을 쪼이고 있었다. "거풍할 것이 없어 배꼽이오?" 하고 누가 웃자 그가 "나는 이 몸 속에 게송을 담고 있는데 그것이 나오지 않으므로 햇볕이나 쪼이자는 것이오. 하하하"라고 맞받았다.

이런 광경을 멀찍이 바라보다가 돌아서던 신수는 다시 한번 생각에 잠겨야 했다.

'여러 도반(道伴)들이 게송을 지을 것을 포기한 것은 내가 저들의 교수사이기 때문에 내 그늘을 벗어나지 않으려는 태도에서 나온 일이다. 그러므로 나라도 어서 지어 바쳐야 하겠다…… 그런데 내가 게송을 바치는 뜻이 법을 구하는 것이면 옳지만 조사의 자리를 이어받는데 있다면 옳지 않은 일이다. 그것은 범부(凡夫)가 성인의 자리를 빼앗으려는 것과 무엇이 다르겠는가…… 아, 어려운 일이로다.'

신수는 그의 스승 홍인이 무식한 소나무 기르던 신분의 전생(前生)이었던 데 비해서 당대의 뜨르르한 지식인이었다. 그가 누가 알아주지도 않는 신흥세력으로서의 선종에 귀의한 것도 뜻밖이라 할 만했다.

그런 신수의 어깨에 당장 모든 것이 걸려 있었다.

5조 홍인의 조당 앞에는 세칸 마루가 있는데 거기에 마침 화공(畫工) 노진(盧珍)이 와서 능가경 이야기와 달마 이래 5조까지의 혈맥도

(血脈圖)를 그리게 되었던 참이었다. 노진은 벽을 미리 살펴보고 다음 날 아침부터 그림을 그릴 작정이었다.

신수는 한밤중에 이르러서야 아무도 몰래 마루방 벽에 가서 '본마음의 시'를 써붙이려 했으나 그때마다 법과 스승이 두려운 나머지 땀을 뻘뻘 흘리고 돌아서기를 나흘 동안 열세 번이나 거듭했다. 늦모기에 잔뜩 물리기만 했다.

그런 나머지 닷새째 되는 밤중 촛불을 밝혀 이윽고 그 게송을 써붙였다. 온몸이 떨리는 것이었다.

내일 스승이 마루방을 지나다가 보도록 배려한 것이다.

내 몸은 깨달음의 나무
마음은 밝은 거울 바탕
늘 부지런히 닦아서
먼지 때 묻지 않도록
(身是菩提樹 心如明鏡臺 時時勤拂拭 莫使染塵埃)

이렇게 써놓은 신수는 촛불을 손으로 꺼버린 어둠속으로 그 조당 남쪽 마루방을 내려섰다. 달빛이 구름 속에 푹 처박혀 있다가 나왔다. 신수는 집없이 돌아다니는 고양이가 달아나는 것을 보고 그것이 혹시 그가 써붙인 게송을 본 사람이 아닌가 놀랐다.

방안에 들어와 누워서야 안도의 숨을 내쉬었다. 실로 시 한 수의 큰 일을 해낸 것이다. 그것은 그저 게송 자체가 아니라 이제까지 정진해 온 신수의 면목이 집약된 바였다. 말과 문자를 내세우지 않는 집안에서 문자로 된 게송 하나가 이렇듯이 천근의 무게일 줄이야.

다음날이었다. 홍인은 어느때보다 늦게 그 마루방 복도에 나왔다. 게송이 붙어 있었고 그 옆에서 화공 노진이 그림을 그리려고 요모조모로 눈대중을 하고 있었다. 홍인이 그에게 말했다.
"나는 자네가 3만 전의 돈을 들여서 먼 곳에서부터 오신 수고에 감사하네. 그런데 그림은 그리지 않아도 되겠네그려. 무릇 형상이 있는 것은 모두 허망할 뿐이네. 다만 이 시가 있어 갈피를 잡지 못하는 사람들이나 오다가다 읽도록 하겠네."
노진은 그림을 그만두었다. 그 대신 사람들이 거기에 와서 신수의 게송을 읽고 가게 되었다. 홍인 자신이 "이 게송을 모두 외우면 견성(見性)할 수 있으리라"라고 못을 박았으니 사람들이 하나같이 와서 그 게송을 찬양했다.
그런데 바로 그날 밤 홍인은 상수제자(上首弟子) 신수를 불렀다.
"저 게송은 그대가 지었는가?"
"네…… 제가 지었사오나 감히 조사의 자리를 바라는 것이 아니오니 헤아려주소서…… 저에게 자그마한 지혜라도 있는지 그것이 궁금하옵니다."
홍인은 여기서부터 은밀하지 않았다.
"그대가 지은 것으로는 아직 본성을 본 경계가 아니고 다만 그 문 밖에 이르렀을 따름이어서 문 안에는 들지 못하였구나…… 언제 어디서나 일체법(一切法)에 막힘이 없으므로 하나가 참되며 일체가 참되어 만 가지 경계가 여여(如如)한 마음을 끊임없이 보아야 하리라…… 그대는 하루이틀 더 생각하여 다시 지어 나에게 보이도록 하라. 그대의 게송이 문 안에 들어온 것이라면 가사를 전하여 법을 부촉(付囑)하리라."
신수가 조당을 물러난 이래 며칠 동안 생각에 생각을 거듭했으나 끝내 먼저 지은 것을 넘나드는 새것을 짓지 못했다. 도무지 마음이 어지럽기 이를 데 없고 멀리 멀리 꿈속을 헤매는 것 같아 앉아서나 일어서서나 편안하지 않았다.

본디 천지를 알음알이로 꾸밀 수 있는 박학다식한 신수이지만 이 지경에 이르러서 그가 아는 문자는 다 못 쓰게 된 것이다. 꽉 막혀버린 게송이었고 꽉 막혀버린 본마음의 시의 세계였다.

14. 六祖 壇經

 선이 선에 탐착(貪着)함으로써 자신을 속박하는 것을 경계한 사실은 일찍이 석가의 동시대, 석가와 맞먹을 만큼 정신의 빛을 내뿜고 있던 유마(維摩)의 입에서도 비롯되었다.
 그래서 선은 선 밖의 선(禪外禪)인지도 모른다.
 신수(神秀)는 너무 선의 근본에 머물러서 도리어 선으로부터 자유로울 수 없었던 것인가. 그러기에 그는 많은 사람들로부터 먼 하늘 길의 기러기떼를 이끄는 한 지도자로서의 왕기러기로 여겨지기는 했지만 정작 스승으로부터의 인가는 겉으로 얻지 못한 것인지 모른다.
 그는 그런 인가 여부를 떠나 그 자신의 처지로 무척이나 비탄에 빠질 수밖에 없었다.
 '파두산을 떠나버릴까.'
 '영영 이 회상에서 자취를 감춰버릴까.'
 '죽어 다시 태어날까.'
 신수의 푸른빛 도는 기품 속의 이같은 하염없이 투명한 고뇌는 어떤 사람이 눈치챌 수도 없는 그 자신만의 고독 가운데서 명멸했다. 그것이 명멸한다 함은 그가 쌓은 수행의 힘이 너무 크기 때문에 그런 고뇌가 잠깐씩 지워지는 것을 뜻한다.
 '내 몸에서 선 냄새가 너무 난 것이야. 선은 이따위 선 냄새조차도 다 내버려야 하거늘!'
 신수는 낮 공양을 할 때 외에는 그의 방 안에서 밖으로 나가지 않았다. 벌써 대중들은 신수의 게송이 5조의 법통을 당연히 이어받은 것이라고 알고 있었다. 그는 방안에 앉아 착잡한 침묵에 잠겨 있던 오후에 몇사람의 선승이 지나가며 주고받는 말을 들어야 했다.
 "언제 스승께서는 의발(衣鉢)을 신수선사에게 전하실지?"
 "그것이야 우리가 어찌 알겠는가. 야반삼경(夜半三更)의 캄캄절벽이나 알 일이 아닌가."
 "그렇지 않을 수도 있겠지. 수박을 쪼개어 그 시뻘건 속을 다 드러내는 것처럼 온 세상에 다 밝힐 수도 있지 않은가. 진리란 숨기는 것이 아니라 모든 곳에 다 알려지는 것일진대."
 "그것이야 숨기거나 밝히거나 매한가지 도리이기도 하겠지."
 "아무튼 궁금한 노릇일세."
 "그대나 나는 때가 되면 밥을 먹고 때가 되면 똥이나 누어 똥파리와 똥구더기나 살리는 소임 아닌가?"
 "에끼, 자네 말 한번 노파의 엉덩짝이로고."
 "어느덧 공(空)의 도리가 색(色)의 도리로 슬쩍 옮겨간 것인가?"
 "공도 진공(眞空)이 아니거늘 큰 지옥일 터."
 "그만 입 닥쳐! 입에서 나오는 말에 호랑나비 날지 않거늘 거기 잘못이 있는 줄 왜 몰라."
 "몰라야 하리."
 신수는 이같은 문 밖의 대화가 마치 그 자신에게 들려주기 위한 것이라고까지 여기며 깊이 부끄러워했다. 아니 그는 그들이 신수를 아무런 이의도 제기하지 않고 일종의 세습으로 정해진 듯한 법통의 승계자로 알고 있는 것 자체에 대해서 고통스러워했다. 이미 스승께서는 그의 시(詩)가 본성(本性)을 본 경계에 미치지 못한 것을 한마디로 토로했고 다시 지으라고 하지 않았던가.

하지만 며칠이 지나도 스승이 재촉한 시는 나오지 않았던 것이다.

기왕의 끝 구절 "먼지가 앉지 않도록(莫使染塵埃)"이 그의 뇌리에서 원귀(寃鬼)가 앞으로 나갈 길을 가로막는 것처럼 맴돌 뿐이었다.

그것은 도도히 흘러가는 물이 아니라 어느 굽이에서 흐름이 막히면서 아주 부자연스럽게 맴돌아야 하는 피할 수 없는 정체(停滯)와도 같았다. 그 정체야말로 원귀가 아니던가.

이렇게 신수의 절망에 어떤 변화도 일어나지 않을 때 이 동산의 선실에 들어온 지 얼마 되지 않는 어린 행자가 괜히 저 아래쪽 요사채 뒤의 방앗간에 얼쩡거렸다. 어린 행자의 눈은 매미의 눈을 닮아 약간 불거져 나왔는데 그 당돌한 총명은 벌써 여러 사람들을 싱그럽게 만들고 있었다. 누군가는 이 아이가 주역 점(占)까지 친 적이 있다고 했다.

하지만 방앗간의 사노(寺奴)들이야 그런 행자에 대해서 전혀 알 바 없었다.

"좀 쉬어가면서 하시오. 지수화풍(地水火風)의 사대(四大)가 잠깐 모여 만들어진 몸이라고 하지만 이 몸 없이 어찌 사대를 뛰어넘어 하늘의 노랫소리를 들을 수 있겠소."

어린 행자의 말치고 좀 엉뚱하게도 장황했다. 벌써 나이 든 사람들의 덕담을 흉내내는 것인가.

하지만 방앗간 사람들은 비록 어린 아이일망정 방앗간 이외의 사람에게는 함부로 대들거나 맞서거나 할 수 없었다. 너와 내가 다 고르다는 불법이지만 현실에서는 엄연히 귀천의 차별이 없지 않아서 절간 노복은 언제나 다른 사람들에 의해 은연중 아랫것 처지로 낮추어져야 했

14. 六祖 壇經

다.

 이런 판인데도 돌을 진 채 방아를 찧는 동안 실컷 비 맞은 듯이 구슬땀이 흘러 번들거리는 웃통을 벗은 방아꾼 하나가 그 행자에게 맞섰다.

 "우리가 알아듣지 못하는 말일랑 하지 마오. 사대면 뭘 하고 오대면 뭘 하자는 것이오?"

 그러자 행자가 매미눈을 감았다 떴다.

 "할 수 없군. 내가 공염불(空念佛)이나 한번 해보는 수밖에…… 헤헤"라고 말하고 나서 행자는 신수가 써붙여놓은 게송을 장난스럽게 노래하는 것이었다.

 이미 그 어린 행자의 천진으로도 신수의 경지가 들통이 난 것인가.

 "……내 몸이야말로 깨달음의 나무…… 마음은 밝은 거울 바탕이니 때때로 털고 부지런히 닦아…… 먼지가 묻지 않도록……"

 그때 방앗간 뒤쪽의 디딜방아에 여념이 없던 혜능(慧能)이 문득 일을 멈추고 나서 "그게 누구의 노래요?" 하고 물었다.

 혜능의 긴 머리는 한갈래로 땋은 채 일하기 좋게 돌돌 말아서 묶은 것이 다른 사람들에게 놀림감이 되기 알맞았다.

 어린 행자가 퉁명스럽게 대답했다. 퉁명스럽기는 하지만 그의 말에 관심을 나타내는 것에는 뿌려주는 모이에 달려드는 병아리들과 같은 조급한 대답이기도 했다.

 "아직 모르고 있었소? 5조께서 말씀하시기를 나는 죽을 날이 가까웠으니 가사와 발우를 물려주려고 한다고 하시면서 각자 수행한 것으로 게송을 지어내라고 대중회상에서 공표하셨소…… 그런데 상수제자 신수선사가 모양이 없는 마음의 시〔無相偈〕를 써붙였지. 내가 읊어본 것이 바로 그것인 줄이나 아시도록."

 혜능은 문자를 모르는 순무식쟁이지만 그 시를 풀어서 읊는 것으로 그 내용을 대번에 알아차리고 있었다.

"행자님 부탁이 있습니다"라고 그는 어린 사람에게 깍듯이 예절을 다했다.

"뭔데?"

"저는 이 절에 와서 방아를 찧은 지 여덟 달이 넘었으나 아직 어디에도 얼씬거린 적이 없습니다. 행자님! 저를 5조당 남쪽 복도로 데려가서 그 게송을 한번만 더 읽고 풀어주시지요. 저도 외워서 내생에는 그 인연으로 정토에 태어나고자 합니다."

"흠, 좋은 뜻이야. 그렇게 하지."

그래서 혜능은 그의 남루한 주제에도 불구하고 행여 남의 눈에 띨세라 빠른 걸음으로 행자의 뒤를 따라 감히 5조당 마루를 기웃거리게 되었다.

신수의 게송을 다시 한번 자세히 들을 수 있었다.

그런 뒤 혜능은 그 자신이 흥겨워져 한 수의 노래가 나왔으니 그것을 문자로 써서 붙여 달라고 호소했다.

"어! 방앗간에서 도인이 났네?" 하고 어린 행자가 종이와 벼루와 먹을 가져왔다.

"붓이 없는데…… 그래 내 손가락에 먹을 묻혀 써도 좋겠어"라고 하며 "어디 읊어봐"라고 서둘렀다.

혜능이 그의 시를 읊었다. 그때 강주(江州)의 자사 보좌 직책인 별가(別駕)를 맡고 있는 장일용(張日用)이 마침 거기에 왔다가 혜능과 행자가 하는 짓을 보고 나섰다.

"오랑캐가! 절간 노복인 오랑캐가 시를 짓다니 희한한 일이로다."

혜능이 이런 호기심 많은 모욕을 잘 견디며 "아래고 아래인 사람[下下人]도 위이고 위인 지혜[上上智]가 없으란 법이 없겠지요" 하고 그 높은 벼슬아치에게 슬쩍 맞서는 것이었다.

그 별가 일행의 수행관이 혜능에게 눈을 치뜨고 꾸짖었다.
"너 이놈! 어느 안전이라고 함부로……"
그때 장별가가 제지했다.
"됐네. 어디 네가 시를 읊어보아라…… 내가 써주리라. 어서 지필묵을 대령하여라."
수행관이 당장 말에 실은 짐 가운데서 그것을 꺼냈다. 장별가가 한 마디 신소리를 겸해서 말했다.
"자, 네가 읊는 대로 내가 써주겠다. 그대가 만일 도를 얻는다면 먼저 나를 제도해보아라."
혜능이 읊었다.

깨달음에는 본래 나무가 없고
마음 거울 또한 대(臺)가 아닐세
본래 한 물건도 없는데
어디에 먼지가 끼겠는가
 (菩提本無樹 明鏡亦非臺 本來無一物 何處惹塵埃)

장별가가 글로 써가는 동안 식은땀이 옷 속의 등짝에 흘렀다. 이 절간의 종놈에게서 이런 어마어마한 오도(悟道)의 시가 아무렇지도 않게 입 밖으로 흘러나오다니!
그가 붓을 던지며 신음했다.
"기이한 일이로다. 오늘 내가 이 사람을 만난 것도 그렇거니와…… 겉모양만으로 사람을 알 수 없도다."
이같은 혜능의 시(詩) 사건은 7백 명 대중의 상좌에 있는 신수에게도 알려졌다. 그러나 그는 스스로 근신하지 않을 수 없었다. 5조의 법통을 이어받아 달마 이래의 의발을 그가 받으리라는 예상은 하나의 상식임에 틀림없으나, 그 자신의 마음가짐은 그 일에 대한 집념을 그동안 함부로 쏘아버린 어린 시절의 화살들을 다 거두어와야 하는 것처럼 애써 물리쳤던 것이다.

그래서 스승 5조한테도 이 점을 강조하며 법위(法位)를 떠나 그 자신의 순수한 경지만을 밝히는 자세를 한치도 어긋나지 않게 한 바였다. 실로 무서운 진심(眞心)이었다. 그런데 스승으로부터 인가를 받지 못한 채 방안에서 나가지 않는 며칠 동안이 지나고 나자 이번에는 방앗간의 한 노복이 등장한 것이다. 그것은 하나의 언덕인가, 아니면 벼랑인가. 그것도 아니라면 아무리 올라가도 그 정상에 이를 수 없는 꿈속의 무시무시한 산인가.

신수의 숨이 콱 막혔다가 가까스로 트여서 참았던 것이 한숨으로 나와야 했다. 그러나 이같은 신수의 진리에의 고통스러운 체험은 어떤 경지보다 높은 것이었다. 요컨대 그 자신을 한바탕 밑바닥으로 떨어뜨려 거기에서 그 자신을 일체의 장식을 벗어난 알몸뚱이로 바라본 것이다. 이같은 일은 쉽사리 이루어질 수 없는 바이거니와 그가 당연하게도 그것을 실현한 것이다.

"혜능이라! 노혜능이라! 그런 사람이 우리 선원에 언제 들어와 있었던가. 그동안 모르고 있던 일이 아니던가."

이같은 갑작스러운 혜능에 대한 관심은 비단 방안의 신수에게만 있게 된 것이 아니었다.

노혜능은 상고시대 백월(百越)땅 남부에 해당하는 남해 광주(廣州, 廣東) 소주(韶州) 곡강현(曲江縣)에서 태어났다. 그곳은 남만(南蠻)의 변방이었다. 황하 유역의 도읍에서 보자면 결코 사람이 사는 곳이 아니었다. 중국이란 이 남만과 동이(東夷) 북적(北狄) 서융(西戎)의 야만세계에 둘러싸인 문명의 중앙을 뜻한다. 그래서 천하의 일이란 이

같은 변경의 야만스러운 것들까지 철저히 구별하여 다스리는 일을 그 임무로 삼고 있었다.

바로 그런 곳 중의 한군데인 사냥이나 해먹고 사는 오랑캐 족속 가운데서 난데없이 나타난 후줄그레한 사람 노혜능을 5조 홍인이 겉으로 냉대하는 것으로부터 5조와 혜능 사이의 법통이 시작된 것이었다.

혜능의 아버지 노행도(盧行稻)는 천하가 어지러운 수나라 초기에 아직 평정되지 않은 남조(南朝)의 한 나라에서 말단관리로 일하다가 반대파의 탄핵에 의해서 원악지(遠惡地)인 야만의 땅에 좌천되어 그곳 사람으로 강등되었던 것이다.

기원 638년 2월 8일 이런 행도를 아버지로 하고 오랑캐의 사람으로 태어난 것이 노혜능이었다. 아버지는 아들이 자라는 것을 보지 못하고 일찍 세상을 떠났다. 그렇다고 해서 한뙈기 밭이 있는 것도 아니어서 어린 혜능은 아주 자연스럽게 나무꾼이 되어 땔감을 해다가 곡강현 몇 군데의 정기시장에 내다 파는 것으로 생계를 유지할 수 있었다.

그의 어머니는 현 관아의 이속들 집의 침모 노릇을 하다가 그 일거리도 다른 여자에게 빼앗겨서 비탈진 밭을 매거나 홍수가 휩쓸어간 곳을 다시 고르는 힘겨운 막일까지도 마다지 않았다.

노혜능의 이름은 속명(俗名)이 바로 법명(法名)이었다. 어린 시절 지나가는 나그네가 불교를 믿었던지 그런 이름을 지어준 것이다.

당나라를 창업한 고조 이연(李淵)은 노자(老子)의 성이 이씨임을 감안해서 노자를 섬기는 도교를 불교와 함께 매우 중요시했다. 이미 불교는 백성 가운데 널리 스며 있었으므로 그 백성을 다스리는 데는 불교를 활용한 것이고 도교는 천자의 한 이념으로 설정한 것이다. 어린 아이의 이름을 아예 불교의 법명으로 짓는 일도 그런 시대에 약간 유행하기도 했다.

그러다가 태종 연간에 오면 도교와 불교가 논쟁을 여러번 일으키는 일도 있어났다. 가장 원만한 포용력을 가진 불교도 일단 이같은 논쟁의 과정에서는 법림(法琳)의 「파사론(破邪論)」이나 「변정론(辨正論)」과 같은 도교에 대한 단호한 배척이론을 낳고 있었다.

이런 일과는 아무런 상관도 없는 혜능이 24세이던 해, 해가 저문 파장 무렵에 도성(道誠)이란 선비에게 나무 한짐을 팔게 되었다. 혜능은 "오늘 하루도 공친 것이 아니다" 하고 무척 기뻐했다.

그런데 그 도성이 노새 달구지에 나무를 실어가며 흥얼거리는 것을 들으며 혜능이 따라갔다. 혜능의 귀는 그때 어떤 짐승의 귀보다 청력을 고조시키고 있었다. 노새의 귀에 달린 쇠방울의 워낭소리에 장단을 맞추기라도 하는 것처럼 흥얼거림은 매우 구성진 것이었다.

　……그러므로 수보리여, 모든 보살 마하살은 마땅히 이와같이 청정한 마음을 내어야 한다. 마땅히 색(色)에 머무는 마음을 내어서는 안되며 성(聲) 향(香) 미(味) 촉(觸) 법(法)에 머무는 마음을 내어서는 안된다. 마땅히 머무는 바 없이 그 마음을 내어야 한다.
　(是故 須菩提 諸菩薩摩訶薩 應如是生淸淨心 不應住色生心 不應住聲香味觸法生心 應無所住 而生其心)

"……마땅히 머무는 바 없이 그 마음을 내어야 한다!"

혜능은 이 구절에서 갑자기 세상이 환해지는 것을 깨달았다. 마침 구름 낀 저녁 무렵, 그 구름 한자락이 없어지면서 거기에 대기하고 있던 새빨간 낙조의 무궁한 하늘이 방금 열리고 있는 것처럼 나타났다. 그것은 혜능의 마음과 결코 남남이 아닌 고도로 일치된 광경이었다.

"……그 마음을 내어야 한다!"

이 금강반야바라밀경 제10 장엄정토분(莊嚴淨土分)의 한구절이야말로 나무를 사가는 선비 도성에게는 날마다 이어지는 기쁨의 노래였으나 나무꾼 혜능에게는 대낮의 소경이 눈을 떠 그 첫눈에 만난 눈부신 꽃 한송이였다. 이미 마음에 안팎이 없어졌다.
"어르신! 어르신!" 하고 혜능은 도성이 묵는 관숙사(官宿舍) 마당까지 무턱대고 들어갔다.
"방금 노래하신 것이 무슨 노래입니까?"
"노래가 아니라네. 금강경이라네. 금강경을 읊는 일이 내 일이기도 하지. ……자네는 모를 터이지, 저 기주땅으로 가면 거기 황매현 쌍봉동산에 큰 도인이 계시다네. 달마대사 이래의 5조 홍인대사 말일세……"
"저도 그분을 찾아갈 수 있겠습니까?"
그 선비가 한동안 거지나 다름없는 젊은 나무꾼 혜능을 바라보았다. 혼잣말이 있었다.
"혹시나 진흙구덩이에 묻힌 보배가 아닐지!"
그 선비 도성이 다시 한번 저문 날의 어둑발 속에 다급하게 서 있는 혜능을 보았다. 혜능을 보았다기보다 혜능의 어둠을 보았는지도 모른다.
그가 혜능에게 선뜻 은전(銀錢) 30냥을 기다란 강(鏹)의 끈에서 빼내어 주었다.
"이것이 쓸모 있을 것이야. 자네가 쓰지 않고 자네가 봉양하는 부모가 쓸 것이란 말이지…… 자, 자네가 도(道)를 구하겠거든 한시도 지체할 일이 아니네. 나는 이만 들어가야 하네."
혜능으로서는 이렇게 큰 돈을 손에 가져본 적이 없어 한동안 어쩔 줄 몰랐다. 그러다가 그는 당돌하게도 이것을 어머니한테 전하고 일단 북쪽의 양자강을 건너가기로 작정했다.
여느때보다 늦게 집으로 돌아간 혜능은 그날의 일을 어머니에게 소상하게 말하고 난 뒤 홍인이란 스승을 찾아갈 뜻을 밝혔다. 어머니가 말했다.

"어찌 네가 내 자식일 뿐이더냐. 또한 어찌 내가 네 어미일 뿐이더냐…… 뜻대로 하거라."

이렇게 해서 그는 멀고 먼 길을 떠나 5조 회상의 방앗간에 몸을 담게 된 것이었다.

그의 시가 신수의 시를 능가한 것은 그렇다 치고 신수의 세계가 과연 혜능에 미치지 못하는 것으로만 믿어야 할 것인가.

"늘 부지런히 닦아서(時時勤拂拭)"는 신수의 정성이 담긴 구절이거니와 이는 통쾌한 선의 기운과는 다른 것이 틀림없다. 하지만 여기에 무서운 정진의 의지가 밤하늘의 뭇 별처럼 혹은 들 가득한 들꽃처럼 깔려 있는 것이다.

몸은 도를 얻은 보리수와 같고 마음은 청정하여 맑은 거울과 같으므로 언제나 더러워지지 않도록 닦고 훔치고 해서 번뇌의 먼지가 끼지 않게 해야 한다. 바로 이것이 신수의 의지였다.

이 4행 20자의 시로 보건대, 신수는 5조에게 오기 이전엔 세상이 추앙하는 대학자였으나 5조에게 온 뒤로는 오로지 쉬지 않고 흐르는 물과 같은 정진의 지속이 있었을 뿐인 사실을 확인시켜주고 있다.

과연 석가모니 부처님 당시의 츄타판타카의 일에서 본 그 정진과도 방불하다. 츄타판타카는 그의 형과 함께 출가한 비구였다. 형은 총명했는데 그는 아주 우둔했다. 그래서 승단에서 "바보!"로 통하다가 한때는 "너 같은 바보로는 어림없다" 해서 쫓겨나기도 했다.

이런 그가 석존으로부터 "먼지와 티끌을 항상 닦고 훔쳐내라"라는 가르침을 받고 오직 그 한가지 일만 실행한 뒤 도를 얻을 수 있었던 것이다.

눈썹에 붙은 하나의 먼지를 터는 일이 마음속의 티끌을 터는 일이었다면 신수의 시야말로 수행자들을 함께 분발시키는 도의 경지가 아닐 수 없었다.

언제까지나 더러워지는 세상을 언제까지나 청소하는 일이야말로 선의 목적일진대 그 이상의 시가 어디에 있을 수 있겠는가.

그런데 여기에 혜능의 시가 한낮의 보이지 않는 날벼락처럼 떨어져 동산 회상의 한복판에 박혀버린 것이다. "본래 한 물건도 없는데 어디에 먼지가 끼겠는가"가 그것이었다.

여기에는 어떤 한오리 티끌만한 유예도 없는 숨막히는 무쇠의 벽이 가로막을 뿐이었다. 아니 그것은 거대한 너비의 폭포가 한꺼번에 쏟아져내리는 것에 견주어질 수 있다. 왜냐하면 그 폭포의 물들은 이제까지 아주 황량한 곳과 질펀한 곳을 끊임없이 흘러오다가 갑자기 직각으로 꺾여서 폭포의 그 무서운 추락으로 돌변했기 때문이다.

이제까지 흐르는 정진은 신수의 것이되 갑자기 폭포로 바뀌어버리는 그 장관은 혜능의 것인가.

영남 오랑캐에다 순무식꾼이 읊은 것을 장별가가 받아쓴 것이 파두산 쌍봉 동산의 선문(禪門) 안을 발칵 뒤집어놓게 될 줄이야 이제까지 그 누구도 예상할 수 없는 일이었다. 그것은 여름의 우기가 다하면서 가을이 오는 질서의 순리 따위에도 터무니없는 어긋남이었다.

아니 그것은 어긋남이 아닌 극적인 이치인지도 모르지만 적어도 그동안의 이곳 선문 안에서는 상수제자 신수의 절대적인 존엄으로 보아 어긋남이 아닐 수 없었다. 구리〔銅〕광산을 파고 들어가다가 난데없이 금(金)이 나오게 되는 이변이었다.

그럴진대 일체가 달라지지 않을 수 없었다.

사람들이 방앗간 노복 혜능이 지었다는 그 시를 보자 그 묵언의 집안답지 않게 시끌덤벙해졌다. 여기서도 쑥덕이고 저기서도 떠들썩한 것을 어느 누구도 제지할 길이 없었다.

심지어 동산 선원뿐 아니라 원로들의 서봉(西峰) 선원에까지 "아니 방앗간 봉두난발이 신수를 한방 단단히 먹였다지?" "동산에 난리가 날 징조 아닌가?" "달마 가풍에 피 냄새가 아직 사라지지 않았다면 …… 그것이 걱정이로고" 따위의 말이 이어졌다.

이런 상황을 5조 홍인은 마치 늙은 호랑이가 한잠 자는 동안에도 멀고 가까운 곳의 다른 짐승들이 움직이는 것을 다 알고 있는 것처럼 알고 있었다.

드디어 그가 5조당에서 문을 탁 열고 나왔다. 시치미를 뗐다. 남쪽 복도의 마루로 갔다.

"이것은 어느 놈의 장난이냐?"라고 그는 혜능의 것에 짐짓 눈살을 찌푸렸다.

누군가가 달려와서 그것이 방앗간 철부지가 불러본 것이라고 보고했다.

"……본 성품을 보지 못한 것이야" 하고 그는 다시 방안으로 들어가 버렸다.

이 말 한마디가 그곳 전체를 그 이전으로 돌려놓아 잠잠해질 수 있었고, 이 말 한마디로 신수와 신수를 지지하는 수많은 사람들이 "그러면 그렇지!" 하고 가슴을 쓸어내리게 되었다.

그러나 이런 자위(自慰)로 어찌 진리의 핵심을 손에 쥐었다고 할 수 있겠는가.

신수의 시가 가보지 않은 곳을 진흙에 빠지지 않도록 신들메를 단단히 매고 내리막길에서는 넘어지기 쉬우니 지팡이를 꼭 갖추고 가라는 세계라면, 혜능의 시는 이미 가 있는 곳이므로 여기에는 진흙도 없고 내리막길도 없다고 한 세계인 것이다. 그러므로 어찌 5조의 한마디 방편으로 모든 것이 해결될 수 있겠는가.

14. 六祖 壇經

혜능은 변함없이 돌을 등에 지고 방아를 돌려 곡식을 찧고 있었다. 땀이 비 오듯 하는 힘겨운 노역이었다. 바로 이같은 노역을 정진으로 삼아온 바 그의 노동이야말로 수행 그 자체였던 것이다.

다음날 홍인은 도량을 여기저기 돌아다니다가 슬그머니 요사 뒤안의 방앗간으로 내려갔다. 그가 이곳의 혜능에게 온 것은 두번째였다. 두 번 다 사람들의 눈에 띄지 않게 온 것이었다.

마침 다른 방아꾼들은 후원에서 힘겨운 노역의 쉴 참에 비지 한그릇씩 먹고 있었다. 혜능 혼자였다.

그 혜능은 지극히 높은 홍인이 나타난 것 자체로써 홍인의 뜻을 받아들이고 있었다. 그것은 큰 격려였다. "도를 구하는 사람이 그것을 위해 몸을 바치는 바가 마땅히 이와 같아야 하리라"라는 격려가 그것이었다.

하지만 홍인의 입에서 나온 말은 "쌀이 얼마나 찧어졌느냐?"라는 것이었다.

혜능이 얼굴의 땀을 훔치며 "쌀이 찧어진 지 오래지만 아직 키질을 못하였나이다"라고 대답했다.

그러자 늙은 스승은 고개를 끄덕인 뒤 방아를 지팡이로 세 번 내리치고 그곳을 떠났다. 그것은 두 사람만이 주고받는 암호임에 틀림없었지만 두 사람 이외의 세계가 요구하는 미래에까지 유효한 신호였으므로 비밀이기도 했고 하나의 공개된 행위이기도 했다.

방아를 세 번 친 것은 고대 중국의 시간으로 삼경(三更)을 뜻하고 있다. 삼경은 초경 이경 삼경 사경 오경으로 나눈 밤의 한가운데인 깊은 밤이다.

삼라만상이 잠든 시간이며 이곳 선사의 수행자들도 철야정진에 참가하고 있는 몇사람 외에는 하나같이 다 잠들어 있는 시간이다. 바로 이런 깊은 밤에 홍인과 노복 혜능은 만나게 된 것이다.

혜능이 좀도둑이 실수하는 듯이 5조당의 문을 건드렸다. 문이 열리자마자 혜능이 재빨리 스며들어갔다.

행여나 방안의 불빛이 너무 환하게 보일까 해서 늙은 스승은 손수 넓은 대가사(大袈裟)로 문을 가려버렸다.

"이제 됐구나…… 마땅히 머무는 바 없이 그 마음을 낼지니라."

이 가르침은 혜능이 신주(新州)땅의 가난뱅이 나무꾼이던 시절 장터에서 들은 금강경의 그 구절이기도 했다. 다시 한번 혜능은 첫번째의 만남에 이어 완전한 만남으로 된 금강경의 구현(具現) 가운데 들어 있게 되었다.

이것을 가르치고 이것을 깨달은 시간은 아주 찰나였다. 그 찰나는 시간이라기보다 미생물의 어떤 보이지 않는 공간이었다.

그런 뒤 두 사람은 그들이 바라는 찬란한 침묵 속에 마주앉아 있었다. 그렇게 되자 이 방안에 누가 있고 누가 없다는 따위의 일은 전혀 부질없었다. 최상의 기쁨은 두 사람의 실재와 부재를 다 소멸시키는 것이었다.

그런 기쁨 속의 혜능에게서 마치 그의 입만 빌려서 나오는 것 같은 신명이 넘치는 말이 나왔다. 그것은 스승에게 바치는 대답이기도 하고 그 자신의 자유에 의해서 절로 나오는 독백이기도 하고 그 누군가가 혜능의 입을 놀리도록 하는 것이기도 했다.

혜능의 경지는 이제 참을 수 없는 무아의 지경에 빠져 있었다.

"자성(自性)이 어찌 본래 스스로 청정(淸淨)함을 알았으리이까. 자성이 어찌 본래 생멸(生滅)이 있으리이까. 자성이 어찌 본래 스스로 구족(具足)하리이까. 자성이 어찌 능히 만법(萬法)을 내는 줄 알았으리이까."

이 말은 대답을 강조함으로써 질문이 되어버렸으나 그것은 어떤 대답도 필요없는 질문의 해체이기도 했다.

혜능의 이 말에 5조는 마치 달빛이 가득한 밤과 같은 그런 더할 나위 없는 감명을 받았다. 늙은 스승은 이제 그의 할 일이 손 안에서 빠져나간 것 같았다. 허전했다. 그리고 한없이 기뻤다.

그가 조용히 말했다.

"본성(本性)을 알지 못하는 자는 아무리 도를 구하여도 구할 수 없는 것이니라. 본성을 알고 그 본성을 깨달은 자만이 바로 장부(丈夫)이며 천인(天人)의 스승(師)이며 바로 부처니라."

사실인즉 홍인은 이제 어느 누구도 거부할 수 없는 위엄을 갖춘 수행의 정상에 자리잡고 있었으니 그의 수업 시대는 지금의 그것을 상상할 수 없었다.

아무리 총명한 어린이로 선문에 귀의해서 사람들의 경탄을 일으킨 적이 있었더라도 그는 차츰 범용하기 짝이 없는 사람으로도 보였다. 그러기에 『전법보기(傳法寶記)』는 다음과 같이 서술하고 있기까지 한다.

"그 사람됨은 질박하고 어눌하며 말이 없어 동료들은 그를 경멸하며 잘 조롱하였지만 언제나 말을 되받는 적이 없었다. 평소에는 열심히 노역(勞役)을 하면서 몸을 사람들의 아래에 두는 처신을 하였다……이리하여 낮에는 사람들을 위하여 노비의 역할을 수행하고 밤에는 좌선을 하며 새벽에까지 이르곤 하였는데 피곤한 모습조차 보인 적이 없었다……"

이에 겸해서 뒷날의 『능가사자기』도 홍인을 말하고 있다.

"그는 시비분별을 요하는 곳에서는 언제나 입을 다물었으며 대상과 마음의 세계를 뛰어넘고 있었는데 노동의 대가로 동료들에게 공양하여 항상 사람들을 만족시켰다."

말하자면 이같은 선(禪)·노(勞)의 일치로 본성을 만날 수 있었던 그의 경지는 끝내 혜능의 방앗간이 바로 부처가 되는 도량으로 이어짐으로써 그들은 결코 인도의 수행자들처럼 노동 없는 수행에만 사로잡혔던 것이 아니었다.

그러기에 늙은 그가 제자를 인가(印可)하는 말도 영롱한 것이기보다 질박한 것이었다.

5조는 벽장 안에 둔 낡은 가사 한벌과 오래된 발우를 꺼냈다. 그것을 방바닥에 정중하게 내려놓은 뒤 그는 다시 한번 묵연하게 입을 다물고 있었다. 얼핏 머리가 도리질을 하는 것처럼 떨었다. "이제 그대가 제6조가 되었도다. 잘 지켜서 널리 중생을 제도하기를 끊임없이 하여라"라고 그가 약간 어눌하게 말했다.

이어서 시가 나왔다.

    유정의 씨 뿌리니
    원인이 되어 과를 받으나
    무정은 씨가 없으니
    성품도 없고 태어남도 없노라
    (有情來下種 因地果還生 無情旣無種 無性亦無生)

늙은 스승 5조 홍인은 혜능에게 법통을 이어주자마자 그 자신은 허물이 바람에 나부끼는 것처럼 문득 너무 가벼워졌다. 그것은 천하를 한손에 넣은 권력을 다음 사람에게 넘겨준 드물게 평화로운 상황(上皇)의 그것과도 같은 것인지 몰랐다. 늙은 스승은 더 늙어 보였다.

그러나 그는 만반에 걸쳐 주도면밀했다. 한치의 소루함도 없어야 했던 것이다. 진리의 맥은 이렇게 철저한 밀지(密旨)의 경지로 이어져 가는 것인가. 그것은 지상의 골짜기를 흐르는 물이 아니라 지하 깊이 흐르는 그 캄캄한 곳의 청정한 물인 것인가.

그런 캄캄한 곳의 청정한 것이 이윽고 온 세상의 햇발에 드러나는 공명정대한 정신의 나상(裸像)이 되기 위해서도 그 비밀스러운 것은 선가(禪家)의 근원이 되고 있다.

5조에게 남아 있는 말이 있었다.

"지난날 달마조사께서 처음 이 땅에 오시어 사람들이 아직 믿지 않았으므로 이 가사를 전함으로써 믿음의 체(體)를 삼아 대대로 이어오거니, 이 법은 곧 마음으로 마음을 전하여 누구나 스스로 깨치고 스스로 알게 함이니…… 예로부터 부처님과 부처님이 오직 이 본체를 전하였고 조사와 조사가 은밀히 본심을 이어오셨거늘…… 이제 가사가 다툼의 실마리가 되었으니 그대에게서 딱 그치고 더는 전하는 일이 없도록 할지어다. 만일 이 가사가 전하여진다면 목숨이 실낱에 매달린 것과 같으리라."

"………"

"그대는 어서 여기를 떠나거라. 떠나거라. 누가 해칠까 두렵도다."

"………"

"이제 이곳 방앗간은 네가 공부하는 곳이 아니도다."

5조는 방안의 불을 손으로 탁 껐다. 바깥은 구름이 덮였는지 별 하나도 보이지 않게 깜깜했다.

그렇게도 쟁쟁한 후학들이 많았으며, 신수를 비롯한 제자들이 목간통의 김처럼 천장까지 꽉 차 있었건만 그런 사람들을 다 내치고 한갓 머리도 깎지 않은 노복 혜능에게 법을 전한 것은 아무리 그것이 법의 이름이라 하더라도 특별하지 않을 수 없었다.

늙은 스승이 지팡이에 의지하며 앞장섰다. 어둠속이었다.

"어디로 향하리이까?"

스승이 하나의 비결(祕訣)처럼 대답했다.

"회(懷)를 만나면 머물고 회(會)를 만나거든 숨어라."

혜능이 물었다. 어쩔 줄 몰라했던 것이다.

"저는 본래 남쪽 사람이오매 이곳 산길을 알지 못하옵니다. 한번 이곳에 들어온 뒤로는 길을 다 잊어버렸사옵니다."
"강구역(江口驛)으로 향하자꾸나."
"아니 스승께서 거기까지 함께 가시옵니까?"
바야흐로 사경이 지나 오경의 뿌연 안개로 찬 이른 아침이었다. 어디선가 물소리가 들리는 것 같았다. 새소리와 개 짖는 소리 사이에서 새소리 쪽으로 길을 내어 가야 했다. 될 수 있는 한 인가를 피해야 했으므로.

두 사람이 무성한 갈대밭에 이르러서야 이제 그곳이 양자강 유역의 한 곳임을 확인할 수 있었다. 아직도 날은 밝지 않았다.
그들이 강구역 한쪽의 구강(九江)나루에 다가가니 배 한척이 어떤 정신적인 것과는 관련도 없이 매여 있었다. 두 사람은 그 배의 주인이 누군가를 알아볼 처지가 아니었다.
"내가 너를 전송하리라."
혜능은 법을 전한 스승의 이같은 간절함에 몸안의 모든 혈맥이 피 대신 기쁨의 울음으로 순환하고 있음을 실감하지 않을 수 없었다. 혜능의 몸 전체는 하나의 충성스러운 정신의 극치였다.
두 사람이 배에 탔다. 배 안에는 물이 약간 들어 있었다. 그 물을 바가지로 5조가 퍼냈다.
"제가 할 일이옵니다."
"아니도다."
그런 다음 스승이 손수 노를 젓기 시작하는 것이었다.
"제가 젓겠사옵니다. 앉으소서."
"내가 마땅히 너를 건네주리라."
혜능의 눈은 빛났다. 그 눈에 눈물이 어려서 그 빛은 끝내 한방울의 눈물로 떨어졌다. 그가 말했다.
"제가 어리석을 때는 스승께서 건네주셔야 하오나 이제는 저 스스로 건너가겠습니다……"
혜능은 속으로 이 말을 이었다.
"……저는 변방에 태어나서 말 한마디조차 바르게 할 줄 몰랐사옵니다. 그런데 이제 스승의 법을 받아 깨쳤사오니……"
이런 마음속의 말까지 스승 홍인이 들었는지 어쨌는지 알 바 없었다. 다만 스승 역시 독백으로 삼아 강 건너쪽의 아침에 대고 말하는 것이었다.
"이 뒤로는 그대로 말미암아 법이 크게 행해지리라. 네가 떠나간 3년 뒤에 나는 세상을 떠나리라…… 남쪽으로 향하되 함부로 법을 전하려고 서두르지 말지어다. 여기저기에 어려움이 없지 않으리라."
"스승이시여!"
"부디 잘 가거라."
강 건너 나루에 당도한 배에는 5조 홍인만이 타고 있었다. 혜능이 배에서 내려선 채 서 있었다.
삐걱거리는 노 젓는 소리가 다시 밀려오는 물안개 속으로 배와 배 위의 도인을 숨겨버린 채 차츰 멀리 들렸다.
50세가 넘은 원숙한 상수제자 신수에 비해서 법을 받은 혜능은 겨우 28세였다. 이 젊은 도인이 극적이라고밖에 말할 수 없는 달마 이래의 법통 제6조가 된 것이다. 그러나 그것은 실감나지 않는 영광이었다. 지금 혼자가 된 혜능은 온몸이 후들거리는 고독의 실감에서 헤어날 수 없었다.
그는 허술한 단봇짐을 어깨의 막대에 걸고 될 수 있는 대로 길을 멀리해서 푸나무서리를 헤쳐가거나 숲의 골짝과 능선을 허우적거려야 했다. 황매현 경계를 건너고 천신만고 끝에 박수(博水)와 완강(浣江)을 건넜다.
 도관(道觀)의 도사들의 지나가는 행렬 가운데 스며들어 형산(衡山)까지 가는 동안 젊은 6조 혜능의 행색은 어디서 크게 다친 거지꼴로 한쪽 다리까지 절룩거리고 있었다.

 한편 5조가 하룻밤을 비운 사실을 새벽 좌선을 마친 뒤의 여러 사람들이 알게 되자 선사 안이 발칵 뒤집혔다. 혜능이 떠난 사실에도 사람들이 주목했다.
 그래서 세속에 있을 때 수나라 남방 정복부대의 4품(四品)장군이었던 진혜명(陳惠明)을 앞장세워 여러 젊은 선객들이 네 갈래로 혜능의 자취를 뒤쫓고 있었다.
 그들 중의 한 떨거지가 장강을 건너갔다가 구강나루에 상륙하여 비틀거리고 있는 늙은 5조를 만나게 되었다.
 "능(能, 혜능)이라는 자는 어디로 갔사옵니까?"
 "내가 알 바 없다. 어서 나를 데려다주기 바란다"라고 말하고 5조는 그 나루터 모래밭에 쓰러졌다.
 그들 가운데 두 사람은 늙은 스승을 일으켜세워 들쳐업고 돌아가야 했지만 나머지는 5조보다 혜능에게 적의를 품은 채 추적을 계속했다.
 "너희들 방편법문(方便法門)으로는 헛되고 헛될 것이다. 다 선당으로 돌아가 신수의 정혜(定慧)를 따를 일이거늘"이라고 5조가 업혀 가며 구시렁거리는 것도 이제는 충성스러운 제자들에게 들리지 않았다.
 그만큼 동산의 선사 안은 5조의 법을 받은 혜능을 철저히 배척하고 있었다. 그것은 신수뿐 아니라 대중 전체에 대한 모욕이기도 했기 때문이었다.
 "그 방앗간 종놈에게 법이 이어지다니!"
 "그런 봉두난발의 오랑캐 거지놈에게!"

"아니 우리 5조 노장께서 혹시 노망이나 드시지 않은 것인지?"
"해괴망측이라는 말은 이를 두고 하는 말이야."
"아무튼 그놈 능이라는 놈을 잡아 소신공양(燒身供養, 火刑)을 시켜야 해."
"그놈을 놓치면 우리 달마 가풍 동산가문은 말짱 허깨비가 되고 말아."
"그런 흉측한 녀석이 들어와 우리 법통을 강탈해 가다니…… 필시 밤중에 그 녀석이 5조를 협박해서 의발을 내놓으시게 한 것이야. 그런 뒤 늙은 5조를 앞세워 달아나다가 다급한 나머지 5조를 내버리고 줄행랑을 친 것이야."
"그놈을 반드시 잡아야 해. 불쏘시개 한개도 아깝거늘 그저 몽둥이로 두들겨패서 저 아래 전갈(全蠍) 구더기에 던져버려야 해."
"……그런데 5조께서는 무슨 영문이신가?"
이런 따위 거친 말이 이제까지 정숙하고 평상적인 질서를 유지해온 선당의 환경을 전혀 다른 것으로 바꾸어놓았다. 살기가 뻗치고 광기가 불쑥불쑥 푸른빛을 뿜어댔다.
이같은 선사 안의 사람은 그렇거니와 혜능을 쫓는 네 갈래는 양자강을 다 건너 동정호와 상강(湘江) 하류 언저리까지 진출하게 되었다. 그러나 혜능의 자취는 당장 따라잡을 것 같다가도 끊어지기를 거듭했다.
그러는 동안 벌써 2개월 반이 지나갔다. 그렇다고 마음을 놓을 수 없는 것은 쫓기는 자와 쫓는 자가 똑같았다. 이같은 사건이야말로 홍인 문하의 수행을 한동안 엉망으로 만들어놓았다.
쌍봉 서봉의 원로 선객들은 "그까짓 법통이 무엇이기에 그런 허수아비 상(相)에 매달려 빼앗고자 하는 것인가" 하고 개탄해 마지않았다.
"그래…… 차라리 지난날 4조 도신의 법맥에서 따로 분가해 나간 법융(法融)이 잘한 일이야……"
 이런 개탄에는 선가에 벌써 종파가 생긴 것을 포함하고 있었다.
 과연 선은 이로부터 신수의 북파(北派) 점수종(漸修宗)과 남파 돈오종(頓悟宗)으로 나뉘게 되지만 이에 앞서 4조 도신 문하의 뛰어난 제자 우두 법융은 5조 홍인에게 법을 양보하다시피 하고 따로 떨어져 나가 우두종을 개산(開山)한 것이다.
 여기서 더 거슬러 올라가면 중국의 조사선(祖師禪)은 달마 계열과 또다른 지공(誌公)과 부대사(傅大士)까지 거론할 수 있다.
 신수와 혜능말고도 5조의 문하에서는 지선(智詵) 역시 장차 정중종(淨衆宗)이라는 대중선풍을 일으키게 된다.
 장차의 선가는 이보다 훨씬 더 많은 계보가 불어나거니와 혜능이 법을 받은 사건은 이미 달마 가풍의 발전적인 분열을 의미한다.
 5조는 좌선 수행과 함께 평상적인 등좌설법(登座說法)을 함으로써 제자들을 가르쳐왔으며, 때때로 문인(門人)들에게 봉착하는 어려운 문제를 제기케 함으로써 그것에 대답하는 방편법문을 활용했다. 뒤에 신수의 북파 5방편(五方便)으로도 그것이 활짝 꽃피어진 것인지 모른다.
 어쨌거나 혜능은 매우 지쳤다. 산중의 토끼몰이처럼 포위된 적도 한 두 번이 아니었다. 심지어는 지방 현령의 포졸까지 동원되는 경우도 없지 않았다.
 그가 대유령(大庾嶺)의 한갈래 능선에서 저 아래 쫓아오는 일당을 볼 수 있었다.
 돈황본(敦煌本) 『법보단경(法寶壇經)』은 다음과 같이 말하고 있다. 그것은 뒷날 누군가가 편찬한 6조 혜능의 자서전이기도 하다. 그 가운데서 대유령 부분은 다음과 같다.

"…두 달 남짓 되어서 대유령에 이르렀는데 뒤에서 [수백 명의] 사람들이 쫓아와서 혜능을 해치고 가사와 법을 빼앗고자 하다가… 오직 한 스님만이 돌아가지 않았는데… 성품과 행동이 거칠고 포악하여 바로 고갯마루까지 쫓아올라와서 덮치려 하였다. 혜능이 곧 가사를 돌려주었으나 또한 받으려 하지 않고 내가 짐짓 멀리 온 것은 법을 구함이요, 그 가사는 필요치 않다고 하였다.

혜능이 고갯마루에서 문득 법을 혜명에게 전하니 그가 법문을 듣고 말끝에 마음이 열리었으므로 혜능은 그로 하여금 곧 북쪽으로 돌아가 사람들을 교화하라고 하였다.…"

그러나 이 돈황본은 혜능이 지극히 위험한 가운데서 쫓기는 현실을 엉성하게 설명하고 있다. 이 점에서는 육조대사『법보단경』덕이본(德異本)이 훨씬 그 당시의 사정을 절박하게 묘사하고 있다.

여기서도 의발을 신화적으로 처리하는 점이 없지 않다.

진혜명이 혜능 가까이 쫓아왔을 때 혜능은 의발을 바위 위에 올려 놓고 숨어버렸다. 그의 의발이 법맥을 통한 믿음의 표시이므로 어느 누구의 힘으로 다룰 수 있겠는가 하는 어떤 신념을 가지고 있었다고 되어 있다.

그러나 이 덕이본의 서술도 혜능의 극한상황을 비현실적으로 그려냄으로써 선지(禪旨)의 일상성을 저버리고 있는지 모른다. 선에서 어떤 이적이나 신통의 현상을 자주 내보이는 일은 선의 역적이 아닐 수 없다. 선은 평상심의 세계에 철저하게 집중하는 것 외에는 아무것도 아니기 때문이다.

이런 세계에 요괴(妖怪)를 떠돌게 하는 것은 선을 죽이는 일이고 선을 더럽히는 일이다. 그래서 달마는 피살되는 것을 초탈하지 않았고 혜가도 피할 겨를 없이 처형당한 것이다.

사실인즉 혜능은 한 장군 출신의 우람한 선승에게 몰림으로써 가사와 발우를 포기했던 것이다. 그것은 5조가 장차 이것으로 법을 전하는 일은 그만두라고 말한 사실과도 끝내 부합하지 말라는 법이 없다.

과연 그때 진혜명은 바위 위에 달랑 놓여 있는 접힌 가사로 덮인 발우를 발견하고 본능적으로 달려갔다.
"바로 이것이다!"
"바로 이것이면 만사가 다 해결된다!"
이런 장담이 뱃속에 넘쳐나는 순간 그는 숨이 꽉 막혀버렸다. 그래서 그 우람한 무골의 사나이가 갑자기 발바닥이 바위에 늘어붙어버린 것같이 한걸음도 떼어놓을 수 없었다.

그러는 동안 그의 눈에는 발우가 보이다가 안 보이다가 하는 것이었다. 눈을 씻었다. 아니 발우뿐 아니라 산 전체가 보이다 안 보이다 하는 것이었다.

거기에 이상한 냉기의 바람 한자락이 불어닥쳐 그의 땀에 젖었다가 식어가는 헐렁한 옷을 찢을 듯이 펄럭이게 했다.

"혜능 행자님!" 하고 그는 어느새 혜능이라는 이름에 행자라는 절간 신참자로서의 호칭을 붙여 불렀다.

진혜명은 심리적인 충격을 받은 것이 틀림없었다. 그러기에 그의 몸도 움직일 수 없고 그의 눈도 시력이 야릇해진 것이었다. 그는 발우를 놓고 도망친 혜능을 그의 본능으로 인지한 나머지 그를 불렀던 것이다. 그것은 구조를 청하는 것이기도 했다.

이같은 전말을 풀덤불 뒤에 숨은 채 보고 있던 혜능은 그 장군 출신의 진혜명이 마치 덫에 걸린 짐승처럼 꼼짝달싹할 수 없다는 사실을 깨달았다.

몇달 동안을 한 선사 안에서 살았다 할지언정 워낙 혜능은 방앗간의 노복으로 힘겨운 일에만 갇혀 있던 터라 정작 진혜명과 같은 수행자는 눈에 익힐 수 없었으나 키가 6척이 넘는 진혜명인지라 한두 번 보게 되었던 것이다. 바로 그 나한(羅漢)과 같은 거구의 사람이 구조를 요청하고 있었다.

혜능이 가시덤불에 찔린 낯 그대로 모습을 나타냈다.

"그 가사와 발우를 가져가시오. 어서 가져가시오."

그때였다. 진혜명은 혜능의 그 말이 가슴이 펑 뚫리는 아픔으로 들렸다. 그러면서 혜능의 도(道)와 만났다.

진혜명이 호소했다.

"아닙니다. 이 못난 자를 위하여 법을 설하소서."

"발우를 가지고 어서 돌아가시오."

"아닙니다. 저를 위하여 법을 설하소서."

그는 호소와 함께 눈에서 눈병이 난 것처럼 눈물을 제어하지 못하고 마구 흘리는 것이었다.

그때에야 혜능도 거듭된 시련으로 긴장한 도망자의 자세를 버리고 평상의 한동안으로 돌아갔다.

"당신이 법을 위해서 여기까지 달려왔을진대…… 당신을 위해서 한 마디 하고자 합니다"라고 허두를 꺼낸 다음 "선(善)도 생각하지 않고 악도 생각하지 않는 바로 이런 때 어떤 것이 당신의 본래면목이겠습니까!"라고 하였다.

이 질문이 실린 말 한마디에 진혜명은 막힌 것이 탁 트이는 체험을 했다. 그가 이어서 호소했다.

"저는 이제 어느 곳으로 가야 합니까?"

혜능이 즉각 대답했다.

"원(袁)을 만나면 멈추고 몽(蒙)을 만나면 거기 살기 바랍니다."

진혜명은 거기서 혜능의 제자가 되어버렸다. 그러나 그는 아직 혜능과 함께 살 수 있는 경우가 아니었다. 하나의 비밀스러운 합의가 능선 위에서 이루어졌을 뿐 그는 다시 저 아래의 한 떨거지에게 내려가야 했다.

"거기에 어떤 흔적이 있소?" 하고 아래에서 소리쳤다.

"없소! 다른 곳으로 갔나보오!" 하고 진혜명은 아래쪽으로 내려가서 그들과 떠나게 되었다.

말하자면 진혜명은 혜능과 혜능이 간수하고 있는 가사와 발우를 지켜주고 그 집요한 추적을 따돌리게 만든 어떤 강렬한 회심(回心)에 이르렀던 것이다. 진혜명은 돌아가 다른 곳으로 수색대와 함께 가면서 줄곧 울고 있었다.

"왜 그러시오? 혜명화상(惠明和尙)!"

"내 이름에서 혜(惠)를 떼어버리고 도(道)를 붙이시오. 나는 이로부터 혜명이 아니라 도명(道明)이오."

"?"

이렇듯이 제 출가 법명까지 바꾼 것은 혜명의 혜가 행여 그가 스스로 정한 스승 혜능의 혜와 같다고 여겼기 때문이었다.

아닌게아니라 혜능(慧能)은 혜능(惠能)으로 쓰기도 했던 것이다.

아무튼 그 뒤로 황매현 파두산 쌍봉 동산에서 5조 홍인은 더이상 법단(法壇)에 오르지 않았다. 처음에는 사람들이 5조가 몹시 편찮은 줄 알았다.

그러나 이제 그는 한갓 늙은 완료자(完了者)였다.

"나 병든 것이 아니다. 이미 의발이 남쪽으로 전해졌을 뿐이다."

"그러면 그 의발은 누구에게 전해졌습니까?"

"아직도 그것을 모르고 있느냐! 혜능이 가져갔느니라!"

이 말은 문풍지가 부르르 떨도록 큰 소리였다. 그 이래로 5조는 산

꼭대기의 물가에 올라가 멀리 남쪽 하늘을 바라보는 때가 잦으면서 시름시름 앓기 시작했다.
"가까워옴이 새 세상이로다."
이같은 알 듯 모를 듯한 말도 혼자 중얼거렸다.
그 뒤로 혜능은 바위 위의 가사와 발우를 간수하고 아주 느린 걸음으로 대유령 본줄기의 능선을 횡단한 뒤 완만한 골짝의 비탈로 접어들었다. 뱃가죽은 등때기에 늘어붙었으나 이따금 물소리를 만나 그 물에 다가가 이빨 시린 물로 배를 채웠다.
그렇게 주린 뱃속을 적시고 난 혜능은 두 사람의 혜능으로 되어 서로 말을 주고받았다. 이 대화는 그가 만년에 되풀이하게 되는 아름다운 대화이기도 한 것이다.
먼저 하나가 물었다.
"황매(黃梅, 五祖)의 참뜻을 누가 받았는가?"
다른 하나가 대답했다.
"법을 아는 사람이 받았을 터."
하나가 물었다.
"그대가 얻었는가?"
다른 하나가 대답했다.
"나는 얻지 못했다."
"어째서 얻지 못했는가?"
"나는 법을 알지 못하기 때문이다."
두 사람이 한 사람으로 돌아오자마자 후두둑 장끼가 힘차게 날아올랐다. 그러나 너무 먹을것을 많이 먹었는지 그 날아오르는 꿩의 모습이 여간 둔탁하지 않았다.
"저렇게도 가는 것이 법이지. 어찌 저런 법을 모른다 하리."
그렇게 해서 혜능은 밤이 되어 다행히 낡은 초분(草墳)을 만났다.

그 초분 안은 짐승들이 다 파먹은 해골이 풍화되어 있을 뿐 실로 아무런 악취도 없는 정결한 곳이었다. 다행히 작은 초분 일대에 우거진 풀더미로 말미암아 하룻밤 이슬을 피할 수 있었다.

그는 북쪽 황매현의 5조 홍인을 향해 간절히 예를 올리고 나서 마른 풀더미를 깔고 지친 몸을 눕힐 수 있었다. 혜능은 그를 스승으로 섬기겠다는 비장한 결의를 내보인 진혜명에게도 마음속으로는 "당신과 내가 길이 5조 홍인스님을 스승으로 삼고 우리 정법을 지켜나갑시다"라고 했던 터였다.

그런데 혜능에게는 더 어려운 일이 기다리고 있었다. 그것은 오래 전에 세상을 떠난 구도여행의 대가 현장(玄奘)을 꿈에서 만난 뒤의 일이었다. 마치 현장이 등에 경론의 범본(梵本)을 지고 돌아오는 것처럼 짐을 진 한 사나이와 만난 것이다.

그는 그 무거운 짐을 지고 달려오던 사나이한테서 그것을 잠깐만 맡아 달라는 부탁을 받았다. 그는 별 뜻 없이 그것을 돌보고 있었다.

한참 뒤에 우세두세 여러 사람이 나타났다. 그들 중의 한 장정이 다짜고짜 "네놈이로군! 네놈이 이 부담을 강도질한 놈이로군! 어디 맛 좀 보아라" 하여 가사와 발우 따위를 초분 언저리에 내버려둔 채로 끌려가지 않으면 안되었다.

그는 한시각 넘는 동안 벌써 등짝에 몽둥이 대접을 여러번 받아서 몹시 고통스러웠다.

그 부담 안에는 갖가지 진귀한 남방 물화들이 들어 있었다. 그것을 도둑 맞은 주인의 명령이 기다리는 곳으로 가자 혜능은 밧줄로 단단히 결박당한 죄수가 되고 말았다. 그런데 주인의 딸이 혜능의 눈을 빤히 쳐다보더니 "아버지, 이 사람은 도둑이 아닙니다. 내가 본 도둑은 이렇게 생기지 않았어요"라고 말하는 것이었다.

그 행렬의 주인인 호화로운 비단옷을 걸친 사람이 혜능에게 물었다.

"네가 정녕 도둑이 아니더냐?"

혜능은 아무런 대답도 하지 않고 가만히 있었다. 그 행렬의 호위가 혜능을 발길로 찼다.

"입이 없으면 내가 찢어서 입을 만들어주겠다. 말이 없으면 내가 너를 쳐서 말이 나오게 해주겠다."

그러나 혜능은 가만히 있을 뿐이었다.

주인의 딸이 나섰다.

"아버지, 저 사람을 풀어주세요. 저 사람을 건드리면 좋은 일이 없을 것 같아요."

주인이 말했다.

"짐을 찾았으니 저 자를 놓아주어라."

그렇게 해서 몽둥이를 맞은 혜능은 피에 얼룩진 채 풀려나 초분 쪽으로 기다시피 해서 돌아갈 수 있었다. 가사와 발우가 아무런 뜻도 없는 듯이 거기 있었다.

"무사하셨다"라고 혜능은 그것들을 반가워했다. 그런데 그 발우는 빈 발우가 아니라 밥이 수북하게 담겨 있는 발우였다. 발우 본래의 역할이었다.

15. 潛行과 修行

 혜능은 발우에 수북하게 담긴 하얀 기름나무꽃 덩어리 같은 밥에 손을 대보았다. 조금도 차지지 않은 밥이었다. 우선 그것을 손으로 먹어 보았다. 누군가가 담아놓은 지 얼마 안되어 아주 식어버린 것은 아니었다.
 그는 무척이나 배가 고팠던 사실을 새삼 확인하며 한 손바닥을 세워 혜가 이래의 한 손 합장을 한 뒤 그 밥으로 뱃속을 채우기 시작했다. 배라는 것도 하나의 살아 있는 도량이어서 빌 때의 배고픔을 담는가 하면 채웠을 때의 배부름도 담는 것이었다. 비는 일과 차는 일을 뱃속은 도무지 싫증을 내는 일 없이 되풀이하는 바가 실로 범상한 중에도 범상한 것만이 아닌지 모른다. 그것을 일러 살아 있음의 율동이라 해도 무방할 터이다.
 그는 밥을 다 먹고 나서야 주위를 돌아다보았다. 저녁 바람이 산 저쪽에서 엉금엉금 내려오고 있었다. 어둠이 시작되고 있었다.
 이런 어둠 가운데 무엇하려고 바람은 또 일어나는 것인가. 혜능은 몽둥이에 맞은 데가 얼마만큼 욱신거렸으나 그보다는 바람의 방향 반대쪽에서 들리는 인기척에 귀를 돌렸다.

혹시 부담을 겁없이 훔친 자의 그것인지도 모른다. 그의 귀가 다음의 인기척을 기다리고 있었으나 더는 아무것도 들리지 않았다.

그는 빈 발우를 챙겼다.

"이제 스승께서 전하신 이 발우가 제구실을 하는구나. 그렇지. 발우 본래의 일은 밥을 담는 일이겠지"라고 중얼거렸다.

그는 초분 안으로 들어가 그곳에 앙상하게 남은 해골 옆에서 밤을 새우기로 했다. 해골이 말을 할 까닭도 없고 정답게 환영할 까닭도 없었다. 그가 혼자서 마른 풀을 모아다가 자리를 깔고 옆구리를 대고 누워 있다가 잠이 들락말락할 때였다.

"함께 잡시다"라고 남방 사투리가 진한 쉰 소리가 들리며 한 사나이가 들어오는 것이었다. 인기척이 헛것이 아니었다.

혜능은 "여기에 누가 주인이고 손님이겠습니까. 들어오시오"라고 말했다.

두 사람이 다 대유령 남쪽 오랑캐인 셈이었다.

중화(中華)는 사방이 남만(南蠻) 서융(西戎) 북적(北狄) 동이(東夷)의 야만에 둘러싸인 천하이며 오직 그들 한족(漢族)만이 사람이고 그 변경의 것들은 짐승이나 다를 바 없는 것으로 여기는 터였다.

그런데 남만의 경우 백만(百蠻)이라 해서 수많은 남방 각 부족이 원시 수렵생활로 삶을 꾸려가고 있었다. 백만이 곧 백월(百越)이고 그 중의 어느 족속들이 더 남쪽으로 내려가 그들만의 전투적인 나라를 세우기에 이르렀으나 그들 역시 대대로 중국의 군사적 영향으로부터 자유로운 것이 아니었다.

아무튼 이같은 남방 오랑캐 두 사람에게 그들의 신분에 어울릴 법한 오래된 초분 속의 합숙이 별수없이 실현된 것이다.

혜능은 그의 습관대로 신새벽에 일어났으나 그의 한쪽은 아무런 말도 없는 해골이고 다른 한쪽은 코를 드르렁거리며 큰 소리의 높낮이로 잠을 깰 줄 모르는 사나이였다. 혜능은 그 사이에서 해가 불끈 솟아오를 때까지 가만히 앉아 있었다. 그로서는 이런 시간이 처음으로 마음 놓고 하는 입정(入定)이기도 했다.

"사실은 어제 저녁의 밥도 훔쳐온 것입니다. 저 아랫마을에서 가장 큰 집에 스며들어가 가져온 것이지요. 용케도 그 집은 무슨 재(齋)를 맞은 모양이어서 밥 한솥을 익혀놓은 터라……"

"………"

"그런데 아침은 어떻게 할까요. 또 한번 훔쳐볼까……"

"도둑보다는 거지가 옳겠소."

"하기야 어제의 부담마 도둑질에도 성공하지 못한 내 주제랴…… 형씨만 큰코 다칠 뻔하지 않았소? 우리 서로 인사나 합시다…… 나야 성도 무엇도 없소. 그저 말 상호(相好)라 '말'이라고 부르지요."

"나는 노가(盧哥)입니다."

"말이나 노나……"

혜능은 초분 안의 해골에 하직의 뜻을 표했다. 두 사람은 그곳을 나와 눈부터 감아야 했다. 햇빛이 눈부시도록 힘차게 쏟아지고 있었기 때문이다.

그들은 차츰 밝은 세상에 익숙해지며 인마(人馬)가 별로 다니지 않은 파란 봄풀의 길을 그림자와 함께 걸어갔다. 이슬이 바짝 말랐다.

햇빛이 슬슬 없어졌다. 길의 너비가 턱없이 넓어졌다. 아마도 옛날의 어떤 전적지였던지 치중대(輜重隊)의 차량이 다닐 정도로 큰길이었으나 지금은 풀이 번지고 있을 뿐이었다.

그 길 위로 혜능의 눈길이 닿았는데 거기에 긴 개미 행렬이 있었다.

"이제 황매에서는 나를 더이상 쫓지 않을 것인가?" 하고 무심코 입을 열어 독백했다.

"거 무슨 말입니까?" 하고 동행자가 길가의 풀을 이것저것 유심히 살피다가 물었다. 너는 쫓기는 신세로구나 하는 그런 말투였다.
 혜능은 그저 빙그레 웃었다.
 개미 행렬이 꽤 긴 것으로 보아 조만간 날이 궂을 것을 예시함에 틀림없었다. 미물이 사람보다 이토록 자연과 우주의 일에는 훨씬 직결되어 있는 것이다.
 사람일진대 지혜와 어떤 예감의 본능 따위는 오히려 마지막에 나오기 일쑤이다. 그것은 후회와도 같은 것이다. 그런데 한갓 개미떼는 앞으로 다가올 일을 미리 알아차려서 일정한 대응을 마치는 것이다.
 이곳 남방의 만지(蠻地)도 적도 언저리에서 불어오는 계절풍의 경험이 많은 곳이어서 저 북녘땅 봄의 황진(黃塵) 만리(萬里)를 몰아쳐 오는 바람보다 더 사나운 계절풍의 폭우를 몰고 오는 위세에 익숙한 것이었다. 혜능은 그 개미 행렬에서 큰비를 예상하기보다 전혀 다른 것을 떠올렸다. 그가 파두산 동산으로 5조 홍인을 찾아갔을 때, 영남 신주땅은 사냥이나 하는 오랑캐 무리가 사는데 어찌 그런 짐승의 세상에서 태어난 놈에게 불성(佛性)이 있겠느냐고 호되게 꾸짖자 그 꾸짖음의 진정한 뜻의 역설과는 달리 혜능 자신의 당당한 대답은 불성은 개미에게도 두루 있지 않으리이까, 하물며 오랑캐에게리요라는 것이었으니 그때의 당돌하기까지 한 바가 이제 와서 부끄러움이 되어 스쳐 갔다.
 "형씨는 이곳이 처음이지요?"
 "처음입니다."
 "저쪽을 보시지요."
 사나이는 사투리로는 제법 점잖은 것이지만 그 거동은 사뭇 길들지 않은 말처럼 뿔이 달려 있는 듯 억센 바가 여실했다. 과연 이런 위인인지라 거지 노릇은 못하겠다. 그래서 겁도 없이 지체가 높은 행렬의 짐을 터는 도둑이 되었던 것인가. 도둑이라면 하나 둘 뜻을 같이해서 작당이 되는 법인데 이 사나이는 그런 작당에도 걸맞지 않은 독불장군이었던가. 혜능이 물었다.
"저쪽 말이오?"
바야흐로 건계(乾季)에 죽었던 풀이나 상록의 나무들도 새로운 녹음을 다투려는 절기인데 전혀 녹색이라고는 찾아볼 수 없는 지역이 있었다.
"저곳을 지나가는 건 썩 재미가 없습니다."
"?"
혜능은 입 대신 눈으로 말하기도 하고 손짓을 보태기도 했다.
"저곳은 짐독(酖毒, 짐새의 독)으로 다 죽어버린 땅이오."
짐새는 열대에 가까운 지방에서 서식하는 독조(毒鳥)이다. 그 깃털조차 독이 묻어 있는 것이다. 주로 뱀을 잡아먹고 사는데 몸에서 강한 독기를 뿜어내는 일을 쉬지 않는다.
그 짐새 둥지 가까이는 아무리 억센 풀도 살 수 없다. 짐새의 똥에 닿은 것도 말라 비틀어지는 것이다. 그래서 장강 일대의 여러 왕실에서 정적을 죽일 때 이 짐새를 넣어서 만든 술을 먹였던 것이다.
"이쪽으로 갑시다."
그 짐새 구역보다 이쪽은 훨씬 가파른 내리막이었다.
기어이 혜능은 그 내리막길에서 발을 헛디뎌서 삐었다. 사나이가 혜능을 들쳐업고 칡넝쿨 따위를 붙잡고 내려가야 했다. 그들은 인사를 나누었으나, 말가니 노가니 하는 성씨 따위는 곧 잊어버렸다.
"그래 어디까지 갈 작정입니까, 형씨?"
"딱히 어디라고 정해진 곳이 없습니다. 오직 멀리 남쪽으로 가는 것뿐입니다."
두 사람은 더이상 낮은 곳이 없는 데에 이르렀다. 그곳에 맑은 개울이 있었다. 우선 납작 엎드려서 물을 실컷 삼켜 물배를 채웠다.

거기서부터 다시 산골짝에 접어들었다. 이런 개울들이야말로 산골짝의 길이나 다름없었다. 그 골짝을 돌아서자 거기에 수상한 움막이 한채 있었다. 산갈대로 대충 지붕을 덮었건만 웬만한 바람으로는 끄떡도 하지 않게 단단한 것이었다.

사나이가 이런 곳에는 이골이 난 것처럼 불쑥 들어갔다. 그가 손에 들고 나온 것은 뜻밖에도 귀리 한바가지였다.

"자, 물가에 갑시다."

사나이는 그 귀리를 몇번이고 씻어낸 뒤 한동안 물에 담가두고 벌렁 누워버렸다.

"낮잠이나 한바탕 자둡시다."

그러나 혜능은 잠이 오지 않았다. 등에 멘 가사와 발우를 내려놓았을 뿐이었다.

그의 파란 많은 잠행(潛行)의 세월은 정작 이제부터 시작이었다. 그는 몇번인가 동행자에게 법을 말하고자 별렀다.

도둑질밖에 할 일이 없는 것 같은 그 몸집 좋은 사나이가 한번 법을 익히게 된다면 그 누구보다 열렬한 수행자가 될 것이 틀림없었다. 하지만 그에게 슬쩍 한마디의 법이라도 말하려 하면 당장 스승의 얼굴이 떠올랐다. "……법을 가지고 남쪽으로 가되 3년 동안은 이 법을 펼 생각을 내지 말라. 환란이 일어나리라"라는 스승의 엄중한 당부와 함께.

그러나 그는 굳이 환란을 두려워해서는 안된다고 여겼다. 이미 동산 방앗간에서 좀더 수고를 더해서 방아를 잘 찧기 위해 무거운 돌을 등에 지고 일했던 그에게 자주 나타났던 어린 행자가, 초조 달마조사도 2조 혜가조사도 다 제대로 살다 간 것이 아니라 타의에 의해 죽어간 사실을 알려주었던 것이다.

그때 혜능은 "장차 나도 어느 악연(惡緣)으로 죽음을 당할망정 그 죽음을 두려워하지 않으리라"라는 맹세를 한 적이 있었다.

그럼에도 불구하고 그가 사나이에게 한마디를 내비치고자 할 때마다 스승이 떠올라 그것을 가로막는 것이었다.

"이렇게 가노라면 우리가 만나게 되는 것이 있을 것입니다."

이 말에 사나이의 흰창이 많은 눈이 커졌다.

"무엇을 만나게 됩니까?"

"부처님이지요."

"부처? 금으로 만든 것이면 값이 나가지만 금가루를 반죽해서 만든 나무부처라면 그것이야 땔감으로도 싸구려입니다."

거기서 혜능은 말을 칼로 무를 자르듯이 끊어버렸다. 이미 그의 마음속에서는 다음으로 이어질 말이 가장 잘 훈련된 병사들처럼 대기하고 있었던 것이다.

다시 한번 사나이에게 법을 말하고자 하는 유혹에 부딪치자 그때에는 스승 5조 대신으로 전혀 뜻밖에 그의 어머니 모습이 마치 하늘의 외딴 구름 한덩어리처럼 떠올랐다.

"능아! 너에게는 아직 입이 없느니라. 먹을 입도 시원찮거니와 말할 입은 더욱 없느니라!"

그는 산 넘어온 장대비를 맞기 시작하며 놀라 깨어난 사나이와 함께 시냇물가에서 움막으로 달려갔다.

"어머님!"이라고 그는 숨찬 가슴속에 오랜만에 어머니의 모습을 담을 수 있었다.

"이제 먹을 만합니다"라고 사나이가 물에 불은 귀리를 절반으로 나누어 혜능에게 주었다.

그들은 그것을 아주 차근차근 어금니로 씹고 씹어 억지로 단물을 냈다.

"제기랄! 어떤 부자 한놈이 있으면 탈탈 털어서 산해진미에 실컷 코를 처박을 것인데……"
 혜능은 이런 사나이의 넋두리로 인하여 그가 만난 적도 없는 최의현(崔義玄)이라는 이름과 황빙무(黃馮茂)라는 사람을 떠올렸다.
 최의현은 4조 도신의 만년 무주자사(務州刺史)였다. 그는 도신에게 귀의한 문·무를 겸전한 무장이었는데 태종·고종 양대에 중용된 인재였다. 당대의 석학들과 함께 『오경정의(五經正義)』를 저술했는가 하면 장차는 무후(武后)의 혁명에도 참가한다.
 황빙무는 기주의 호족으로 바로 파두산 동산의 산주인인데 홍인 문하에 그 산을 기증했으므로 산 이름을 빙무산이라 부르기도 하는 5조 홍인을 흠모하는 후원자였던 것이다.
 혜능은 그런 사람에게 이 도둑질밖에 다른 생각이 없는 사나이를 맡기고 싶었던 것인가. 비는 그칠 줄 몰랐다.
 이런저런 생각에 중단되었던 어머니의 모습이 다시 떠올랐다. 과연 보리는 본래 나무가 없고 거울에는 받침대가 없는 것인가.
 "어머님!"

 움막에서 장대비가 갤 때까지 물에 불은 귀리를 씹어 먹고 난 두 사람은 빗소리나 실컷 듣는 것으로 시간을 보냈다. 그 움막 구석에는 덫 하나가 있고 귀리 한말 정도가 깊숙한 멱서리 안에 담겨 있었다. 더러 들쥐가 드나드는지 마른 풀을 두껍게 깔아놓은 틈에 쥐똥도 있었다.
 사나이 말가가 입을 열었다.
 "주인이 나타날 모양이군. 사람 냄새가 가까워지고 있으니……"
 그 사나이는 실로 놀라운 후각을 가지고 있었다.
 혜능은 그의 말에 참견하지 않고 앉아 있을 뿐이었다. 장차 그가 펼칠 신랄한 법문(法門)이 될 "무념(無念)으로 종(宗)을 삼고 무상(無想)으로 체(體)를 삼고 무주(無住)로 근본(根本)을 삼는다"라는 세계속에 그는 이미 들어가 있었던 것인가.

스승 5조 홍인과 혜능 사이에는 오직 그들 단 두 사람만이 있음으로써, 그들이 전하고 받은 그 법통은 아직 혜능 자신으로부터 누구에게도 알려질 수 없었다.

혜능이 위험한 고비를 넘기며 남쪽으로 도망한 뒤 황매 파두산 일대에서는 신수를 섬기는 대부분의 수행자들이 5조의 엉뚱한 전법(傳法)에 충격을 받아야 했다. 혜능을 떠나보낸 뒤 5조는 사흘 동안 방에서 나오지 않았고 그 뒤로 설사 밖에 나오더라도 법상에 올라 진솔한 설법을 하지 않게 되었다. 이런 상태에 앞선 충격은 당장 도망간 혜능을 붙잡아 그가 받은 의발부터 빼앗아야 한다는 분노로 표변했던 것이다.

실제로 몇갈래의 무리가 편성되어 혜능을 추격했다. 그들 가운데는 아예 혜능을 죽이기로 한 사람들도 끼여 있었다.

하지만 혜능은 그런 고비를 용케 넘길 수 있었고 추격대들은 끝내 빈손으로 황매로 돌아와야 했다.

그들은 동산의 스승 5조에게 가서 법통을 물려준 사실을 없었던 것으로 해달라고 호소하기도 했으나 이번에는 신수가 나서서 그들을 뜯어말렸다.

"이 무슨 망측한 노릇인가. 이미 큰 죄악을 지었거늘 그 죄악을 태워 차디찬 재로 만들려 해도 몇겁이 걸릴 것이다. 나 그대들을 떠나겠다."

"........."

"어찌 스승 앞에 엎드려 함부로 참회할 수가 있겠는가."

이런 지경이 되었으니 동산의 가풍은 한동안 돌이키기 어려운 난조에 빠지고 말았다.

바로 이런 지경이 어느정도 진정된 뒤 그들 가운데서 누구보다 침착해진 신수는 실로 깊은 우수 가운데서 깨어나 스승 5조에게 갔다. 새벽 좌선이 끝날 때마다 가서 인사를 하던 일도 그동안 단념했던 이래의 일이었다.

"어서 와. 내 위없는 도인이여"라는 스승의 인자한 말 한마디가 그에게는 무한한 위안과 격려가 되는 것이었다.

"스승님께 그동안 죄업을 저질렀사옵니다."

5조는 때로는 버거운 존재이기도 했던 제자 신수에게 집중된 신망과 대중의 경의를 모르는 바 아니었다. 그러나 법의 세계는 그런 것에 구애받아서는 안되었다. 누구도 미칠 수 없는 박학다식과 대중에 대한 통솔력 그리고 그것들을 깡그리 내버린 게으름을 모르는 정진에도 불구하고 저 설산 꼭대기의 만년빙(萬年氷)보다 냉철해야 하는 것이 법을 주고받는 일이 아닐 수 없었다. 여기에서 신수보다 혜능이 한발 앞선 것이다. 그 백척간두(百尺竿頭)의 빙벽(氷壁)에서.

한낱 쫓기는 신세의 남루한 한 사람이 바로 그런 법의 세계를 지닌 것이지만 그와 함께 있는 사나이 말가의 세계와는 천리 밖의 거리로 먼 것이 아닌가.

남쪽 오랑캐 땅이라면 세상이 극도로 어지러운 때가 아니더라도 걸 핏하면 집을 거느리지 못하는 궁민이 생기기 일쑤이고 그 궁민 가운데서 반드시 초적(草賊)이 작당하기 십상이다. 말가도 그런 초적에 속하기 위해서 헤매는 중이라고 해야 옳았다.

과연 그의 후각이 맞춘 것이었다. 빗줄기가 좀 성글어지자 이제까지 그 장대비를 다 맞으면서 온 사나이 셋이 움막 안으로 들이닥쳤다.

"어디서 기어들어온 물건들인가?"라고 한 사람이 비 맞은 옷을 홀랑 벗어 말가에게 던지며 말했다. 사나이의 걸때가 예사롭지 않았다. 웬만한 나무둥치 같은 팔뚝에는 지렁이 같은 검은 문신(文身)이 꿈틀거리고 있었고 털북숭이 가슴팍은 워낙 딱 벌어져 있었다.

말가의 성깔조차도 옴쭉 못하고 그냥 젖은 가죽옷이 덮어씌워진 채 가만히 있었다.
 그때 또 한 사나이가 젖은 옷을 벗어 이번에는 앉아 있는 혜능의 머리에 던졌다. 혜능은 그 옷을 머리에서 벗겨 움막 벽의 받침대 굉이에 얌전히 걸어놓았다. 혜능이 그 사나이들에게 화기(和氣)를 담아 인사를 했다.
 "비가 와서…… 비 그치기를 기다리고 있었습니다. 시장해서 여기에 있는 곡식도 좀 축냈습니다. 넓은 마음으로 헤아려주시지요."
 다른 사나이가 한마디 내뱉었다.
 "구질구질한 꼬라지하고는 달리 입에 참기름을 발랐는지 무척 상냥하군."
 비가 그쳤다. 세 사람 중의 우람한 걸때가 말했다.
 "자아, 비도 개었으니 나가줄까?"
 그때 혜능의 동행자 말가가 그의 젖은 옷을 받들면서 통사정을 하는 것이었다.
 "부디 우리를 받아주십시오. 무슨 일이든지 시키시는 대로 하며 살아가겠습니다."
 "딱한 것이로다."
 "부디 받아주십시오. 여기까지 와서 돌아갈 곳이 없습니다."
 "너희들은 우리가 어떤 사람인 줄 모르는구나. 우리는 돼지고기가 없으면 멧돼지고기를 먹어야 한다. 멧돼지고기가 없으면 산중에서 내려와 사람고기를 먹는다. 진짜 고기는 8월 뱀과 개와, 사람으로는 봄 계집 가을 사내가 고기맛을 내는 것이다. 네가 우리의 한끼니를 때워줄 고기가 되겠느냐?"
 말가가 그저 고개를 숙이고 있다가 흐득흐득 울음소리를 냈다.
 "됐다. 우리를 따라다녀 보거라."
 말가는 더욱 울음소리를 크게 냈다.

15. 潛行과 修行 199

걸때는 이 움막을 중심으로 한 패거리의 두령인 터였다. 그에게는 저 북쪽 숭산의 달마권법과는 다르지만 남방의 무귀론(無鬼論)에 바탕을 둔 가짜 귀신들의 싸움인 귀술(鬼術)이 있었다. 그 싸움은 상대방을 죽이는 데까지 가는 것이었다. 그래서 어찌 귀신이 죽는 법이 있느냐, 귀신은 없다라고 큰소리를 치면 비로소 승자가 되는 것이 바로 귀술이었다.

바로 걸때가 그런 귀술의 싸움꾼이었다. 그가 혜능을 향했다.
"너는 어쩔 텐가?"
혜능으로서는 피 냄새가 나는 것 같은 그 두령 걸때에게 몸을 의지할 생각이 없었다.
"저는 사냥하는 분들이나 따라다니며 산중을 떠돌고 싶습니다."
"그렇다면 너는 우리가 산중에서 사는 사람인 줄 몰랐더냐? 이 움막이 저 깊은 데 있는 산채를 위한 가막(假幕)인 줄 몰랐더냐?"
"정녕 몰랐습니다."
걸때가 한심하다는 듯이 혜능을 비웃었다.
"아둔하기 짝이 없는 놈이로고……" 하고 말한 뒤 한 사람에게 혜능을 맡기는 것이었다.
"이놈을 남화산(南華山) 북령(北嶺) 쪽 아우놈들에게 보낼 일이다. 거기 가서 멧돼지를 잡아 그 멧돼지 발톱이나 가지고 놀게 하면 좀 머리가 좋아질지도 모른다. 하하…… 멧돼지 발톱에는 멧돼지 정기(精氣)가 모여 있으니까."
이렇게 되자 졸개인 한 사나이가 혜능에게 눈짓을 했다. 이놈아, 어서 따라와 하는 반갑지 않은 눈짓이었다.
혜능이 나가려고 발우짐을 어깨에 메는 것을 본 걸때가 물었다.
"무엇인데 그리 애지중지하느냐?"
"나무 밥그릇입니다. 제 어머니가 이것 하나만 있으면 굶는 일이 없을 것이다 하며 구해준 밥그릇입니다. 하도 굶기를 밥 먹듯 죽 먹듯 해온 가난뱅이라……"

"하하하, 잘 가지고 다니며 제발 입안에 이슬 맺힌 거미줄이나 치지 않게 하고 입안에 모락모락 안개나 피우지 않도록 하거라. 하하…… 어리석기는……"

이렇게 쉽게 넘어간 것이 다행이었다. 의발을 빼앗기는 일은 혜능으로서는 목숨과 바꿀 일이었다.

대유령은 그 깊숙한 북쪽 기슭에까지 수많은 장강의 지류들이 남으로 남으로 그 물줄기의 근원을 향해서 올라와 있었다. 그 대유령 긴 산줄기를 넘으면 거기서부터 갑자기 기상이 달라지며 이제까지의 남조(南朝)적인 환경과는 달리 숨막힐 정도로 열대지방의 짙은 녹색으로 꽉 차 있었다. 열 길이 넘는 구렁이가 그런 어둑어둑한 녹색 숲을 기어가는 것이었다.

혜능은 그와 한또래인 것 같은 졸개 뒤를 따라 움막에서 나와, 숲과 산허리를 번갈아 짱짱한 하룻길의 걸음을 재촉해서 갔다.

나무꾼이었던 혜능이 이런 곳이라면 나무를 해다가 팔아서 공부를 계속할 수 있겠다고 생각하는데 그의 가슴팍을 슬쩍 건드리는 몽둥이가 나섰다.

"어디서 굴러들어오는 것들이냐?"

숲속의 푸나무서리 속에서 소리만 들려왔다.

졸개가 나섰다.

"저쪽 산중의 귀신이오. 이 작자를 맡기러 왔소. 우리 두령 모장(矛藏) 어른의 안부나 전해주구려."

"모장 형님 말이오?" 하고 대번에 말투가 달라지며 숨어 있던 얼굴이 나타났다. 활과 화살통이 등 뒤에 매달려 있었다. 한 사람이 아니라 대여섯 사람이었다. 털보들이었다.
"이 사람을 맡기라 하셨다고?"
"네, 그렇습니다."
"하룻밤 자고 떠나시겠소?"
졸개가 그대로 돌아가겠다 했다.
그 졸개 편에 두령에게 전하라고 곰가죽 한짐을 넘기는 것이었다. 과연 모장은 이 남화산중에서는 소문난 위인임에 틀림없었다.
한쪽은 산중의 괴수 모장이 이끄는 초적 일당이고, 이쪽은 나라의 지방장관이 엄금하고 있는 희귀동물이나 약재로 귀하게 쓰이는 짐승을 밀렵하는 사냥꾼 일당이었다. 그들은 밖으로부터의 안전과 진귀한 것을 서로 바꾸어가며 돕는 처지였다.
이제 혜능은 도적으로부터 사냥꾼의 세상으로 보내어진 것이다. 다행이었다.
사냥막은 그 입구에 해당하는 곳에서 날이 꽉 저물어버린 어둠속을 실컷 걸어가서 지극히 은밀한 불빛으로 가까워졌다.
"형님, 여기 산 너머에서 보낸 물건이 하나 있습니다."
"무엇이냐? 어? 사람 형용이구나."
혜능이 정중하게 머리를 숙여 인사를 했다.
"제법 사람 흉내를 내는 놈이로군…… 아주 마음에 드는 것을 보내주셨군. 사람고기로는 품질이 낮기에 나에게 보내신 것인지도 모르지, 하하…… 하여간 우리 남화산 북령 일대에서 한번 뛰어다니며 짐승을 몰아보아라. 네 팔다리가 한층 더 쓸모있게 단단해질 것이다."
그로부터 혜능은 이곳 북령 사냥꾼들 틈에 끼여 몸을 감출 수 있었다. 하지만 그에게 맡겨진 것은 사냥에 쓰는 독약통들을 잘 간수하거나 운반하는 일이었다. 그러다가 산토끼나 노루 따위가 먹을 풀에 꿀과 독약을 섞어 발라두는 일도 마달 수 없게 되었다.

어쩌다 이런 살생의 소굴에 빠져들었는지 몰랐다. 혜능은 고의로 자기 몸에 독약을 발라 몸의 일부분이 심하게 상하게 했다. 그것을 본 사냥패 우두머리 빈가(賓哥)가 침을 탁 뱉으며 노기를 보였다.

"참으로 모자란 놈이로다. 그것 하나 다룰 줄 모르다니······ 사람 형용이 어찌 저 모양인가. 저것을 몰이꾼에다 넣어보아라."

그렇게 해서 혜능은 멧돼지 사냥의 몰이꾼으로 가담하게 되었다. 몰이꾼도 몰이꾼 나름이어서 그는 짐승이 내달리다가 방향을 잡지 못하는 위험한 지점을 맡았다. 화살을 맞은 멧돼지는 처음에는 일직선으로 달아나다가 결국은 그 직선을 포기하고 어느 방향으로 향할지 모르게 된다. 바로 그런 지점을 지키고 있는 몰이꾼은 위험하다. 전혀 예상하지 못한 채 들이받혀 저만큼 나가떨어지기 십상이다.

사실 그곳에서 더 남쪽 남해안 산중에서는 코끼리 사냥도 해본 그들이었지만 그곳의 다른 사냥꾼에게 쫓겨서 이곳 북령에 자리를 잡았던 것이다. 과연 야생 코끼리를 생포하기에는 여간 공이 드는 것이 아니다. 우선 코끼리가 잘 지나가는 통로에 목책을 촘촘히 박은 견고한 구조물을 장치해서 풀더미로 은폐한 뒤, 코끼리 일행을 그 통로 안으로 유도해서 길들여진 코끼리를 따라 일정한 지점까지 오면 거기서 굵은 밧줄과 쇠그물을 쳐버리는 것이다.

바로 이런 큰짐승 사냥에서 동패들을 많이 잃은 것이 세력이 약화된 원인이었다. 여기서는 그런 큰짐승은 아니지만 멧돼지나 곰 따위가 나타날 때는 사람의 목숨과 바꾸는 일이 적지 않았다. 혜능이 그런 몰이꾼으로 쓰이게 된 것이다.

그는 그럭저럭 사냥꾼의 생활에 익숙해갔다. 다만 사냥꾼들의 왕성한 식욕을 자극하는 육식(肉食)에 대해서 혜능은 아예 채식을 지켜갔다. 커다란 고기 냄비의 가장자리에 산채를 얹었다가 꺼내면 그것이 나물 반찬이 되었다. 밀떡이나 쌀밥 그리고 어쩌다가 생기는 식물기름으로 몸을 유지했다.

뒷날 이를 두고 '고기 옆에 익힌 나물〔肉邊菜〕'이라 했지만 당시에는 이런 채식을 고집하는 혜능을 동료들은 나물아비라고 불렀다.

처음에 그들은 혜능을 해괴한 자로 여겼으나 우선 고기 배당이 한사람 줄어버린 것을 좋아하지 않을 수 없었다. 그래서 나물아비라는 제법 점잖은 이름까지 지어준 것인가.

그들이 북령 사냥에서 가장 신명을 내는 것이 노루사냥이었다. 노루 1백 마리 이상이 한꺼번에 무엇에 쫓겨서 달아날 때 바로 그 노루떼가 지쳐버릴 만한 일대에 그물을 쳐두면 노루를 쫓던 짐승들과 노루떼의 일부를 한꺼번에 잡을 수 있는 것이다.

거기에는 활과 창의 명수가 동원되고 그러기에 앞서 그물을 지키는 자들도 겹겹으로 대오를 갖추어야 했다.

이런 노루사냥에서 혜능은 그물을 지키는 역할을 맡고 있었다.

저쪽에서 휘파람소리가 나자마자 그 신호를 철저히 파묻기라도 할 것처럼 지축을 흔들어대는 노루떼의 질주가 나타났다. 실로 우렁찬 광경이었다.

그러나 그 질주의 양쪽에서 거의 적확하게 던지는 창이나 머리통에 명중하는 화살에 맞아 풀썩 쓰러지는 노루도 많았다. 더구나 그렇게 쓰러져 마구 달리는 뒤쪽의 노루에 짓밟혀서 내장이 터져버리는 놈도 있었다.

바로 그런 걷잡을 수 없는 긴박한 순간에 혜능은 그물 한쪽을 슬쩍 터서 그곳으로 노루 몇마리를 무사히 도망가게 했다. 그런 일도 몇번째부터는 퍽이나 노련해졌다.

하지만 우두머리 빈가에게 이 사실이 알려졌다. 표범 한마리를 사로잡지 못하고 죽은 것으로 끌고 오면 그것은 사냥꾼에게는 불명예였다.

첫째, 산 표범은 우리에 집어넣어서 소양(韶陽)에 가지고 가면 큰값을 받아낼 수 있었다. 그러나 죽은 표범은 기껏해야 가죽밖에는 값이 되기 어려운 것이다.

바로 산 표범 사냥에 실패한 밤, 우두머리는 산채 마당에 화톳불을 놓게 했다. 마른 나무토막과 생나무토막이 한꺼번에 불잉걸을 뜨겁게 만들어냈다.

"사주(蛇酒)를 내와라."

오랜만에 산채 뒤에 담가서 묻어둔 뱀술을 파내왔다. 술독은 넷이었다. 한바가지씩 돌아가며 입안에 털어넣었다. 이런 사주를 너무 많이 마셔서 그 술이 닿은 이빨이 망가진 자도 있었다.

"노가(盧哥) 놈에게도 한바가지 인심 써라."

그러나 혜능으로서는 그 사주를 사양하는 것이 당연했다. 바로 그 사양이 무엄하다는 불경죄가 된 것이다.

우두머리 빈가는 술에 취한 채 외쳤다. 그의 불빛 물든 얼굴은 살기조차 띠고 있었다.

"저 자를 표범 우리에 집어넣어라. 내일 표범을 잡으면 그 잡힌 놈과 함께 있게 하거라. 어느 놈이 죽든지 살든지······"

그날 화톳불이 힘껏 타오르는 어둠속에서 혜능은 꼼짝없이 우리 속에 갇힌 신세가 되었다. 그때 그에게 남아 있는 생각이란 오직 발우와 가사에 대한 것이었다.

"누구에게 전해지랴. 누구에게······ 아니······"

빈가가 우리에 갇힌 혜능에게 마지막 말을 던졌다. 그동안 정이 든 졸개였고 졸개 가운데서도 실로 이상한 기운을 느끼게 하는 힘이 있었기 때문인가.

"너는 도대체 어떤 놈이냐?"

혜능도 여기에 이르러서는 그의 정체를 밝히는 것이 좋겠다고 생각했다. 그것은 본능적인 용기이기도 했다.
 "저는 산중의 승려올시다. 사연이 있어 이 북령의 인연 가운데 머무르게 되었습니다. 두령님, 그동안 신세를 많이 졌습니다. 이제 뜻대로 하시기 바랍니다."
 "저놈은 지붕 밑에 두지 말고 밤새 이슬이나 맞고 모기에게 피를 나누어주게 마당 구석에 두어라. 오늘밤 숙직은 저놈의 우리를 잘 지키도록 하거라."
 빈가는 혜능이 중이었으므로 고기를 입에 대지 않고 산짐승을 방생(放生)한 것을 이해할 수 있었다. 하지만 그에게 이제까지 신분을 숨기고 있었던 사실을 추궁하고 다른 졸개들에게 경각심을 불어넣기 위해서 혜능을 꾸짖어 우리 안에 집어넣은 것이다.
 하필 간밤 우두머리 빈가의 꿈에 세상 떠난 지 오래인 그의 아버지가 나타나 그가 내리치려는 칼 아래의 아기를 위험을 무릅쓰고 얼싸안는 것이었다. 그 꿈 때문에 산채 안에 들어가서도 두령은 방 시중 드는 계집을 밀쳐버렸다.
 "흥, 오랑캐도 중이 될 수 있다니…… 아무래도 저놈에게 무슨 사연이 있겠지."
 신새벽 혜능이 갇혀 있는 마당 구석의 우리로 발짝 소리를 죽이고 다가간 사람이 있었다. 불침번인 숙직 졸개가 그 옆에서 꾸벅꾸벅 졸면서 물것에 물릴 때마다 정신을 차리는 정도였다.
 다가간 사람이 그 숙직 졸개부터 입안에 흙을 집어넣고 꽁꽁 동여매어 산채 뒤안으로 끌고 갔다. 그 사람이 돌아와 혜능의 우리를 열었다.
 "가거라."
 본래의 목소리와는 다른 변성이었던가.
 혜능은 그러나 다급하지 않게 우리를 나와 그의 잠자리로 들어가는 것이었다.
 "저놈이?" 하고 그 사람이 의아해했다.
 혜능은 의발 짐을 챙겨들고 나왔다. 그 사람에게는 어둠속의 별빛을 빌어 하직인사를 했다.
 그 사람이 누구인가. 바로 혜능을 우리에 집어넣으라고 명령한 우두머리 빈가였다. 숙직 졸개에게 혜가를 놓친 죄를 탕감해주기 위해서 그를 먼저 뒤안으로 끌고 갔던 것이다.
 이렇게 해서 혜능은 북령을 떠날 수 있었다. 그동안의 3년이 산을 넘자 들녘으로 내달리는 바람처럼 흘러가고 없어졌다.

 소주(韶州) 땅으로 가는 길은 산악지대뿐 아니라 강과 소택(沼澤)들이 빈번히 나타나 불편했다. 소주 사회현(四會縣)에서 그가 태어난 신주(新州) 남단까지는 썩 먼 곳이 아니었다.
 그런데 그에게는 고향의 어머니를 그리워할 여유조차 없었다. 그를 형식상 추격해 온 북령 사냥꾼 한패거리에 몸을 그때그때 숨겨야 했고, 바로 그 사냥꾼과 내통하고 있는 낙창현(樂昌縣)의 회집(懷集) 일대에 퍼져 있는 혼거(混居)의 남녀로 된 귀금속 강도떼의 몇사람이 혜능을 붙잡으려 하고 있었기 때문이다. 사냥꾼들은 그들 강도떼 남녀에게 노가(盧哥) 성을 가진 그놈을 잡으면 몸에 지니고 있는 서역 보석을 취할 수 있다고 했기 때문에 더욱 열성이었다.
 지난날 폐불시대에 이 일대의 사원을 마구 때려부순 자들도 바로 이들이었다. 그런 후예들이 오늘날에는 남해 건너 귀금속 장사꾼들이 신주의 바닷가 포구에 닻을 내리면 그 배에 쳐들어갔다가 그곳 진장(鎭將)으로부터 크게 징벌을 받은 적도 있었다. 보석이라면 그들 도적떼보다 그 도적떼로부터 싼 값으로 구할 수 있는 낙양 장안의 황실과 귀족에게 더 요긴한 것이 아니던가?

그런 위기에 몰린 혜능은 그 위기를 도리어 법을 펼 때가 왔다는 전환기로 인식하기에 이르렀다.

 내가 이토록 몰리는 까닭은 내가 펼칠 법이 나를 몰아붙이는 뜻과 결코 다른 것이 아니리라는 생각이 그의 목구멍의 단내가 가라앉은 갑작스러운 도피 끝에 솟아오르는 것이었다.

 그는 조계산(曹溪山) 언저리의 어느 집 폐정(廢井) 안으로 내려가 숨어 있었다. 그 아슬아슬한 곳에서도 그런 생각이 그를 더욱 강하게 만들었다.

 바로 그 물이 말라버린 우물 위에 모습을 나타낸 사람이 유지략(劉志略)이었다.

 유는 우물 속의 혜능이 비범한 사람임을 첫인상으로 알아보고 있었다.

 "올라오시구려."

 "올라가겠습니다"라고 대답한 혜능이 태연하게 그 폐정을 빠져나왔다.

 "물론 나는 당신을 잡으러 온 사람이 아닙니다."

 "그렇다면 내가 쫓기는 신세인 줄 알고 계십니까?"

 "산에는 나무가 있고 사람에게는 더러 악연(惡緣)이 있지요…… 나는 부처님을 섬기는 사람입니다."

 "정녕 그렇습니까?"

 "혜원(慧遠) 지의(智顗)에 이어지는 내력이 나에게까지 왔습니다."

 "혹시 황매의 선풍(禪風)을 아십니까?"

 "들었습니다."

 "실은 저도 부처님을 본마음으로 삼고 있습니다."

 "잘 만났습니다. 자, 갑시다."

 유지략은 이 한촌으로 걸음을 재촉해 온 혜능이 어떤 보랏빛 영기

(靈氣)에 에워싸여 있는 것을 보았다.

혜능의 행색은 초라하기 짝이 없었다.

그동안의 산중 생활이 그에게 어떤 품격을 갖춘 자세를 지닐 수 없게 한 것도 이유지만 영남 야만인들은 워낙 인물다운 외양이 만들어질 수도 없었다.

하지만 그의 타고난 신령스러운 기상은 흙에 묻힌 보검(寶劍)과 같아서 그 흙을 잘 벗겨내면 칼은 번뜩이게 되는 것이다. 혜능의 나이 30세였다.

유지략이 32세였다. 유의 제안으로 그들은 형제의 의(誼)를 맺을 만큼 친밀해졌다. 밤 한톨도 쪼개어 둘로 나누어 먹는 정분이었고, 혜능이 생활이 달라진 뒤 며칠을 앓는 동안 혜능을 돌보다가 유지략 자신도 앓아누워서야 마음이 편안해질 정도가 된 것이다.

"아우가 앓으니 나도 앓아야 하지 않겠어? 이제야 내 마음이 지극히 안정되었으니……"

"유마힐(維摩詰)의 말씀에도 그런 것이 있는 모양이지. 문수보살이 병 문안을 갔을 때 일체중생이 앓으므로 나도 앓는다는 말씀 말이지."

혜능이 형으로 섬기는 유지략이지만 서로의 말투는 반말이 어울렸다.

바로 이 유지략이 소주(韶州)땅에서는 드물게 문자공부에 깊은 사람이었다.

그가 말했다.

"나와 함께 절에 가보지 않겠어?"

혜능은 짚으로 물건을 담을 것을 만들고 있다가 선뜻 하던 일을 털고 부랴사랴 일어났다. 도리어 혜능이 앞장서는 것 같았다.

그들은 그곳의 이름도 없는 절, 겨우 몸채 하나밖에 없는 니승(尼僧)의 절에서 비좁은 골방의 하룻밤을 지내게 되었다. 그런데 그 니승

이 바로 유지략의 고모가 되는 여자였다. 깊은 밤 그녀의 열반경(涅槃
經) 읽는 소리에 혜능은 그 뜻도 모르면서 지극한 기쁨을 누릴 수 있
었다.
 달이 구름속에 들어간 뒤 다시 나오는 일이 없어도 혜능에게는 달이
밝은 밤이 되었다. 열반경 자체가 달빛이 되었던 것인가.
 다음날 그는 니승 무진장(無盡藏)에게 갔다.
 "어젯밤 경을 들었습니다"라고 말하자 무진장은 한자 필사본의 열반
경 한질을 획 내던지듯 혜능에게 주었다.
 "저는 글자를 모릅니다."
 "글자를 모르고 어찌 그 뜻을 알 수 있겠는가. 글을 배우도록 하게
나, 이제라도 늦지 않으니…… 아니 죽기 직전에도 알 것은 알고 있어
야 하는 법이니……"
 이때 아주 오랜만에 그의 뱃속에서 나오는 대로의 말이 폭포의 첫
굽이처럼 꺾여서 나와버렸다.
 "본마음〔本性〕, 스스로의 마음〔自性〕은 글자를 아는 것과 아무런 상
관도 없어야 합니다. 굳이 글자를 몰라도 괜찮습니다…… 잘 익혔습니
다."
 그가 열반경을 받기 전에 그 경의 내용을 무진장이 그 막힘 없는 풀
이로 알려주었던 것이다. 이번에는 혜능 앞에 던져진 열반경을 혜능이
그녀 앞에 도로 밀어버렸다.
 "이미 제 몸 안에 열반경이 생겼습니다."
 그때 무진장의 조카 유지략이 혜능을 다시 알아보았다.
 "어허! 어허!" 하고 갑자기 머리가 쑤시는 아픔과 함께 아우 혜능
의 경지를 짐작할 수 있는 감명(感銘)이 우러났다.
 "고모님, 저희들은 물러가겠습니다."
 그러나 고모 무진장도 여간내기가 아니었다.

"물러가다니, 아무리 물러가야 다시 찾아오게 될 것이야. 갈 테면 가보아."

그들은 그렇게 단호하게 떠났으나 결국은 무엇인가 찜찜한 것이 있었다.

이렇게 소주땅 조계산 언저리의 시절로부터 시작한 혜능의 세월은 아직도 잠행(潛行)이었다. 유지략의 안내로 그곳의 여러 밑바닥 농군, 천민, 장사치, 거지와 도둑, 건달, 강상죄(綱常罪)를 범하고 남쪽 오랑캐땅에 스며든 장강 유역의 한족, 심지어 사람 죽이는 독약을 만드는 약사들까지가 혜능이 상종하는 무리였다.

물론 유지략과 같은 문자해득의 남방 한사(寒士)들도 더러 사귀었다. 놀라운 것은 월(越)의 후예 가운데서 재기가 넘치는, 유교·도교와 이 지역에서 가장 유서 깊은 불교에 조예를 가진 사람도 사귀게 된 일이었다.

하지만 혜능은 그들로부터 결코 글자를 배운 일이 없었다.

그가 북령 사냥 몰이꾼으로 있을 때 스승 5조에게 간절한 사연을 전한 적이 있었다. 매우 어진 표범가죽 장수가 있어 그에게 황매현 동산의 어느 수행자에게라도 소식을 전해 달라는 부탁을 했던 것이다. 그 때에도 말로 전해 달라 하였다.

"이곳은 나무가 울창하므로 파묻혀 살 만하옵니다. 누가 찾아와도 없는 듯하고 누가 찾아오지 않아도 어제와 오늘이 한결같사옵니다. 사회(四會)와 회집(懷集)에 이르기까지 나무가 울창하거니와 짐승도 득실거립니다. 이 가운데서 스승을 기리며 가사는 걸친 적 없고 밥그릇도 한번 이외는 늘 비워두고 있사옵니다."

이 말을 몇번이나 외우게 해서 그대로 전해주기를 바랐던 것이다.

그때나 지금이나 글의 유혹이 없지 않았으나 끝내 그는 글자 이전의 세계만을 이어가고 있었다.

누구와의 투박한 대화도, 어떤 내용의 대화도 거기에 혜능의 무식한 말 몇마디면 삭막해 있다가 꽃이 핀 마을처럼 금세 환히 난만해지는 것이었다.

그런데 유지략이 온데간데없이 사라졌다. 그래서 혜능이 뱀 잡는 녀석을 데리고 무진장의 이름없는 절간에 가보았다.

그곳엔 무진장도 자취가 없고 몸채에 모신 작은 불상도 없었다. 그러므로 상당한 동안 빈집이 되어 있었던 셈이었다. 그토록 먼지 하나 없이 정결하던 니승의 처소에 왕거미줄이 쳐져 있고 방안의 판자바닥은 산짐승의 터럭과 마른 똥 따위가 늘어붙어 있었다.

"……나더러도 한번 길을 떠나라는 것인가."

황매의 5조는 혜능을 남쪽으로 떠나보내고 4년 뒤에 눈을 감아 입적했다. 혜능이 20세일 때 이미 50세였던 신수도 그곳을 떠났다. 그러나 신수가 떠날 때는 혜능의 도망과는 달리 동산의 수행자 몇백 명이 함께 떠나는 장관을 이루었다.

그러므로 법통은 5조와 혜능 사이의 비밀이었지만 법의 회상은 정작 신수와 그를 추종하는 수많은 출가자와 재가자 4부중(四部衆)이었다.

신수의 대중을 이끄는 위력은 그 누구도 따를 수 없었다. 그가 그토록 가지 않으려 했던 북쪽으로의 긴 여행은 신수로서는 중대한 결단이었다.

아마도 그의 이 결단은 스승을 잃기 전의 오랜 시간 동안 해온, 공들여 삶아 익혀 낸 명주실과 같은 빛나는 구상에 의해 내려진 것인지 모른다.

5조는 혜능에게 법을 전한 일에 대해 "능(能)한 자에게 법을 전하였노라"라고 말한 이후로는 한번도 수행자 전체가 모이는 상당(上堂) 법상에 오르지 않았다. 아직 주장자(柱杖子)를 쿵쿵 찧으며 하는 법문은 아니었으나 수행의 여러 규범이나 그 진의를 설파하는 일은 필요했다.

다만 여기서 주목할 일은 5조가 상당법문을 하지 않는 대신 교수사 신수가 상당 밑에 약간 낮은 법상을 차려놓고 거기에 앉아 스승의 상당법문을 대행한 사실이었다. 아니 신수도 5조로부터 그에게 합당한 법통을 받는 절차가 있었다.

대중들 사이에서 어찌 수행의 한 매듭마다 있어야 할 큰 가르침이 없느냐는 여론이 들끓었다. 그 여론은 혜능을 추격하기 전후의 그런 정도는 아니었으나 제법 뜨거운 것이었다.

이 사실을 5조가 모를 리 없었다.

대중 가운데 진혜명은 진작 법명을 혜능의 혜자가 아닌 것으로 바꾸어 도명이 되었다. 그는 혜능의 지시대로 황매를 떠나 몽산(蒙山)으로 가서 새로운 수행처를 개척했다. 법여(法如)도 혜안(慧安)도 신수의 일행에 섞여 그들의 조사인 초조 달마와 2조 혜가의 비장한 근거지였던 숭산 소림사로 올라갔다.

그럼에도 황매 동산에는 아직도 5조 홍인을 받들고 있는 많은 대중이 있었다. 본디 홍인은 여러 동료들이 업신여기기 십상으로 내성적이었다. 입이 무겁고 일체의 시비에서 벗어나 있었다. 다만 몸을 움직여 하는 노동과 작무에서는 언제나 부지런했다. 그뿐 아니라 선 수행에도 하품 한번 내본 적 없이 부지런했다.

『전법보기(傳法寶記)』도신장(道信章)에는 "경을 읽지 말고 사람과 함께 이야기하지 말라"는 도신의 교시가 있는데 이에 가장 충실한 것이 바로 홍인이었다.

그런 홍인이 최후를 앞두고 한가지 추가할 일이 있었다. 사랑하는 제자 현색(玄賾)을 격외(格外)로 법을 전하는 제자로 인가하는 일이었다. 그가 세상을 떠나기 이틀 전의 일이라 매우 시급한 일이기도 했다.

 이 인가와 동시에 이미 그곳을 떠나 북쪽으로 간 신수, 혜안 등과 낙양과 장안 그리고 숭산 소림사의 황도불교(皇都佛敎)에도 그의 법통을 이어주었다. 일종의 추서(追敍)였다.

 그뿐 아니라 백송산(白松山)에 가 있는 유주부(劉主簿), 화주(華州)의 혜장(惠藏), 수주(隋州)의 현약(玄約) 등도 법을 받은 제자로 아울러 10대 제자를 칭하게 했다.

 하지만 법현(法現)이나 선집(宣什), 과주(果州)의 미화상(未和上), 낭주(閬州)의 온옥(蘊玉), 상여현(相如縣)의 여승 일승(一乘) 등도 가히 10대 제자보다 못하지 않은 고승들이었다.

 다만 석가모니의 10대 제자를 본받아 5조에게도 10대 제자가 북종선(北宗禪) 중심으로 된 것이 홍인이 세상을 떠나기 직전의 일인 것이 특이하다.

 중국에서는 10을 무던히 좋아한다. 공자에게도 제자 10철(哲)이 있고 달마를 몹시 싫어했던 광통율사(光統律師)도 혜광(慧光) 등 10철을 두고 있었다.

 중국에서 사상으로나 신행(信行)으로나 크게 발흥한 화엄종은 사물이나 행상(行相)을 대체로 10의 단위로 활용하고 있다. 10신(信), 10주(住), 10행(行), 10지(地) 등이 그것이다. 10이 바로 원만구족의 원수(圓數)이기 때문이다. 이 원수는 또한 무진(無盡)·무량(無量)을 뜻하기도 한다.

 아무튼 홍인의 수행이 펼친 커다란 폭이 이같은 북종(北宗) 10대 제자를 낳은 것임에 틀림없다. 여기에 극적으로 법을 전한 최초의 남방 혜능을 굳이 더하자면 11대 제자가 되지 않는 바 아니나, 혜능에게 전한 법통과 10대 제자가 받은 법통은 다른 성격을 내포하고 있음에 틀림없다. 신수 들에게는 대낮에, 이에 앞서 혜능 한 사람에게는 한밤중에 법을 전한 셈이다.
 그러나 이밖에도 홍인으로부터 법통을 이어받은 사람은 그것이 방계(傍系)든 아니든 하나 둘이 아니었다. 강녕(江寧)의 법지(法持)나 도준(道俊) 승달(僧達) 등도 있으며, 낭주의 온옥은 염불선을 전개함으로써 새로운 선종을 열었다. 자주(資州)의 지선(智詵)이나 처적(處寂)에 이어지는 신라승 정중무상(淨衆無相), 남악(南岳)의 승원(承遠) 등도 홍인의 정신을 계승하고 있었다.
 홍인은 이미 그의 문하를 떠나서 새로운 세계를 개척하는 제자들이 남북으로 확산되는 것과 함께 그가 있는 곳을 그대로 존속시키는 제자들에게는 그가 태어난 집을 절로 만들 것과 그의 묘탑(廟塔)을 짓는 일에까지 자세히 언급하고 있었다.
 현색에게는 "신수와 함께 마땅히 불일(佛日)을… 빛내고 심법(心法)의 등불을 거듭 비추도록 하라"라고 부촉(付囑)하기를 마다지 않았다.
 신수가 떠나기 전 홍인이 신수에게 그의 발을 씻게 하고 그와 나란히 앉게 한 사실은 틀림없이 법통관계를 표상하고 있는 것이다.
 홍인의 말 가운데 가장 울림이 많은 것은 그가 펼친 의미심장한 교화의 단면을 다음과 같이 나타낸다.
 "큰 건축물을 지탱할 만한 좋은 재목은 본래 반드시 깊은 산골짜기에서 생산되는 것으로 속세에서 키울 수 있는 것이 아니다. 세상과 멀리 떨어져 있기 때문에 함부로 사람들의 도끼에 찍히지 않고 점차 성장하여 큰 재목으로 되며 그런 다음에야 비로소 대들보의 쓰임새를 감당할 수 있게 되는 것이다."

 이런 홍인에 관련해서 성당(盛唐)시대의 대시인 두보(杜甫)가 그 곤궁하기 짝이 없는 죽음을 앞두고 양자강 상류의 작은 역참(驛站)이었던 기주에 머물고 있을 때 선(禪)에의 강한 염원을 담은 시를 남긴 바 있다.

몸은 쌍봉사에 맡기고
문은 칠조의 선을 구하네
돛 내리고 옛날의 생각 따라
거친 베옷을 입고
부처님의 참된 진리를 추구함이라
(身許雙峯寺 門求七祖禪 落帆追宿昔 衣褐向眞詮)

과연 한 시인의 비탄 가운데서 5조 홍인의 쌍봉산 선(禪)은 마지막 구원의 대상이었다. 여기서 노래하는 7조란 응당 6조 혜능 이후의 여러 영웅적인 선객을 가리키는 것이다.

두보는 안록산(安祿山)과 사사명(史思明)의 난(亂)이 일어난 1년 동안에도 "나도 일찍이 혜가와 승찬의 선을 배운 적이 있지만 여전히 선적(禪寂)의 집착에 얽매여 있을 뿐이다(余亦師璨可 身猶縛禪寂)"라고 그 자신을 반성함으로써 좀더 진지한 선에의 향수를 노래하고 있다.

아무튼 늙은 5조는 허물을 벗고 사라진 가을 뱀이어서 그의 허물만 남겨졌다가 눈을 감았다.

그는 측천무후의 초기에 태어나 숙종(肅宗) 2년에 입적한 것이다. 세수(世壽) 74세.

혜능은 스승 홍인의 입적을 훨씬 뒤에야 전해들었다. 그러기 1년 전의 어느날 새벽 좌선중에 자꾸 스승이 집안으로 들어가는 모습이 나타났다. 처음에는 그 모습을 쫓아버렸다. 부처도 스승도 그것이 무념 (無念) 가운데 나타나면 허깨비이다. 어떤 영험과 기적이 있어도 허깨비인 것이다.
 혜능은 서너 번씩이나 스승의 모습이 눈앞에 어른거리는 그 새벽의 입정(入定)을 결국 그 스승의 모습 때문에 체념했던 일이 있었다.
 그 새벽 선 수행을 마치고 나서 그는 혼자 중얼거렸다.
 "스승이 가실 때가 되셨나, 벌써?"
 "벌써"라는 말은 혜능의 세월에도 먼저 적용되어 마땅하다. 그가 남방으로 숨어들어 온갖 만행을 해온 변신(變身)의 세월이 벌써 15년이 지나간 것이다.

 "때가 되었다. 이제 더는 도피하지 못하겠다!"라는 『육조단경』의 한마디는 마침내 혜능의 결단을 유감없이 드러낸다.
 그는 광주(廣州) 남해현(南海縣) 법성사(法性寺)로 향했다. 그가 사회현(四會縣) 산속에 있다가 나서는 길이었다.
 산기슭에는 두메의 세 가호 오두막집이 있었는데 그중의 한 집에서 흰 개가 혜능을 보며 짖어댔다.
 마침 어느 길로 갈까 하고 산길이 그 두메에서 세 갈래로 나 있는 것을 보고 주저할 때였다. 개는 혜능에게 대드는 것이 아니었다. 혜능을 한두 번 돌아다보다가 길 하나를 향해서 짖어대는 것이었다. 그때 그는 번개치듯이 알아차렸다.
 "흠, 이 녀석이 내가 갈 길을 일러주는구나."
 그가 개가 향해서 짖는 쪽으로 걸음을 옮기자 개는 짖기를 딱 멈추었다.
 "너도 곧 이루리라."
 혜능이 법성사로 갈 생각을 굳힌 것은 그 개 때문이었고 그 다음으로 그 길에서 법성사로 가는 사람을 만났기 때문임에 틀림없다. 이틀째의 길을 가는 어느 마루턱은 보리수의 숲 가녘이었다.

거기에 길을 쉬는 사람이 있었던 것이다.
"인종(印宗)법사를 아는가?"라고 그 늙은 길손이 대뜸 혜능에게 물었다. 그것은 너 같은 밑바닥 인간이 어찌 인종과 같은 남방의 선지식을 알겠느냐는 멸시를 뜻하는 것 같았다.

16. 曹溪山 열었나니

혜능의 스승 5조 홍인은 그의 법맥을 혜능에게 전한 뒤에도 그것을 다른 제자들에게도 각각 그 경지에 맞게 전한 것이 사실이다. 여기에서 5조의 넓이가 짐작된다. 그 넓이는 먼동 틀 무렵의 그 어둑어둑한 서쪽 하늘과도 같았다.

하지만 그는 그런 넓이만이 아니라 아주 매서운 말도 남겨놓고 있다.

"나는 일생 동안 수많은 사람을 가르쳐왔으나 뛰어난 사람은 모두 죽어버렸다. 이제 나의 도(道)를 계승할 사람은 불과 열 사람 정도이리라."

그렇다면 혜능조차도 일찍이 세상을 떠난 선 수행의 천재들이 없는 공백을 메운 것에 지나지 않는단 말인가.

바로 그 스승이 키잡이도 없는 배에 태워서 남쪽으로 떠나보낸 혜능에게 그 배 위에서 한마디 한 적이 있었다.

"능아! 그대 이전에 법을 전할 사람들이 있었노라. 그러나 그 사람들은 나보다 먼저 떠났노라. ……그대가 그 사람들의 몫까지 맡아 무거운 짐을 져야 하리라. 지극히 아름다운 사람들이었나니……"

그때 혜능이 용기를 부려 그들의 이름이라도 알고 싶다고 했다.
"이름을 남길 사람들이 아니었느니라. 다만 허공계와 같았고 바다와 같았느니라. 네가 가서 만날 남방의 바다와 같았느니라."
혜능에게 이런 스승의 비애가 떠오른 것은 지금 그가 따라가는 늙은 거사의 목소리가 어느만큼 바로 스승의 목소리를 닮았기 때문인지 몰랐다.
이 늙은 거사가 홀로 흥에 겨워서인지 시 한구절을 읊조렸다.

구름 끝에 자려고 저녁에 돌아와
바위 위에 솟은 달을 맞나니
(瞑還雲際宿 弄此石上月)

혜능이야 그런 시 구절을 일일이 새겨 달라고 할 처지가 아니었다. 그가 입을 다물고 있자 도리어 늙은이가 말하는 것이었다.
"이것은 옛날 여산(廬山) 백련사(白蓮寺)의 혜원(慧遠)법사가 주재한 정토발원(淨土發願)의 결사(結社)에 동참하려다가 그 123명의 동참자 밖에서 혜원을 지지했던 도연명(陶淵明)과 함께한 사영운(謝靈運)이 어떤 객수(客愁)를 노래한 한구절이라네. 그렇지, 도연명은 술을 너무 많이 마시는 사람이므로 혜원법사께서 차차 동참하라고 물리치셨지…… 그렇게 되니 비슷한 처지의 사영운도 결사 밖에서만 정토를 발원하게 되었지."
"………."
늙은 거사는 그를 따라 동행하고 있는 초라한 행색의 혜능이건만 차츰 그가 심상치 않은 인물임을 알게 되었거니와 이제는 처음 만났을 때의 멸시는 아주 없어졌다.
그러니만큼 그의 말투도 한결 살가웠다. 하지만 그렇게 되었다 한들 혜능에게는 이렇다 할 변화가 없는 항심(恒心)이었다. 새끼가 꼬아지건 꼬아진 새끼가 매듭이 싱겁게 다 풀어져버리건 그의 마음은 일종의 원소(元素)였다.

물이 폭포가 되든 완만하게 흐르는 강이 되든 물일 따름이건대 그렇게 혜능의 마음이 그윽이 담겨 있어야 했다.

"아직도 갈 길이 멀었다네"라고 늙은이가 혜능을 뒤돌아다보며 가느다란 미소의 눈으로 바라보았다.

"........."

혜능의 입은 아직 열릴 생각이 통 없는 것 같았다.

몸을 숨겨 떠도는 그에게는 입이 닫혀 있는 것이 반드시 안전한 것만은 아니었다. 그런데도 이번 법성사 가는 길은 그를 한층 적요(寂寥)하게 만들었다.

정작 그들은 뜻밖에도 2백여 가호나 되는 큰 장시(場市)를 지나서 저녁을 맞게 되었다. 그곳에서 두 사람은 절의 음식처럼 고기가 들어 있지 않은 만두를 사 먹었다. 늙은이에게는 엽전이 있었던 것이다.

그 만두의 시큼한 냄새(酸餡)는 뒷날 선승들의 시(詩)가 초연자득(超然自得)의 헌걸찬 기개가 없는 것을 비판할 때 쓰는 말이 되었거니와, 두 사람이 시장기를 때우고 그 장시의 저자를 지나가자 날이 팍 저물어버렸다.

가다 보면 주사(酒肆)가 나타나 그런 곳의 봉노에서 하룻밤 자고 가도 되리라는 낙관은 빗나가버렸다.

혜능은 한번 더 죽은 자의 신세를 져야 했다.

볼이 발은 늙은 거사를 따라가는 길은 아직 목적지인 법성사까지 하룻길이 더 남아 있었다.

"아까…… 지나온 곳에서 잘 데를 마련하는 것이었는데"라고 늙은이가 후회했다.

해가 서쪽으로 푹 빠져버렸다. 당장 어둑어둑해지며 새들이 그들의 둥지로 바쁘게 돌아가고 있었다.

남쪽 산간지방의 사나운 가시가 달린 대나무 숲이나 아열대, 열대의 그것이 함께 섞여 있는 나무들의 짙은 빛깔의 꽃도 어두워지는 판에서는 시각(視覺)의 기쁨이 되어줄 수 없었다.

혜능은 그가 지나온 마을이나 저자를 잠시 떠올렸다. 발바닥을 길바닥에 박힌 예리한 돌조각 끝에 찔린 뒤였다.

어디서나 백성들의 살림은 곤궁하기 이를 데 없었다.

"깨달음이란 이 가난을 어떻게 건질 수 있는가!"

이제까지 오로지 전수한 법을 지키고 있을 뿐이며 그 자신의 깨달음을 지속시키는 일에만 몰두해 있던 혜능은 백성의 가난이란 새로운 문제와 부딪친 것이다. 아니 그가 집을 떠나기 전 어머니와의 나무꾼 시절에 조금도 벗어나지 못했던 가난이 이제 와서 그의 이법(理法)을 사나운 짐승의 뿔이 들이받는 것 같은 급박한 문제가 된 것이었다.

"부처는 농사 짓는 사람이 아니면 안되겠지. 마음의 농사와 곡식의 농사는 어찌 그것이 둘이겠는가. 어찌 그것이 하나가 아니겠는가."

윗가지로 엮어서 거기에 흙을 발라 지은 단칸짜리 오두막 방에 우글우글 3대의 식구들로 채워진 남방 백성들에게는 고단한 노동 끝에 부부가 함께 어우러지는 일도 결코 사사로울 수 없었고, 눈치 빠른 어린 자식이나 늙다리 시아버지는 다 알고도 밭은침을 삼키지도 못하고 깊이 잠든 척해야 하는 것이었다.

긴 머리를 뒤로 넘겨 뭉친 것이야 남정네의 의젓한 바로 보일 수도 있건만 구멍이 숭숭 뚫린 굵은 올의 삼베옷 하나 걸친 꼬라지는 짐승이나 다를 바 없어도 좋았다.

그런데 이런 가난한 곳에도 어김없이 그 가난을 바탕으로 삼아 솟아오른 솟을대문의 부자가 3층짜리 목제 가옥으로 군림하고 있는 것이다.
 당연히 그집 주인나리는 비단옷에 가죽신을 신고 때로는 말 두 필의 수레를 타고 거동하는 것이었다. 길은 옛날 진시황제가 직접 지휘해서 천하를 관통케 했던바 지정된 도로 너비 그대로, 수레축 길이를 표준화한 그대로여서 수레바퀴로 파인 곳으로만 지나다니게 되어 있었다.
 그뿐 아니라 전시나 운송의 행렬이 길게 이어질 때 1륜차의 짐수레는 오솔길로도 다닐 수 있었다. 산중의 절에서 쓰이는 작무용 수레는 거의가 이 1륜차이기도 했다.
 가난한 사람들에게는 아무리 좋은 길일지라도 그 길은 가죽신은 고사하고 짚신조차 신는 일이 없는 맨발의 길밖에 다른 것이 아니었다.
 혜능 역시 맨발의 사람이었다. 진작 굳을 대로 굳은 발바닥 자체가 바로 가죽신이기도 하지 않겠는가.
 남해현(南海縣)에 접어들어 초저녁의 그들을 환영하는 것이 초분이었다. 그 초분만 있는 것이 아니라 일대에는 토관(土棺)을 묻은 구덩이들이 하나 둘이 아니었다.
 초분 속을 들여다본즉 아직 다 부패해서 뼈만 남은 것이 아닌 시체가 새나 네발짐승 그리고 벌레들의 음식으로 남겨져 있었고 심한 냄새가 나고 있었다.
 "아직 우리가 묵을 곳은 아닙니다."
 "아니, 자네는 이런 볼썽사나운 곳에 잠자리를 챙기려 했단 말인가? 에끼…… 짐승의 사촌 같으니라구."
 그들은 좀더 어두운 길의 어둠을 뚫고 나아갔다. 수많은 반딧불이 공중을 날고 있었다.
 "아, 꽃과 같다!"라고 혜능이 찬탄했다. 이어서 "어서 인종(印宗) 대사를 뵙고 싶다"라고 그의 염원을 밝혔다.
 "그 때문에 나를 따라오는 것이 아닌가."

늙은 거사가 사뭇 의젓했다.

그들은 산비탈의 깊지 않은 한 동굴로 더듬거리며 들어갔다. 혹시 큰 짐승이나 산중의 영물(靈物)이 들어가 있지 않을까 해서 무척 조심스러웠다. 늙은 사람이 더 현세의 삶에 집착이 강하므로 겁이 많은 것인지 모른다.

다음날의 길은 배가 고팠으나 걸음에 바람이 달려 무척 빨랐다.

혜능은 새삼 이 길로 오게 해준 하얀 개와 동행의 늙은 거사에게 감사하지 않을 수 없었다.

기원 677년의 일이었다. 매우 피로한 몸으로 그 남해의 커다란 공간을 채우는 해조음(海潮音)이 몇백 관(貫)의 무게로 내리꽂히는 뜨거운 햇빛 아래 그 햇빛에 질세라 진정할 수 없는 노여움을 품고 몰려오다가 뚝 그쳤다.

그 소리가 산자락에 걸려 나머지 소리들만 넘어오는 곳이 바로 법성사 경내였다.

언젠가는 천축에서 건너온 배화교의 한무리가 그곳에서 더 동쪽으로 배를 저었다가 계절풍을 만나 이곳 신주(新州)의 바닷가에 표착한 적도 있었다. 그 선신(善神)인 빛의 신과 악신이 싸우는 이원론적인 신앙의 무리는 그러나 그 뒤의 종적은 알 길이 없다. 배화교의 한떨거지는 저 북쪽의 장안에서 그들만의 거주지역을 이루었다. 남쪽의 그것은 어디론가 이동하는 과정에서 풍랑을 만나 빛의 신이 이길 때까지 구원을 기다리는 죽음의 세상에 가 있게 되었는지도 모른다.

늙은 거사와 혜능이 거의 경내에 들어설 무렵 그들의 앞으로 스무 길 가까운 기다랗고 살찐 열대의 구렁이가 아무런 긴장도 없이 느긋하게 기어가고 있었다. 분명히 그들이 오는 것을 모를 리 없었다.

그런데도 어떤 반응도 보이지 않고 유유한 바였다.

"전생에 게으름 피운 스님인가"라고 늙은이가 낮게 말하자 그 구렁이가 한동안 머리와 꼬리를 딱 멈췄다. 혜능이 "큼!" 하고 건기침을 놓았다. 그러자 그 긴 짐승의 가운데 부분이 꿈틀대더니 다시 기어가기 시작했다.

그것이 전생의 무엇이든 오늘 두 사람과 구렁이는 서로 만나 첫인사를 나눈 것이 틀림없었다.

아니나다를까, 법성사 경내는 마치 그곳만이 이 세상에서 전혀 다른 번영을 남몰래 누리는 것처럼 이제까지의 한적한 산중과는 달리 은성한 사람 기운으로 무더웠다. 솔바람소리 속에는 반드시 사람들의 기운이 어우러져 있었다.

그들의 뒤에서도 몇사람의 남녀가 모처럼 입은 나들이옷이 맞지 않으면서도 사뭇 경건하게 오고 있었다. 늦게 참여하는 것을 후회하는 것이 역력했다.

과연 절 마당은 사람들로 가득 차 있었다.

바람이 그 위를 빗질하듯이 쓸어가고 있었다. 그 바닷바람은 산줄기가 걸러내어 소금 기운이 없어졌지만 제법 본래의 힘을 잃지 않으면서 큰 품을 벌려 불고 있었고, 소나무와 야자나무, 보리수 그리고 마치 종이로 만든 조화와 같은 붉은 사리풀꽃이 피어 있는 나무들도 거기에 모여 있는 대중과 한통속이었다.

바야흐로 법성사의 넓은 도량과 그 도량 구석의 숲은 열반경의 법회가 진행하는 데로 귀를 가다듬고 있었다. 바람소리만이 사람과 초목의 설법을 듣는 청각을 헹구어주는 터였다.

마당 복판에는 높다랗게 세워올린 긴 장대 위의 번(幡)이 바람에 술취한 것처럼 마음껏 흔들리고 있었다. 혜능은 마음을 오랜만에 활짝 열었다. 그래서 마음 안도 마음 밖도 없어졌다.

법성사 인종법사는 바로 열반경 수명품(壽命品)을 말하기 시작했다. 그것은 석가모니 부처님이 세상을 떠나기 직전 그의 제자 아난(阿難)을 비롯한 많은 사람들이 스승의 최후가 임박했음을 슬퍼할 때 바로 그런 슬픔을 타파하기 위해서도 진정한 부처의 소재(所在)를 증거한 것이었다.

여래의 몸은 곧 진리의 몸(法身)이로다. 이를 나고 죽는 몸(色身)으로 보아서는 안되느니라. ……여래의 이 몸(色身)은 변화의 몸(變化身)이지만 잡된 것을 먹음으로써 지탱되는 몸(雜食身)이 아니로다. 중생을 제도하기 위해서는 독(毒) 있는 나무와 같은 모습도 나타내는 것이로다. 그러므로 몸을 버리고 죽음에 드는 모양을 보이는 것이로다. 그러나 알지어다. 부처는 항상 있는 법(常法)이요 변하지 않는 법(不變易法)이로다.

이것에 대해서 인종은 불신관(佛身觀)의 몇가지 특징을 설명하면서 일체중생이 다 불성(佛性)을 지니고 있다는 것을 숲 쪽을 건너다보며 강조했다. 심지어 극악한 죄를 지어 도저히 구제받을 수 없는 중생으로 낙인찍힌 천제(闡提)까지도 끝내는 부처를 이룰 수 있다는 대담한 사상을 말하는 대목에서 청중은 물을 끼얹은 듯했다.

그때 바람에 더 사나운 바람이 실려서 공중의 번을 찢어 삼킬 듯이 뒤흔들어댔다.

한동안 인종의 설법이 중단되었다. 그때였다. 한 아이가 일어나 소리쳤다.

"바람이 움직입니까? 번이 움직입니까?"

이 앳된 소리의 질문에 청중은 어리둥절했다. 설법이 멈춰졌다. 법사가 꼭 올 것이 왔다는 표정으로 청중들을 쳐다보았다.

저쪽에서 한 여인이 일어섰다. 몸이 풍만해서 바람 때문에 그 몸매가 온통 드러났다.
"바람이 움직이는 것입니다"라고 그녀가 말했다.
그러자 이쪽의 한 총각이 "아닙니다. 번이 움직입니다"라고 맞받아 이의를 제기했다. 서로 다른 의견을 부딪쳐서 남녀의 인연을 심는 것 같았다.
그것으로 끝나지 않았다. 바람을 주장하는 쪽과 번을 주장하는 쪽이 한패거리를 이루었다. 그 가운데 양쪽의 주장이 어떻게 될 것인가에 궁금해하는 사람들도 많았다.
바로 그들 중의 한 남정네가 일어났다.
"법사께서 증명하소서. 우리는 법사의 뜻을 따르겠습니다."
인종법사가 한동안 눈을 지그시 감고 있었다. 그의 영식(靈識)에 한 남루한 중년 사내가 보였다. 눈을 뜨자 마당 끝에 앉아 있는 청중 가운데서 한 초라한 사람에게 눈길이 멎었다. 머리를 빗지 않고 세수도 제대로 하지 않은 형편이었다.
"이왕이면 이 일은 대중이 정할 일이니…… 어디 저쪽에 앉은 손님이 일어나 말해보구려."
그때 혜능이 얼떨결에 일어서지 않을 수 없었다. 마치 공중에서 어떤 보이지 않는 역사(力士)의 손이 그의 목덜미를 잡아 드는 것 같았다.
그가 그렇게 일어서자마자 말했다. 이제까지 들어보지 못한 큰 소리였다.
"바람이 움직이는 것도 아닙니다. 번이 움직이는 것도 아닙니다."
이 말이 떨어지자 마당 가득한 청중들이 갑자기 시끌덤벙해졌다. 그것은 커다란 파도더미로 차 있는 폭풍의 바다를 예감시키는 것이었다.
그때 그런 분위기를 조금이라도 가라앉히기 위해서였는지 인종이 나서서 말을 던졌다.
"그러면 무엇이 움직이는 것인가?"
혜능이 큰 소리로 말했다.
"이곳에 모인 여러분의 마음이 스스로 움직이는 것입니다!"
 청중은 이 말이 떨어지자마자 갑자기 괴괴해졌다. 오직 바람소리뿐이었다. 바람속에서 번의 깃발이 결국 그 끝부분이 찢어지며 펄럭대는 소리뿐이었다. 청중은 귀만 기울일 뿐 입은 열리지 않았다.
 그때였다. 인종이 그의 커다란 이해의 힘을 발휘해서 마당 뒤쪽에 서 있는 혜능을 불렀다. 혜능이 사람들을 어렵사리 비껴서 법단 위로 올라갔다.
 "오늘의 열반경 법회는 이것으로 마칩니다. 자, 이리 와 앉으시오" 하고 그는 혜능을 그가 앉아 있던 자리에 앉히는 것이었다. 그때에야 사람들이 우세두세 입에서 소리를 냈다.
 뒷날 시불(詩佛) 왕유(王維)가 쓴 6조 혜능의 비명(碑銘)은 다음과 같이 말하고 있다.

 남해에 인종법사가 있어 열반경을 강의하였다. 선사(6조)는 법좌 밑에서 듣다가 대의(大義)를 묻되 오직 진승(眞乘)으로써 하였다. 〔인종법사는〕 아예 대답을 못하고 도리어〔6조에게〕 더욱 묻고 나서 탄식하기를 '화신보살(化身菩薩)이 색신(色身)에 있습니다. 육안(肉眼)의 범부(凡夫)로서 원컨대 혜안(慧眼)을 뜨도록 해주기 바랍니다'라고 하였다. 마침내 무리를 이끌고 나아가 받들어 그를 위하여 예를 다하였다.

 과연 유마경의 주인공 유마힐(維摩詰)로부터 그가 중국의 유마힐임을 자임(自任)하면서 자신의 이름을 왕마힐(王摩詰)로 부르게 한 왕유다운 글이다.

왕유는 선종이 유마경을 중요시하는 사실을 그의 공부로도 잘 알고 있었다. 그의 어머니도 진작 신수(神秀)와 의복(義福)에게 귀의해서 받들기를 30년이나 지속했던 깊은 선지(禪旨)의 인연이 있었다. 그래서인지 젊은 왕유는 남종선의 전투적인 주창자 신회(神會)와도 만나게 되었던 것이다.

여기 왕유의 비명에서 밝혀진 것처럼 인종은 도무지 근본이 없는 낯선 방문자 혜능에게 굴복하고 만다. 그 굴복은 인종으로서는 그의 오랜 자존심까지도 헌 걸레처럼 내던져버린 새로운 단계에의 진입이었고, 혜능으로서는 이제까지의 오랜 은신과 잠행을 청산하고 그 자신의 진리의 운명을 온 세상에 보름달처럼 구름장을 걷고 환히 드러낸 새로운 세상에의 진출이었던 것이다.

사실인즉 그날 청중 가운데서는 "움직이는 것이 아니라, 움직이는 것을 보는 것입니다" 따위의 말도 나왔다. 여기에 혜능이 "법(法)은 본래 흔들림과 흔들리지 않음이 없습니다"라고 못박았다.

바로 여기에서 인종이 경악한 것이다.

이 풍번문답(風幡問答)으로 인종은 혜능에게 관심을 집중하였다.

"당신은 어디서 왔소?"

혜능의 대답이 있었다.

"본래 오지도 않았고 지금 또한 가지도 않습니다."

이 한마디 때문에 인종은 그의 방으로 혜능을 맞아들였다. 우선 목욕을 권했고 새옷 한벌을 갈아입게 했다.

"어찌 이런 기약이 있었더냐! 바로 내 발 아래 보살이 찾아올 줄이야!"

인종은 백발이 성성한 채 굵은 눈물방울을 흘렸다. 그럴 뿐만 아니라 그는 이제야말로 진정한 스승이 눈앞에 나타난 것을 체관(諦觀)했다. 말하자면 기다리고 기다리던 것이 나타난 상태의 그 한없는 만족의 눈이 떠진 것이다.

하지만 그는 목욕과 아울러 새옷으로 바뀌어진 혜능을 마음속으로는 스승으로 삼았을망정 좀더 그의 일을 들어보고자 했다. 혜능과 함께 온 늙은 거사는 인종법사를 세번째 찾아오는 사람이었으므로 그 사람도 방에 불러들였다.

그럭저럭 열반경 법회를 마친 뒤 그날 밤 인종은 이끼풀 심지에 기름을 담아 밝힌 방안의 불빛으로 혜능의 모습을 바라보며 점점 마음이 기울어지고 있었다.

인종은 지금 60세에 다가들고 있었다. 그렇다면 혜능보다 훨씬 어른이다. 그럼에도 불구하고 인종의 순수한 종교적 열정은 이제야말로 새로운 자기 자신으로 일어설 수 있는 것처럼 뜨거워졌다. 그 어떤 권위도 물리친 무서운 첫걸음과 더불어.

그는 천진스럽게 중얼거렸다.

"……내가 꼭 저 북쪽 중원땅의 옛사람 우공(愚公)인지도 모르겠네."

이 말인즉, 그 우공의 집에 도둑이 들어왔는데 우공에게 들키자 다른 집에서 훔쳤던 양가죽 옷을 거기에 두고 달아난 것이다. 우공은 그 옷을 얻고 매우 좋아하다가 그런 양가죽 옷을 한벌 더 얻고 싶었다. 그래서 그는 밤마다 도둑이 오기를 기다렸던 것이다.

그가 혜능을 그 양가죽 옷을 가진 도둑에 비유한 것도 대승경전에 농익은 자유 때문이었는지 모른다.

인종은 혜능에게 달마 이래의 선 수행과 법을 전하는 일을 물었다. 혜능은 그 요점만을 말했다. 이미 인종은 황매 동산법문에 대해서 상당한 정도로 알고 있었던 것이다.

그는 신수 일행이 북쪽 도성(都城) 낙양으로 떠난 일도 알고 있었다. 한 시승(詩僧)이 노래하기를 "경(經)은 백마사(白馬寺)로 오고 승(僧)은 적오년(赤烏年)에 다다르다"라고 했거니와, 그 엄청난 경학(經學)과 사상이 난무하는 도성의 교계에 글자라면 다 밟아버리고 있던 마음의 사람들이 나타났으니, 그것이야말로 새로운 시절을 여는 정신의 이동이었던 것이다.

"능처사님!"

이렇게 인종은 그가 스승으로 삼은 속마음을 아직 드러내지 않고 혜능을 불렀다. 혜능이야말로 머리도 깎지 않고, 검은 돌가루물이나 땡감물을 들인 승려의 옷도 입지 않고 계(戒)도 수지(受持)하지 않았으니 처사일 수밖에 없었다. 아무리 그가 5조의 법을 받은 법보(法寶)일지언정.

"네, 법사님" 하고 혜능이 대답했다.

"신수선사의 법력(法力)도 익히 들어 알고 있습니다. 이 남방의 한 구석에도 소식은 멀다 하지 않고 건너오니 천하가 다 한집안인가 합니다."

"정녕……"

"참, 자주(資州)땅으로 떠나서 도리어 스승보다 단호한 무념(無念)의 도를 펼친 지선(智詵)선사에 관한 소식도 들었는데 그분은 너무 단호함으로써 따르는 사람도 내쫓아버린다 하지요? 과격한 성품은 도에도 그대로 실려지는 것인가요?"

어찌 보면 혜능의 이곳저곳을 짚어보는 것 같았다. 혜능은 인종의 궁금증에 아무것도 대주지 않고 있었다.

"혜안(慧安) 그러니까 노안(老安)께서는 아예 제자를 두지 않고 혼자 비가 새는 초막에서 지내신다지요? 숭산 한 골짝에서……"

"………"

"아 참, 제가 아주 궁금해하는 것은 바깥나라에서 온 수행자입니다.

이곳 남방은 천축에서 오는 명상자들이 적지 않게 지나갑니다만, 우리 중원땅 동쪽의 고구려에서 온 지덕(智德)이라는 분이 황매에서 사랑을 독차지할 정도로 큰 공부를 성취했다 하는데…… 5조 홍인에 앞서 도신(道信)의 문하에도 동쪽나라 법랑(法朗)이 있었지요. 나는 고구려 선승 지덕을 이따금 이곳에서 모시고 싶었던 적이 있습니다. 다른 나라 수행자에게는 아상(我相)이 없어진 분이 많다 하니…… 아상은 비법(非法) 중의 비법입니다."

혜능은 무엇인가 한마디 하고 싶었으나 끝내 그날 밤은 입을 열지 않았다.

다음날 인종과 혜능은 단둘만의 하루를 보냈다.

이 사실을 『육조단경(六祖壇經)』 덕이본(德異本)은 다음과 같이 약술하고 있다.

"행자(行者, 혜능을 가리킴)는 결코 범상한 분이 아니신데, 오래 전부터 들리는 말에 황매의 의발이 남방으로 왔다 하더니 필시 행자가 아니십니까?"

능이 대답한다.

"부끄럽습니다."

이에 인종이 제자의 예(禮)를 갖추어서 대중에게 그 의발을 좀 보여달라고 청했다. 그리고 인종이 또 묻기를 "황매의 부촉(付囑)이 어떤 가르침이었습니까?"라고 했다.

능이 대답했다.

"가르쳐준 것이 따로 없으니 오직 제 성품을 보는 것만 의논했고, 선정(禪定) 해탈은 말하지 않았습니다."

"어찌하여 선정과 해탈을 의논하지 않았습니까?"

"그러면 두 가지 법이 되어서 불법(佛法)이 아니기 때문이니 불법은 두 가지 법이 아닙니다."

인종이 다시 물었다.

"어떤 것이 불법이 둘이 아닌 이치입니까?"

능이 대답했다.

"법사가 열반경을 가르쳐 부처 성품을 밝게 보는 것이 바로 불법의 둘 아닌 법입니다. 〔어제 설법하신〕 열반경에 고귀덕왕보살이 부처님께 사뢰기를 네 가지 큰 규계(規戒)를 범한 사람과 5역죄(五逆罪)를 지은 사람과 일천제(一闡提, 부처를 이룰 성품이 없는 극악)들은… 불성을 끊은 것이옵니까 하고 물었을 때, 부처님이 대답하시되… 부처 성품은 항상 함도 아니고 항상 하지 않음도 아니니… 부처 성품은 선도 아니고 선하지 않음도 아니므로 이것을 둘이 아니라 하나라고 하셨습니다."…

과연 인종도 이 대목에서 오랫동안 의단(疑團)을 일으켜왔다가 오늘 따라 한낮의 하늘에 밤중의 별이 빛나는 것 같은 기이한 기쁨을 누리게 되었다.

그는 혜능에게 합장했다. 혜능도 그에게 한 손만의 소림사(少林寺) 합장을 했다.

인종은 갑자기 더 늙어 보였다. 그가 말했다.

"이 사람이 경을 강의한다는 것은 깨어진 기왓장과 같습니다. 당신의 말씀은 마치 순금과 같습니다."

인종은 혜능에게 그 자신을 다 고백한 뒤 혜능에게 머리를 깎도록 권유했다. 진리의 한복판에서의 이같은 인종의 하심(下心)이야말로 또하나의 그윽한 독존(獨尊)이 아닐 수 없다.

"이로부터 저는 스승의 제자이옵니다. 이 나이 든 기왓장 하나를 받아주소서."

이에 능이 드디어 보리수 밑에서 동산법문을 열게 되었다.

혜능의 대답은 한결같이 인종의 열반경 내용에서 인용한 것이다. 오지도 않았고 가지도 않는다는 것도 열반경에서 말하는 부처 성품의 본질인 불거불래(不去不來)를 그대로 말한 것이 아닌가.

그 뒤 혜능은 멀리 두고 온 스승 홍인이 세상을 떠나는 사실을 미리 알아맞쳤다. 뒷날의 『송고승전(宋高僧傳)』은 바로 이 사실로 인종이 감동해서 혜능을 스승으로 삼기를 확정한 것처럼 전하기도 한다.

법성사는 최근 인종법사에 의해 중흥의 시절을 맞이해서 건물들이 보수되거나 새로 지어지기도 했지만 그보다 훨씬 앞서 범승(梵僧) 지약삼장(智藥三藏)이 뱃길로 와서 이곳을 그의 기념으로 삼고 장차 큰 도량으로 발전될 것을 예언했었다.

이른바 160년 뒤에 육신보살(肉身菩薩)이 나타나리라는 것, 그 보살이 무량한 중생을 제도하리라는 것이 그것이다. 그런 사실을 형용하기 위해서 그가 천축에서 바다를 건너올 때 가지고 온 보리수 한그루를 심어두었다 했다.

그가 심었는지 아닌지를 굳이 따질 일은 아니더라도 서남아시아나 동남아시아 일대에 광범위하게 분포되고 있는 보리수의 여러 종류가 이곳 중국 남해안 지대에도 자생하고 있었다.

기원 676년(唐 儀鳳 원년) 정월 15일 혜능은 이제까지의 속인 신분으로부터 삭발한 뒤 출가승의 준비에 들어갔다. 그동안 입고 있었던 너덜너덜한 성긴 베옷도 아주 벗어서 걸레를 만들었으니 그동안 지나온 자취가 온데간데 없어진 셈이다.

당 고종(高宗)은 태종에게는 최선의 태자가 아니었다. 가장 무난하다는 사실 하나로 태자에 책봉된 것이었다.

잇따른 고구려 원정에서 성공을 거두지 못한 태종은 불로장생을 위해서 마신 도교의 묘약(妙藥)이 당장의 원인이 되어 그 병으로 세상을 떠나게 되었으니 그의 일생 51세는 정관(貞觀)의 시대를 덧없이 끝장낸 것이었다.

그 뒤를 이은 고종은 태종이 총애하던 취미궁(翠微宮)의 궁녀 미랑까지 차지했다. 과연 미랑은 두 황제를 사로잡고도 남았다.

게다가 고종은 간질병까지 있었고 황후 왕씨는 미랑의 계략에 의해 미랑의 딸을 죽인 것으로 몰아붙여졌다. 사실은 미랑 자신이 제 딸을 죽였음에도 불구하고.

고종 33년 동안은 연호(年號)도 수없이 바뀌었다. 의봉(儀鳳)이라는 연호도 기껏 3년을 지나 다른 연호로 바뀌어버렸다.

이미 당나라 황실과 조정은 측천무후 미랑의 놀라운 정치역량으로 권력이 집중되고 있었다. 그러므로 기나긴 고종 연간은 고종 자신을 허수아비로 만드는 세월이기도 했다.

바로 이런 시대에 철저하게 비정치적인 변방에서 혜능은 처음으로 머리를 깎은 것이다. 머리를 깎고 절에 들어가 수행을 한 다음 도를 얻은 것이 아니라 모든 것을 거꾸로 시작했다.

먼저 도를 얻고 그 도를 이어받아 남몰래 숨어다니다가 이제서야 머리를 깎는 수행자의 첫걸음을 내딛기 시작하였다.

인종은 그의 스승으로 삼은 혜능의 머리를 깎은 뒤 20여 일 동안 계사(戒師)를 여기저기 물색했다. 그 당시 법성사에는 비구 비구니와 재가 남녀신도 등의 4부중이 아주 많았다. 상주하는 대중말고도 시시로 드나드는 사람들까지 무려 2천 명에 이르렀다.

그래서 새로 부임한 소주자사(韶州刺史) 진척(陳陟) 일행이 행여 이런 변방의 두메에서 어떤 거사를 도모하는 불온한 도당이 아닌가, 초적의 본거지를 불교의 회중(會衆)으로 위장하고 있는 것이 아닌가 해서 몇번의 염탐 끝에 직접 와서 살피고 간 적이 있었다.

160년 전에 나무 한 그루를 심고 그 아래를 계단(戒壇)으로 지정한 이래 각처에서 혜능의 수계식(受戒式)을 위해 물색된 사람들이 오게 되었다.

수계식 화상(和尙)은 서경(西京) 총지사(總持寺) 지광율사(智光律師)이고 갈마사리(羯磨闍梨)는 멀리 소주(蘇州) 영광사(靈光寺)의 혜정(惠靜)율사, 교수사리(敎授闍梨)는 형주(荊州) 천황사(天皇寺)의 도응(道應)율사였다.

인종은 그 수계식의 증계(證戒)로서 거기에 있지 않은 아라한과(阿羅漢果)를 증득(證得)한 두 사람을 위촉했는데 그 사람들은 전설적인 존재였다. 또 한 사람으로 이날을 예언한 60년 전의 지약삼장도 증명으로 추대했다.

2월 8일의 일이었고 혜능의 나이 39세의 일이었다.

이제 그는 신주땅 오랑캐족의 나무꾼이었다가, 황매 파두산 홍인 문하의 사노(寺奴)인 방앗간 일꾼이었다가, 법을 받고 떠도는 기구한 망명생활을 마치고 어엿한 승려가 될 수 있었다.

"스승이시여, 삼가 아뢰옵건대 오늘 스승의 얼굴이 두둥실 보름달과 같사옵니다"라고 제자로 자임한 늙은 인종이 눈물어린 목소리로 찬탄했다.

그러자 혜능도 "당신 마음에 내 얼굴이 비치어 그렇겠지요"라고 받아들였다.

이렇게 해서 수계식의 율사들이 각각 떠난 뒤 평상으로 돌아간 법성사는 그 이전보다 더 많은 사람들이 혹은 머물고 혹은 찾아오는 것이었다.

인종은 일부러라고 할 것까지는 없어도 5조 홍인의 법을 이어받은 혜능이 바로 이곳 법성사에 머물고 있다는 사실을 널리 알리기 시작했다. 그런 인종의 보기 드문 순정을 혜능은 가만 두고 있었다.

"나이가 들어서도 저런 천진으로 새로우니 나날이 새로움이겠지 ……"라고 혜능은 늙은 인종을 속으로만 찬미했다.

이런 나날이 어느덧 1년을 훌쩍 넘겼다. 이제 어떤 피신도 은신도 끝마쳤다. 낮이나 밤이나 발을 쭉 뻗어 옆구리를 방바닥에 대고 느긋이 3시간 잠을 잘 수 있었다.

또 1년이 지났다. 인종은 혜능을 스승으로 삼아 정성껏 섬기는 일로 다른 일을 작파하다시피 했다. 강호에 널리 그 이름을 떨치고 있던 대승경전의 강론, 특히 부처님 후기의 설법이 담겨 있는 강론들을 다른 강사들에게 인계하고 그 자신은 마치 저문 하늘을 날아가는 가뭇없이 바쁜 새처럼 부지런해진 광경이 자주 눈에 띄었다.

그러다가 화들짝 놀라 스승 혜능의 처소로 가서 입선과 방선 사이의 수발을 드는 것이었다. 진리란 어제의 스승을 오늘의 제자로 만드는 일도 서슴지 않는 것인지 모른다.

"자주 몸을 쉬도록 하오"라고 혜능이 말려도 그저 얼굴에 주름살을 그리며 웃음이 가득할 따름이었다. 혜능의 말이 빈 인사치레가 아니었다.

기어이 인종은 앓아눕게 되었다.

그때 혜능은 자신의 기운이 너무 승(勝)해서 인종의 기운이 쇠미해진 사실을 짐작했다. 그동안 인종은 법성사에서 으뜸의 회주(會主)가 되어 가장 우러르는 대상이 되어 있었다. 바로 그런 상황에 혜능이 나타나자 그 으뜸의 자리를 주저없이 내놓고 자신은 때늦은 제자로 내려간 것이다.

"아뿔싸! 내가 보살을 몰라보다니! 어찌 내가 이제까지 입이나 놀려 헛소리를 했단 말인가."

이것이 인종 자신의 뼈저린 참회이기도 했다.

바로 이런 참회가 스승을 섬기게 하는 열정으로 발전했으나 그의 늙

16. 曹溪山 열었나니

은 몸은 바로 거기에서 한계를 드러낸 것인지 모른다.

그런 형편인데 법성사의 한 학승(學僧)이 어떤 기록을 내보이는 것이었다. 그것은 장차『보림사지(寶林寺誌)』에 그대로 옮겨갈 사연이기도 했다.

중천축국(中天竺國) 나란타사(寺)의 대덕 지약삼장이 멀리 바다를 건너 소주땅의 조계산(曹溪山) 어귀 촌락에 이르러 물이 흐르는 한 곳을 살피고 나서, 가히 사문(沙門)이 머무르기에 합당한 뛰어난 곳이다라고 말했다. 그리하여 그 촌락의 사람들에게 머물 만한 곳을 만들게 했는데 그 산문(山門)을 보림사라 했다.

양나라 천감(天鑑) 5년 2월 25일 조칙에 따라 입궐했을 때 보림사의 유래를 묻자 '내가 죽은 지 170년에 더없는 법보(法寶)가 교화를 넓힐 것이므로 보림이라 했나이다'라고 대답했다.

여러 문서에 구나발타라나 구나발마와 함께 진제삼장 지약삼장의 이름이 나오거니와 이는 한 사람으로 단정해서 무방하다. 아무튼 이 기록의 내용이 혜능에게 건네어지자 그는 "법의 고향이 여기로군" 하고 마치 어린 아이처럼 기뻐했다.

이 사실을 안 인종도 병석에서 일어나 스승 혜능의 조계산 이주(移住)를 적극 주선하기에 이르렀다.

"거기에 가 계시다가…… 여기에 와 계시다가 하며 부디 이 남방을 큰 법으로 충만케 하소서"라는 인종의 청에 혜능은 "조계산에 가 있도록 합시다"라고 호응했다.

인종은 망설이다가 스승 혜능에게 가슴속에 남겨둔 말을 하지 않을 수 없었다.

"불법은 북쪽으로 갈수록 왕후(王侯)의 것이 되고 이 남방에서는 오로지 그것을 간절히 바라는 중생의 것이 되옵니다."
혜능이 고개를 끄덕였다.

그로부터 7일 뒤 혜능이 법성사를 떠나는 일은 지난날 열반경 대법회만큼이나 중요한 것으로 되어 4부대중 1천여 명이 모여들었다. 이런 규모의 사람들을 입에서 입으로 혹은 몇벌의 통기(通寄) 죽간(竹簡)으로 알려서 모으는 일은 웬만한 덕망이나 지도력이 아니면 불가능한 것이다.

때는 남방의 농번기로 직파(直播)를 위해 무논에 써레질을 할 무렵이었다. 그 일이 끝나면서 바로 볍씨를 뿌려야 했다. 개구리가 밤낮으로 무논 가득히 울음소리를 채우고 있었다. 이 남방 농지나 저 아래 안남의 평야에서 사는 사람들의 말소리가 이런 개구리 소리와 아주 가까운 것이어서 인간은 그가 사는 곳의 다른 생물과 큰 차이가 없는 성부르기도 했다.

정작 달마조사 이래의 선풍을 정통으로 이어받은 혜능이 법성사를 떠나는 날은 대중에게 보이기 위한 새로운 대화가 있었다. 그것은 인종법사의 경륜이 꾸며낸 교화의 한 표상인지도 몰랐다.

함께 결정한 일인데도 인종은 혜능에게 "스승이시여, 어디로 가시렵니까?"라고 큰 소리로 물었다. 그때 대중들은 인종법사가 다시 강론할 수 있는 힘을 되찾았다는 사실을 깨달았다. 과연 그가 묻는 소리는 묻는 데라기보다 그 힘찬 소리에 뜻이 있었다.

혜능이 방시레 웃었다. 그가 인종보다는 덜 큰 소리로 대답했다.
"이 소주땅의 저 산간지대 곡현(谷縣)에서 50리 지경의 조계(曹溪) 마을에 가고자 하오."
"조계라면 보림사입니까?"
"그러하오."

16. 曹溪山 열었나니

혜능의 나이 40세였다. 그를 따르는 사람은 우선 20여 명의 늙은 비구와 젊은 사미니도 있었다. 굳이 남녀를 차별할 까닭이 없었다.

그런데 그 일행에 끼여 가는 뛰어난 젊은 비구 철오(徹烏)가 첫번째 쉴 참에 벌떡 일어났다.

"스승이시여, 이제 가는 길은 마치 저승으로 가는 길이나 다름없습니다. 한번 가면 다시 나와서는 안되는 길이기도 합니다. 그런데 그곳에 가서 밤낮으로 명상에 드는 일이라면 그런 명상으로 얻는 진리를 어디다 쓴단 말이옵니까? 소승은 그런 일보다 세상에 나가 한 여자의 남편이 되고 한 아이의 아비가 되어서 그들을 먹여 살리는 일이 더 거룩하게 여겨지옵니다. 이제 고백하건대…… 소승은 인종법사의 법성사도 모조리 불태워버리고 싶은 적이 있었사옵니다. 마음! 마음! 이라고 말하면 그따위 마음이란 도대체 찾아서 무엇을 하자는 것이옵니까? 차라리 세세생생 미혹을 되풀이하는 중생의 한없는 생사가 훨씬 거룩한 것이 아니옵니까?"

"........."

"소승은 이제부터 머리 기르고 살겠사옵니다."

"........."

"소승과 함께 속세에 나갈 사람도 여기 있사옵니다."

그 말이 떨어지자마자 그토록 열렬한 웅변으로 불꽃을 튀기는 철오 곁으로 젊은 사미니 수눌(水訥)이 얼굴에 홍조를 띠고 가서 섰다.

"……이 분을 따라가겠사옵니다"라고 그녀의 영롱한 말소리가 나왔다.

그때였다. 저 위의 몇백 년이나 된 후박나무의 커다란 가지에 올라가 있던 원숭이 한놈이 탐스러운 후박꽃 서너 송이를 잘라 마구 땅 위로 던지는 것이었다.

"허어 꽃이 지는구나"라고 혜능이 태연히 말했다. 그런 다음 말을

이었다. "정녕 가겠다면 가야지요. 사람마다 다 갈 길이 있겠지요. 자, 그럼" 하고 혜능이 벌떡 일어섰다. 그를 따르는 사람들도 일어섰다. 그들이 떠나자 뒤에 두 사람만이 남아 언제까지나 서 있었다. 어느덧 두 사람은 손을 맞잡고 있었다. 나무 위의 원숭이도 다른 나무로 건너간 뒤였다.

갑자기 구름장이 몰려와 아침 나절인데도 어디에도 눈부신 데가 없었다.

조계마을은 오랫동안 잠자고 있는 것 같은 두메마을이었다. 그런 마을이 얼굴 하나에 여기저기 마마자국이 있는 것처럼 산재해 있었다. 농사철에는 농사꾼이지만 이모작의 농사에 틈이 나는 대로 즉각 사냥꾼으로 둔갑하는 사람들이었다. 한족의 문명으로 보아 오랑캐임에 틀림없었다.

조계산은 소주 곡강현(曲江縣)에 자리잡고 있는데 굳이 다른 산들과 이어지는 산줄기가 없이 혼자 두 봉우리로 형제를 삼고 서로 바라보며 솟아오른 것 같았다. 하지만 그 산속으로 들어갈수록 넓은 품을 벌려 들어가는 사람들을 큰 아가리에 삼키는 것처럼 에워싸는 느낌이었다.

혜능이 위태로운 고비를 넘기며 대유령을 넘었을 때 그에게는 여러 산들이 기다리고 있었다. 영남 일대에서는 유명한 운문산(雲門山)이 서쪽 강 건너 멀리 솟아 있었고 그 강 동쪽에 조계산——혹은 남화산(南華山)——이 있었다. 그뿐 아니라 저 아래 광주(廣州)땅 아래에는 마치 그것이 없어서는 매우 서운한 것처럼 우뚝 솟은 나부산(羅浮山)이 있었다.

아니 저 남쪽 바다에 다가가서 용산(龍山)도 용머리를 치켜 들어올린 형세로 그 일대를 제압하고 있었다. 그가 피신했던 회주(懷州)의 회집(懷集)이나 광주의 사회(四會) 등지와 그가 태어난 신주의 가장 남쪽 지방도 혜능에게는 손짓하고 있는 것 같은 곳이었다.
 조계산에는 소나무를 비롯해서 남방의 울창한 꽃덩어리 나무들의 군락도 적지 않았다. 인도승 지약삼장이 여기에 이르러 흐르는 물을 마신 뒤 그 물맛을 보고 그곳 사람들에게 작은 암자를 짓게 한 것이 보림사였다.
 양나라 때 무제로부터 보림(寶林)이라는 액(額)을 하사받았는데 그 이래로 보림사는 당우(堂宇) 하나씩이 불어나기는 했으나 아직도 변변한 것이 아니었다. 그나마 수나라 당시의 병화(兵火)로 타버린 뒤 근근이 그 이름을 이어오고 있는 형편이었다.
 그런데 혜능 일행이 여기에 와서 살기로 하자 그 곡강현의 지주 진아선(陳亞仙)으로부터 산지(山地)를 기증받았다. 그리하여 보림사 도량은 비로소 수많은 대중이 살 만한 곳으로 될 수 있었다.
 이 보림사에서 죽을 때까지 한발짝도 다른 곳으로 간 적이 없는 혜능의 제자 영도(令韜, 行韜)는 세수 95세를 일기로 세상을 떠날 때까지 그의 스승 혜능을 섬긴 것으로도 이름이 나 있었다.
 그러기에 스승의 말씀을 들어서 기록으로 남긴 제자 법해(法海)와 함께 영도는 법당(法堂), 법해는 법문(法門)을 맡았다는 말이 있게 된 것이다.
 혜능이 이곳에 와 있다는 소문이 그의 고향 신주의 변방에까지 닿을 수 있었던지 보림사 거주 3년 뒤에 알아볼 수 없는 고향사람 하나가 제법 듬직하게 짠 나무상자를 들고 온 일이 있었다.
 "몇해 전에 돌아가셨습니다. 저희들이 조장(鳥葬)의 초막에 남겨진 유골을 수습해서 이렇게 모시고 왔습니다."
 혜능이 그들이 가지고 온 유골상자가 바로 어머니의 그것인 줄 왜 몰랐겠는가.

하지만 그는 눈물 한방울을 보였을 뿐 어떤 감정도 나타내지 않은 채 "그대들이 내 오랜 불효(不孝)를 효로 바꾸어주었구려"라고 말했다.
"다만 저희들이 할 일을 한 것뿐입니다."
다음날 법당의 영단(靈壇)에 안치했던 유골을 조계산 남쪽 기슭의 폭포가 바라보이는 곳에 묻었다. 단 한마디의 조사(弔辭)도 없었다. 혜능도 숫제 입을 열지 않았다.
신주에서 유골상자를 가지고 온 사람이 하직 인사를 할 때에야 혜능이 입을 열었다.
"돌아가지 말고…… 함께 여기서 살기로 하세. 고향에는 부모님께서 생존해 계신가?"
"아버지는 바다에서 돌아오지 않았고 어머니는 귀주(貴州)로 팔려 갔습니다. 저는 당숙의 집에 맡겨졌다가 내내 장바닥에서 뼈가 굵은 것입니다. 고아의 나날이었지요. 그러다가 근자에 조계산의 대사 모친의 유골을 가르쳐준 한 노인으로부터 유골을 보림사로 가져가라는 부탁을 받았습니다. 엽전 반 꾸러미나 받고…… 생전 처음 그런 큰돈을 손에 쥐었으니 어찌 여기까지 발바닥에 수레바퀴가 달리지 않았겠습니까."
"그만 말하시게. 여기는 말의 무덤이라네. 무덤 속에 묻혀야 비로소 말이 다시 살아나겠지……"
이런 사연을 나눈 뒤 혜능의 고향에서 온 사나이도 머리를 깎고 부목(負木) 일부터 시작하는 행자가 되어 고사목을 끌고 내려오는 울력을 부지런히 했다.
바야흐로 혜능의 회상은 조계산의 바람소리와 함께 진리를 다그치는 일을 시작했다. 뒷날 노자와 장자 그리고 공자에 이은 맹자에 견주어도 모자람이 없는 중국의 남방 천재가 바로 혜능이었다.

숱한 위경(僞經) 외에도 중국에서 경(經)이라는 이름으로 떠받들어지는 혜능의 강론집 『육조단경(六祖壇經)』은 금강경, 법화경 그리고 유마경에 비해서 결코 손색이 없다. 그것은 학자가 머리를 짜내어 말한 것이 아니라 차라리 진인(眞人)의 입이 열리자 흘러나온 몇편의 시인지 모른다.

바로 이 『육조단경』은 혜능이 보림사에 와서 얼마 되지 않아 어머니의 유골을 묻고 난 직후 새로 부임한 소주자사 위거(韋璩)가 혜능의 신도가 되어 그의 요청대로 연속 법회를 한 내용이었다. 그 법회는 보림사가 아니라 거기서 멀지 않은 대범사(大梵寺)에서 이루어졌다.

바로 그 설법 내용에다 보림사의 제자들이나 거기에 찾아온 신도들과의 대화 등을 망라한 것이었다.

혜능은 5조 홍인으로부터 받은 가사와 발우를 그의 처소에서 더이상의 뜻이 담긴 것으로 여기지 않았다. 앞으로 법을 전하는 것은 오로지 마음과 마음의 일일 뿐 그따위 밥 먹는 나무그릇이 아닐 터였다.

그가 남방 변경의 농경지대를 무대로 삼은 것은 지방관과의 관계가 없는 것은 아니지만 일체의 지배계층이나 유한계급 또는 지식계급을 대상으로 삼지 않는 그 계급 초월의 종지(宗旨)를 가장 생생하게 펼칠 수 있는 기회가 되었다.

아무리 무식한 농투성이일지라도 혜능 자신이 그랬던 것처럼 마음 가운데서 즉각 이치를 깨닫는 일만이 선정(禪定)의 목적이었다. 혜능은 계(戒)·정(定)·혜(慧)를 부정할 까닭이 없어도 그것들에 구애되는 일을 벗어나려 한 것이다.

그래서 농사꾼이 땡볕 아래 김을 매는 그 힘든 일에서도 마음의 공부는 이어가도록 한 바가 바로 선만이 선이 아닌 경계로 나아가게 했다.

혜능은 그럼에도 그 자신의 겸허한 바를 끝내 일탈한 적이 없다. 지난날에 인종법사가 당신이 황매의 법을 받은 사람인가 하고 물었을 때 "그렇다" "아니다"가 아닌 "부끄럽습니다"라고 대답한 그 아픔 같은 겸허 말이다. 이런 무서운 태도는 대범사든 보림사든 어디서나 그의 바탕이 되었다.

소주자사와 그 외 관리 그리고 4부대중 1천 명이 법을 청하자 그는 그 자신부터 고백하는 것으로 시작했다. 이를테면 자초지종의 사연을 말함으로써 어떤 추상적인 위엄 따위를 다 내버릴 수 있었다.

그는 법을 이어받은 것으로 받아온 고생도 정직하게 인정했다. 그래서 목숨이 실낱〔懸絲〕과 같았다고 말했다. 이런 법회를 가지게 된 것도 여러 겁(劫) 동안의 인연이라고 전제하는 것도 잊지 않았다.

그러나 그는 일체를 부처님에게 돌려버리는 것이었다.

…이 가르침은 옛 성인이 전하신 바요 나 자신의 지혜가 아니니, 옛 성인의 가르침을 듣고자 하는 사람은 먼저 그 마음을 깨끗이 할 것이며, 듣고 나서는 의심을 없이하여 옛 성인과 다름이 없게 하기 바란다.

하지만 그의 말은 진지한 권유로 차 있었다. 그는 청중들에게 최고의 경의를 표해서 선지식(善知識)이라는 호칭을 썼다. 그것은 본래의 성품을 대상으로 삼았기 때문이다.

선지식이여, 보리반야의 지혜는 세상 사람이 본래 가지고 있으나 다만 마음이 미(迷)하므로 스스로 깨닫지 못하나니 모름지기 큰 선지식의 인도를 받아 자성(自性)을 보도록 할지니라.

마땅히 알지어다. 어리석은 사람이나 슬기로운 사람이나 본성은 본래 차별이 없건만 다만 미(迷)하고 깨달은 바가 같지 않기 때문에 어리석음이 있고 지혜로움이 있게 되는 것이니라.… 선지식이여, 세상 사람들이 하루 종일 입으로는 반야(般若)를 생각한다 하지만 자성 반야를 모르나니, 마치 말로만 음식 이야기를 아무리 해보아도 배부를 수 없는 것과 같아서 다만 입으로만 공(空)을 말하는 것은 만겁을 지나간다 해도 성품을 볼 수 없을 것이며 마침내 이익이 없으리라.

선지식이여, 마하반야바라밀이란 것은 범어(梵語)인데 여기 말로는 '큰 지혜로 저 언덕에 건너간다'는 뜻이니 이것은 모름지기 마음으로 행할 것이요 입으로 염(念)하는 데 있지 않음이라. 입으로는 염하는데 마음으로는 행하지 않는다면 꼭두각시와 같고 허깨비와 같으며, 입으로도 염하고 마음으로도 염하면 곧 마음과 입이 서로 응해서 곧 본성품이 부처일 것이니 성품을 떠나서 따로 부처가 없느니라.

혜능은 선을 대지 위에 정착시켰으며 사람들의 마음속에 심어놓은 최초의 사람이었다.

인도의 명상은 단계가 있다. 하나하나 올라가는 어떤 정신의 통찰(洞察)에 기대하는 것이다. 그러나 혜능의 선은 홀연한 충돌 속에서 전혀 새로운 근원과 만나는 것이다. 이러한 약진이야말로 본성을 보는 행위〔見性〕로서의 부처를 이루는 것〔成佛〕이다.

그것이 느린 사람에게는 점수(漸修)가 되지만 빠른 사람에게는 돈오(頓悟)인 것이다. 혜능의 정신은 바로 이 당장 깨치는 데에서 빛나고 있다. 궁극적인 실재와의 시퍼런 번갯불이 빗발치는 만남이야말로 비상(非相) 무념(無念) 무집착(無執着) 무상(無相) 무심(無心) 자성(自性) 진여(眞如) 여여(如如) 따위의 말을 만들어낸다.

그 가운데서 혜능은 특히 성(性)·자성(自性)·진성(眞性)과 같은 말을 즐겨 썼다. 그것은 누구보다 강력한 정신의 주체를 들어올리는 열정이면서 동시에 냉철한 이법(理法)이기도 하다. 아니 그가 말한 공(空)의 세계야말로 '묘유(妙有)'로서의 전체이며 충만의 세계이기도 한 것이다.

제자 법해는 가능하면 스승으로부터 많은 법을 듣고자 했다. 그가 법성사에 찾아와서 혜능에게 청하기를 "원컨대 마음이 곧 부처라 하시는 뜻을 가르쳐주소서"라고 대들듯 했다.

그러자 스승 혜능은 무덤덤하게도 "앞생각 나지 않음이 곧 마음이고 뒷생각 없어지지 않음이 곧 부처이며…… 일체의 상(相)을 이루는 것이 마음이요 일체의 상을 여의는 것이 곧 부처이니, 내가 만일 이것을 다 말하기로 한다면 영겁을 두고 말하더라도 끝이 없으리라"라고 했다.

그리고 그는 노래했다. 그 노래에 법해도 노래했다.

"쌍(雙)으로 닦아 모든 것을 여의리라."

쌍이란 정(定)과 혜(慧)를 가리킨다. 정이란 체(體)이며 혜는 용(用)이겠다.

어느날 그런 법해가 스승과 함께 조계산 서쪽 봉우리에 올라갔다.

"해(海)야."

"네."

"내가 이곳이 두번째니라."

"네?"

"저 아래 조계마을에 숨어든 적이 있었다. 그래 아홉 달 동안 그럭저럭 산나물을 뜯어먹고 목숨을 부지했는데 산중의 녹림당을 만나 부득이 도망가야 했다. 그 사람들이 나를 잡기 위해서 불을 질러 산의 한쪽을 다 태웠다. ……저쪽을 보아라. 다른 쪽하고 나무들의 키가 다르지 않니? 아무튼 나는 바위틈에 숨어서 살아났단다. 거기까지 가보자꾸나."

그들은 서쪽 봉우리 중허리에서 갑자기 비탈이 험해진 바위 등성이를 올라갔다. 과연 바위틈이 있었고 거기에는 앉아 있던 자국이 나 있는 것같이 숨었던 곳이 있었다.

"피난석(避難石)입니다. 스승님."

"그래, 뒷날 이런 것을 기리는 일 따위가 없어야 할 텐데…… 내가 공연히 지나간 일을 너에게 말했구나."

"스승께서도 공연한 일을 하십니까?"

"허어, 한마디 했다" 하고 모처럼 혜능은 먼 북쪽을 바라보며 웃음을 머금었다.

우연일지도 모르지만, 어쩌면 혜능은 측천무후(則天武后)의 일을 짐작했던 것일까?

태종의 궁녀였다가 그대로 그의 아들 고종의 총애를 받는 궁녀였고 이어서 황후와 비빈(妃嬪)까지 죽여 없애고 드디어 그녀 자신이 황후가 된 무후는 고종이 죽자 그 천자의 능 맞은편에 글자 없는 빈 비석을 세웠다. 이르되 몰자비(沒字碑)이다.

고종의 현덕비(顯德碑)를 마주 바라보는 곳이다. 그녀는 그녀 자신의 공덕이 글로써 표현할 수 없이 뛰어난 것이므로 차라리 글 따위를 새기지 않은 비석으로 두었던 것이다. 그렇다면 거기에는 분명히 선취(禪趣)가 없지 않다. 뒷날 이런 몰자비가 와전되어 거죽은 당당하나 교양이 없는 무식꾼을 가리키는 말로 되기도 했지만.

이미 무후는 태종이 이루지 못했던 정벌에서 백제를 멸망시키고 웅진도독부를 두고 고구려를 무너뜨린 뒤 그 땅에 9개의 도독부를 두게 했던 것이다.

고종은 낙양성까지 포로로 호송된 백제 의자왕을 측천문루(則天門樓)에서 인계받았다. 그 뒤 의자왕은 일정한 장소에 유폐되었다가 북망산 공동묘지에 묻히게 된다. 그런데 백제가 망할 때 고구려로 망명한 백제의 한 왕자 풍장(豐璋)은 고구려가 망한 뒤에 잡혀와서 오랑캐 땅 광주에 유배되었다. 법성사 인종법사의 제자 난야(蘭若)가 몇번인가 그런 비운의 백제 왕자를 만나서 불교의 무상관(無常觀)을 말해주었다 한다.

이런 측천무후 시대는 공포정치인 동시에 중국 역사상 가장 뛰어난 정치가인 한 여걸에 의해서 거의 완전무결하게 통치되던 때였다. 그녀는 황후와 숙비(淑妃) 두 여자를 음모를 조작해서 곤장 백 대를 치게 한 뒤 팔다리를 잘라 술독에 처넣어 죽였다.

"두 계집의 뼈를 술에 취하게 하라"라는 명령과 함께.

바로 그런 측천무후는 낙양 장안의 화엄학이나 삼론종 등의 장엄한 교학체계를 그의 높은 위상과 연결시켰으나 거기에 나타난 신수 들의 선승에게도 깊은 관심을 가지고 있었다.

파두산에서 떠난 신수는 일단 숭산 소림사 등지를 순력(巡歷)하다가 장안에 한번 들렀다. 그가 나타나자 장안의 교계와 정계는 물론이고 황실 안에서도 "신수대사!" "신수대사!" "살아 있는 부처 신수대사!"가 입에서 입으로 전염되고 있었다. 그는 곧 장안에서 사라졌다.

그가 황매를 떠난 뒤 약 10년 동안은 세상에서 자취를 감춘 몸으로 정진을 거듭하게 되는데 이 무렵 그를 간절히 초청한 측천무후의 명을 거슬렀다.

무후는 잔인하기 이를 데 없는 정치가였지만 그런 것과는 또 다르게 종교에의 이기적인 신앙도 깊은 여자였다. 그런 여자의 뜻을 거스른 것이다. 다른 사람이라면 처형의 대상이었으나 상대방이 신수인지라 백의(白衣)를 입혀 멀리 귀양살이를 시켰다가 풀어주었다.

차라리 그 귀양살이 시대가 그에게는 한번 더 크게 깨닫는 수행에 필요한 절호의 기회였다.

이미 밝힌 바대로 속성은 이씨(李氏), 변주(汴州)의 위씨현(尉氏縣) 사람으로 키는 8척, 눈썹이 빼어나고 큰 귀〔秀眉大耳〕를 가진 귀인상이었다. 수나라 말 왕세충(王世充)의 난을 피해서 산중으로 들어갔다. 그 뒤로 5조의 상수제자가 되었다.

그가 고령(高齡)에도 불구하고 정정한 걸음걸이로 다시 세상에 나타난 것이다.

17. 北宗 神秀

　신수의 긴 귀양살이는 그의 60세의 나이로서는 무리에 가까운 시련이었다.
　이에 앞서 그가 스승 홍인의 문하를 떠날 수 있었던 것은 그보다 30세나 아래인 혜능에게 법통을 넘기게 된 뒤였는데, 그는 스승의 건강이 나쁘다는 소식을 듣고 오랜만에 황매 파두산 동산을 찾았다.
　그런데 스승은 어디 한군데 아픈 곳이 없는 것처럼 꼿꼿한 허리로 앉아서 아침 햇발을 받은 것 같은 환한 얼굴로 그의 상수제자 신수를 맞이하는 것이었다.
　"내 껍데기를 보러 왔는가?"
　말은 이처럼 무정하기 짝이 없었으나 그 말소리는 지극히 자애로웠다. 신수가 급히 달려온 것을 엉뚱하게 기뻐하는 바가 역력했다. 신수도 스승을 이어가는 늙은 선승의 위엄을 갖춰 그 말에 대답하지 않을 수 없었다.
　"그동안 껍데기가 없어 좀 추웠나이다."
　"그랬던가. 그래서 나도 이불을 덮어도 이불 안에 늘 찬바람이 들락거렸나보군."

"오늘 여기까지 오는 길에 제법 햇볕이 따가웠나이다."

"나도 가만히 앉아서 땀방울을 맺고 있었지…… 자, 이리 좀 가까이 와. 나 그대가 어찌나 보고 싶었던지 내가 바라보는 산마다 풀이 무성하여 그 풀 가운데 그대가 실로 여럿이 되었지."

"스승이시여."

"신수."

"스승이시여."

"내가 그대에게 던질 돌멩이 하나가 있는데 받겠는가?"

"받느니…… 차라리 이마에 맞아 피멍이 들기를 바라나이다."

"이 하늘이 낳은 동자(童子)야. 그대는 내 돌멩이도 칠보(七寶)로 받을 사람일 터이지?"

신수는 스승의 말에 응하기를 그만두었다. 시자(侍者)가 내온 차가 식었다. 식은 차를 마셨다.

그러자 5조 홍인 쪽에서도 신수가 하는 대로 식은 차를 마셨다.

"이제 차를 함께 마셨으니 되었네그려. 암 되고말고…… 내가 가진 것 그대가 다 가져갔으니 나야말로 진짜 껍데기뿐일세. 이 쌍봉 일대 한바퀴 돌아보고…… 그대 갈 곳으로 가보아"라고 홍인이 말했다.

"북쪽은 추울 터이지……" 하고 그의 닳아빠진 안석(案席) 옆에 놓아둔 꾸러미를 내주는 것이었다. 이를테면 스승이 제자에게 주는 마지막 선물이었다.

그 선물이 무엇인지는 정작 그 자리에서는 몰랐다. 늙은 신수는 스승으로부터 받은 것을 가지고 그 방을 나오다가 문지방에 이마를 받아서 얼얼해졌다. 그때였다. 그가 바라보는 앞산의 한군데서 방금 화재가 발생해서 산의 한부분이 벌겋게 타올라가고 있었다.

"불이야!"라는 소리 대신 "꽃이 만발하였도다!"라는 소리가 신수의 입에서 나왔다. 그것은 그 자신도 모르는 하나의 오묘한 탄성이기도 했다. 그는 갑자기 걸음이 새들의 비상과도 같이 가벼워졌으며 문지방을 받은 이마의 아픔도 어디로 달아나고 없었다.

다행인 것은 "꽃이 만발하였도다!"라는 말을 들은 사람들이 앞산까지 달려가서 그 일대의 농사꾼들과 함께 불을 잡기 시작한 것이었다. 하지만 산불이 쉽게 끝나겠는가. 그 다음날 아침에야 겨우 시꺼먼 산등성이를 만들고 잡힐 수 있었다. 황매현 관아에서는 아침나절에야 나와서 화재 현장을 여기저기 살펴보고 있었다.

신수는 그런 황매를 떠나서 양자강을 건너 사흘째 되는 밤 한 도관(道觀, 도교의 사원) 객실을 얻어 하룻밤을 지내게 되었을 때에야 스승이 준 선물을 끌러보았다. 어찌나 단단히 싼 것인지 세 겹이나 풀어야 했다. 그런데 그것은 다만 삼베 옷감일 뿐이었다.

"으음!"

신수의 머릿속에서 스승의 뜻이 빠르게 그려지는 것이었다.

마치 5조 홍인의 말이 들리는 것 같았다.

"이것으로 이불을 만들어 덮든지 가사를 지어 걸치다가 제자에게 법으로 전하든지…… 그도 아니거든 어디다 팔아서 시장기를 면하든지. 하기야 서건 47(西乾四七)이 다 제멋대로 놀았지. 수(秀)! 그대도 그대 멋대로 실컷 놀아보아. 그러나 그대가 받을 것이 어찌 내가 받을 것 아니던가."

서건 47이란 석가모니 부처님의 제자 마하가섭(摩訶迦葉)으로부터 중국에 건너온 보리달마(菩提達磨)에 이르는 총 28대의 조사를 아우르는 말이었다.

신수는 이런 말을 그의 마음속의 스승으로부터 들은 뒤 잠을 이룰 수 없는 통한과도 같은 기쁨에 잠겨 밤을 지새웠다. 아침의 밥 한술도 거른 채 그의 걸음은 북으로 향하는 하염없는 뒷모습을 이어가고 있었다.

아마도 이같은 스승과 제자 사이의 두 마음이 주고받은 바가 스승이 세상을 떠나기 이틀 전에 스승의 임종을 지키고 있던 현색에게 "나에게 신수를 비롯한 열 제자가 있도다"라는 말을 남긴 것으로 발전한 성부르다. 아니, 스승은 어느날 "내 문하에 수많은 사람들이 있지만 현해원조(懸解圓照)로는 신수를 따를 사람이 없도다"라고 털어놓기도 한 일과도 무관하지 않다.

때는 당나라의 태평성대가 열리는 시절이었다. 하지만 그것이 국제도시 장안의 영화나 동쪽의 옛 도읍 낙양의 발전만에 대해서라면 모르되 끝없이 펼쳐진 궁벽한 산야에서는 아직껏 억새와 잡초가 우거진 것이 천리나 망망하고, 사람의 기운이 좀처럼 남아 있지 않은 오랜 난세의 잔재가 언제 정리될 기약도 없이 방치되어 있었다. 그러므로 어디에 새벽 닭이 우는 소리가 있을 것이며 어디에 초저녁 나그네 인기척에 개 짖는 소리가 쉽게 들릴 수 있겠는가.

실로 신수 일행의 북행은 고적하기 이를 데 없었다.

신수가 양양(襄陽) 지경에 이르러 하룻밤 노숙을 하는 밤에 스승 홍인이 꿈속에 갑자기 나타나서 "수! 나 먼저 가니 그대가 황하의 물줄기를 잘 내어주도록!"이라는 말을 남기고 부랴부랴 바쁜 길을 떠나는 것이었다. 그러나 그는 꿈을 꾼 뒤로도 조금도 충격을 받지 않고 그대로 자고 났다.

그가 그 꿈을 떠올린 것은 다음날 길을 가다가 장안에서 온 한떼거리 휘황찬란한 장식의 기병대가 내는 말발굽소리 때문이었다. 신수는 그 기병대가 그의 앞에서 급히 달리기를 멈춘 것보다 꿈속의 스승의 일에 마음을 쓰고 있었다.

"가셨도다!"

신수는 5조 홍인의 다비(茶毘)를 위해서 다시 황매로 돌아가야 했던 것이다. 만약 그의 꿈대로 스승이 세상을 떠난 것이라면.

그러나 그는 기병대에 의해서 더이상 그의 뜻대로 발을 돌릴 수 없게 되었다.

"이 말은 아무나 타는 말이 아닙니다. 신수대사께서 타시지요"라는 강요로 신수는 말에 태워졌다.

"걸어가는 것이 내 천직(天職)인 것을"이라고 말해보았다. 기병대의 우두머리는 도무지 한마디 말도 주고받을 수 없게 명령 한두 가지만을 뱉을 뿐 입을 봉하고 있었다.

바로 그 길이 신수 일행이 거의 납치되다시피 수도의 황궁 내도량(內道場)에 초치되는 길이었다. 실로 먼길을 빠르게 내달려갔다. 신수 일행은 차라리 특수한 군대와도 같았다.

이윽고 그들이 어마어마한 도성 장안의 주작대가(朱雀大街) 양켠 건물들을 지나가는 첫 관문인 현무문을 통과했을 때는 날이 저물고 있었다. 이미 대안탑(大雁塔)은 어둠 가운데 잠겨 그 웅장한 모습을 감추고 있었다. 황궁 안의 초소마다 횃불이 혀를 날름거리고 있었고 여기저기 등촉을 들고 지나가는 궁인들도 있어서 거기만이 사람이 살고 있는 것 같았다.

어느 3층 건물 앞에서 지극히 난숙한 미모의 궁녀가 신수 일행을 맞이했다. 입을 봉하고 있던 기마대 우두머리는 즉각 물러가버렸다.

궁녀가 신수에게 그윽한 예를 올렸다.

"먼 길을 오시느라고 얼마나 고단하셨나이까? 아무리 법(法)이 하늘을 뚫으시고 힘이 땅에 못을 파시는 보살이시지만…… 먼 길을 오시느라고……"

"………"

"먼저 지치신 몸을 씻어야 하시옵지요."

하고 말하자 이번에는 저쪽에서 대령하고 있던 앳된 궁녀들이 그들의 어여쁨을 뽐내며 신수와 그의 일행을 갈라서 신수만을 다른 곳으로 안

내하는 것이었다.
 대낮에도 어둑어둑할 판인데 초저녁인지라 여기저기 커다란 황촉 불빛이 번들거리기는 해도 어딘지 모르게 음험한 궁중의 비경(祕境)임을 누구라도 쉽사리 짐작하기에 알맞았다.
 신수는 중국과 중국 밖에서 뽑혀 온 여러 인종의 몽환적인 미녀들에 의해서 옷이 강제인지 아닌지 모르게 벗겨져 사람 몇백 명을 채우고도 남을 호화로운 장식의 커다란 욕탕으로 들어가야 했다. 지나치게 뜨겁지 않도록 물의 온도가 조절되어 있었고 그 물에서는 실로 기묘한 향기가 나고 있었다.
 그 향기는 매우 고혹적이어서 웬만한 사람에게는 당장 성적인 흥분을 불러일으키기 십상이었다. 그곳은 철저히 어둑어둑한 조명을 유지함으로써 시중드는 미녀들조차도 비현실적으로 보이게 하고 있었다.
 신수가 물 속에 그의 알몸을 푹 담그고 있은 지 한참 뒤에 그를 맞이했던 난숙한 30대의 아름다운 궁녀가 하나하나 푸른 비단옷을 벗은 다음 아주 요염한 알몸의 동작을 아끼면서 물속으로 들어오는 것이었다.
 한동안이 흘러갔다. 어느새 그녀가 신수에게 다가와 있었.
 "이 비천한 것이 감히 대사님의 법체를 씻어드리고자 하나이다"라는 말도 사람의 간장을 녹여버리는 교태의 음색이었다. 높은 소리이되 작은 새의 소리가 아니었다. 낮은 소리가 아니로되 실로 그윽한 소리가 아닐 수 없었다. 그것은 중국의 천하가 오랜 고난에 휩쓸려 있는 동안의 어느 한군데에서 피어난 한떨기 백모란꽃이 아닐 수 없었다. 그 꽃은 바로 천하 만백성의 고난 따위와는 절연된 것임에 틀림없었다.
 신수의 입에서는 그때까지 단 한마디도 나오지 않았다.
 비록 60세가 갓 넘은 노승이기는 하지만 이 황궁 안까지 알려진 바로는 신수는 절륜(絕倫)의 장부이기도 한 것이 사실이다.

이미 그의 서·역(書易)을 비롯한 유학과 노장의 현학(玄學), 천문·지리·수리와 문·사·철(文史哲)을 망라한 학문의 심오한 깊이는 세상에 견줄 바 없게 이름이 나 있었다. 바로 그런 일체의 우렁찬 지식의 넓은 범주를 다 등져버린 채 달마 가풍을 이은 5조 홍인의 동산법문에서 오직 마음공부의 관법(觀法) 하나에만 몰입함으로써 동서남북 여러 선가(禪家)가 그의 앞에서 쥐죽은 듯 하지 않을 수 없었다. 바로 그 점으로 신수를 더 드높이는 장안의 추앙이 궁중과 도성 안에 퍼져갈 수 있었던 것이다.

과연 그의 하루 내내 포행(布行)도 생략한 그대로의 정진은 그 누구도 따르기 어려웠다. 한번 깨달은 바는 백번 천번 깨달아야 할 첫걸음에 지나지 않는다는 그의 정진은 인도의 단계적인 수행과 중국의 유장한 직관의 지속을 계합(契合)한 것인지도 모른다.

이런 대륙적인 정진은 반드시 건강의 호조(好調)에 의해서 가능한 것이다.

황매에 귀의하기에 앞서 당대에 이름을 떨치는 사상의 대가들을 만날 때에, 그런 치열한 논박에서 진 쪽에서 신수를 희화화(戲畫化)하려는 의도로 그의 오줌발이 세어 새로 지은 사당의 두꺼운 문짝을 뚫었다고 한 일도 있다. 그것은 첫째로 그를 은연중 여색과 관련시킨 바이고, 둘째로는 경건한 사당을 능멸하는 불경죄를 저질렀다는 모함을 위한 것이었다.

이런 소리까지 새끼치자면 천하를 한 손아귀에 쥐고 있는 측천무후의 귀에 들리지 말라는 법도 없었다. 그녀는 먼저 신수의 용모가 어떤가를 물었고 그의 대장부다운 기상에 미리부터 흡족해하고 있었다. 그녀가 누구이던가. 사내맛으로 가히 도(道)를 얻은 사람이 아니던가. 태종 이후 여러 남성 편력도 그녀의 밑없는 것 같은 진심을 충족시키지 못하는 처지였다.

신수는 물속에 잠긴 궁녀의 알몸이 저쪽 벽의 커다란 양주산(楊州産) 동경(銅鏡)인 방장경(方丈鏡)에 반사되는 것을 희미하게나마 보았다.

그녀의 부드러운 손길이 신수의 육신을 만지는 동안 그녀 자신도 모르게 성적인 흥분과는 또다른 어떤 정신적인 희열이 일어났다. 본디 그녀는 동도(東都) 낙양의 높은 신분의 명문에서 바쳐진 처녀였다.

대체로 궁성 안에서 시중드는 아름다운 여자들은 여러 제후나 사라센이나 페르시아 등의 먼 외국과 속국에서 공물로 바쳐진 축이거나 황제의 총애를 얻으려는 지배층의 딸들이기도 했지만 궁전의 관리들에 의해 엄격한 심사를 거쳐 뽑힌 축도 많았다. 이른바 피선입궁(被選入宮)의 여자들이 그러했다.

신수를 목욕시키는 궁녀는 실로 빼어난 미색과 재예를 겸비하기도 했거니와 그녀의 집안은 측천무후의 배려에 의해 정부의 요직을 차지하고 있었다. 그러므로 그녀는 궁녀장(宮女長)보다 더 높은 대우를 받고 있다가 노승 신수를 알몸으로 만나는 특별한 임무를 부여받은 것이다.

물속에 들어온 지 꽤나 되어서 그녀의 눈썹 사이에 찍은 노란 점〔眉間黃〕이 지워졌다. 입술의 연지도 지워졌다. 하지만 탕의 향기는 점점 진해지고 있었다.

"이제 나가셔도 되겠사옵니다"라는 그녀의 옥을 굴리는 것 같은 말이 들렸다.

"나가야지요"라고 신수도 말했다.

이런 광경을 탕 입구 외의 딴 문을 열고 살피고 있던 측천무후는 그녀의 천부적인 색정으로 이루어진 경륜으로 신수의 알몸을 본 나머지 한숨을 내쉬었다.

"듣던 대로 대장부요 생불(生佛)이로다."

이 말로도 신수를 찬미하는 것이 모자랐던지 "전생에 저런 대장부와 만났더라면 진작 금생에 저런 대장부를 만났을 것을…… 아직도 저 생불에게는 옛 소녀(素女)의 50현(絃)의 금(琴)을 함께 탈 만한 힘이 있거니와…… 오늘의 이 향탕(香湯)이 애석할 따름이로다."

신수는 새로 지어진 법의를 입었다. 입으라면 입겠다는 무심한 경계 밖에는 이곳에서의 어떤 능동도 그에게는 필요하지 않았다.

금원(禁苑) 안의 별관이었다. 방안은 아무런 장식이 되어 있지 않은 채 마치 선사의 방과 다를 바가 없었다. 거기에 황후와 선승 둘뿐이었다.

"대사께 실례를 무릅쓰고 이렇게 모셨습니다."

"소승도 아무런 뜻도 없이 이렇게 배알하게 되었습니다."

그들의 대화는 지극히 침착했다. 마치 하늘에 마련된 비가 다 내려버린 빈 하늘과 같은 심경이었다.

"이곳에는 내도량을 세워 황성 안의 중생들을 제도할 수 있게 되어 있습니다. 어떠신지요? 이곳에 머무르시면서 나도 도와주시고 이 나라 중생을 깨우쳐주시기를 간절히 바랍니다."

황후가 짐(朕)이라는 황제의 자칭(自稱)을 쓰지 않고 한갓 여성으로 돌아가 "나……"라고 말한 것만 해도 여간한 배려가 아니었다.

신수의 입에서 다음 말이 없었다.

"이곳에 계시기 바랍니다. 나는 생불 옆에 있어야 천하를 다스릴 힘을 얻을 수 있겠습니다. 지금까지도 그런 힘이 없었던 것은 아니건만……"

그때였다. 그들의 앞에 놓인 차는 똑같이 손대지 않은 채 정물화 속의 그것처럼 그냥 그대로였다. 신수가 조용하게 말했다.

"소승은 가야 할 데가 있사옵니다. 아직 여기에 있을 만한 경계에 이르지 못하였거니와…… 황공하옵니다."
  그때 무후의 눈썹 사이의 길이가 한순간 짧아졌다.
  그녀가 벌떡 일어섰다. 실로 너무 빠른 결단이 그녀 자신도 모르게 엄습한 것이다.
  "가야 할 데가 있다 하셨지요? 내일 떠나도록 하시오"라는 말소리가 커졌다. 너무 많은 기대가 대번에 거부당한 나머지 그것이 푸른빛이 도는 여자의 노여움으로 나타난 것이다.
  그러다가 그녀는 다시 마음을 고쳐서 앉는 것이었다.
  "대사께서 받은 법은 누구의 종지(宗旨)입니까?"
  그때 신수도 다시 침착한 말로 대답했다.
  "기주(蘄州) 동산법문을 이었사옵니다."
  "동산법문이라면 그 천축 달마를 잇고 있는 홍인 일가를 이름인가요?"
  "정녕 그러하옵니다."
  "무슨 경전에 의거합니까?"
  "다못 일행삼매(一行三昧)에 의거하옵니다. 마음을 하나의 행에 접하고 닦는 삼매경이옵니다. 스승의 뜻이옵니다."
  "이곳 장안에도 석덕(碩德)이 많으나 수행으로 말하건대 대사의 동산법문에 견줄 바가 없음이오."
  그녀는 다시 일어났다.
  "내일 아침까지 다시 한번 생각해보시오."
  그 조촐한 별관의 겹문이 밖에서 활짝 열렸다. 무후가 일어서는 기척이 나자 밖에서 대기하고 있다가 연 것이다. 마치 그렇게 되기로 확정된 연극의 한대목인 것처럼.
  밖에는 환관들만 있는 것이 아니라 예부상서(禮部尙書) 등의 조신(朝臣)들이 아직껏 퇴궐하지 않고 두 줄을 이루고 그 가운데 황후의 길을 내고 있었다. 그들 중의 한 중서시랑(中書侍郞)에게 마치 참고 있던 가래침이라도 탁 내뱉듯이 그녀가 말을 던졌다.
"내일 아침 대사의 뜻이 끝내 짐과 같지 않다면 유처(流處, 유배지)를 즉시 정하여 부촉하도록 할 일이야."
"예잇."
"갈 데가 있다 하였지"라고 그녀는 혼잣말까지 덧붙이며 긴 회랑을 약간 빠른 걸음으로 걸어갔다.

나이 46세에 신수가 스승 홍인을 찾아갔을 때는 이미 그에게 할아버지에 해당하는 4조 도신은 72세로 세상을 떠난 뒤였다.
그곳에서 6년 동안의 낮과 밤이 없는 정진으로 "동산의 법, 모두 수(秀, 神秀)에게 있다"라는 스승의 칭찬을 한몸에 받았으며 그런 칭찬으로도 모자랐던지 어느날의 회상에서 홍인은 신수에게 자신의 발을 씻게 하고 그를 법좌로 끌어올려 나란히 앉기까지 한 것이다.
현색(玄賾)은 그의 기록에서 스승이 신수와 그 자신에게 장차의 법을 널리 비치게 하라고 한 부탁을 강조하는데 거기에서도 홍인의 깊은 의도가 나타나고 있다.
수나라 말 민중봉기 당시의 하남(河南) 산동(山東) 일대에는 굶주림과 괴질 그리고 살육이 여기저기에서 번졌으므로 신수는 개봉현(開封縣) 영양(榮陽)으로 가서 어느 절에 몸을 의탁했다.
그런 뒤 동오(東吳)땅과 미개인종 오랑캐들이 살고 있는 민(閩)에 가서 나부산 몽산(蒙山) 대려(臺廬) 등의 여러 산중을 찾아다니며 수행을 거듭하다가 그의 준수한 용모와 건장한 법체에 세월을 실컷 담고 나서야 스승 홍인에게 이르렀던 것이다.
그러다가 스승의 만년에야 북쪽으로 펼칠 법통을 받고 떠나는 길인데 거기서 절대권력의 무후에게 강제로 초치된 터였다.

그가 황성 깊숙한 금원 별관에서 하룻밤을 보낸 뒤 아침 햇살이 퍼지기 전에 무후의 침전에서는 어제 함께 알몸으로 탕에 들어갔던 궁녀를 보내왔다.

그녀가 붉은 보에 싼 것을 신수 앞에 놓았다. 눈을 아래로 뜬 그의 속눈썹들이 지극히 매혹적이었다. 허공의 보이지 않는 먼지들조차 거기에 달라붙고자 잉잉거리며 울고 있는 것 같았다. 밝은 곳에서 보건대 실로 참을 수 없는 이 세상의 지혜와 어리석음이 함께 어울려서 빚어놓은 한마리의 성스러운 짐승이 아닐 수 없었다.

칠흑같은 검은 머릿단을 묶어 등 뒤로 늘어뜨린 두 가락의 머리다발은 그야말로 '매미의 머리〔蟬首〕'였고 눈썹의 가느다란 반달 모양은 반달이라는 형용보다는 '나방의 수염 같은 눈썹〔蛾眉〕'일 터이다. 옛 글로 초자연적인 존재를 곧잘 소묘하고 있는 『수신기(搜神記)』는 소녀(素女)를 '흰 강〔白水〕의 순수한 소녀'라고 부르거니와 이 궁녀도 그런 눈 시린 소녀 그것이 아니고 무엇이던가.

무후는 마지막으로 이 아름다운 궁녀를 신수에게 보낸 것이다.

보자기를 끌렀다. 붉은 보자기 다음에는 남빛 보자기, 남빛 보자기 다음에는 하얀 보자기였다. 그것을 그녀가 펼 때 마치 그 보자기의 비단천이 그녀의 손에 묻어 떨어지지 않을 것 같았다.

그 안에는 금박(金箔)의 서찰(書札)이 들어 있었는데 그것은 바로 무후 전용의 것이었다.

궁녀는 그것을 경건하게 펴보았다.

"어머나!"

하고 그녀가 아주 작은 소리로 탄성을 냈다. 서찰은 순 백지로 어떤 글자도 썩어 있지 않았다.

무후로서는 그의 집권중 무후의 문자 몇십 자를 새로 창제해서 특별히 사용케 할 정도였음에도 정작 신수에 대한 충정에서는 하나의 문자도 쓰지 않은 것이었다.
 어쩌면 공문(空門)의 높은 수도승에게 차라리 간절한 바는 아무런 문자도 개입하지 않는 바가 마땅한 것인지 몰랐다.
 신수가 불쑥 말했다.
 "이 늙은이는 궐내에서 살 만한 사람이 못됩니다. 나를 여기서 떠나도록 해주기 바랍니다."
 이 말이 떨어지자마자 궁녀가 눈물 한방울을 맺고 있었다. 신수가 그녀의 눈물을 보았다.
 "이름이 있겠지요"라고 신수가 그녀에게 처음으로 정표를 나타냈다.
 "소녀 무옥(舞玉)이라 하옵니다."
 "장차 그대의 어진 바로 세상사람이 일어서서 맞이할 이름이겠소이다."
 그때였다. 어제와 똑같이 밖에서 겹문이 열렸다.
 형부(刑部)의 수령이 직접 별관 일대를 맡고 있었다. 사형태상백(司刑太常伯)과 추관상서(秋官尙書)들이 이른 조회(朝會) 끝의 정장 차림으로 나와 있었다.
 "금원에서 현무문까지는 마마께오서 내주옵신 어마(御馬) 후총(後驄)을 타고 가시도록…… 그런 다음 현무문 밖에 함거(檻車)가 대령해 있는즉 그것에 옮겨 타고 배지(配地)로 향할 일인즉……"
 궁녀 무옥이 어수정(御水井)의 물을 떠다가 가죽주머니에 담아 신수에게 바쳤다.
 "무엇이오?" 하고 누군가가 거칠게 물었다.
 "물입니다. 목마르시면 마셔야 할 것 아닙니까?"
 "물 따위야 천하에 흐르는 것이 물이 아니오……"
 아무튼 신수는 그녀의 물주머니 하나를 받아야 했다. 그 길로 바로 금원을 나서서 곧 주작대가 북쪽의 귀족 주택가 뒷거리를 경유, 어쩐지 으스스한 현무문에 이르렀다.
 화려한 말의 안장에서 내렸다. 말 후총이 히잉히잉 하고 울부짖으며 앞발질을 하는 것이었다. 신수가 그 말의 풍부한 갈기를 쓰다듬어주었다.
 그는 곧 함거에 타야 했다. 그러기 전에 그의 법의가 벗겨졌고 성긴 올의 흰옷이 입혀졌다. 유배지는 형주(荊州)로 정해졌으나 위리안치(圍籬安置) 따위의 엄중한 유폐의 형벌은 아니었다.
 "상(上)께서 내치신 일이라면 이제부터는 내가 나를 내쳐야 하겠지!"라고 신수는 한마디 남겼다.
 그는 그를 끌고 가는 소 엉덩이를 바라보다가 그 소가 똥을 몇무더기 싸는 것을 보는 동안 오랜만에 근엄한 얼굴에 어린아이 같은 천진난만한 미소를 머금게 되었다.
 "그대가 나에게 좋은 것을 보여주는구려…… 참, 남쪽으로 간 능행자(能行者, 慧能)는 어디 가서 살고 있는지…… 장차 그의 빛이 찬란하여 이 천하의 두 강 사이의 무명(無明)이 녹을 것이야" 하고 오랜만에 혜능을 떠올렸다.
 무려 한달 가까운 유배길에서 이따금 역관(驛館)이나 어느 너절한 숙소에서 유행(遊行)하는 편력승 따위와 떠돌이 잡승을 만나지 않은 것은 아니지만 그는 그들에게 단 한마디의 말도 건네지 않고 자신을 철저히 숨겼다.
 "이 길이야 내가 가는 것이지 누가 보내는 것이 아니로다."
 이런 독백만이 그가 장안과 황성 안의 내도량에서 불법을 권력과 밀착시켜 유지하는 일로부터 벗어난 사실에 대한 기쁨을 어느정도 내비치고 있었다.
 이렇게 해서 형주의 주계(州界)라는 표시를 보자마자 금부(禁府)의 호송원들은 함거의 문을 따주고는 그 텅 빈 함거까지 내버린 채 오던 길로 돌아가버렸다.
 "자, 죄인은 들으라! 여기서부터가 죄인이 죄를 뉘우치며 살 곳인 즉 어디 가서 밥을 빌어먹든 말든 똥을 주워다 구들을 데우든 마음대로 해보아라. 다만 여기서 다른 곳으로 떠나는 즉시 죄인은 약을 받거나 칼을 받거나 할 것이니 이 점 유념하기 바란다…… 자, 이 무릉도원의 극락에서 오래오래 살기 바란다."
 "잘 가시오."
 이렇게 해서 신수는 60대에 이르러서도 아직 그 파란만장의 시련이 그를 달구고 있었다. 이미 그가 스승을 찾아가기 전에도 스승의 제자들은 고행이나 오랜 수행으로 몸의 한계를 무시한 결과 너무 일찍 세상을 떠난 사람이 적지 않았다.
 신수의 6년 정진 당시에도 한 해에 20여 명이 땅에 묻혀야 했다. 그런 사실에 대해서 신수는 실로 강인했다. 하지만 세상에서 그를 숭앙하면 숭앙할수록 그에게 달려드는 시련은 끊이지 않았다. 그것은 꼭 불빛에 모여드는 첫여름 밤 앳된 벌레들과 같았다.
 그는 황매에 가서도 황매현의 심한 가뭄 때문에 굶주리는 백성들을 위해서 여러 장자(長者, 富者)들을 특별 방문해 구휼곡(救恤穀)을 내도록 권유한 일이 모함의 대상이 되어 한동안 기주의 옥(獄)에서 족쇄를 채운 민란의 중죄인으로 고생해야 했다. 장자들에게 곡식을 내도록 권유한 것이 도적의 두목이 곡식을 강요하며 협박했다는 누명으로 바뀐 것이고 엄연히 관의 기민책(饑民策)이 있음에도 그런 때를 이용해서 백성을 선동했다는 죄목까지 덧붙여진 것이었다.
 그런데 이제 대부분의 다른 사람들은 저승에 가 있을 나이인데도 황후의 간청을 사절한 것으로 귀양살이 신세가 되었으니 노승 신수에게 어찌 그가 살아온 지난날에 점철된 시련이 다 사라졌다고 할 것인가.
 그는 집도 무덤도 보이지 않는 방치된 오랜 황무지의 풀밭에서 혼자가 되었다. 그 풀밭에는 여기저기 디딤돌처럼 웅덩이까지 있었다. 실로 살풍경하기 짝이 없는 곳이었다.

역사의 여러 고비에도 황량한 공간이 있게 되거니와 자연도 역사의 거친 흔적과는 상관없이 자연 그 자체로서 사람이 아주 정들일 수 없는 공간을 갖춘 곳이 있다.

유배의 행형(行刑)은 어찌도 그렇게 나라 안의 악지(惡地)를 잘도 파악하고 있는지 유형의 무겁고 가벼움의 차별에 따라 실로 죽기보다 못한 곳에 부촉하는 경우가 많았다.

이제 그는 법적으로 승려 신분이 아니었다. 그저 수행자의 옷도 벗겨진 죄인일 뿐이었다.

그 황무지에는 풀조차도 가시가 달린 1년생 초목 따위가 발길을 조심스럽게 할 뿐이었다. 다행히 도마뱀이 많은 것이 심심치 않을 정도였다.

바로 그런 곳에 형주의 지방관이 말을 타고 달려왔다.

"죄인 이가(李哥)인가."

신수의 속성을 묻는 것이었다.

"그렇습니다."

"늙은이가 아직 살 만하군. 여기서부터 형주땅이니 죄인은 형주자사의 감시를 받는 몸이오. 행여 딴생각을 하였다가는 등뒤에서 목이 떨어져 나갈 것인즉…… 저 고개를 넘으면 그럭저럭 몸을 의탁할 데가 있을 것이니 그 일대를 처소로 삼기 바라오."

웬일로 말 탄 관리가 신수에게 막말을 하지 않고 묵직한 베주머니를 하나 던져주고 떠났다. 말은 웅덩이의 물을 부수며 내달렸다.

그 베주머니 안에는 청옥과 호박으로 된 영락(瓔珞)이 들어 있었다. 그것은 지극히 궁할 때에 이용하라는 호의의 물건이었다. 방금 떠난 관리가 주는 것은 아닐 터이다. 그렇다면 그 영락은 누가 보낸 것인가.

　신수는 불현듯 황성 안 금원에서 물이 든 가죽주머니를 준 궁녀 무옥을 떠올렸다. 아마도 누군가를 시켜 형주자사 쪽에 전한 물건인지도 몰랐다.

　그는 날이 어두워지기 전의 그 장황한 낙조 속으로 새로 길을 내어 걷기 시작했다.

　"여기가 내 꽃자리이니라."

하고 그는 시뻘건 하늘의 그 무궁한 곳을 우러러보며 무정하고 황량한 가시방석 같은 곳을 그 자신의 곳으로 삼기 시작한 것이다.

　'내가 그토록 가기를 마다했던 북쪽이어서 그 북쪽이 나를 여기로 보낸 것이기도 하겠지.'

　이런 여느 할아범 같은 넋두리와 그의 뒤에서 슬금슬금 따라가는 들쥐가 이미 동행이 되었다. 이런 곳에서는 이곳의 터줏대감인 들쥐가 낯선 대상을 웬만해서는 두려워하지 않거니와 신수의 경계가 들쥐와 상대적 관계를 벗어났기 때문이기도 할 것이다.

　　보살은 어느 곳에 머물며 누구를 부모로 삼는지요? 어느 곳에 머물며 누구를 권속으로 삼는지요? (菩薩遊何處 何者是父母 住此于何處 何等爲眷屬)

　그가 읽은 적이 있던 문수유보살경의 한구절이다.

　이어서 하(何)라는 글자를 숨막히도록 쓰고 있는 능가경의 첫머리 "어떻게(何) 그 마음을 청정히 하며…… 어떻게 그 마음을…… 어떻게 ……"의 그 끝없는 질문에 의한 간절한 구도의 염원도 그의 걸음걸이에 새로운 힘이 되어주었다.

신수의 형주 유배는 곧 유야무야로 되지 않을 수 없었다. 워낙 그가 딴생각을 내는 사람도 아니고 형주땅 어디라도 그에게는 수행의 도량으로 삼지 않는 곳이 없기 때문이었다.

이런 사람에 대한 감시는 의미가 없었다. 때마침 형주의 서쪽에서 선사시대의 유적지가 산기슭에서 염소를 방목하는 소년에 의해서 발견된 사건은 장안에까지 큰 화젯거리가 되었다. 이 사실을 두고 궁중에서는 화신보살 신수가 있기 때문에 그 공덕으로 그같은 진기한 옛 유적지가 나타난 것이라고까지 응성대기도 했다.

아무튼 신수는 이 고장에 와서 몇군데의 빈집이나 암굴을 그가 머무는 곳으로 삼아 1일 1식의 수행을 거듭하다가, 천거사(天居寺)의 사미승이 신수에게 도를 묻기 위해서 여러 차례의 수소문 끝에 찾아온 인연으로 천거사 대중이 모셔가게 되었다.

형주자사나 절도사도 그런 신수를 동정의 뜻으로 묵인했다.

"차라리 세상에 알려진 절간에 그 늙은이가 있게 된 것이 우리에게 한가지 일을 덜어주게 되었다."

이 말이 한 감시자의 말이었다.

"아닐세. 차라리 그 늙은이를 감시하는 일이 편한 노릇이라…… 다른 일을 맡으니 고단하게 된 것일세."

이 말은 또하나의 감시자가 한 말이었다.

아무튼 신수는 천거사에서 그의 귀양살이 10년을 채워가면서 오로지 공부에만 심신을 쏟아부었다. 그것은 당나라의 탁월한 지식인들이 두루 지니고 있는 인생관 그 자체와도 적이 부합하고 있었다.

"뜻을 얻으면 온 천하의 모든 사람들에게 봉사하고 뜻을 얻지 못하면 혼자서 스스로를 닦는다(達則兼濟天下, 不達則獨善其身)"가 바로 그런 것이기도 하다.

아무튼 천거사의 한 암자는 신수가 새로 시작한 선 수행으로 남녀

출가자와 세속인들이 불어나고 있었다. 아니 큰절이 그 암자의 음덕을 보고 있는 지경이었다.

그래서 천거사가 흰옷을 입은 신수를 아예 사주(寺主)로 추대할 의논까지 하는 것을 신수가 알고 단호하게 사절했다.

"나는 죄인의 몸으로 귀양살이를 하는 처지인데 행여 이 절을 내 이름을 내어 표방함은 국법을 어김이요 천자를 조롱함이 됩니다. 이 늙은이를 솔바람 속에서 가만히 앉아 있게 하는 것도 벅찬 바이거늘……"

그는 이런 타의의 은둔으로 보내는 세월에 따라 이 세상을 떠난 스승 홍인을 간절하게 추모할 때가 많았다.

"그분이 나를 받아들인 것이 아니라 내가 그분에게 의탁하였지…… 그분만한 스승을 만난 적이 없었던 내가 아니던가."

"그분은 나를 사람들에게 자랑하셨거늘 정작 나 자신에게는 그것이 경책(警策)이었던 것을 왜 내가 몰라야 하였던가……"

"그분이 차생(此生)의 인연을 벗으시기에 앞서 법을 전하신 것은 내가 울리지 않는 종이라 한번 크게 때려 종소리를 내어주신 것밖에 아무것도 아닌 것이야……"

이런 독백이 그의 객쩍은 방선 때의 마음에 깃들인 나머지 세상을 떠난 홍인을 그의 마음 가운데서 되살리고 있는 것으로 삼았다. 뒷날 이런 신수의 마음이 북종선(北宗禪)의 전설로 되어서 스승의 시신을 동산의 언덕에 장사지냈다는 말까지 남겨지게 되었던 것이다.

그런데 천거사 만 9년이 지나자 형주에서 중앙으로 전임되는 자사 주명익(周命翼)의 행차에 신수를 동행시키라는 무후의 명령이 시달되었다. 정작 신수로서는 그것이 사면인지 유배지를 옮기는 것인지 모를 일이었으나 지난날처럼 함부로 그런 명령을 거스를 나위도 없었다.

그의 1백세 장수의 생애로 보면 아직도 세월이 많이 남아 있으니 이제 그는 70세에 이르렀다. 눈썹은 흰 서릿발이었지만 얼굴은 피가 잘 돌고 있었으며 손등은 포동포동했다.

주자사의 영전길에 동행하는 것은 아주 편했다. 가다가 쉬는 곳이 여염집이어도 마을에서 가장 잘사는 집의 객방이라 신수에 대한 예우까지 각별한 것이었다. 주명익의 생각에도 신수는 황후와 관련되는 사람이므로 그를 정성껏 떠받들어야 한다는 현실적인 셈이 눈치빠르게 들어 있었다.

이윽고 장안성 안에 들어왔다. 그 둘레의 길이 70여 리인 성 안의 인구만 하더라도 1백만 명이었다. 궁성, 황성, 외곽성으로 조성된 장엄한 3중의 복성(複城)은 천하에 적이 없음을 과시하고 있었다.

궁성은 황제가 거처하면서 만기(萬機)를 두루 펼치는 곳인데 그 성 안에는 드넓은 금원이 포함되어 있었다. 금원 안에는 지극히 웅장하거나 호화로운 정자와 누각, 사당이 세워져 있고 수많은 밀실들을 잇는 미로가 가로 세로 정신을 빼앗아놓기 십상이었다. 실로 먼 나라에서 헌납되어 온 진기한 짐승들을 기르는 곳도 있고 보물창고가 긴 행렬처럼 이어져 있기도 했다.

황성은 백관이 나라를 경영하는 조정이다.

외곽성은 왕족, 귀족, 그밖의 권신들의 거주지역과 국내외를 대상으로 하는 커다란 상업구역이 즐비하게 자리잡고 있었다.

대가(大街)는 남부대가 10개, 동서대가 14개가 종횡으로 교차하여 성안 전체를 1백 8개의 방(坊)으로 나누고 있다.

신수를 환영하는 장안은 축제와 같았다. 황제 전용의 어가(御駕)에 그를 태웠으며 문무백관과 여러 종파의 불교 원로들이 도열했다. 어디 그뿐인가. 화려한 의장대와 서역 출신의 악대까지 동원되었으니 그것은 고구려를 멸망시킨 유인궤(劉仁軌)의 개선에 버금가는 대규모의 환영이었다. 이런 뜻밖의 일에 차라리 주인공인 신수는 마음이 한층 더 조촐해질 수밖에 없었다.

며칠 전 술에 취한 방랑자가 이런 대 도성에 들어와서 주저앉아 통곡하기를 "진나라 시황제의 장성(長城)이 무엇이더냐! 이 장안의 새 도성이 또한 무엇이더냐! 천년 전이나 천년 뒤의 오늘이나 천하의 백성들은 돼지와 다를 바 없고 메뚜기떼와 난세의 병사들에 풀처럼 쓰러져버리고 마는 것을! 그들은 앞도 가리지 않은 채 똥오줌을 누어야 하며 밀가루가 없으면 흙을 먹어야 하는 것을!"이라고 마치 대춘부(待春賦)라도 읊어대는 것처럼 소리치다가 순라군에 걸려들어 장독(杖毒)으로 뻗어나간 적이 있었다.

신수는 여기까지 오는 동안 역참이나 객점이 발달한 지방도로도 옛날보다 더 많이 개통되어 있는 것을 목격했다. 그뿐 아니라 오랑캐땅에서 온 창부와 주사(酒肆)의 종업원들이 우글거리는 것도 보아야 했다.

그는 그런 것들로부터 격리된 금원으로 들어갔다. 언젠가 그가 하룻밤 지낸 그 별관으로 짐작되었는데 그것은 확실치 않았다. 그런데 그에게 찾아온 사람은 다름 아닌 궁녀 무옥이 아닌가.

"스님!"
하고 그녀는 신수의 결가부좌 앞에 머리를 조아려 큰절을 하던 중 등허리에 파도를 일으키며 흐느꼈다.

"그대로이시오."
라고 신수는 진심으로 옛날 그대로의 용모인 무옥을 반갑게 맞았다.

"황제족하(足下)께서는 친히 만나보고자 하시옵니다."

두 사람은 어떤 감회를 나눌 겨를도 없이 바로 무후의 침전으로 향했다. 침전에서 사람을 만나는 일이란 무후로서는 밤의 사내밖에는 없는 파격이었다.

"대사! 내가 대사께 큰 죄를 지었나봅니다. 오랜만입니다."

"망극하옵니다."
"대사! 그동안 더욱 빛나십니다."
"망극하옵니다."
"대사! 10년 전의 생각이 10년 후의 생각 그대로이십니까?"
"10년 전의 내가 10년 뒤에는 내가 아니옵니다."
"호호호."
하고 무후가 체신도 없이 옷 매무새를 그대로 둔 채 무척이나 기뻐했다.
"그동안 내가 얼마나 대사를 생각하였는지 아십니까?"
"망극할 뿐이옵니다."
"나하고 함께 삽시다."
"어디라도 사는 곳이 도량이옵니다."
"암, 암, 그렇지요. 그렇다마다요…… 이제야 내 소원 하나가 풀렸습니다."
 그녀는 여전히 신수 앞에서는 '짐'이라는 황제의 자칭을 쓰지 않고 평교(平茭)의 위치로 내려앉는 것이었다. 드문 일임에 틀림없다.
 이미 궁성 금원 밖의 으리으리한 내도량 수도 장안의 불교계에는 달마선을 계승하는 5조 홍인의 동산법문이 굳건히 자리잡고 있었다. 그동안 10년 세월에 그러한 놀라운 발전이 있게 된 것이다.
 5조의 임종을 지킨 제자는 법여(法如) 들이었다. 5조는 혜능에게 법을 비밀리에 전해서 남쪽으로 보냈고 만년에는 신수에게 또하나의 법을 전해서 북쪽으로 보냈으나 법여는 그의 현실적인 후계자로서 끝까지 데리고 있었다. 이를테면 기주 황매현의 파두산 동산가풍의 본거지를 법여로 하여금 지켜가게 한 것이다.
 이런 사실이『전법보기(傳法寶記)』엔 법계(法系)가 홍인―법여―신수로 계승되는 것처럼 알려졌다.

그런데 이 법여가 스승의 입적 이후 황매를 떠나 장안 측천무후와 깊은 인연을 맺어 황실불교를 이끄는 사람이 된 것이다.
그뿐 아니라 현색(玄賾)도 그곳에서 상당한 영향력을 발휘했다.
그렇다면 70세의 신수가 다시 무후 곁으로 온 것은 바로 그의 동료들이 다져놓은 터전에 온 셈이었다. 이미 법여는 세상을 떠났다. 그는 신수에 버금가는 도력을 갖춘 사람이었으나 그 자신을 언제나 장막 뒤에 숨겨진 병풍처럼 좀처럼 내보이지 않았다.
어떤 사람들은 이런 법여를 겉으로만 훑어보고 "범용(凡庸)하기 짝이 없는 속중(俗衆)이로군" 하고 실망하는 것이었으나 어떤 사람은 그를 만나자마자 "아, 이윽고 몇번의 큰 산을 넘었으나 더 큰 산을 만나게 되었구나. 어찌 이 산을 넘을 수 있겠는가!"라고 탄복하기를 주저하지 않았다.
뒷날 신수의 고제(高弟)로 이름을 떨친 보적(普寂)이나 의복(義福)도 처음에는 그런 법여를 찾아갔다가 그가 세상을 떠났다는 소식 앞에서 절망한 나머지 법여 대신 신수를 찾아가게 된 것이다. 아무튼 법여가 남긴 자리를 신수가 맡아서 현색과 함께 황실불교를 이끌어가게 되었다. 그것은 이제야말로 세상 밖에서 오직 수행에만 전념하던 달마 법통의 한가닥이 황실의 절대권력을 통해서 합법화되고도 남아 처음으로 공인된 바를 뜻한다.
무후의 진정한 뜻은 비록 신수가 70세의 고령임에도 불구하고 그녀에게 필요한 정신뿐 아니라 그녀의 농밀한 애욕까지도 메워줄 것을 바란 것이었다. 그래서 그녀는 자주 신수의 내도량에 찾아가 밤 이슥토록 법문을 청한다는 명분 아래 신수 앞에 앉아 있었다. 황제인 그녀가 이렇듯이 한 선승과 대등한 사이가 되는 것은 신수의 깊은 수행에서 우러나는 한없는 위엄 때문이라 하더라도 그녀가 한갓 여자로 돌아가는 순수한 어떤 품성 때문이기도 했다. 그토록 무서운 존재에게도 감추어져 있는 그 형언할 길 없는 여성으로서의 품성 말이다.
 "대사께서 이 내도량만을 조용히 지키기보다는 천하의 정법(正法)을 다 다스려주십시오. 아니, 내가 가진 권세까지도 나누어 드릴 터이니…… 천하도 다스려주십시오. 부귀영화나 남녀간의 애증도 그것이 덧없기는 마찬가지이나 그 덧없음이야말로 바로 그것에서 한치도 벗어나지 못하게 합니다."
 "족하(足下)께서도 관법을 익혀 한나절만 무릎을 개고 앉아보소서."
 이런 권유마저도 반가운 것이 되었다.
 "정녕 나도 성불할 수 있겠습니까. 죄업이 많은 나에게도?"
 "죄업이라……"
 무후는 신수 앞에서만은 그녀 자신이 저지른 온갖 잔악한 일들을 죄업으로 자인하고 있었다. 그렇다고 해서 그녀가 조금이라도 그런 일에 대해서 지속적으로 뉘우치고 있다고 생각하면 큰 잘못이다. 그녀는 그 누구건 그녀의 절대권력을 위해서는 가차없이 죽이거나 문둥병과 염병이 득실거리는 머나먼 애주(愛州, 월남 남부 단호아)로 귀양 보내어 그곳에서 죽게 만들었다.
 그 무렵 동쪽 낙양성에 설회의(薛懷義)라는 괴승이 나타났다. 본디 약장수였는데 달변에다 처세와 세속적인 지도력에도 능한 바 있었다. 바로 그 괴승의 몸을 좋아하게 된 무후는 그를 일거에 백마사 주지로 임명했다. 그는 대운경(大雲經)에 정광천녀즉위(淨光天女卽位)라는 날조된 구절을 넣어 무후의 새로운 왕조를 위한 예언으로 이용하기도 했다.
 바로 이런 일 때문에 신수는 시름시름 병든 몸이 되어 그 내도량이나 백마사 대홍선사 등의 장안을 떠날 수 있었다.
 "옥천사로 가서 쾌차하시는 대로 돌아오시오"라고 말하는 여제(女

帝)는 간밤의 정사(情事)로 무척이나 지쳐 있었다. 그녀에게는 실로 여러 사내가 번갈아가며 밤을 새우는 열락이 이어졌다. 그런 사내 중의 하나였던 괴승 설회의도 얼마 뒤에는 너무 시건방을 떨다가 처치되고 말았다.

아무튼 형주 당양현(當陽縣)의 옥천사는 그 옆의 도문사(度門寺)와 함께 신수가 10년 동안 귀양살이하던 천거사에서는 꽤 먼 곳이었다.

바로 이곳에서 신수의 북종선, 즉 남능(남쪽의 혜능)에 대한 북수(북쪽의 신수)의 선풍이 드날리기 시작한 것이다.

이곳에서 95세의 신수가 다시 낙양으로 떠날 때까지 20여 년 동안 그는 3천 명 이상의 수행자를 거느렸다. 옥천사는 양자강의 한갈래가 시작되는 옥천산 능가봉 서쪽 기슭의 유서 있는 사액(賜額) 사찰이었으나 신수로서는 그런 유서와는 달리 그의 독자적인 가풍을 새로 개척하는 일을 지향했다. 누군가가 "올해 황제의 춘추가 어찌 되시는지요?" 하고 물은 적이 있는데 그때 신수는 "내가 황제를 모르는데 어찌 황제의 나이를 알 수 있겠소"라고 대꾸할 정도였다.

그는 격의 없는 두타행으로 절 아래 서민들과도 어울림으로써 장안에서의 황실불교를 지향하는 일도 도모하며 지냈다.

한번 그가 장안에 들어감으로써 선은 천하에 번지기 시작했는데 신수의 선불교야말로 장안의 정상에 자리잡은 법장(法藏)의 화엄종과 어깨를 겨루게 되기까지 한 것이다. 그는 그런 일을 하고 난 뒤 다시 산중으로 돌아온 터였다.

바로 이같은 옥천사에 장차 혜능의 전투적인 제자가 될 신회(神會)가 찾아와 얼마 동안 신수의 제자가 되는 일은 야릇했다.

"그대는 곧 떠나리라."

"무슨 까닭이옵니까?"

"그대는 내 등 뒤에 가 있으리라."

더이상 신회는 스승 신수 앞에서 따지려 들지 않았다.

다만 신수가 한마디 남겼다. 그 말을 신회가 들었는지 듣지 못했는지는 알 수 없다. 이미 신회는 물러갔기 때문이다.

"말에는 끝이 있으나 뜻에는 끝이 없도다(言有窮而意無盡)."

뒷날 용문 석굴의 봉선사(奉先寺) 본존(本尊)불상이 무후의 원숙한 용모를 모방할 만큼 실로 무후는 아름다운 여자였다. 그 아름다움 속에 아름다움을 훨씬 뛰어넘는 무서움을 가득 채운 여자이기도 했다.

14세에 태종의 궁녀로 들어갔을 때 처음에는 후궁 중 가장 낮은 채녀(采女)였다가 곧 재인(才人)으로 승격된 뒤 태종의 아들 고종에 의해서 일약 소의(昭儀)로 뛰어올랐다. 채녀는 전체 후궁 중의 가장 낮은 신분이며 81어처(御妻)의 신분이지만, 소의는 27세부(世婦) 중의 가장 낮은 재인 따위가 감히 넘볼 수 없는 9빈(嬪)의 가장 윗자리 후궁인 것이다. 그 위에 바로 4부인(夫人)인 귀비, 숙비, 덕비, 현비 넷이 그녀들의 미색과 술수를 다투었다.

그런데 무후는 이따위 4부인조차도 담을 넘는 날랜 협객으로 건너뛰어 하루아침에 황후가 되어 천하를 손아귀에 넣은 것이다.

황후라는 이름으로도 그녀는 여러 황제를 폐하고 택하기를 마음껏 하다가 드디어 그녀 스스로 제위(帝位)에 오르게 되었다.

중국 역사상 단 한번의 대사건이었다. 실로 동쪽 지방의 한미한 두메에서 태어난 한 여자가 이렇듯이 가장 무서운 황제가 되어 자칭 '성신황제(聖神皇帝)'의 시대 15년에 앞서서 거기에 실권 10년이 더하는 초장기 집권을 다하는 동안 연호만 하더라도 현경(顯慶) 용삭(龍朔) 인덕(麟德) 건봉(乾封) 총장(總章) 함형(咸亨) 상원(上元) 의봉(儀鳳) 조로(調露) 영륭(永隆) 개요(開耀) 영순(永淳) 홍도(弘道) 사성(嗣聖) 광택(光宅) 수공(垂拱) 영창(永昌) 재초(載初) 천수(天授) 여의(如意) 장수(長壽) 연재(延載) 천책만세(天冊萬歲) 만세통천(萬歲通天) 신공(神功) 성력(聖曆) 구시(久視) 대족(大足) 장안(長安) 신룡(神龍) 경룡(景龍) 경운(景雲) 태극(太極) 천선(天先)으로 오두방정을 떨며 바뀌었다.

이런 황실로부터 가장 존경받는 신수가 끝내 황실을 떠난 것은 그의 일관된 수행정신으로 보아 당연했다. 그는 황제 무후가 청하는 오도시(悟道詩)도 겸양을 내세워 사절했는데, 다만 그의 설법은 무후에게 한 경종을 울리기 위하는 뜻과 함께 이른바 신수 북종선의 뜻을 주지(主旨)로 삼아 밝혔던 것이다.

"······본유(本有)의 불성(佛性)을 깨달은 것을 으뜸으로 삼는 수행에 어찌 여러 혀(口舌)가 있겠사올까마는 다만 번뇌진구(煩惱塵垢)의 장애가 무거울진대 그 번뇌진구를 오래오래 씻어내야 함이옵니다."

"그렇다면 나는 부처를 이루기 어렵겠습니까?"

이 여제의 하소연에 가까운 반문에 신수는 빙그레 웃어서 그 웃음에 한마디 달아주었다.

"부처도 내일 될 것을 오늘 되려 하건대 탐욕일지 모르옵니다."

"내가 탐욕의 무명(無明)덩어리이지요?"

"하늘에 구름이 없어짐과 더불어 구름이 이는 일과 사라지는 일이 여여(如如)하옵니다."

"과연 대사의 말씀은 금륜(金輪)이십니다."

바로 그녀가 몇번이나 바꾼 제호(帝號)에서 가장 마음에 들어한 '금륜'이야말로 하늘의 황제이고 미륵불의 화신 황제이고 또한 천하에서 가장 신성불가침인 황제의 이름마다 따라붙은 바였다. 바로 그것을 신수의 말에 비유한 것이다.

구시 원년(久視元年, 기원 700년) 신수는 황제의 조(詔)가 내려서 다시 장안의 금원에 가야 했다. 황제는 그에게 오체투지(五體投地)의 절을 했다.

 장안과 낙양의 양 도성의 법주(法主)로 추대되고 무후를 비롯한 중종 예종 등 세 천자의 황사(皇師)가 되었다. 이에 앞서 뜻한 바 있는 그의 제자 중의 한사람인 신회는 스승을 등지고 떠나 남으로 남으로 양자강을 건너 저 열대지방의 영남 조계산을 향했다. 바로 이 신회가 신수의 북종선을 맹렬하게 공격함으로써 혜능의 남종선으로 천하를 통일하는 데 기여하기 시작한다.

 어쨌든 신수의 종지라고 해서 5조의 동산법문으로부터 제멋대로 일탈한 것은 결코 아니었다.

 "내가 누군가. 내가 없던 자리로부터 내가 앉은 자리에 이르기까지 모두 스승의 진면목일 뿐이니 나도 스승의 한 터럭이 아닐쏜가."

 70세의 신수로서는 지극히 겸허한 이같은 말을 제자 보적에게 아무런 체통도 생각하지 않고 했던 것이다.

 그래서 "다 스승의 것이오면 이 세상에는 스승만 있을 것이 아니옵니까?" 하는 보적의 반문이 있었다.

 "어찌 스승과 내가 둘이더뇨"라는 신수의 말에 보적 옆의 깐깐한 의복이 고개를 끄덕였다.

 사실인즉 신수가 5조의 교시대로 동산에서 지은 5언시가 북종선의 종지를 이미 암시하고 있었는지 모른다.

　　몸은 보리의 나무요
　　마음은 밝은 거울과 같도다
　　수시로 부지런히 털고 닦아
　　티끌을 일으키지 말 일이로다

 여기에는 어떤 예지의 칼끝도 번쩍이지 않건만 일체의 비약도 부화

(浮華)도 배제된 그 어떤 것과도 바꿀 수 없는 견실한 수행정신이 반영되고 있다. 바로 이 사실을 두고 신수의 종지에는 단번에 깨치는 세계〔頓悟〕가 없으며 오직 있는 것은 점차 닦아가는 세계〔漸修〕만이라고 규탄하는 남종선의 공격이 가해지는 것이다.

그러나 신수의 북종선은 한층 더 대중적이다. 혜가의 조계산에 모여드는 제자가 아무리 엄청나다 하더라도 그 제자 대부분은 출가 수행자의 정예로 집약되기 십상이다. 이에 대해서 장안 낙양 일대에서 펼쳐진 신수의 수행은 그 누구라도 쉽게 받아들여서 실로 도성 안의 태반이 신수의 제자라 할 수 있었다.

이는 화엄종이나 법상종이 고도로 형이상학화한 철학이거나 고답적인 사상 내지 관념론에 기울어지는 귀족불교임에 대해서 귀족과 대중의 종합된 실천불교로서의 커다란 역할을 다한 것이다.

이런 엄청난 북종선의 귀의자들은 실로 그 근거가 각양각색이었다. 그러므로 거기에 날벼락을 때려 잠든 아기를 울리기보다 그 아기를 잘 재우기 위한 자장가로서의 사랑과도 같은 단계적 수행이 요청되어 마땅했다. 그런데 이런 시작은 일정한 경계에 들어서면 실로 무서운 직관과 돈연(頓然)한 깨침의 지진이 일어나게 되므로 그것이야말로 북쪽에도 꽃피워지는 돈오의 세계가 아닐 수 없었다.

이제 당나라는 궁중의 무자비한 숙청 따위와는 상관없이 성당(盛唐)의 시대에 진입하고 있었다. 당나라는 페르시아의 조공까지 받고 있었으므로 그야말로 세계이며 오랜 천하사상이 구현한 천하였던 것이다.

이런 시대의 신수 북종선은 대중성을 확보하고 있는 것과 함께 총체성도 구비하고 있었다. 장안 낙양의 난숙한 불교는 그런 도시불교로서의 종합적 체계 없이는 높은 수준의 보편적인 지식인들이나 서양에서 흘러들어온 이교도들을 설득할 수 없었다.

신수는 선사이지만 화엄학의 대가이기도 하고 율종(律宗)의 지도자이기도 해서 그의 주재로 보살계(菩薩戒)가 베풀어졌으니 천태학(天台學)과도 무관한 것이 아니었다. 그가 20년 동안 머물렀던 옥천사 일대가 바로 천태지의의 가풍이 발달한 곳이 아니던가. 그러므로 북종선은 이제까지의 여러 불교 종지들이 흘러든 하나의 바다였다. 그 바다 위에 한송이 연꽃이 떠올라 그것이 수선(修禪)의 깨달음이었던 것이다.

위로는 황제의 큰절을 받고 아래로는 장안성 밖의 성하(城下) 천민들과도 상종한 신수가 스승에의 한없는 경의를 가지고 있었던 것처럼 그 자신의 위대성 하나에 의존하는 중국의 모든 정신들은 오직 신수에의 귀의로 고착됨으로써 신수체제의 아류로 전락할 위기도 예정되어 있었는지 모른다.

실로 신수는 정신적으로나 현세적으로나 그의 넓은 종지를 완성시킨 조사(祖師)였다. 그는 황제에게 남방의 조계산에서 '금풍(金風)'을 일으키고 있는 혜능을 초치해서 그의 설법을 들어보라고 권했다.

"혜능이라 하셨습니까?"

"네, 이 노납(老衲)과 동산법문에서 함께 수행한 대덕이옵니다. 그를 만나보셔야 각성(覺性)이 무엇인지 알게 되실 것이옵니다."

그래서 황제는 상서령(尙書令, 宰相)에게 직접 지시를 내려 남방 오랑캐땅에서 남종선을 펴고 있는 혜능을 불러들일 특사를 보냈던 것이다.

그러나 혜능도 혜능인지라 우선 신분이 천하다는 이유와 늙은 몸에 병이 깊다는 이유를 들어 정중하게 사절하는 황제에의 소(疏)를 올리고 만다. 이 사건은 신수가 혜능과 함께 동산법문의 통일을 꿈꾼 동기에서 시작되었으며, 혜능의 도력을 높이 평가하고 있는 신수의 질투 없는 밝은 거울[明鏡臺]을 짐작케 하고 있는 것이기도 하다.

그런 신수였으므로 스승으로부터 영예로운 인가를 받고도 10년 동안 한번도 방자해지지 않고 마치 초심(初心)의 신참자처럼 정진을 이었던 것인지 모른다.

아무튼 혜능의 상소문을 읽어본 황제는 "흠 제법이로다…… 남방에도 진인(眞人) 하나쯤 버티고 있어야 가히 천하라 할 수 있겠지"라고 말하고 웬일로 더이상 혜능에 대해서는 관심을 갖지 않았다.

그녀에게는 오로지 마음의 연인(戀人)인 신수밖에 없었기 때문이었다.

"만약 내가 황제에 오르지 않았다면 이씨의 세계(世系)가 끝나고 저런 도인을 새로운 세상의 천자로 옹립하였을 것이야"라고까지 사모의 정을 나타내기도 했다. 정녕 그렇게 되었다면 그녀는 황제라는 칭호 없이 황후로 만족했을지 모른다.

그런데 신수를 처음으로 금원의 내탕(內湯)에서 발가벗은 몸으로 만났던 궁녀 무옥은 그 뒤로 자취가 없어졌다.

아마도 무후가 신수를 마음속에 품고 있는 그녀를 아예 궁궐 밖으로 내보냈는지 모른다. 그것도 아니라면 그녀 스스로 무옥을 찔러 죽여 서방정토로 보냈는지도 모를 일이다.

신수의 북종선 '대승무생방편문(大乘無生方便門)'은 놀랍게도 보살계를 주는 의식(儀式) 순서에서 사홍서원(四弘誓願)을 첫번째로 이행한다. 무릎을 꿇고 합장한 자세였다.

    중생을 다함 없이 건지오리다
    번뇌를 다함 없이 끊으오리다
    법문을 다함 없이 배우리로다
    불도를 다함 없이 이루오리다
    (衆生無邊誓願度 煩惱無邊誓願斷
    法門無盡誓願學 無上佛道誓願證)

이렇게 서원한 뒤 시방(十方)의 여러 부처님을 청해서 증명화상으로 삼고 이어서 삼세(三世)의 여러 부처님을 청한다. 그런 뒤 불·법·승 3보(三寶)에 귀의하고 5능(五能, 다섯 가지 실천덕목)을 묻게 된다. 선한 친구, 선지식, 계율을 지키는 일, 대승경전을 읽고 깨닫는 일과 중생제도 등이 그것이다.

　제 이름을 말하고 과거·현재·미래의 3업(三業, 身口意業)과 10악죄를 참회하고 다시는 그것을 짓지 않는다는 맹세를 한다.

　특히 망심(妄心)을 일으키지 않는 것〔心不起〕이야말로 자성(自性)의 청정한 본래면목이 아닐 수 없는 바를 강조한다. 그러니까 계·정·혜(戒定慧)의 3학(三學)이야말로 신수 선종의 바탕을 이루고 있는 것이다.

18. 六祖와 그의 사람들

1백세의 장수를 누리며 3대 황제의 스승으로 추대된 만년의 신수가 성당시대에 접어드는 세계국가 당(唐)의 정신적인 영화를 한몸에 누리고 있는 동안 북종선(北宗禪)은 당연히 크게 드날리게 되었다.

신수의 빼어난 제자 보적, 의복, 경현(敬賢), 원(遠), 장(藏)을 비롯한 수많은 제자들도 어느 불빛으로도 그들의 빛을 쉽사리 가릴 수 없는 높은 수준의 수행에 이르렀다. 바야흐로 장안의 금원을 비롯해서 가는 곳마다 화려한 모란꽃 정원의 향기는 늦은 봄날 하늘의 구름조각 조차 잠시 머물게 했고, 신수와 그의 제자들은 선의 향기로 사람들 마음의 썰물과 밀물 사이를 채우고 있었다.

3조 승찬과 함께 2조의 제자였던 보월(寶月)의 법맥에서 따로 이어지는 지암(智巖), 혜방(慧方), 법지(法持)를 계승하고 있던 동시대의 우두지위(牛頭智威) 쪽에서 "황사(皇師) 대통신수(大通神秀) 종장(宗匠)에게는 그 법을 이어갈 꽃에 너무 많은 벌 나비가 찾아온다 하지"라고 부러움을 나타내기까지 했다. 그들이 있는 오대산까지 들려오는 장안의 소식에 대한 반응이기도 했다.

그런데 신수 곁에 있던 소년승 신회(神會)가 장안을 떠나서 무턱대고 남쪽으로 가버린 사건이 생겼다. 많은 사람들이 신수를 한번만이라도 친견(親見)하기 위해서 멀리 동쪽나라 신라에서도, 서쪽의 사막에서도 찾아오는데 그런 신수의 곁을 떠나는 것은 진작 신수 자신이 예상했던 것이기는 하나 야릇하지 않을 수 없었다. 하지만 누구 하나 그런 소년승을 괘씸하게 여기지 않았다. 마침 남쪽 장강의 한 지류가 오랑캐땅 깊숙이 감도는 영주(永州)의 진영으로 부임하는 어떤 장사(長史, 사령관) 일행의 서기(書記)에게 몸을 의탁해서 어린 신회는 방패를 내린 호위병의 수레를 탈 수 있었다. 먼 길이었다.

그는 영주 부근에서부터 걸어야 했다.

대유령 서쪽, 산세가 내려앉은 평지를 질러 한군데를 들렀다가 그의 목적지에 이르니 6조 혜능은 60세가 넘어서 눈썹이 달빛처럼 흰빛이었다.

실로 예리한 영혼을 가진 소년승 신회는 방금 터뜨린 폭죽이 허공 가운데를 그어 빛의 피를 뿜어내는 듯한 섬뜩한 열정으로 새 스승을 찾아가는 동안 이미 그 스승을 선험(先驗)하고 있었다.

그 순결한 소년승의 마음에는 이미 4조 도신의 '마음을 지키는 바〔守心〕'와 5조 홍인의 '마음을 보는 바〔看心〕'에 대한 것도 들어 있었다. 늙은 스승 신수가 어느날 어린 신회에게 물은 적이 있다.

"너는 조사들의 '지키는 것'과 '보는 것' 가운데 어느 것을 네 뜻으로 삼겠느냐?"

그때 신회의 대답은 그 질문이 끝나기가 무섭게 나왔다.

"둘 다 옛것입니다, 스승이시여."

조계산의 한 짓궂은 비구가 물었다.

"그대는 어찌해서 장안 낙양 두 서울의 법주(法主)를 마다하고 여기까지 내려왔는가?"

그러자 신회는 대답했다.

"온 세상에 대고 번뇌가 쇠뭉치가 아니라 티끌인 것을 알리고자 이 갈료(獦獠, 오랑캐)땅에 이르렀습니다."

과연 북종선도 한집안의 동산법문에서 나온 바 그대로, 깨닫는 것을 근본으로 함은 변함없지만 그 깨달음의 본성을 덮은 번뇌를 상대적으로 무겁게 보고 있었다. 그러므로 무거운 번뇌를 벗어나기 위해서 오랫동안 점진적으로 닦는 일을 게을리하지 말아야 하는 것이다.

이에 대해서 조계산의 남종선은 번뇌의 무진(無盡)을 한갓 터럭으로 보고 대번에 그것을 베어버리는 찰나에 깨치는 것이지 않으면 안되었다. 번뇌란 본디 터럭은커녕 숫제 공(空)이기 때문이다.

비구는 맹랑하기 짝이 없는 신회에게 정나미가 떨어졌다.

"다 같은 것을 둘로 나누기를 좋아하는 아이로다. 장차 죽은 용(龍)이 불을 토할 만하겠구나."

바로 이런 신회가 혜능의 다섯 제자 중의 하나가 될 줄이야 그가 막 소주땅으로 왔을 때는 아무도 알 수 없는 노릇이었다. 조계산 보림사 경내는 바람소리밖에는 아무 소리도 함부로 낼 수 없는 정적 가운데 잠겨 있었지만 정작 거기에 드나드는 사람들은 수없이 많았다.

소주(韶州) 사람들만이 아니라 황하 유역의 북쪽에서 갖은 고생 끝에 찾아온 사람도 있고, 멀리 동쪽 바다에서 떠나 광주 바닷가에 표착한 왜선(倭船)의 어부까지도 거기에 찾아와 몸을 의탁하며 고기 대신 부처를 잡으려 하고 있었다. 그런데도 어느 곳에서 사람의 소리가 함부로 들리지 않았다. 이런 무언(無言)의 나날 중에도 이따금 6조 혜능의 말이 그의 나이에도 불구하고 우렁우렁 들리는 날이 있었고 그런 날에는 제자들의 질문도 여기저기서 불꽃이 튀는 고도의 긴장과 함께 들렸다.

『육조단경(六祖壇經)』 제10 부촉유통(付囑流通)품은 혜능의 법을 이은 자가 43인이며 범부(凡夫)를 벗어난 자의 수효가 헤아릴 수 없다고 과시하고 있다.

거기에는 뜻밖에도 첫 제자가 인도 서북부에서 온 굴다삼장(堀多三藏)이고 법해(法海)가 다음이다. 그래서 혜능의 선풍이 한창 무르익은 때, 그의 법사(法嗣)제자들은 재가자 남녀 두 사람까지 아우르며 남방의 도량을 한층 더 눈부시게 만든 것이다.

신회는 보림사로 옮기기 전 대범사(大梵寺)에 와서 곧바로 그의 새로운 스승을 만날 수 없었다. 몇사람의 제자들이 신회의 이모저모를 뜯어본 뒤에야 가까스로 만났다. 그런데 혜능은 이 소년승을 이미 잘 알고 있는 것처럼 아주 친밀하게 대하는 것이었다.

기원 682년 아열대지방의 건계(乾季)였다.

"어서 오게. 천릿길을 오느라고 고생깨나 하였겠구나. 그런데 그대는 여기까지 오는 동안 가장 으뜸이 되는 바탕을 가지고 왔는가? 어디 한번 말해보아."

이 말은 친밀한 것만은 아니었다. 이에 대한 신회의 대답도 만만치 않았다.

"머무는 바 없음(無住)으로 바탕을 삼으니 보는 바(見)가 곧 주인입니다."

그때 혜능은 말투를 바꿨다.

"어린것이 어찌 이리 당돌한 말을 입에 담느냐?"

"스승께서는 좌선하실 때 보는 것이 있으십니까, 없으십니까?"

그때 혜능이 벽에 기대어둔 지팡이를 들어 소년승의 어깨를 세 번이나 치고 다시 물음을 던졌다.

"맞으니 아프냐? 아프지 않으냐?"

신회의 대답이 있었다. 전혀 기색이 변하지 않은 채였다.

"아프기도 하고 아프지 않기도 합니다."

스승이 미끼를 던져보았다.

"나도 보기도 하고 보지 않기도 한다."

이때 신회가 다시 물고 늘어졌다.

"어째서 보기도 하고 보지 않기도 하시는 것입니까?"

"내가 본다는 것은 내 자신의 허물을 보는 것이고 보지 않는다는 것은 남의 옳고 그름, 좋고 나쁨을 보지 않는다는 뜻이다. 따라서 보기도 하고 보지 않기도 한다는 것이다. 그런데 너 또한 아프기도 하고 아프지 않기도 하다고 하였는데, 그것이 무슨 뜻이더냐? 아프지 않다고 하면 목석과 다름이 없는 사람이고 아프다고 하면 범부와 다를 바 없으니 성을 내고 원통해하리라. 네가 앞서 말한 보는 바가 있느냐 없느냐 함은 그 양쪽의 어느 한쪽에 집착한 것이고, 아프기도 하고 아프지 않기도 하다는 것은 나고 죽는 현상의 일이니 너는 참된 본성도 제대로 보지 못하면서 어찌 그런 말장난을 함부로 늘어놓느냐."

아주 장황하기까지 한 꾸중이었다.

이 말에 소년승의 오만이 꺾여 스승 앞에 큰절을 한 뒤 오로지 정성을 다하는 사미승이 될 수 있었다. 이런 극적인 제자와의 첫 대면과는 달리 혜능은 법회에서는 그의 법문을 듣는 대상들을 언제나 "선지식(善知識)이여"라고 높였다. 선지식이란 바른 도리를 가르치는 자를 일컫는다. 그런데 그 도리가 아무리 바른 것이라 하더라도 그것을 이룬 것에 집착한 나머지 그것을 다른 사람들에게 숨기는 행위는 열 가지 마(魔)의 하나인 선지식마(禪知識魔)가 되기도 한다.

혜능은 그가 깨달은 바와 얻은 바에 대하여 안과 밖이 없고 위와 아래가 없으므로 여러 계층의 사람들에게 전하는 나날이 바로 그의 수행의 나날이기도 했다.

『육조단경』도 소주자사이며 혜능의 대표적인 재가 제자인 위거(韋璩)의 요청으로 제자 법해가 스승의 법문을 기록해놓은 것이다. 하지만 그것의 온전한 바는 세월이 흘러가면서 소략(疎略)되거나 변조되기도 한 바 없지 않다. 아무튼 그 제1품 "법(法)을 깨닫고 옷을 전하다"를 1천 명의 회중을 대상으로 말하는 데서 그것은 시작된다.

대사께서 말씀하시었다.
"선지식이여, 마음을 온통 깨끗이 하고 마하반야바라밀법을 생각할지어다."

여기서 회중들을 선지식으로 호칭한 것은 의례적인 덕담이 아니다. 실지로 모든 사람과 유정(有情)의 생명체가 스스로 갖추고 있는 청정본성(淸淨本性) 그대로 드러나는 것이 선지식이 아니겠는가.
이 본성으로서의 마음이 드러남이 바로 마하반야바라밀법이며, 그 법은 나와 반야를 주객의 대립 개념으로 보는 잘못을 타파하는 통일로서의 진리이다. 그러므로 신수가 모든 악을 멈추고 선을 지으라고 말한 법구경(法句經)의 노선에 부합하는 것에 대해 혜능은 선과 악을 함께 타파하는 노선을 내세운 것이다.
과연 그의 5대 제자 중의 한사람인 혜충(慧忠)도 그가 국사(國師)로 도의 위력을 떨치기 전에 "보고 듣고 분별하고 닦는 것으로 불성(佛性)을 깨달으려는 자들이 우리 종(宗)을 아프게 하는구나! 실로 불법은 보고 묻고 아는 바를 떠난 것이거늘"이라고 외친 적이 있다.
혜능의 법문은 전혀 문자 해득을 하지 못하는 늙은 무식꾼으로서의 그것이지만 어떤 학식으로도 감당할 수 없는 무애(無碍)의 사자후(獅子吼)가 아닐 수 없었다. 그가 말하는 동안 사람들의 몸에 있는 털구멍 하나하나조차 눈을 번쩍 뜨는 것처럼 그 말을 전폭적으로 받아들이고 있었다. 그리하여 누가 말하고 누가 듣는 차별이 없어진 일여(一如)의 상태였다.

어떤 것을 마하(摩訶)라 이름하는가. 마하란 크다는 뜻이니 마음이 광대하여 마치 허공처럼 변두리가 없으며 또한 모가 난 것도 둥근 것도 아니며 큰 것도 작은 것도 아니며 또한 푸르거나 노랗거나 붉거나 흰 빛깔도 아니며 또한 위 아래와 길고 짧은 것도 없고 성날 것도 기쁠 것도 없고 옳고 그른 것도 없으며 머리도 꼬리도 없어서 모든 부처의 세계가 다 허공과 같다.

세상 사람들의 묘한 성품이 본디 공(空)하여 한 법도 가히 얻을 것이 없으니 자성(自性)의 진공(眞空)도 또한 이와 같다.

이렇게 말하는 혜능은 그러나 여기서 쐐기를 박는다.
"선지식이여, 공하다는 나의 이 말을 듣고 공에 집착하지 말 것이니 무엇보다도 제일 먼저 이 공에 걸리지 말 일이다. 만일 모든 생각을 비워 고요히 앉아 있다면 그것으로는 멍청한 공에 떨어지고 말 것이다."

이런 경고와 함께 그의 법문은 그가 살아온 기구한 역정을 다 고백하고 난 다음 그 삶의 실감 위에 이러한 도의 세계를 펼치거니와, 그의 말 한마디 한마디에는 어디도 도망갈 곳을 만들어주지 않았다.

제1회 법회를 마감하며 힘찬 15게송을 즉흥으로 읊었으니 이를 그 스스로 '모양 없는 노래〔無相頌〕'라고 말했다. 그는 이 시를 외우라는 부탁과 함께 세속에서나 산중에서나 이대로 닦되 만약 스스로 닦지 않고 이것을 말로만 기억한다면 아무런 이익도 없으리라고 단정했다.

    말로 통하고 마음으로 통함이여
    해가 허공에 있는 것과 같으니
    오직 견성하는 법만 전하여
    헛된 가르침 쳐부수리라

(說通及心通 如日處虛空 唯傳見性法 出世破邪宗)

그는 이 시를 통해서 돈(頓)과 점(漸)에 대해서 분명히 언급한다. 그것은 궁극에서 하나의 이치이지 만 가지 말이 소용없다고 못박는다.

불법이 세간에 있어
세간을 여의지 않는 깨달음이니
세간을 여의고 보리를 찾음은
토끼뿔을 구하는 것과 같으리
(佛法在世間 不離世間覺 離世覓菩提 恰如求兎角)

여기서는 세간에 대한 단순한 염세주의를 부정한바 대담한 세간 속의 진리를 역설하고 있다.

그는 15번째의 게송에서, 미혹(迷惑)으로 듣는 일은 몇겁을 지내도 제대로 듣는 것이 되지 못하고 깨닫기로 말하면 한 찰나 사이의 일이라고 읊어 마친다. 이에 대해서 회중들은 감탄을 거듭했다. 특히 위거는 "이 영남땅에 부처님이 출현하실 줄을 그 누가 짐작이나 했던가!" 하고 울먹였다.

이같은 법문은 연속적으로 이어지다가 그 무대를 옮기게 된다. 여기서는 대개의 경전 방식 그대로 6조 혜능과 위거, 그밖의 제자들의 문답으로 되어 있다.

그 당시 아미타불을 섬기는 정토종(淨土宗)이 역대의 난세를 살아오는 동안 백성들의 마음속으로 퍼져나갔다. 그리하여 살아 있는 동안의 고생도 죽은 뒤의 서방정토에 의한 위안으로 견디게 되는 것이다. 비단 백성뿐만 아니라 장안의 무황제(武皇帝)조차도 화엄학의 사상이나 선의 직관에 대한 깊은 관심과는 또 다르게 현세의 악으로부터 자유로울 수 있는 세계는 서방정토라고 확신하고 있었다.

그래서 그녀는 그녀 대신 조석으로 아미타불의 명호를 각각 3천 번씩 부르게 하는 일로 대안탑(大雁塔)의 아름다운 청년승 미수(彌水)를 그의 침전 옆의 내당에 머물게 하였다. 무후는 수많은 사내를 불러들여 밤의 열락에 몸을 맡겼는데 그때마다 그 가운데서 사단을 일으킬 만한 자들을 용케 식별해서 처치하니, 황제의 난숙한 여체를 맛본 뒤 처치된 피투성이 시체는 궁내의 근위군에게 좋은 술안주가 되었다. 인육은 무후 자신도 이따금 별식으로 맛보았던 것이다.

바로 이런 절대권력을 한손아귀에 가지고 서양과 적도 밑의 남양, 그리고 동쪽 왜나라까지 그녀의 영토로 파악함으로써 어느 곳에서나 칭제(稱帝)를 하지 못하고 다만 왕으로 봉해질 수밖에 없게 했음에도 불구하고 또 하나의 세계를 갈구하는 바가 바로 서방세계의 극락이 아니었던가.

이런 정토종은 양자강 기슭에서도 지난날 남조시대의 혜원(慧遠)에 의해 정토를 지향하는 염불선(念佛禪)의 발원을 한 결사(結社)가 있었으므로 그것이 영남의 소주, 광주 일대에까지 자연스럽게 퍼져 있었다. 바로 이런 사실을 소주자사가 물었다.

"제가 살펴본즉 지금 승속(僧俗)을 막론하고 흔히 아미타불을 염(念)하여 서방에 태어나기를 바라는데, 과연 그곳에 태어날 수 있는 것이옵니까?"

이 질문에 혜능의 지체없는 대답이 나왔다. 마치 서로 짠 것처럼, 아니면 어떤 대본의 대화를 서로 암기했다가 무대에 올라가서 주고받는 것처럼.

"사군(史君, 刺史 韋璩)은 잘 들을지어다. 일찍이 세존께서 왕사성에 계실 때 서방으로 인도하는 말씀을 하셨거니와 그 말씀에는 '여기서 멀지 않다'라고 하셨고 '만일 현상계의 공간 거리로 말한다면 10만 8천 리이니라'라고 하셨도다. 이것은 몸 가운데 10악(十惡)과 8사(八邪)를 가리킨 것으로서 멀다는 뜻이도다. 멀다고 하신 것은 낮은 근기를 위함이고 가깝다 하신 것은 높은 근기를 위함인바 사람에게는 이 두 가지가 있지만 법에는 두 가지가 없도다. ……사군이여, 동방 사람이라도 마음이 깨끗하면 죄가 없는 것이요 서방 사람이라도 마음이 깨끗하지 못하면 역시 허물이 있는 것이니, 동방 사람이 죄가 있을 때에는 염불함으로써 서방에 태어나기를 원하거니와 서방 사람이 죄를 지었을 때는 염불하여서 어느 나라에 나기를 원할 것인가?"

그는 서방을 따로 찾지 말고 바른 법을 닦는 일이 곧 서방이며 그것이 또한 마음속의 일임을 말했고, 회중들은 그 서방세계를 여기서 볼 수 있다면 굳이 그곳에 태어나기를 원할 까닭이 없다고 말했다. 이에 대한 스승의 말이야말로 서방을 그려주는 비유와 형용을 활용함으로써 그들의 마음속에 서방세계가 가득 차도록 해준 것이다.

이런 식으로 해서 혜능은 세속사회에서의 수행에 대한 질문에도 대답하였고 다른 문제들에 대해서도 아주 싱그러운 대답을 하였다.

　　능히 나무 비벼 불을 켜면
　　진흙에서 붉은 연꽃 피어나리
　　(若能鑽木出火　遊泥定生紅蓮)

이런 눈부신 시야말로 그의 자상한 대답 가운데 들어 있는 빛이었다.

여기까지의 대범사 마하반야바라밀법 법문에 이어 혜능은 그의 만년의 긴 세월을 보낼 보림사로 옮기게 된다. "법은 서로 기다리지 않노니 대중은 그만 헤어질지어다. 나는 조계(曹溪)로 돌아가리니……"라는 말과 함께.

그리하여 그는 정혜일체(定慧一體)와 좌선에 대한 준절한 지도, 참회법 그리고 돈오법의 기연(機緣) 등을 차례로 말했다.

이 기연에 관한 품에서는 여러 제자들이 등장한다. 그리고 이 제자들과의 문답이 가장 정채(精彩)를 띠고 있는지 모른다. 이어서, 뒷날의 제자들이 윤색한 것을 숨길 수 없는 남돈북점(南頓北漸)의 품 등으로 이어지고 있다.

이 과정에서 몇개의 개념, 가령 '견성(見性)'과 같은 것은 혜능 당대의 것이 아니다. 아마도 뒷날의 혜능선을 계승하는 정통성을 확보한 사람들에 의한 개념일 터이다. 그럴진대 숫제 『육조단경』 자체를 위경(僞經)으로 규정하는 견해도 어느정도 가능한 나머지 그 위경의 혐의를 신회에 두기까지 한다. 신회는 스승 지상주의자이며 5대 제자 가운데서 막내에 해당되고 있으나, 그 자신이 6조를 잇는 7조에의 권력의지를 가지고 있었음에 틀림없다.

그럴 뿐만 아니라 이 『육조단경』 자체가 그 당시의 실상과는 달리, 신수와 그의 뛰어난 제자 보적, 의복 들의 북종선을 정신세계의 패배자로 몰고 있는 것도 신회의 전투적인 종파주의에 해당한다.

이같은 사실을 충분히 감안하더라도 『육조단경』 안의 혜능 법문은 그 자전적 요소와 더불어 달마 이래의 선종에서는 하나의 비장한 교과서가 아닐 수 없다.

이 원대(元代)의 덕이(德異) 비구에 의해서 엮어진 『육조단경』과는 달리 돈황 막고굴의 문서에서는 신수와 혜능의 대립을 객관적으로 보게 하는 사실들을 세상에 내놓고 있다. 그런 자료 중에는 혜능의 남쪽 제자들이 신수의 북쪽 제자들에게 와서 격렬한 토론을 통해 여지없이 매도당하는 경우도 자주 보이고 있는 것이다. 이 점에서라면 남종선의 과장된 바도 지적되어 마땅하다. 따라서 돈오의 문제도 한층 더 성찰

해볼 비절대적인 가치인 것이다. 그럼에도 불구하고 6조 혜능의 법문은 일체의 허를 찔러 본질을 뚫는 힘에서는 차라리 눈을 뜰 수 없는 지경의 황홀경이 아닐 수 없다.

어떤 것을 좌선이라 하는가. 이 법문 가운데 막힘이 없고 걸림이 없어서 밖으로 일체 선악의 경계에 한 생각도 일어나지 않음을 좌(坐)라 하고, 안으로 자성(自性)이 움직이지 않음을 보는 것을 선(禪)이라 하느니라.

어떤 것을 선정(禪定)이라 하는가. 밖으로 상(相)을 여의는 바가 선(禪)이요 안으로 어지럽지 않은 바가 정(定)이니, 만일 밖으로 상에 착(着)하면 마음이 어지럽고 밖으로 상을 여의면 마음이 곧 어지럽지 않으리라.

이같은 선 수행의 요령도 그것이 요령일 뿐 아니라 선의 사상을 실천적으로 드러내는 그 웅혼한 정신의 크기를 나타내는 것이다.

또한 그는 삼보(三寶, 佛·法·僧寶)를 밖에서 찾지 않고 안에서 증명하고 '자성(自性)의 삼보'에 귀의하는 것으로 파악하고 있거니와 이 같은 일은 전례에서 찾기 어려운 주체(主體)의 우렁찬 경지이다. 그렇다고 해서 조금도 우월감을 내보이지 않고 도리어 타인을 공경하는 것을 스스로의 귀의로 강조하고 있다.

어영부영하지 말고 스스로 힘쓰라
뒷생각 끊어지면 온 세상 푹 쉬리라
(努力自見莫悠悠 後念忽絕一世休)

혜능은 보림사의 방앗간과 농막 등지에서 고된 일을 하는 팔병신이나 언청이 그리고 정신박약자들에게 이따금 찾아갔다. 그들에게 나물과 만두를 갖다 주기도 하고 그들이 잠든 퀴퀴한 방에 들어가 달빛에 잠든 얼굴들을 한동안 바라보기도 하는 것이었다. 지난날 그가 방앗간 일꾼이었을 때 5조 홍인이 몰래 찾아온 것처럼.

"내가 말하는 법이 이들에게 들리지 않으면 무슨 법이랴."

그가 조실에 없을 경우는 조계산 꼭대기가 아니면 바로 보림사 방앗간에 가서 그곳 사람들의 쉴참에 알기 쉬운 말로 설법을 하는 것이었다.

"이곳 보림사 법당에는 부처가 없어요. 자네들이 부처가 아니라면 저 천축국 석가모니 부처님도 부처가 아니라네. ……진정 보림사라는 도량도 자네들의 마음속에 있지. ……너무 일만 하지 말고 쉬엄쉬엄 몸을 놀리게. 몸이 좋아해야 법이 웃어대지."

그렇다면 혜능의 근본사상은 무엇일까. 그것은 일찍이 그가 동산 5조 문하의 저조창(著槽廠)에서 방아 찧는 중노동의 사노(寺奴)였을 때 신수의 게송을 대번에 빛바래게 한 '보리는 본디 나무가 아니다(菩提本無樹)'의 한구절에서도 암시되고 있는 '본래 한 물건도 없다(本來無一物)'는 그것이다.

이 한마디가 6조이고 『육조단경』이고 그의 수많은 후예들을 있게 하는 힘이다.

한 물건도 용납하지 않는 이 절대의 철저성이야말로 일체의 찬란한 체계나 그 체계의 위선과 허식들을 대번에 소멸시키는 정신의 화염인 것이다. 그래서 혜능의 무념(無念) 무상(無相) 무작(無作)이야말로 절대자유를 낳는 것이다. 마음이란 찾아다니는 대상이 아니다. 그것이 손끝에 있으면 물건을 들게 되고 입안에 있으면 말이 되거나 밥이 된다. 발에 있을진대 먼 길을 걷는 일이고 귀 안에 있으면 천리 밖의 진언(眞言)을 들을 수 있지 않은가.

본디 한 물건도 없음은 그리하여 온 세상을 주재하는 마음 그 자체이다.

이에 대해서 그의 정치적이기까지 했던 제자 신회는 무념(無念)으로 종(宗)을 삼고 무작(無作)으로 본(本)을 삼고 진공(眞空)을 체(體)로 삼고 묘용(妙用)을 용(用)으로 삼는다고 개관하고 있다.

조계산 보림사 경내는 이제 지난날의 두메마을 조후촌(曹侯村)이 아니었다. 그곳에는 북쪽 사람들의 알아들을 수 없는 말소리도 들리고 살결이 유난히 흰 사람들도 눈에 띄기 시작했다. 이제 남쪽의 혜능이라고 하지만 남쪽만이 아니었다. 이런 사정은 장안의 북쪽 신수라 해도 북쪽 도성 사람들만이 아니라 심지어 광주땅과 같은 영남 사람도 그곳을 찾아가는 실정이므로, 어디에 남쪽이 있고 어디가 북쪽인지를 따질 까닭이 없었다.

두 거장은 그들의 남북까지도 다 없애버림으로써 둥근 세상을 새로 통하게 한 것이다. 보림사의 늙은 비구 한사람이 장안의 백마사 법회에 참석해서 늙은 신수를 만나고 나서야 "이제야 제 숨통이 막히지 않게 되었나이다. 사흘만 실컷 숨쉬고 떠나겠나이다"라고 말한 뒤 그 말대로 사흘 뒤에 아예 입적한 일도 있었다.

단번에 깨치는 일이 얼마나 좋은가. 그러나 단번에 깨칠 수 없는 사람에게도 깨칠 겨를을 주어야 하지 않는가. 그래서 그런 사람에게는 두고두고 열매가 익어가듯이, 익어서 떨어지듯이 깨치는 동안을 베풀어야 하지 않는가.

여기에 신수의 간절하고 오랜 정진의, 흐르는 물 같은 쉼 없는 깨달음의 세계가 온 세상의 많은 사람들에게 감동적으로 열리게 되는 것이다. 그러므로 신수는 가장 낮은 수준의 중생까지 섭수(攝受)했으며 혜능에게는 최상승(最上乘)의 사람만이 그의 번개와 같은 깨달음의 세계에 대한 정예가 될 수 있었던 것이다.

혜능의 '앞생각 나지 않는 것이 곧 마음(前念不生卽心)'과 신수의 '마음을 보는 것(見心)'은 거기에 완급은 있을지언정 그 완급조차도 마음속의 헛그림자가 아니던가.

아무튼 혜능 문하도 도성의 신수 문하와 다를 바 없이 백성들의 심성에 자리잡고 있는 직관의 커다란 도량으로 넓혀가고 있었다.

이에 대해서 신수 쪽에는 무식계급보다는 높은 식견을 가진 사람과 귀족, 황족과 함께 다른 나라에서 온 이교도인 경교(景敎), 유태교, 마니교, 바라문교, 로마의 수행파와 페르시아의 배화교 사람까지도 귀의하는 일이 생겼다.

그렇다고 그곳에 백성들이 오지 않는 것은 아니었다. 백성들은 직관과는 또 다르게 아주 쉬운 데서 점점 어려운 도의 세계로 들어가는 점진적인 수행과정이 아주 마음에 들기도 하기 때문이었다.

유식한 쪽은 신수의 높은 학덕에서 풍기는 지적인 향기에 휩싸이기를 즐기다가 어느덧 그의 쉴 줄 모르는 정진에 흡수되는 것이었다. 화엄학의 그 엄청난 사상이나 대승경전의 활달한 세계와는 또다른 진리의 오지로 들어가는 동안 그들 자신의 운명이 바뀌어지고 있었다.

남쪽의 민중에게 학문 대신 문자 없는 직관을 불러일으켰고 북쪽의 지식인에게 사상 대신 실천을 도모하도록 한 동산법문의 남북 쌍벽, 혜능과 신수는 그들의 30년 나이 차이에도 불구하고 한 스승으로부터 뻗어나간 두 줄기 대도(大道)임에 틀림없다.

그 대도에 문이 닫혀 있을 리 없었던 것이다. 60세와 90세의 늙은 지도자는 이제 사람이 아니라 많은 사람들이 걸어가야 할 대도일 따름이었다. 혜능이 말한 바 지(知)는 해와 같고 혜(慧)는 달과 같으니 지혜는 항상 밝은 것을 말했거니와 어둠속에서는 그들이야말로 해와 달이 뜬 대도였다.

조계산에는 파초가 우거졌다. 그 파초 잎사귀들에 산중의 소나기 3형제라도 퍼부으면 그 빗방울 부서지는 소리가 가히 방금 죽은 사람의 가슴을 깨워 고동치게 할 만했다.

조계산 보림사 수행자 가운데는 시인도 더러 있었다. 이런 사실은 장안 금원 안에서 천황이라고 자칭하고 있는 무황후(武皇后)에게도 시인이 다투어 모여들어 시를 겨루는 일이 잦은 것과도 한통속인지 모른다.

무황후는 그런 젊은 시인들을 귀여워하기도 했지만, 수도에서 가까운 하동도(河東道) 하남도(河南道) 산남도(山南道) 관내도(關內道) 회남도(淮南道) 강남도(江南道) 일대에서 시의 재능을 가지고 모여든 사람들까지 그녀의 시회에 불러들여 좋은 시를 뽑았다.

그러다가 어느날은 조신들을 불러 시를 겨루게 하는데 바로 이 시의 석차를 정하는 일을 궁중의 상관완아(上官婉兒)라는 여류시인이 맡았다.

지난날 무측천을 폐하려다가 오히려 무측천에게 죽어야 했던 상관의(上官儀)의 손녀인데 그 역적의 어린 손녀가 장차 후궁의 뛰어난 시인이 된 것이다. 할아버지와 아버지를 죽인 여제에 충성을 다해야 하는 그녀의 기구한 일생을 통해서 정작 그녀의 시에는 '추호도 인간 처세의 냄새가 없다'는 지적 그대로 천상(天上)이나 자연계가 주제였다.

바로 이 미모의 상관완아가 시를 심사했다.

이런 황실 금원 안의 일이 피비린내 나는 상잔과 전쟁을 거친 뒤 백성사회가 안정되면서 전국 각지에 걸쳐 유행하는 시짓기로까지 번졌다. 그래서 산중인들 이런 일이 있지 말라는 법이 없었던 것인가. 남방 영남도(嶺南道) 오랑캐땅 조계산에도 그 아열대지방의 원색적인 환경에 모여든 수행자 가운데 마치 깃이 아름다운 새처럼 시승(詩僧)이나 시를 잘 쓰는 거사들이 있었던 것이다.

혜능의 직관에서 나오는 한마디가 폐부를 찌르는 시 아닌 바가 없는 데서 그들의 시적인 분발이 더욱 가능해졌던 것이다. 신회 역시 이런 시승이 되어 있었다. 그가 뒷날 시불(詩佛) 왕유(王維)와 교유하고 왕유나 유종원(柳宗元) 들로 하여금 스승의 비명이나 제문을 짓도록 청한 것도 먼저 신회의 시심과 이어지는 일이 아닐 수 없다.

하지만 스승의 제자들은 오로지 공부에 전념하지 않으면 안되었다. "조계에는 장안의 남문인 안화문(安化門) 명덕문(明德門) 계하문(啓夏門)도 없다. 아니 황성 입구의 함광(含光) 주작(朱雀) 안상(安上)의 성문도 있을 리 없다. 조계에는 누구나 들어올 수 있거니와 또한 누구나 나갈 수 있다. 어찌 여기에 죽고 죽이는 일이 있겠는가. 다만 이 조계에서는 스스로 사는 법과 스스로 죽는 법이 있어 솔바람소리 들리는 밤을 새우기에 족하도다"라는 독자적인 긍지가 뿌리를 내렸다.

보림사는 이제 새로 세운 절이 아니라 섬돌마다 남방의 풍부한 푸른 이끼가 덮이고 양치류가 도량 언덕에 무성했다.

제자 법해는 바로 소주땅 곡강현(曲江縣) 천일염(天日鹽) 염부(鹽夫)의 아들이었다. 조계산에 들어올 때는 일자무식의 소년이었는데 이곳 사람들로부터 어느새 눈대중으로 문자를 배워서 뒷날 『육조단경』 약서(略序)의 필자가 될 정도로 총명이 대단했다.

그가 스승에게 찾아와 던진 질문은 놀라울 만큼 당돌했다.

"어찌 마음이 부처라 하옵니까? 저는 그것이 듣고 싶어 왔나이다."

혜능도 거두절미하고 오직 이 질문에만 대답했다. 너는 어디서 온 누구냐, 너는 오랑캐놈이로다 따위의 말도 군더더기였던가.

"앞생각 나지 않음이 곧 마음이고 뒷생각 없어지지 않음이 곧 부처이다. 일체의 상을 이루는 것이 마음이요 일체의 상을 여의는 것이 부처이니, 내가 만일 이것을 다 말하기로 한다면 영겁토록 말하더라도 끝이 없으리라."

이 대답을 듣고 난 뒤 법해는 바로 스승을 스승의 그늘 가운데서 섬기기 시작했다.

이에 견주면 법달(法達)은 봉건 제후의 자치구역인 홍주(洪州)에서 태어났는데 7세에 중이 되어야 할 사연이 있었다. 그의 아버지가 산적 패거리에 가담했다가 위급한 지경에 어린 아이를 절에 맡겨둔 것이었다.

장차 이 아이가 법화경을 줄줄 외우는 사미승으로 떠돌다가 조계산에 이르러 혜능에게 첫 인사를 하는데 절하는 이마가 방바닥에 닿지 않는 오만을 보였다.

"내 법화경을 어찌 한갓 늙은이에게 머리까지 조아려 쏟는다는 말이냐"라는 오만이었는지 모른다.

6조 혜능이 그것을 놓칠 리 없다.

"땅에 닿지도 않는 절은 절을 하지 않은 것만 못하니라. 네 마음속에 반드시 한 물건이 있기 때문일 터이다. 무엇을 쌓아두고 익혔더냐."

"법화경 외우기를 3천 번이 넘었나이다."

"설사 만 번 외워 익혔다 한들…… 예(禮)는 본디 아만(我慢)의 깃봉을 꺾는 것이다. 나라는 생각에 죄가 생기지만 네 공을 잊으면 복이 한량없으리라."

스승은 법달에게 노래했다.

"부처의 무언(無言)을 알면 연꽃이 그대 입에서 피어나리라(但信佛無言 蓮華從口發)."

여기에서 스승의 시가 한자로 되어 있으나 그것은 뒷날 법해가 옮겨

쓴 것이고 늙은 스승은 그저 입에서 노래로 나올 따름이었다. 그래서 법달에게도 "……나는 문자를 모르니 네가 경을 한번 외워보아라"라고 말한 것이었다.

그리하여 그는 법달이 외우는 법화경을 중도에서 멈추게 한 뒤 입으로 외우고 마음으로 행하면 이것이 경을 굴리는 것이거니와, 입으로 외우고 마음으로 행하지 못하면 그것은 경에 굴림을 당하는 것이라고 경고했다.

유무를 다 따지지 않건대
흰소의 수레 길이길이 타고 놀리라
(有無俱不計 長御白牛車)

이 스승과 제자 법달의 첫 만남에서 주고받은 대화는 아주 길었다. 그것은 법화경과 법화경의 본질과의 만남인지 모른다. 끝내 법화경의 세계를 그 경을 한번도 읽어본 적이 없는 스승이 무섭도록 간추려 거기에 선적인 의미를 부여했을 때, 법달은 울다가 웃다가 하는 과정을 거쳐 한없는 기쁨에 이르러 그 자신도 시를 지어 스승에게 바쳤다. 아니 스승에게 바친 것이 아니라 세계에 바친 것이다.

바야흐로 법달의 마음이 활짝 열리는 오도(悟道)의 노래이기도 했다.

경 외우기 3천 번
조계 한구절에 다 없어졌나이다
세상을 뛰쳐나가는 뜻 못 밝히면
누생 동안 미치는 일 쉬어야 하고
양 사슴 소는 다 방편

처음과 중간과 뒤에 드날려
누가 불구덩이 집 그 속이
본디 부처의 처소인 줄 알겠나이까
(經誦三千部 曹溪一句亡 未明出世旨 寧歇累生狂
羊鹿牛權設 初中後善揚 誰知火宅內 元是法中王)

그러나 스승은 이 제자에게 경 외우기를 끊지 않게 했고 제자 법달도 경을 외우기를 쉬지 않았다. 이제까지의 입으로의 경이 아니라 마음의 경이 된 것이다. 여기서 혜능의 크기가 다시 한번 나타난다. 법달이 그런 크기 안에서 법화경 행자(行者)일 뿐 아니라 아주 선지에 밝은 수행자가 될 수 있었던 것이다.

이런 제자의 깨달음이 있고 난 뒤, 조계산에는 장강 상류 검남도(劍南道)에서 흘러온 서융(西戎) 강족(羌族)의 광인이 얼쩡거렸다. 그 광인은 강족이어서 그렇기도 하겠지만 실로 강적(羌笛)을 잘 불어서 조계산 경내의 새들도 그 기이한 피리소리에 숨을 죽였던 것이다.

그런 오랑캐 미치광이가 어디서 주워들었는지 제법 입안이 유식했다. 그가 법달의 법화경을 두고 아주 불손한 말을 내뱉었다.

"흐음, 황제께서는 방안 사면을 거울로 벽을 삼아 육랑군(六朗君) 장창종(張昌宗)과 한낮에도 음탕하기를 마다지 않는데, 이곳 중은 법화경과 실컷 놀고 있으니…… 과연 어느 쪽이 나를 죽일 만한 것인가."

이 강족의 광인을 대중들이 내쫓으려 하자 혜능은 "놔두어라. 스스로 가는 날이 있다"라고 말해서 한철을 보림사 제6우(第六宇)의 객실 한군데에서 독거미와 함께 살아도 독거미에 물려 죽지 않고 있다가 어느날 그곳을 떠났다. 그의 애끊는 피리소리가 더이상 조계산 경내 한쪽에서 들리는 일이 없어졌다.

혜능은 그가 내뱉은 천자에 대한 모독을 누구에게도 퍼뜨리지 말도록 입단속을 함으로써 그 심상치 않은 산악지대의 강족 광인을 보호했다.

"마(魔)를 마라고 손가락질하지 말지어다. 광(狂)을 광이라고 비웃지 말지어다. 그 마의 경계가 부처의 경계이고 광의 경계가 또한 보리(菩提)가 춤추는 경계 아니고 무엇인고"라는 그의 말은 이런 일이 아니고서는 추상적일 수밖에 없을 것이다.

법달이 그 미치광이를 산문 밖까지 배웅하고 돌아와 놀라는 기색이 역력했다.

"알고 본즉 그 사람 그냥 미친 사람이 아니라 청광(淸狂)이더이다. 실로 아까운 사람인데 대중 가운데 함께 살 수 없는 것이 안타까울 따름이더이다."

이런 법달에 이어 지상(智常) 역시 스승과의 일문일답으로 6조의 초기 제자가 될 수 있었다. 그는 신주(信州)땅 귀계(貴溪)에서 태어나 어린 시절 홍주(洪州) 백봉산(白峰山) 대통(大通) 화상에게 찾아갔다가 다시 이곳으로 온 것이었다.

지상이 온 무렵 광주땅 남해 사람 지도(志道)도 열반경에 심취한 채 찾아왔다. 그 열반경의 대의는 한마디로 4구게(四句偈)의 시 "모든 행의 덧없음이여, 이는 나고 죽는 법이로다. 나고 죽음 다하여 없으면 거기 적멸이 낙이로다(諸行無常 是生滅法 生滅滅已 寂滅爲樂)"라 해도 무방하다.

그런데 이 열반경 13에 다음과 같은 처절한 사연이 이 시와 관련되고 있다. 그것은 석가모니 부처님의 과거생의 한 추억이기도 한 것이다.

아득히 지난날 진리가 밝지 못했을 때가 있었다. 나는 그때 한 바라문으로 어디에 큰 진리의 말이 있는가 여기저기 찾아다녔다. 내가 설산(히말라야) 기슭에 머물고 있는데 인도라천의 신이 나를 내려다 보고 아주 무서운 나찰귀신의 몸으로 바꾸어서 나타났다.

그때 나는 어디선가 "모든 행의 덧없음이여, 이는 나고 죽는 법이로다"까지의 반 조각 시를 듣고 무척이나 기뻐했다.

도대체 누가 이런 시를 읊고 있는가 하고 그곳을 찾아 헤맸더니 아무도 없고 그곳에는 오직 사람을 잡아먹는 나찰귀신이 있었다. 나는 서슴지 않고 그 귀신에게 달려가 말했다.

"당신은 이 좋은 시를 어디서 들었습니까?"

그때 그 귀신은 대답 대신 "나는 지금 여러날 먹지 못했다"라고 말하는 것이었다.

"당신이 먹을 음식은 어디 가면 구할 수 있겠소?"

"나는 산 사람의 따뜻한 고기를 먹어야 하오."

그때 나는 단호하게 말했다.

"당신이 나머지 시를 들려준다면 내 몸뚱이를 바치겠소."

"누가 당신의 말을 믿겠소?"

"시방(十方)의 모든 세계가 내 말을 증거하실 것이오."

그러자 그 귀신이 "자세히 들으시오. ……나고 죽음 다하여 없으면 거기 적멸이 낙이로다"라고 말했다.

그리하여 나는 그 귀신에게 몸을 바친 것이다.

바로 이 사연과 관련하여 열반경에 심취한 지도의 열반경 43게(四十三偈) 신앙에 대한 혜능의 자유자재한 수정이 있었다.

"육신 밖으로 따로 법신이 있고, 나고 죽음을 떠나서 적멸을 구하는 것이다. 열반의 낙도 육신이 있어서 수용한다고 하면 그것이야말로 나고 죽는 일에 집착하고 세간의 낙을 탐하는 바로다. ……그대는 알지어다. 열반의 참된 낙은 한 찰나에도 죽는 상이 없어서 다시 나고 죽음을 없앨 것도 없는 이것이 곧 적멸을 드러낸 것임을 보인 바라……
그렇지 않을진대 이는 도리어 부처를 비방하는 것이 아닐 수 없도다."
 이 말로도 모자라 스승은 덧붙였다.
 "이 낙은 받는 자도 없고 받지 않는 자도 없거니와 어찌 열반이 모든 법을 속박하여 나지 않게 한다고 말하겠느냐!"

 6조 혜능에게는 금강경으로부터 시작한 천부적인 종교적 기연(機緣)이 있다. 그의 선종은 경전 밖의 소식〔敎外別傳〕의 세계이므로 근본적으로는 모든 경전의 가르침을 종합하는 것이기도 하지만 한마디로 이를 정의하자면 선종이 의지하는 경전〔所依經典〕은 그 어디에도 없다. 아니 경전은커녕 허공 속의 티끌 하나에도 의존해서는 안되는 철저한 바가 선인 것이다.
 6조 혜능에게는 두 신족〔兩神足〕이라고 일컬어지는, 6조 선풍을 드날리는 대표적인 두 제자가 있었다. 그중의 하나가 행사(靑原行思)이다.
 그는 대뜸 "가장 거룩한 진리도 내버렸다"는 대담한 말로 스승의 인가를 받았다. "예로부터 옷과 법을 스승과 제자 사이에 전했으니 옷은 믿음이요 법은 마음을 인가한 바라. ……나는 이제 너를 얻었으니 어찌 믿지 않을 것을 걱정하겠는가. 나도 옷을 전해 받은 뒤로 오늘에 이르기까지 여러 환란을 당했는데 하물며 후대에게 그러겠는가. 반드시 많은 싸움이 일어나리니 옷은 산문(山門)에 두고 그대는 힘껏 한 고장을 가르쳐 법을 잇도록 할지어다."
 또한 이 위대한 선의 종장(宗匠)에게는 행사와 함께 회양(懷讓)이라는 큰 제자가 있었다. 그도 스승의 질문에 주저없는 대답을 한 것이다.

"어느 곳에서 왔는가?"

"북녘 숭산입니다."

"무슨 물건이 이렇게 왔는가?"

"설사 한 물건이라 하여도 맞지 않습니다."

"닦아서 얻었는가? 아닌가?"

"닦아 얻었음에도 물들지 않았습니다."

이렇게 대드는 것 같은 대답에 대해서 혜능은 "네 발 아래 한 망아지가 달려와 천하의 뭇 사람을 밟아 죽이리라"라고 했다.

사실인즉 6조의 문인 법해, 지성, 법달, 지상, 그리고 지통(志通), 지철(志徹), 지도(志道), 법진(法珍), 법여(法如), 신회(神會) 등 10대 제자는 그것이 『육조단경』 편찬과 관련된 작위적인 제자들일지 모른다.

거기에는 바로 행사, 회양과 같은 남종선의 실질적인 지도자가 빠져 있다. 또한 거기에는 혜충(慧忠)이나 본정(本淨), 현각(玄覺)과 같은 당대의 명승들도 빠져 있는 것이다. 그뿐 아니라 혜능을 알아본 인종(印宗)법사도, 대유령에서 혜능의 설법을 듣고 뉘우친 혜명과 불천사(佛天寺)의 혜명도 빠져 있는 것이다. 그렇다면 6조의 10대 제자 법해 등은 거기에 포함된 신회말고는 선의 역사에서 실재한 자취가 뚜렷하지 않음을 암시하고 있다.

그러므로 이 10대 제자의 안개가 걷힌 다음 5대 제자 영각, 혜충, 회양, 행사, 신회가 6조 혜능의 남종선 법맥을 잇는 것인지 모른다.

아무튼 조계산 보림사는 그 경내의 대법당이나 소법당으로도 대중을 수용할 수 없어서 끝내는 마당과 숲에까지 법회의 공간을 넓혀갔다. 그것이 바로 야단법석(野壇法席)이다. 뒷날 시끄러운 무리들을 '야단법석'이라고 말하는 연원이 되는 것이다.

혜능의 시련 많은 생애의 나머지 만년은 조계산의 평온으로 이어지면서 그의 선지(禪旨)가 널리 퍼져서 대륙 남쪽에 그의 이름이 떠돌지 않는 곳이 없고 북쪽에도 그의 이름을 말하는 사람들이 한 볍씨에서 여러 낟알이 불어나듯이 늘어나고 있었다.

그는 신령스러운 혜안으로 일찍이 본 적이 없는 털보조사 달마선사를 떠올려보았다. 저 페르시아 오아시스에서 태어난 뒤 전쟁고아가 되어 유목민의 운명 그대로 사막을 전전했다면 그 유목의 생존으로서는 결코 벽관(壁觀)의 좌선을 할 수 없었으리라. 그가 인도에 건너와서 인도의 4선법(四禪法)에 의한 정려(靜慮)를 익힘으로써 중국에 건너온 뒤의 달마 가풍을 이룩하게 된 것이다.

페르시아 사막에서는 밤의 한동안 별들을 우러러보다가 고개를 떨구는 명상밖에는 인도의 정려나 중국의 관법이 도대체 불가능했음에 틀림없다.

그런 조사를 떠올린 뒤 그가 살고 있는 남쪽이 농경지대임에 새삼스레 감사하고 있었다. 농사 짓는 곳이야말로 선의 도량이 될 수 있기 때문이다. 어디론가 이동하는 삶은 긴 명상이 가능하지 않다. 아니 혜능 자신도 비록 농사 지을 땅이 있는 농사꾼은 아닐망정 농촌의 두메 마을에서 태어났던 것이다.

"내가 모를 심은 뒤 비가 올 때 그 모가 춤추는 것을 보고 나도 작대기로 땅을 쳐 그 춤에 장단 맞춘 적이 있었지. 그렇지. 그것이 어찌 범부의 일만인가. 무릇 도의 비를 맞는 기쁨이 그것과 다를 까닭이 없겠지."

아닌게아니라 석가모니 부처님도 한 농부에게 "당신은 곡식을 짓는 농사를 짓고 나는 마음을 거두기 위한 농사를 짓는 것이오"라고 말한 적이 있다. 아무튼 혜능에게 다시 떠오른 것은 먼 지난날이 아니라 바로 어린 신회가 북쪽에서 이곳으로 찾아온 일이다. 그 뒤로 북쪽의 옥천사나 장안 내도량에서 이곳으로 옮겨온 사람이 하나 둘이 아니다.

지황(志隍)과 지성(志誠)도 있고 심지어 혜능을 칼로 베기 위해 자객으로 온 지철(志徹)도 없지 않았다.

하지만 소년승 신회가 조계산에 들어온 것처럼 뜻있는 사건도 없었다.

신회는 양양의 고씨(高氏) 자손인데 어린 사람이 타고나기를 어른을 능가했다.

사실인즉 이 만남에는 다른 사람들이 모르는 어떤 비밀이 들어 있음직했다.

조계산의 노장 혜능으로서는 그의 많은 제자들이 마치 머리에 불이라도 붙은 듯이 너무 뜨거운 구도의 열정으로 넘칠 때마다 그것이 걱정이 될 때가 있었다. 신회도 그런 사람이었다.

"게으름뱅이도 네 스승인 줄 알지어다."

"언젠가 이 산중에서 피리를 불던 광객(狂客)의 좀처럼 깰 줄 모르던 낮잠에도 배울 바가 있느니라."

도대체 혜능은 조계산의 가풍이 세상에 널리 알려지면서 그의 제자들이 자신을 지나치게 떠받드는 경향이 못마땅했다. 그로서는 전혀 한 종파를 세울 뜻이 없었고 그 종파의 우두머리도 되기 싫었다. 그의 스승 5조 홍인이면 되고 그의 조사 달마면 되는 일이었다. 아니 천축의 석가모니 부처님이면 그 이상 무엇을 더 바란단 말인가.

또한 이곳을 채우고 있는 여러 제자들이나 그의 동료들이 하나같이 산봉우리를 이루고 있어서 누가 누구를 따르는 일도 없었다.

그가 의발로써 법을 전하는 일을 그만둔 것은 퍽이나 세련된 일인지 모른다. 바로 그 때문에 5조 홍인 이래 각 종파가 생겨남으로써 혹은 경쟁 혹은 배척의 사단이 있게 된 것이다.

혜능이 끝내 장안에 가보지 않은 채 신주(新州)의 생가(生家) 자리에 창건한 국은사(國恩寺)로 옮기기에 앞서 어떤 노인이 그의 아들을 데리고 찾아왔다. 아들의 출가를 막기 위한 담판의 목적도 있었다.
"대사! 여기서 도를 닦아 혼자 도인이 되어 뭘 하겠습니까? 그런 도는 대사가 아니라도 이곳 산천초목이 이미 다 이룬 것 아니오? 나는 이 세상이란 별의별 것이 다 있는 세상으로 알고 있소. 그러니 참선꾼도 있어야겠지요. 그래서 "우물 밑 진흙소가 달 보고 짖어대고 구름 사이 목마가 바람에 대고 울어댄다(井底泥牛吼月 雲間木馬嘶風)" 따위의 헛소리도 심심치 않은 노릇입니다. ……그러나 이런 수작은 저 신주땅 자갈밭을 일구는 노파가 그 힘든 일을 이겨내며 흥얼거리는 노래만도 못한 것이 아니오? 이런 노래 들은 적 있습니까? 남으로 가면 바다가 있다네. 바다 위에 용이 오르고 바다 밑에는 용이 잔다네. 어젯밤 용꿈 꾸어 오늘 하루 내내 여의주라……"

그렇게도 묻자마자 나오던, 번개같은 대답이 나와야 하는 노승 혜능의 입이 이때만은 밀랍으로 봉해진 것처럼 열릴 줄 몰랐다.

그 노인과 아들에게 애주(愛州, 월남 남부)에서 나는 향기있는 재스민 차를 대접할 따름이었다.

다만 혜능은 노인의 아들을 눈여겨보았다. 장차 나라를 다스리는 직책에 알맞은 물건이라고 생각했다.

무심코 혜능의 입이 열렸다. 한마디 중얼거렸다.

"꼭 신회와 같구나. 하나는 선문(禪門)에서, 하나는 권부(權府)에서 일하는 것말고는 똑같은 성정(性情)이구나."

바로 그 자리에 광주땅에서 6조의 소문을 듣고 온 젊은 구도자가 찾아왔다. 그는 이곳 보림사의 조실을 찾아오는 절차 따위를 무시하고 마구 달려왔으므로 혜능을 보좌하는 시자실(侍者室) 따위가 말릴 틈도 주지 않았다.

그가 먼저 와 있는 손님도 아랑곳하지 않고 대번에 말을 던졌다. 산돼지의 성급함과 다를 것이 없었다.

"황매(黃梅, 5조 홍인의 법)의 법을 누가 잡았습니까?"
혜능이 대답했다.
"법을 아는 사람이 잡았다네."
"선사께서 잡으셨습니까?"
"나는 잡지 못하였네."
"왜 못 잡았습니까?"
"나는 불법을 모른다네."

 광주땅 개펄 언저리에서 주로 천축에서 바다를 우회해서 건너오는 이국승의 사선(四禪)을 익힌 이 돌연변이의 맹목적인 구도승에게 혜능은 실로 선문답의 세계를 내보인 것이다. 그런데 이 선문답은 만년의 지도자가 그 마음속에 간직한 스승 5조에 대한 한없는 그리움을 인간적으로 나타낸 것이기도 하다.

 그의 일체를 스승 5조에게 돌려버리는 행위야말로 그가 농사꾼의 세상에서 농사를 하늘이 지어주는 것으로 돌리는 생득적인 종교감정이기도 한 것이다.

 혜능의 심지법문(心地法門)은 마음을 대지에 견주어, 그곳에서 수많은 생령과 초목이 자라는 것과 그것들이 열매맺고 나서 그 대지로 돌아간다는 농경사회의 발상을 반영하고 있다. 그러니만큼 번뇌도 보리도 다 같이 이 마음의 대지에서 태어난 마음의 꽃이 아니던가.

 혜능이 손님들을 사양했다.

 노인더러는 "당신 아들과 함께 돌아가시오. 이제부터 당신도 할 일이 많은 노인이고 나도 일이 있는 노인이오"라고 했고, 광주의 선승에게는 "며칠 놀다가 가게"라고 했다.

 그들이 방안에서 물러나자마자 또 한 사람이 들어왔다. 그는 생사의 문제가 걸려 급히 찾아왔노라고 말했다. 숲속의 거미줄이 묻어 있는 얼굴인데 무골(武骨)이 불거진 협객(俠客) 비슷한 중이었다. 수염도

진하고 눈썹도 송충이로 꿈틀거렸다.

"와륜(臥輪)선사가 대유령 너머 북쪽 강기슭에서 여러 갈래로 배를 띄워 그의 선풍을 펼치고 있는 것을 아십니까?"

"어찌 그런 일을 이 귀머거리가 알 리 있겠소."

와륜은 궁중 환관으로서의 실력자 고력사(高力士)의 아들이었다. 내시에게 아들이 있다는 것은 우선 거짓말이다. 하지만 내시는 양자를 들일 수도 있고 온전한 성기 절제(切除)가 안된 상태에서 궁녀에게 회임시켜 밖으로 내보낼 힘도 있다. 장차 현종(玄宗)을 둘러싸고 벌어지는 권력다툼의 화신인 고력사의 경우라면 더욱 그럴 수 있다.

바로 그런 사람의 아들로 자처하는 와륜의 아만(我慢)이 탱탱하게 읊어댄 게송을 그 중이 소개하는 것이었다.

  와륜이 기량 있어 백 가지 생각을 능히 끊었도다
  경계에도 마음이 없으니 나날이 보리 자라네
  (臥輪有技倆 能斷百思想 對境心不起 菩提日月長)

이것을 들은 6조는 고개를 저었다.

"만일 그대로 행한다면 얽히고 얽힐 뿐이겠소. 내가 그 게송에 화답하겠소."

  혜능은 기량이 없어 백 가지 생각 끊지 않았네
  경계 따라 마음도 일어나니 보리인들 어찌 자라리
  (慧能沒技倆 不斷百思想 對境心數起 菩提作麼長)

그러나 혜능은 이 게송을 당장 돌아가서 와륜에게 들려주지 말라고 당부했다.

"대장간 쇠가 식은 뒤에야 그 쇠를 꺼낼 수 있을 터인즉."

그런 사람들이 찾아오다가 그것도 뚝 끊겨서 오랜만에 적적한 날을 보낼 수 있었다. 혜능은 장안의 신수와 혜안이 제청해서 무제와 고종의 내시인 설간(薛簡) 편으로 그를 초청한 일을 떠올렸다. 마침 그에게 중풍이 들었을 때였다.

번뇌가 곧 보리라는 말 한마디가 그 내시에게 전한 혜능의 답이었다. 그뒤 황제가 마납가사(磨衲袈裟)와 수정(水晶)으로 된 발우를 소주(韶州) 자사를 통해 보내왔다. 마납은 동쪽나라 신라에서 짠 비단이었다.

바로 그 가사와 수정 그릇을 꺼내어 5조로부터 받은 옷과 함께 대법당에 두게 했다.

이런 찬란한 가사는 도무지 6조에게 어울릴 까닭이 없었다. 일찍이 석가모니 부처님도 아직 그의 고향 가비라성에 있던 출가 전의 아내가 화려한 법의를 지어 보낸 것을 끝내 입지 않은 적이 있다. 이른바 금란가사(金襴袈裟)인 것이다. 이런 금란가사의 화려한 옷치장이 뒷날의 승려에게 유행한 바 있었고 그리하여 교단의 재가 지도자도 백저착의(白紵窄衣)를 입고 거드름을 피울 수 있었다.

하지만 출가자는 본디 분소의(糞掃衣)를 법의로 삼는 것이다. 시체를 덮은 누더기를 거두어 거기에 돌가루로 물을 들여 입는 것이 그것이다.

그래서 최소한의 온기를 얻고 다만 앞을 가리는 것을 옷으로 삼아야 하는 것이 수행자의 본분이다. 그런 판에 5조로부터 받은 가사와 발우 자체도 혜능에게는 부담이었고, 황제가 보낸 것은 더욱 그랬다.

이제 6조 혜능의 보림사 시대 16년이 그 마감에 가까워지고 있었다.

"떠날 만하구나. 바람 일어 내 허술한 옷자락 날릴 만하구나."

그는 그가 태어났고 그의 어머니가 홀로 세상을 떠난 신주의 생가 터에 나라의 명(命) 그대로 아주 조출한 절을 짓게 했다. 그로서는 어머니의 곁으로 돌아간다는 뜻도 없지 않았다. 80세의 석가가 그의 고향으로 가는 도중에 열반에 든 것과도 애절하게 부합하고 있다.

  법해를 불렀다.

  "이제 이곳은 내가 아니어도 법이 가득할 만하도다. 그럴진대 나는 어제의 내가 아니고 무엇이더냐."